BASTEI
LÜBBE
TASCHENBUCH

Weitere Titel des Autors:

Der Tod wohnt nebenan
Die Rache der Träumerin

Titel in der Regel auch als E-Book erhältlich

Über den Autor:

Francisco González Ledesma, geboren 1927, Rechtsanwalt, Journalist und schließlich Chefredakteur der angesehenen Tageszeitung *La Vanguardia*, hatte unter dem Franco-Regime Publikationsverbot wegen »moralischer und politischer Bedenken«. Sein literarisches Werk ist außergewöhnlich umfassend und wurde vielfach ausgezeichnet mit nationalen und internationalen Literaturpreisen. Mit den Romanen um die Hauptfigur Inspector Méndez sicherte Ledesma sich seinen Platz unter den Großen des spanischen Kriminalromans.

Francisco González Ledesma

Gott wartet an der nächsten Ecke

Kriminalroman

Aus dem Spanischen von
Sabine Giersberg

BASTEI
LÜBBE
TASCHENBUCH

BASTEI LÜBBE TASCHENBUCH
Band 16 686

1. Auflage: August 2012

Dieser Titel ist auch als E-Book erschienen

Vollständige Taschenbuchausgabe
der bei Lübbe Ehrenwirth erschienenen Hardcoverausgabe

Bastei Lübbe Taschenbuch und Lübbe Ehrenwirth in der
Bastei Lübbe GmbH & Co. KG

Titel der spanischen Originalausgabe:
»Historia de Dios en una Esquina«
Published by Arrangement with UnderCover Literary Agents

Textredaktion: Kirsten Brandt, Offenbach
Umschlaggestaltung: Gisela Kullowatz
Satz: Siebel druck & Grafik, Lindlar
Gesetzt aus der Adobe Caslon Pro
Druck und Verarbeitung: CPI – Ebner & Spiegel, Ulm
Printed in Germany
ISBN 978-3-404-16686-2

Gott wartet an der nächsten Ecke ist ein schwarzer Roman, durch den sich ein großes weißes Lächeln zieht. Treten Sie ein und lesen Sie: Wenn es möglich ist, Gott an einer Straßenecke zu begegnen, kann er einem auch in den Seiten eines Buches erscheinen …

Juan Antonio de Blas

1 Eine Hundegeschichte

Ich weiß nicht, ob Sie schon mal von Palmira Rossell gehört haben«, sagte Méndez zu dem Journalisten Carlos Bey.

Carlos Bey half ihm bereitwillig über die regennasse Fahrbahn und stellte bewundernd fest, dass Méndez in Hochform war, denn er hatte die Bedrohung durch die fahrenden Autos unbeschadet gemeistert und keinen Schuh verloren, als er sich hastig auf den Bordstein flüchtete. Als sie in Sicherheit waren, zündete sich der Journalist eine Zigarette an und sagte leise: »Nein, ich habe nicht von ihr gehört, aber ich muss gestehen, dass mich das auch nicht sonderlich interessiert. Sie sind nur mit perversen Rubensweibern befreundet, die violette Dessous tragen, zu gregorianischen Gesängen sündigen und den unschuldigen, armen Neffen vom Pfad der Tugend abbringen wollen. Sollte Palmira Rossell zu dieser Sorte gehören, sprechen wir am besten über etwas anderes.«

Sie hatten soeben die Calle Urgel überquert und gingen sie nun hinauf, den Mercado de San Antonio und die alten Rondas im Rücken. Méndez liebte diese geschlossene Welt mit ihren strengen Regeln, in der jede Bewegung der Frauen, jeder Blick der Männer uralt zu sein schien und in der er die Hauseingänge, die Ladenschilder, das einfache und geheime Leben der Leute kannte. Vielleicht war Carlos Bey deshalb so überrascht, dass sie in die entgegengesetzte Richtung marschierten.

»Ich dachte, wir würden zur Avenida del Paralelo gehen«, sagte er.

»Nein, heute nicht.«

»Aber das sind doch Ihre Viertel, Méndez.«

»Schon, aber heute will ich zu Palmira Rossell. Deshalb habe ich sie vorhin erwähnt. Sie ist nicht so, wie Sie glauben, im Gegenteil: Sie ist eine moderne, beherzte Intellektuelle mit einem kleinen Verlag. Wahrscheinlich wird sie jung sterben, das Bett umringt von Gläubigern, doch das weiß sie nicht. Ich gehe zu ihr, weil sie mich mit einem Buch beauftragt hat.«

»Ein Buch? *Sie*, Méndez?«

»Warum wundert Sie das? Ich schreibe gut, Bey. Als ich jung war, habe ich brillante Protokolle getippt, in denen der Aussagende immer irgendetwas gestand. Aber bei diesem Buch geht es nicht um mein Spezialgebiet, also die Huren, die in ihrem Gewerbe Schiffbruch erlitten haben. Ich soll eine Geschichte über Tiere schreiben, genauer gesagt, über Hunde.«

Sie kamen am Urgel-Kino vorbei, wo Rocky I bis III gelaufen war und selbst linke Ideologen ihre Krisen vergessen hatten. Méndez erklärte: »Palmira Rossell weiß, warum sie mich beauftragt. Ich habe immer an schäbigen Orten gelebt, um die man besser einen Bogen macht, die aber einen Vorteil haben: Es geht dort sehr menschlich zu. Und auch wenn das paradox klingen mag: Ich habe immer gesagt, das wahre menschliche Wesen findet man in Tiergeschichten, vor allem in Hundegeschichten. Wissen Sie, Bey, ich kenne unzählige Geschichten. Von Straßenkötern,

Terriern, Salonfiffis und sogar von geheimnisvollen Betthündchen. Aber es geht immer um Stadthunde, die vom Land sind anders. Soll ich Ihnen mal eine wahre Geschichte erzählen, Bey? Schade, dass so etwas nie in Ihrer Zeitung erscheint.«

»Tiergeschichten drucken wir nicht, nur 'ne Menge Eseleien«, verteidigte sich Bey.

»Der Fall ist anders. Er hat echt menschliche Qualität, das kann ich Ihnen versichern. Also: Eines Tages sehen die Scheißhundefänger eine herrenlose Hündin und bringen sie zum Tibidabo in dieses schreckliche Heim, wo die armen Hunde für die Sünden der Menschen büßen. Und was macht das Tier? Es frisst vom ersten Tag an, was seine verängstigten Gefährten nie tun. Und wie geht es weiter? So unglaublich es klingen mag: Die Hündin schafft es, ein Loch in den Zwinger zu machen. Und nachts, wenn sie keiner sieht, haut sie ab. Doch was noch viel unglaublicher ist: Am nächsten Morgen ist sie wieder da. In der nächsten Nacht dasselbe Spiel: Sie haut ab, kommt zurück. Mehrere Tage, während sie auf den Tod wartet, ist sie eine mustergültige Gefangene, die tagsüber frisst und ruht und nachts scheinbar schläft. Bis die eifrigen Wächter über den öffentlichen Frieden im Namen der städtischen Verordnungen und all dieser anderen Regeln mit Sesselfurzergeruch festhalten, dass niemand die Hündin abgeholt hat, und sie töten, ohne etwas von ihrem Abenteuer mitbekommen zu haben. Und auf dem Neuen Friedhof (der, wie der Name schon sagt, der alte ist) am anderen Ende der Stadt hören Kinder die ganze Nacht Welpen fiepen. Am nächsten Morgen sucht man nach ihnen, aber es ist zu spät. Der ganze Wurf ist gestorben, verhungert. Bis auf den einen, der die ganze Zeit weiterfiept.«

Carlos Bey blieb stehen.

Die Zigarette war ihm aus dem Mund gerutscht und auf den Boden gefallen, doch er hatte es nicht bemerkt. »Jetzt sagen Sie mir nicht, es ist so, wie ich denke, Méndez«, flüsterte er.

»Es ist genau wie Sie denken, Bey. Ich will verdammt sein, wenn dem nicht so ist. Die Hündin wurde gefangen, als sie ihre Jungen säugte, und sie begriff sofort, dass ihre Welpen verhungern würden. Deshalb hat sie das Loch gemacht und ist jede Nacht geflohen. Und warum kam sie jeden Morgen bei Sonnenaufgang zurück? Weil sie in dem Tierheim etwas bekam, das sie woanders nicht finden konnte: eine sichere Mahlzeit. Sie wusste, es war der einzige Ort, an dem sie die nötige Kraft tanken konnte, um ihre Welpen zu ernähren. Das ist an sich schon erstaunlich. Aber noch erstaunlicher ist, dass sie die Kraft hatte, zweimal in der Nacht die Stadt zu durchqueren. Und erst recht, dass sie sich nie verlaufen hat. Bedenken Sie, man hat sie in einem Auto und in einem verschlossenen Käfig zum Tibidabo gebracht, Bey. Sie kannte den Weg nicht.«

Bey fuhr sich mit der Hand über die Augen.

»Eine traurige Geschichte.«

»Im Grunde sind alle Tiergeschichten todtraurig.«

»Ja.«

»Aber sie lehren uns eines, Bey: Die großen Wahrheiten des Lebens sind sehr simpel, und die Tiere kennen sie besser als wir.«

»Kennen Sie viele Tiergeschichten, Méndez?«

»Viele, hab ich ja schon gesagt. Ich könnte ein Buch damit füllen. Klar, die Hunde leisten mir in den Altstadtvierteln jede Nacht Gesellschaft. Wenn ich an der Ecke Wache schiebe (in meinem Alter schiebe ich immer noch Wache, und mit ein wenig Glück lohnt sich die Langeweile), treffe ich auf ihre suchenden Blicke. Sie werden es nicht glauben, aber es sind fragende Blicke. Ich denke, ich werde Palmira Rossell zusagen und das Buch schreiben.«

Carlos Bey schob die Hände in die Taschen und setzte sich wieder in Bewegung. Es wehte ein schneidender Herbstwind, der den Dreck aus der Stadt fegte, und auf sein Gesicht fielen ein paar Regentropfen.

Plötzlich drehte er sich zu Méndez um.

»Ich weiß, Sie werden mir die Frage nicht beantworten können«, sagte er leise, »aber was ist aus dem Welpen geworden?«

»Natürlich kann ich die beantworten, Bey. Das Ganze hat sich erst kürzlich zugetragen, Palmira Rossell hat davon durch einen der Jungs erfahren, die in der Nähe des Friedhofs gespielt haben. Sie kannten die Hündin, sie wussten, dass man sie zum Tibidabo gebracht hatte, und sie waren sehr überrascht, als sie sie eines Nachts wieder vorbeiflitzen sahen. Palmira hat ihre Spur verfolgt und die Wahrheit ans Licht gebracht. Daher stammt die Idee, ein Buch mit Hundegeschichten zu verfassen, und eine davon, zweifellos die brillanteste, wird die Geschichte meines Lebens sein. Aber Sie haben nach dem Welpen gefragt. Nun, Palmira hat ihn. Als ich seine Geschichte hörte, habe ich ihn sofort ins Herz geschlossen, und ich denke, ich werde ihn zu mir nehmen. Ich hege die Hoffnung, dass er sich an die Atmosphäre in meiner Pension gewöhnt und nicht gleich aus dem Fenster springt. Dabei ist es in der Pension schon viel besser geworden, Bey, glauben Sie mir. Ja, ich weiß, sie liegt im Barrio Chino, und die meisten Gäste sind junge Araber im heiratsfähigen Alter, aber ich denke, der Hund wird sich dort wohlfühlen. Der Cognac ist jedenfalls ausgezeichnet.

Wollen Sie nicht in dem Café da auf mich warten, Bey? Ich werde sicher nicht länger als zwanzig Minuten bei Palmira brauchen. Oder müssen Sie in die Redaktion?« Er deutete auf ein Café, in dem sich mehr Leute drängten als in der Metro.

»Nein, noch nicht. Heute habe ich Nachtdienst.«

»Die Nacht war die letzte Freundin der Journalisten. Jetzt ist ihnen nicht mal mehr die geblieben.«

Sie befanden sich im höher gelegenen Teil der Calle Urgel, in der Nähe der Plaza de Francesc Maciá und der Calle Buenos Aires, mit den Pizzerien und anderen Lokalen, wo nicht der Preis, dafür aber die Zeit fürs Essen festgelegt war. »Die Stadt ist verloren, sehen Sie sich um, die meisten Leute schauen als Erstes auf die Uhr, wenn sie aus dem Restaurant kommen«, bemerkte Méndez und verschwand. Aber nach kaum zwanzig Minuten war er schon wieder zurück und zischte: »Mist.«

»Was ist, Méndez? Werden Sie das Buch nicht schreiben?«

»Klar werde ich das Buch schreiben. Weniger klar ist, ob ich auch Geld sehen werde. Aber ich bin sauer, weil Palmira Rossell den Welpen nicht mehr hat.«

»Wie? Was ist passiert? Hatten die im Verlag am Monatsende nichts mehr zu essen?«

»Der Junge, der ihn gefunden hat, ist ein Bekannter von Palmira, und er hat ihn geholt. Der Welpe hat die ganze Zeit gejault, weil ihm die Mutter fehlte. Palmira Rossell hat jetzt wieder ihre Ruhe, aber sie fürchtet, der Junge könne den Hund aussetzen. Und darum habe ich beschlossen: Ich will ihn haben, also werde ich ihn suchen.«

»Verflucht, Méndez. Sie haben mir durch den Fußmarsch schon bewiesen, dass Sie in Form sind, aber um diese Zeit kriegen mich keine zehn Pferde auf den Neuen Friedhof. Keine zehn Pferde.«

»Ich gedenke weder zu Fuß zu gehen noch zum Neuen Friedhof. Nur bis zur Avenida de Icaria, in der Nähe der Gräber. Übrigens, wissen Sie, dass man die ganze Gegend wegen dieser beschissenen Olympischen Spiele umpflügen will? Die sind imstande und setzen ein Hotel oder eine Zahlstelle mitten auf den Friedhof. Keine Sorge, wir leisten uns ein Taxi. Noch steht mir das Wasser nicht bis zum Hals. Das ist meist um den zwanzigsten der Fall.«

Das Taxi fuhr sie in einem endlosen Stop and Go durch die Vía Layetana, am Hafen vorbei und die Avenida de Icaria hinauf. Hier wurde ein neues, zauberhaftes Land heraufbeschworen, wo jeder ein gemütliches Plätzchen zum Essen findet. Das Taxi setzte sie vor den Toren des Friedhofs ab, wo sie die Jungen bei der Jagd auf die über die Friedhofsmauern streifenden Katzen vorfanden.

»Auf diesem Friedhof wimmelt es von Katzen«, brummte Méndez. »Ich schreite jetzt zur brillanten Verhaftung eines Jungen. Hey, junger Freund, kennst du Pedrito Cuenca?«

»Der da hinten.«

Pedrito Cuenca machte keine Anstalten zu fliehen, obwohl er das dumpfe Gefühl hatte, dass Méndez gerade irgendeiner Gruft entstiegen war. Nach dem Welpen befragt, deutete er auf eine verfallene Lagerhalle auf der anderen Straßenseite.

»Er ist abgehauen«, sagte er. »Er hat sich da irgendwo versteckt, weil es dort immer noch nach seiner Mutter riecht. Keine Sorge, ich werde ihn finden. Und Sie wollen ihn wirklich haben?«

»Seine Mutter hat sich für ihn geopfert, und bei euch kommt er unter die Räder.«

»Ach was. Hier wimmelt es von Hunden, und wir finden sie immer wieder. Sollen wir ihn suchen?«

»Klar. Ich geb dir hundert Peseten.«

»Sie werden sich in den Ruin stürzen.«

»Also zu meiner Zeit bekam man für hundert Peseten … Ach, ich weiß nicht mehr, was man bekam. Gut, mein Freund, fünfhundert. Okay?«

»Okay. Wenn Sie da allein hingehen, kommen Sie nicht lebend raus, wissen Sie. Alles voller Löcher und Schutt. Ein Haufen Scheiße. Tagsüber geht das noch, aber nachts … Auf, los, gehen wir. Und was ist mit euch? Kommt ihr, ihr Schisser?«

Wie Francos berüchtigte maurische Garde betrat der Trupp, um Méndez formiert, die Ruinen, wo man um diese Zeit nicht mehr die Hand vor Augen sah. Nur ferne, blasse Lichter ließen vage die Umrisse des Gebäudes erahnen, dessen Wände bald für immer fallen würden. Katzen miauten im Dunkeln und suchten einander, und hin und wieder hörte man dazwischen das ängstliche Geheul eines Hundes, der sich verlaufen hatte. Méndez stürzte einmal, stolperte zweimal und fluchte dreimal, am Ende auch auf die fünfhundert Peseten und den verdammten Jungen. Die maurische Garde amüsierte sich, als sie sah, wie schwer es Carlos und diesem von den Toten Auferstandenen fiel, sich durch den Schutt zu kämpfen. Dem mal lauter, mal leiser werdenden Winseln des Welpen folgend, legten sie einen langen Weg zurück, der sie in immer unzugänglichere Winkel führte. Einer der Jungen murmelte: »Der hat sich wirklich verlaufen. Oder er hat was gefunden. Das ist nicht der Platz, an den die Mutter ihn gebracht hatte.«

»In diese verdammte Bruchbude würde man nicht mal die Köchin des Bischofs bringen«, beklagte sich Méndez.

Er stieß mit voller Wucht gegen die Überreste einer Wand, stürzte, riss die Arme hoch, stützte sich an Bey ab und konnte auf diese Weise einen Überschlag gerade noch vermeiden, rutschte aber auf einem Schutthaufen aus und landete am Ende auf dem Hosenboden mit gespreizten Beinen in einem Loch. Sogleich stellten sich drei unangenehme Empfindungen ein: Er befand sich in einer unwürdigen Lage, saß auf etwas Weichem, Stinkendem, wahrscheinlich einem toten Tier, und der Welpe versuchte ängstlich winselnd, seine Schnauze zwischen seinen Beinen durchzuschieben.

»Verdammt. Und alles nur wegen einer Hundegeschichte«, war alles, was er herausbrachte.

Doch das Gefühl der Würdelosigkeit wurde angesichts des Bewusstseins, auf einem toten Tier gelandet zu sein, rasch bedeutungslos. Hastig holte Méndez sein Feuerzeug aus der Tasche, unterdrückte einen weiteren Fluch und entzündete im Schutz der Hand eine Flamme. Der rötliche Lichtstrahl fiel in das Loch, und zwei Dinge blitzten auf: ein Metallarmband und die verängstigten Augen des Welpen.

Méndez brummte: »Ich hab ihn.«

Doch er hatte noch etwas ganz anderes gefunden: Er hatte – das zeigte ihm die flackernde Flamme seines Feuerzeugs deutlich – ein weibliches Gesicht mit dunklen leeren Augen vor sich, auf die sich die Einsamkeit des Himmels herabgesenkt zu haben schien. Da lag eine Tote. Es war die Leiche eines Mädchens.

»Ich, Señor, vertrete, so wahr ich hier stehe, eines der ernsthaftesten Spezialgebiete der Kultur. Ich bin ein Spezialist für Hintern. Lachen Sie nicht, denken Sie nicht, jeder könne sich mit einem gewissen Anspruch auf Wahrheit und damit auf Ewigkeit über diese vielen Zwecken dienende runde Form äußern, die ebenso viel über den Charakter aussagt wie das Gesicht, die Gestik oder die Zungenfertigkeit. Ich, Señor, bin aus Leidenschaft und Feldforschung ein Spezialist für Hintern geworden. Das heißt aus Liebe und Leidenschaft zum Tier. Dazu bedarf es einer guten Beobachtungsgabe, Geduld und einem Gespür für die Einschätzung von Umfängen, zumindest, wenn man einen Hintern, einen fremden Hintern, Sie verstehen schon, im Ruhezustand beschreiben will, wie beispielsweise in einer Zeichenakademie. Wenn er sich bewegt, muss sich der Beobachter auch mit dem Gleichgewicht der Massen, den Gesetzen der Schwerkraft und vor allem mit dem Pendelgesetz auskennen. Ein sich wiegender Hintern mit dem entsprechenden Hüftschwung ist eine der faszinierendsten Naturerscheinungen. Ich beziehe mich dabei, Sie ahnen es bereits, ausschließlich auf den weiblichen Hintern, denn der männliche Hintern mit seinen geometrischen Formen entbehrt jeglicher Fantasie und jeglichen Reizes und ist folglich nicht von öffentlichem Interesse. Aber mir ist natürlich nicht entgangen, dass der männliche Hintern in der Ästhetik, der Politik und im Bankwesen auf dem Vormarsch ist und auf wirtschaftlichem Gebiet eine geradezu vernichtende Effizienz entfaltet.«

Er hielt inne und warf einen Blick durch das Fenster des Círculo de Liceo, der Jahr um Jahr sacht von den Zweigen der Bäume, den Flügeln der Vögel und den Händen der Nacht liebkost wurde und so seinen ganz eigenen Charme entwickelt hatte. Dann stieß er mit Méndez an, und beide tranken schweigend, wohl wissend, dass ihnen in dieser Welt des Liceo nichts gehörte. Méndez wagte sich vor: »Der menschliche Hintern als Kunstform, welch merkwürdige Disziplin, mein Freund. Ich denke, jemand sollte sich mal ernsthaft in einer Doktorarbeit damit beschäftigen. Ich habe den Eindruck, so wie sich die Sitten entwickelt haben, ist der männliche Hintern inzwischen unzähligen Gefahren und brisanten Belagerungen ausgesetzt. Was hindert Sie also daran, ihn, sofern er noch jungfräulich ist, als ethisches Objekt zu betrachten? Aber da Sie von Ästhetik sprechen, will ich Ihnen sagen, dass mir – als einfachem Beobachter von der Straße, versteht sich – der Hintern des Mannes immer besser gebaut erschien als der Hintern der Frau. Er ist fester, schmaler, und vor allem sitzt er höher. Das weibliche Hinterteil – selbst das der Venus – ist einem sonderbaren Gesetz unterworfen, dem Gesetz der Erschlaffung. Sie haben bestimmt schon festgestellt, dass er dazu neigt, nach unten zu sinken, und damit ist eine optimale Nutzung nicht mehr garantiert.«

»Der weibliche Hintern hat enorme Strukturprobleme, in der Tat«, räumte Reus, der alte Journalist, ein, »aber er ist ein Kunstwerk. Natürlich erschlafft er, aber dafür hat er viele Vorzüge: Er ist großzügig, weich, breit und üppig, vor allem Letzteres. Das macht ihn zu einem so verlockenden Angebot für die verschiedenen Attribute der Männlichkeit, zu denen für mich auch ein gesundes Gebiss zählt. Aber erlauben Sie mir, noch mal auf den Aspekt der Üppigkeit zurückzukommen, mein Freund, auf die Augenweide, die er darstellt« – seine Augen glänzten – »die perfekte runde

Form, die nachgewiesenen Federungseigenschaften. Ich weiß nicht, warum die Frauen sich ihrer Hintern schämen und den Pölsterchen den Kampf ansagen. Das ist ein Fehler historischen Ausmaßes mit schwerwiegenden Folgen für die Menschheit, denn er wird die Leidenschaft abtöten, die Anfänge sind bereits zu sehen, und es werden keine Kinder mehr geboren.«

Méndez stimmte ihm zu, blickte von seinem Fenster aus auf den halb heruntergekommenen Teil der Ramblas – der heruntergekommene fing für ihn ein wenig weiter unten an, in der Nähe des Denkmals von Pitarra, der von fünf Uhr nachmittags bis fünf Uhr morgens von seinem Stuhl aus die Sünden der Stadt vergab – und betrachtete seine kleinen Paradiese: das Café de la Ópera, den Llano de la Boquería, die Einmündung der Cardenal Casañas, angrenzend die Calle Roca, wo man zu anderen Zeiten noch Frauen gefunden hatte, die zu allem bereit waren, außer dazu, auf das Geld für ihre Dienste zu verzichten. Méndez erinnerte sich an die eine oder andere: an Chus, die immer denselben Morgenmantel trug, an Nieves, die immer betete, bevor sie das Zimmer betrat, und an Mae, die versuchte, mit zwei Anhängern ein riesiges behaartes Muttermal zu überdecken. Dann wanderte sein Blick über die üblichen kleinen Gauner: die Junkies, die Araber, die Frauen vom Straßenstrich in der Calle San Pablo und die Luden, die sie voller Liebe ins Gelobte Land führten. Der friedvolle Anblick beruhigte seinen Geist.

»Ich bin ein Spezialist in Sachen Nachtleben, Señor«, sagte Reus. »Ich habe ruhmreiche und stinkende Gazetten erlebt, wie *Las Noticias* und *La Publicitat*, die wurden in diesen Straßen um eine anständige Uhrzeit gemacht, also nach zwei Uhr morgens. In jüngerer Zeit, also sozusagen erst gestern, habe ich Bekanntschaft mit *El Correo Catalán* in der Calle Baños Nuevos gemacht, wo die Küchenschaben an den Lampen sitzen, und dem Büro in den Ramblas, wo die todmüden Redakteure im Morgengrauen nach der Letzten Ölung oder ihrem Lohn verlangen. Jetzt wird der Journalismus frühmorgens betrieben, wenn die Rasierstuben öffnen, und das war mein Tod. Ich habe einen Redakteur kennengelernt, Ángel Marsá, ein echtes Urgestein, der ist nach dem Umzug von *El Correo* von den Ramblas nach Ensanche in einen komatösen Zustand gefallen und hat aufgehört zu arbeiten. Aber was würde der erst heute sagen, wo bekanntlich alle Zeitungen in der Zona Franca entstehen, neben Reifenstapeln und Lagern mit italienischen Nudeln. Aber ich will Sie nicht langweilen, Señor Méndez. Das ist mein Problem. Hier bin ich nun im Círculo del Liceo, bereit, gescheite Menschen zu treffen, die zu meiner Beerdigung Mozart auflegen.«

»Sie gehören nicht zum Círculo de Liceo«, sagte Méndez, der das Elend der Stadt immer auf Anhieb erkannte.

»Natürlich nicht«, erwiderte der alte Reus, »als Journalist von der Straße, oder anders formuliert, als verkrachte Existenz. Ich hätte nicht mal zehn Prozent des Mitgliedsbeitrages zahlen können. Aber ich bin mir sicher, Sie gehören auch nicht zu dem erlauchten Kreis, Méndez, auch wenn Sie mich hierher zum Essen eingeladen haben.«

»Natürlich gehöre ich nicht zu diesem Verein der Ewiggestrigen. Aber es gibt barmherzige Seelen, die mir erlauben, mich hier unter die Leute zu mischen, zwischen den Bildern von Ramón Casas im Salon herumzuschnüffeln und mich an einen Tisch zu setzen und einen Freund zum Essen einzuladen. Das Essen zahle ich, mein Freund, aber ich will gerne gestehen, zu einem Sonderpreis. Das ist der erste Exzess, den ich mir gönne, seit ich mir in fortgeschrittenem Alter zwei Weiber gleichzeitig ins Bett geholt habe, ohne vorher auszuprobieren, ob es das auch aushält.«

Reus murmelte: »Danke für das Essen. Wahrscheinlich denken Sie, es sei ratsam, diese Welt nicht ohne einen Akt der Barmherzigkeit zu verlassen.«

»Keine Sorge. Die Saison ist vorbei.«

»Warum haben Sie mich eingeladen, Méndez? Wir sind beide gleich alt, desillusioniert und arm, und man muss uns schon mit einem Kran anheben, um in die Gänge zu kommen. Aber ist das der Grund? Ein kleiner Plausch mit Blick auf die Bäume der Rambla? Ist das alles?«

Méndez kniff die Augen zusammen, und für ein paar Sekunden erkannte man wieder die Augen der alten Schlange.

»Reus, Sie kennen sich doch genau mit der Anatomie des Hinterns aus«, sagte er geheimnisvoll.

»Wie gesagt: ein Steckenpferd. Aber eigentlich kenne ich mich mit der Anatomie des gesamten menschlichen Körpers aus. Mehr als mir lieb ist.«

»Sie müssen Ihre Tochter ertragen, nicht wahr?«

»Seit Ewigkeiten ertrage ich sie und höre ihr zu. Seit Ewigkeiten lässt sie ihre Wälzer bei mir auf dem Esszimmertisch herumliegen.«

»Sie wohnt noch bei Ihnen?«

»Bei wem sollte sie sonst wohnen? Eine Frau, die Gerichtsmedizinerin ist, heiratet nicht so mir nichts, dir nichts, auch wenn sie hübsch ist. Erstens hat sie Geld; sie macht, was sie will, sie ist egoistisch geworden. Ist doch normal, oder? Warum sollte sie auch auf etwas verzichten? Zweitens kann eine Eva Reus trotz ihres unwürdigen Erzeugers nicht den erstbesten Mann heiraten. Sie braucht einen Übermenschen, verstehen Sie, und die sind rar gesät. Warum sage ich das? Ach ja, weil sie anspruchsvoll geworden ist. Auch das finde ich übrigens ganz normal. Ich habe mich an den Gedanken gewöhnt, dass Eva nicht heiraten und mir keine Enkel schenken wird. Andererseits ist das ja auch eine gehörige Erleichterung. Stellen Sie sich mal vor, Mendez, ich müsste mich in ein paar Jahren blitzschnell verstecken, wenn meine Enkel in den Puff kommen.«

Er leerte sein Glas und knallte es dann auf den Tisch, und sein Blick wurde so hart und durchdringend wie der von Méndez.

»Jetzt sagen Sie mir nicht …«, brummte er.

»Was?«

»Dass Sie mich wegen meiner Tochter zum Essen eingeladen haben.«

»Keine Sorge, ich will nicht um ihre Hand anhalten«, verteidigte sich Méndez. »Es muss höllisch schwer sein, vor einer Gerichtsmedizinerin zu bestehen. Wenn man es sich nach harter Arbeit gut gehen lässt, sagt sie womöglich: ›Jetzt treten die Samenleiter in Aktion.‹ Sehen Sie, Reus, das einzig Anständige am Sex ist die Fantasie, die Lüge. Wenn man die Schlacht haarklein erklärt bekommt, ist sie verloren. Um die Wahrheit zu sagen, Ihre Tochter interessiert mich als Frau überhaupt nicht, aber ich will mit ihr reden.«

»Und dafür benutzen Sie mich.«

»Mensch, Reus, wie viele Jahre kennen wir uns jetzt? Sogar einer wie ich kann doch mal einen Freund zum Essen einladen.«

»Verflucht, Méndez, wenn ich vor Jahren jemanden zum Essen eingeladen habe, auf Kosten der Zeitung, versteht sich, wollte ich ihn ausquetschen. Wenn es Ihnen darum geht, dann raus mit der Sprache. Aber nur unter der Bedingung, dass Sie noch eine Flasche Wein bestellen.«

Méndez bestellte einen gut gekühlten Esmeralda, der leicht durch die Kehle rann, ihm aber zweifellos auf den Magen schlagen würde, sobald man ihm die Rechnung präsentierte. Er gestand: »Ich will mit Ihrer Tochter reden, Reus.«

»Worüber?«

»Sie soll die Schweigepflicht brechen. Vielleicht gibt es in dem Fall sogar überhaupt keine Schweigepflicht. Oder sie ist nicht von Bedeutung. Egal, sie soll mal drauf pfeifen.«

»Um was geht's?«

»Eva hat ein Mädchen obduziert, das ich gestern tot aufgefunden habe.«

»Trotzdem gibt man Ihnen keine Informationen zu dem Fall, nicht wahr?«

»Genau.«

»Und warum nicht?«

»Weil der Fall an die Mordkommission gegangen ist und ich nur der hinterletzte Inspektor des hinterletzten Vorstadtreviers von Barcelona bin. Der Mann der billigen Pensionen, der Sexshops, der nach Urin stinkenden Hauseingänge mit benutzten Spritzen, der Ecken mit rolligen Katzen. Mir erklärt man nie etwas. Ich habe einen Bericht verfasst, und das war's. Nicht einmal ein ›Danke, Méndez‹. Aber ich lasse mich nicht einfach so abschieben. Deshalb will ich alles wissen und die Sache weiterverfolgen.«

»Wie weit?«

»So weit es geht.«

»Warum, Méndez?«

»Wegen der Augen des Mädchens.«

Die rechte Hand des alten Reus, in der er die Weinflasche hielt, begann auf einmal zu zittern. Er stellte die Flasche auf den Tisch und murmelte: »Sie waren offen, nicht wahr?«

»Ja. Und in ihnen war der Himmel.«

»Was reden Sie da, Méndez?«

»Ich kann es nicht erklären. Ich hatte das Gefühl, der Himmel hätte sich auf ihre Augen herabgesenkt. Das war wie ein Zeichen für mich.«

»Nur Kindern ist das Privileg vergönnt«, murmelte Reus, »ein Stück Himmel im Blick zu tragen.«

»Ich *muss unbedingt* mit Ihrer Tochter sprechen, Reus.«

»Das wird nicht nötig sein.«

»Wieso nicht?«

»Weil sie mir alles haarklein erzählt hat. Sie hat mir den Bericht gezeigt, den sie der Polizei übergeben hat und den man Ihnen vorenthält. Sie können sich ja denken, zwischen Vater und Tochter erzählt man sich alles, was man so erlebt, vor allem, wenn man zusammenwohnt. Wenn Sie wollen, kann ich Ihnen sogar eine Kopie des Berichts besorgen, auch wenn Sie keine Flasche Wein mehr bestellen.«

»Ich bin gerührt, mein Freund. Und wohlgemerkt: Das war ich nicht mehr, seit Franco 1945 gesagt hat, Spanien sei eine organische Demokratie.«

Reus leerte sein Glas, schnalzte mit der Zunge und murmelte: »Fragen Sie.«

»Alter.«

»Zwölf.«

»Dreckskerl.«

»Sie sind ein Befürworter der Todesstrafe, nicht wahr, Méndez?«

»Natürlich bin ich für die Todesstrafe. Mit der Würgschraube, an einem Freitag während der Fastenzeit, ausgeführt von einem Henker aus Albacete. Aber finden Sie mal einen. Solche Fachleute gibt es nicht mehr.«

»Das Gesetz gibt es nicht mehr. Weiter, Méndez.«

»Name.«

»Weiß man noch nicht.«

»Wie, den weiß man noch nicht?«

»Ist doch klar. Meiner Tochter hat man den Leichnam so übergeben, wie er aufgefunden wurde. Und welches zwölfjährige Mädchen hat schon einen Ausweis bei sich? Es gab natürlich auch keine Tätowierungen. Keine besonderen Merkmale. Na ja, die Polizei weiß wahrscheinlich, was sie in solchen Fällen zu tun hat.«

»Ja«, sagte Méndez unsicher: »Fingerabdrücke überprüfen, aber das wird in dem Fall schwierig, weil die Kleine ja nicht mal einen Personalausweis hat. Und die Vermisstenanzeigen durchgehen. Aber woher weiß Eva, dass sie zwölf Jahre alt war?«

»Anhand der körperlichen Entwicklung und weil sie noch keinen Eisprung hatte. Aber es ist natürlich nur eine Schätzung.«

Méndez Blick wurde noch härter und undurchdringlicher. Wie ein Pfeil schien er durch die Bäume der Ramblas zu schießen, bevor er sich wieder Reus zuwandte.

»Wurde sie vergewaltigt?«, fragte er unvermittelt.

»Nein.«

»Kein sexueller Missbrauch?«

»Nein.«

»Sicher?«

»Meine Tochter irrt sich bei so etwas nicht, Méndez. Das hat sie als Allererstes untersucht.«

Méndez seufzte vernehmlich.

»Das beruhigt mich«, sagte er leise.

»Und was macht das? Sie ist tot.«

»Verdammt, das ist nicht dasselbe. Vielleicht erspart das dem Mörder den Henker von Albacete. In dem Fall würde ich mich mit einem aus Sevilla zufriedengeben. Denen sagt man nach, sie seien nett und würden Witze erzählen, während sie ihre Arbeit zu Ende bringen.«

»Waren Sie schon mal bei einer Hinrichtung dabei, Méndez?«

»Ja, bei einer. Im Ocaña-Gefängnis. Noch gar nicht so lange her.«

»Und, wie lange hat es gedauert?«

»Uff, mindestens zehn Minuten. Und der Henker hat sich einen Finger in der Schraube eingeklemmt. Aber damals war das Handwerk schon im Aussterben begriffen.«

»Nun, wenn Sie das beruhigt, kann ich Ihnen sagen, dass das Mädchen nicht sexuell missbraucht wurde, Méndez. Man hat sie nur getötet, wenn das für Sie weniger tragisch ist.«

»Wie wurde sie getötet?«

»Das wissen Sie besser als ich, Méndez.«

»Sah nach durchgeschnittener Kehle aus.«

»Richtig. Ein gezielter Schnitt, ohne Zögern, sauber, wie von einem Profi. Eva sagt, die Tat wurde von einem Rechtshänder mit einem Rasiermesser ausgeführt. Der Schnitt verläuft von rechts nach links, der Mörder war größer als sein Opfer, klar, und damit der Hals straff blieb, hat er sie an den Haaren hochgezogen.«

»An den Haaren hochgezogen … Wie sonderbar!«

»Meine Tochter sagt, da ist sie sich ganz sicher, sie hat es im Polizeibericht unterstrichen, weil mit Sicherheit Haare des Opfers am Täter zurückgeblieben sind. Weitere Einzelheiten: Die Kleine wurde nicht in dem Gemäuer getötet, sondern dort abgelegt, wahrscheinlich am Abend zuvor. Ich weiß schon, was Sie mich jetzt fragen werden, Méndez. Meine Tochter hat auch darüber nachgedacht.«

»Genau. Wie sah der Ort aus, an dem das Mädchen getötet wurde?«

Reus leerte ein weiteres Glas Wein.

»Sie wissen besser als ich, Méndez, dass man über Faserpartikel an Kleidung und Haut den Ort bestimmen kann, wo die Leiche gelegen hat. Eva wollte auf Nummer sicher gehen und hat die gründlichste Untersuchung ihres Lebens gemacht. Und was hat sie gefunden? Spuren vom Schutt des verfallenen Hauses, aber keine anderen, und das heißt, das Opfer befand sich wahrscheinlich an einem sauberen Ort. Es gab auch keine Spuren von Schmutz unter den Nägeln oder an den Haaren. Auch nicht unter den Schuhsohlen, was für Teppiche spricht. Eva hat daraus geschlossen, dass das Mädchen die letzten Stunden seines Lebens in einem möblierten Zimmer verbracht hat, wo es wahrscheinlich auch getötet wurde. Dann wurde es in einem sauberen Auto zu dem Gemäuer transportiert und wie ein Tier im Müll entsorgt.«

Méndez räusperte sich.

Er starrte hinaus auf die Ramblas, als könnte er im Licht der Kioske, in der Nostalgie der Laternen, der Traurigkeit in den Fenstern und dem Auf-und-ab-Wandern der Huren eine Antwort finden.

»Ist das alles?«, fragte er.

»Nein«, murmelte der alte Reus. »Meine Tochter glaubt noch etwas herausgefunden zu haben, aber es ist ein rein persönlicher Eindruck, im Bericht hat sie nichts davon erwähnt. Sie glaubt, dass hinter dem Tod dieses Mädchens irgendeine Kindergeschichte steckt. Sie kann es nicht erklären, aber sie stützt sich auf ein paar konkrete Details. So befanden sich zum Beispiel an den Fingerspitzen des Opfers mikroskopisch kleine Staubpartikel, von einem Stück Kreide, wie meine Tochter sagt. Und zwischen den Zähnen befanden sich winzige Radiergummipartikel. Sie wissen, dass die Kleinen manchmal darauf herumkauen. Am rechten Ohrläppchen hatte es einen winzigen grünen Fleck, der von einem Buntstift stammen könnte. Aber sie hat es unerwähnt gelassen, weil sie befürchtete, die Polizei könnte das lächerlich finden. Doch bevor ich todesmutig Ihrer Einladung gefolgt bin, hat sie mir noch gesagt, sie würde all das in einem ergänzenden Bericht festhalten. Fazit: Meine Tochter glaubt, das Opfer könnte an einem Ort ermordet worden sein, wo sich andere Kinder ihres Alters befanden, verstehen Sie? Eine Schule vielleicht. Schulen sind meiner Ansicht nach äußerst gefährliche und brutale Orte. Als Erstes lernen die Kinder, dass ihre Mutter sie verlassen hat. Und als Zweites – und das ist weit nützlicher –, wie hübsch die Lehrerin ist.«

3 Die Nacht

Nachdem Méndez den alten Journalisten nach Hause gebracht und ins Bett verfrachtet hatte – es war ihm wie ein Sterbelager vorgekommen –, war er in sein Revier in der Calle Nueva zurückgekehrt. Im Unterschied zu den guten Zeiten, die mehr und mehr in Vergessenheit gerieten, war die Straße menschenleer, und das schon um Mitternacht. Nur die Kreuzung mit der San Ramón war noch ein wenig belebt, aber die vier Frauen, die noch auf den Beinen waren, glichen Schatten. Die ersten Bars machten schon zu.

Über der ganzen Straße schwebte eine einsame, bedrohliche Stille.

Méndez betrat die Pension durch die Bar. Die Wirtin döste hinter der Theke. Es waren nur noch wenige Gäste da, und einer spielte auf der Gitarre ein Lied voller arabischer Wehmut, das Méndez nicht kannte.

Die Wirtin spürte seine Anwesenheit und öffnete ein Auge.

»Ah, Señor Méndez.«

»Hallo, wie geht's? Ich wollte Sie nicht stören. Deshalb habe ich mich hereingeschlichen.«

»Haben Sie schon zu Abend gegessen?«

»Ja, ich habe einen Freund eingeladen. Aber denken Sie nicht, wir wären in irgendeinem miesen Schuppen eingekehrt. Stellen Sie sich vor, wir waren im Círculo del Liceo.«

»Sie werden an einer Vergiftung sterben, Méndez.«

»Stimmt, ich hab schon so ein flaues Gefühl im Magen.«

»Bei diesen Lokalen weiß man nie, wer einkaufen geht.«

»Irgendeine von der Generalitat unterstützte Sopranistin im Ruhestand. Sagen Sie mal, hat der Hund sehr gejault?«

»Scheißköter. Ich habe ihn im Hof in eine Kiste gesetzt und ihm Wasser und Futter hingestellt, aber er hat nur geheult. Der ist völlig durchgedreht und schreit ständig nach der Mutter.«

»Ich nehme ihn mit auf mein Zimmer«, sagte Méndez. »Dann findet er Trost.«

»Wieso?«

»Vielleicht hält er mich für seinen Vater.«

»Sie sollten nicht in den Círculo de Liceo gehen oder sonst irgendwohin, wo man Tafelweine serviert, sonst wird es noch ein schlimmes Ende mit Ihnen nehmen. Ach, übrigens: Während Sie weg waren, sind zwei Nachrichten eingetroffen, allerdings keine von der Mutter des Hundes.«

»Von wem dann?«

»Verdammt, was ist nur aus Ihnen geworden, Señor Méndez. Sie verhaften nur noch Straßenköter.«

»Jetzt kommen Sie zum Punkt, und sagen Sie mir, wer angerufen hat. Außerdem kennen Sie mich noch aus anderen Zeiten, als ich ein Tiger war und bis zum Überdruss linke Separatisten verhaftete. Bin ich etwa mit der Miete im Rückstand? Nein? Dann doch ein wenig Respekt für all die Dienstjahre, wenn ich bitten darf.«

»Diese Zeiten sind lange vorbei, Señor Méndez. Außerdem erzählt man sich, dass Sie ihnen Tabak und Zeitungen in die Zellen geschmuggelt und ihnen als Laufbursche gedient haben. Na ja, was soll's! Vielleicht ist der Hund, den Sie verhaftet haben, ja auch ein Separatist. Also, wie gesagt, es haben zwei Leute angerufen, beides Vorgesetzte. Der eine, Kommissar Barrios, um Ihnen mitzuteilen, dass Sie ihm für den Kranz von Inspektor Climent zwölftausend Peseten schulden. Und dann noch einen von Ihrem Boss, Sie sollen heute Nacht eine Ermittlung übernehmen.«

»Ich?«

»Tut mir leid, Señor Méndez, aber er hat gesagt, nur Sie kämen dafür infrage. Und das um diese Zeit.«

Méndez wurde blass. Ihm taten die Beine weh, ein Völlegefühl quälte ihn – die gerechte Strafe dafür, dass er päpstliches Fleisch und in Weihwasser aufgezogenen Fisch gegessen hatte –, seine Lider zuckten, und er verspürte einen stechenden Schmerz im Nacken. Noch nie hatte er sein Bett so herbeigesehnt. Doch weil der jaulende Hund auch nicht gerade eine geruhsame Nacht versprach, murmelte er: »In Ordnung, ich rufe an. Oder am besten gehe ich gleich auf dem Revier vorbei. Ist ja um die Ecke.«

Er ging die verlassene Calle Nueva hinunter, die früher so voller Leben gewesen war und in der jetzt nicht einmal mehr eine Katze ihre Haut riskierte. Lediglich ein paar Bars und auf posthume Speisen spezialisierte Lokale hatten noch geöffnet. In der Tür zum Revier standen der wachhabende Polizist und eine Gruppe von Junkies. Ihrem Benehmen nach zu schließen, sah es eher so aus, als wollten die Junkies den Polizisten verhaften.

»Pass auf, dass sie sich nicht gleich auf dich stürzen«, sagte Méndez im Vorbeigehen.

Er ging hinauf und ließ sich auf seinen Tisch fallen.

Madero, einer seiner Vorgesetzten – auf dem Revier waren eigentlich alle seine Vorgesetzten –, nahm bedächtig vor ihm Platz.

»Zum Glück hast du die Nachricht erhalten«, sagte er.

»Ja.«

»Tut mir leid, dass ich dich um diese Zeit belästigen muss.«

»Kein Problem, um zehn Uhr morgens wäre schlimmer gewesen. Es müsste von der Weltgesundheitsorganisation verboten werden, vor zehn aufzustehen. Das Verbot hätte bestimmt großen Erfolg.«

»Nur du kannst den Job übernehmen. Gallardo ist abgehauen. Er hatte einen Vertrauensposten im Modelo-Gefängnis und ist getürmt.«

»Warum der Aufwand? Er hätte doch einen Freigang nutzen können. So wie der Strafvollzug läuft, frage ich mich, warum die Gefängnisse überhaupt noch Gitter haben.«

»Du hast Gallardo damals verhaftet, nicht wahr?«

»Ja. Und zwar so, dass er möglichst ungeschoren davonkommt, denn er ist ein feiner Kerl. Ich vermute mal, sie haben ihm nicht allzu viel aufgebrummt.«

»Drei Jahre. Wusstest du das nicht?«

»Ich habe ihn nicht wiedergesehen.«

»Warum?«

»Ich schäme mich, Leute im Gefängnis sitzen zu sehen, die ich selbst verhaftet habe.«

»Aber ihr seid doch weiterhin befreundet.«

»Deshalb schäme ich mich ja.«

»Und was ist mit denen, die nicht deine Freunde sind?«

»Die können von mir aus dort vermodern.«

Der abgehalfterte Polizist zog ein Päckchen Ducados aus der Tasche und steckte sich eine Kippe in den Mund, doch sie fiel auf den Boden, und er musste sich bücken, um sie aufzuheben. Als er sie wieder zwischen die Lippen schob, war sie schmutzig, aber das schien ihn nicht sonderlich zu stören. Er zündete sie an und nahm einen tiefen Zug.

Madero sagte: »Weißt du, Méndez, es war ein Riesenfehler, dass er abgehauen ist. In einem Monat wäre er rausgekommen.«

»Was sagst du da?«

Méndez war blass geworden. Um ein Haar wäre ihm die Zigarette nochmals aus dem Mund gefallen.

»Dann hat er sich alles kaputt gemacht«, stammelte er. »Ich verstehe das nicht. Ich verstehe es einfach nicht. Ein Mann wie er weiß, dass er's nicht vermasseln darf.«

»Deshalb könntest du ihm einen großen Gefallen tun, Méndez. Versuch ihn zu finden, bevor es zu spät ist, bevor der Haftbefehl ausgestellt wird. Wenn er vor dem Morgengrauen zurück ist, lässt sich noch etwas machen, dann können wir die Angelegenheit unter den Teppich kehren.

Wenn er vor dem ersten Appell wieder im Gefängnis ist, ist nichts passiert.«

»Und das sagst du, weil ich sein Freund bin?«

»Ja. Weil du sein Freund bist.«

Méndez sah ihn misstrauisch an.

»Das nehme ich dir nicht ab, verdammt.«

»Und warum nicht?«

»Weil ihr euch einen Dreck um Leute wie Gallardo schert. Außerdem ist er vielen Polizisten ein Dorn im Auge, denn wenn Gallardo schlecht drauf ist, ist er eben schlecht drauf. Wenn er sich aus dem Staub gemacht hat, denkt ihr doch alle ›zum Teufel mit ihm‹. Als ob du dir um so jemanden Sorgen machen würdest. Die Sache ist, der Chef will ihn aus irgendeinem Grund dingfest machen, und er denkt, ich kann das für ihn erledigen, weil ich Gallardos Gewohnheiten und seine Verstecke kenne. Du willst dich nur gut mit dem Chef stellen und spielst den Mittelsmann. Aber du hast mir nicht die Wahrheit gesagt. Das stinkt doch zum Himmel.«

Er sah Madero in die Augen und wartete darauf, dass er gleich abwinken würde, nach dem Motto ›du mich auch‹. Aber diesmal nicht. In Maderos Blick lag nur eine große Traurigkeit.

»Da ist noch etwas, Méndez«, murmelte er.

»Spuck's aus.«

»Aber ja … Du hast mich ja nicht ausreden lassen. Wir wollen verhindern, dass Gallardo eine Dummheit begeht. Abgesehen von der Flucht. Wir wollen verhindern, dass er einen Kerl findet und tötet, der auf seiner Liste steht. Deshalb ist er getürmt.«

»Und wieso?«

»Gallardo ist verzweifelt.«

»Und warum ist er verzweifelt?«

»Weil er befürchtet, dass man seine Tochter umgebracht hat. Seit zwei Tagen hat er nichts mehr von ihr gehört. Und sie ist noch ein Kind.«

Méndez, der bis dahin keine Regung gezeigt hatte, legte den Kopf leicht in den Nacken und schloss die Augen. Sein Gesicht, das ohnehin immer blass war, weil er nicht zu den Sonnenanbetern gehörte, wurde noch weißer. Seine Finger krallten sich um den Tischrand.

Die brennende Zigarette fiel ihm aus dem Mund.

»Was sagst du da? Ein Kind?«

4 Die Spur

Madero begleitete ihn bis zur Calle Manso gegenüber vom San-Antonio-Markt. Es war eine Gegend mit kleinen Läden, vertrauenswürdigen Metzgern, Kurzwarenhändlerinnen mit dickem Hintern, Second-Hand-Läden und Cafés, in denen sie einen kannten und man in Raten zahlen konnte. Die Gegend der Marktwagen, der streunenden Katzen, der verirrten Tauben und der einsamen Männer, die wehmütig daran denken, dass ihre Mutter schon dort eingekauft hat. Méndez liebte all das, getrieben von einer stillen Sehnsucht: Hier war sein Leben verstrichen, ebenfalls in Raten, hier hatte er mit Begeisterung die schlichten, ungeschminkten Szenarien betrachtet, die unveränderlich zur Geschichte der Stadt gehörten: Früher waren es im Wesentlichen die Hinterteile der Ladenbesitzerinnen gewesen, im Alter waren es nur noch verirrte Tauben.

Madero sagte: »Ganz schön einsam hier, was?«

»Na ja, wenn in der Calle Nueva schon kein Schwein

auf der Straße ist, wie soll dann hier etwas los sein, wo die Leute im Morgengrauen aufstehen.«

Er blickte zu den stillen, kleinen Balkonen empor, zu den über hundert Jahre alten Häuserfassaden.

»Aber wer sagt dir denn, dass das tote Mädchen in der Gerichtsmedizin Gallardos Tochter sein könnte?«, fragte Madero.

»Ich habe natürlich keinen Beweis, wie gesagt, das Mädchen ist noch nicht identifiziert. Aber das ist mir zu viel Zufall.«

»Das wäre ja schrecklich. Dann könnte man es Gallardo nicht mal verdenken, dass er sich den Kerl vorknöpft, finde ich. Ich schwöre dir, als ich dich vorhin auf dem Revier angesprochen habe, wollte ich wirklich nur verhindern, dass er eine Dummheit begeht. Ich wusste nichts von dem toten Mädchen.«

Méndez sah ihn argwöhnisch an.

»Wenn Gallardo ihn findet, macht er ihn kalt«, sagte er leise.

»Und was wirst du tun?«

»Einsammeln, was von ihm noch übrig ist.«

»Du glaubst nicht an das Gesetz, nicht wahr?«

»Was glaubst du, Madero?«

Madero gab ihm keine Antwort.

Méndez sagte mit erstickter Stimme: »Lass uns das Mädchen für einen Moment vergessen und noch mal von vorn anfangen. Du hast gesagt, Gallardo sei aus dem Gefängnis abgehauen, weil er einen Kerl kaltmachen wollte. Erzähl mir was über ihn.«

»Es handelt sich um Paco Robles. Er genießt ein gutes Ansehen, ist nie länger als fünf Minuten in Haft, lebt in Saus und Braus und vögelt wie ein Weltmeister, also ein richtiger Hurensohn. Das genaue Gegenteil von Gallardo, der ein Pechvogel ist. Aber sie sind mal ins Geschäft gekommen.«

»Ja, Gallardo hat sich mal als Kleindealer verdingt, als seine Frau ihn verlassen hat«, erinnerte sich Méndez mit verlorenem Blick. »War es das?«

»Ja.«

»Weiter.«

»Also, Paco Robles hat ihm eine Lieferung übergeben, damit er sie unter die Leute bringt. Gallardo sollte ihm natürlich das Geld bringen, aber das hat er nie getan. Paco Robles hat ihn bezichtigt, er hätte das Scheißzeug auf eigene Rechnung verkauft und die Kohle behalten.«

»Unmöglich«, sagte Méndez. »Gallardo mag sein, was er ist, und ich selbst hab ihn oft verflucht, aber er ist kein Betrüger.«

Madero zuckte die Achseln.

»Ich behaupte ja nicht, dass es so war. Ich sage lediglich, wie es ausgesehen hat und welche Schlüsse Paco Robles gezogen hat.«

»Und die aus seiner Sicht nur logisch waren. Und?«

»Er hat ihn unter Druck gesetzt, damit er endlich zahlt, und weil Gallardo bei seiner Mutter geschworen hat, man hätte ihm die Ware gestohlen und er könnte nichts dafür, hat Robles zwei Schläger auf ihn angesetzt, und die haben ihn verprügelt. Aber nicht mal das hat geholfen. Um die Berufsehre zu retten, hat er ihm als Nächstes einen Gorilla auf den Hals gehetzt. Aber einen von der billigen Sorte.«

Méndez steckte sich die nächste Zigarette in den Mund. Jetzt, da man aller Welt das Rauchen verbieten wollte, ging es ihm vor allem darum, die Flamme der Revolution des Proletariats nicht ausgehen zu lassen.

»Und weiter?«

»Nun, wie gesagt: Es war ein billiger Gorilla. Er hat es nicht mal geschafft, Gallardo umzulegen, der ist ihm zuvorgekommen. Zumindest gehen wir davon aus, obwohl man es nie beweisen konnte. Ehrlich gesagt, haben wir uns auch nicht übermäßig angestrengt, um das zu beweisen, du weißt ja, wie das ist, wenn irgendwo ein Hackbällchen mit dem Fleisch eines Luden auftaucht. Niemand reißt sich bei der Ermittlung ein Bein aus. Aber wir haben immer geglaubt, dass Gallardo ihn getötet hat. Und Paco Robles hätte ihm mit Sicherheit noch einen Gorilla geschickt und diesmal einen weit besseren, aber da geschah etwas, womit keiner unserer beiden Ganoven gerechnet hatte: Du hast Gallardo wegen einer früheren Sache verhaftet, und er kam ins Modelo-Gefängnis. Es war so etwas wie Vorsehung, denn so konnte Robles sich den zweiten Gorilla sparen.«

»Er hätte jemanden damit beauftragen können, ihn im Gefängnis zu töten«, sagte Méndez seelenruhig. »So was passiert alle Tage. Der Staat hätschelt seine Verbrecher und schützt sie mehr als die Opfer, bis sie ins Gefängnis kommen: Dann vergisst er sie einfach. An dem Ort, wo sie am meisten vom Staat kontrolliert werden sollten, sind sie ganz allein ihrem Schicksal überlassen. Hast du eine Ahnung, wie viele Menschen sich im Gefängnis umbringen? Vergiss es. Dort bringt sich niemand um. Sie werden getötet.«

»Natürlich wäre es ein Leichtes gewesen, jemanden zu beauftragen«, räumte Madero ein, »aber vielleicht war Robles das letztlich doch zu kompliziert. Es ging auch einfacher: Er hat gesagt, wenn er das Geld nicht rausrückt, würde er seine Tochter umbringen. Vermutlich hat Gallardo das nicht sonderlich ernst genommen … bis er auf einmal nichts mehr von seiner Tochter gehört hat.«

Méndez Gesicht war nur noch ein weißer Fleck. Er murmelte: »Das passt alles perfekt zusammen. Jetzt verstehe ich sehr gut, warum Gallardo abgehauen ist und Paco Robles um jeden Preis an den Kragen will. Machen wir uns an die Arbeit.«

»Verdammt, Méndez, du machst dich an die Arbeit. Ich gehe ins Bett.«

»Willst du mir nicht mal bei der Sache mit dem Mädchen helfen?«

»Um das Mädchen kümmert sich die Mordkommission, halt dich da raus. Du bist nur ein einfacher Bulle aus der Armeleutegegend, so wie ich, auch wenn ich jünger bin und besser aussehe. Wir verfolgen Verbrecher im Ruhestand, denen es recht wäre, wenn wir sie verhaften würden, damit sie jemanden zum Reden haben. Verdammter Mist, Méndez. Der letzte, den du wegen irgendwas verhaftet hast, brachte bereits seit Jahren Blumen an das Grab der letzten Hure, die ihn ausgehalten hat. Und bei dem letzten Betrüger, den du beim illegalen Glücksspiel erwischt hast, ging es um ein paar läppische Peseten. Machen wir uns nichts vor, Méndez: In einem so ernsten Fall wie der Ermordung eines kleinen Mädchens bleibst du außen vor.«

»Verstehe. Ich soll also bloß Gallardo verhaften.«

»Genau.«

»Und wenn ich nebenbei Paco Robles bei irgendetwas erwische, wäre das noch besser, nicht wahr?«

»Mustergültig, Méndez. Ich könnte dich küssen.«

»Fick dich.«

Méndez schlug kräftig mit der Handfläche auf die Metalljalousie des Ladens, vor dem er stand. Der wurde hochgezogen, und der Polizist blickte in die verschreckten Gesichter der Bewohner: allen voran der Ladeninhaber

Mane mit seiner Frau, dahinter ein Bruder und eine Schwester und zuletzt ein im Haushalt lebender Großcousin, der ein Verhältnis mit Manes Frau hatte.

Mane stammelte: »Mein Gott, Méndez!«

Bo Derek, seine Frau, kreischte: »Schon vor Stunden haben wir die Polizei verständigt, so was. Und dann schickt man ausgerechnet Sie.«

»Ich kenne Gallardo«, sagte Méndez, »und bei aller Bescheidenheit würde ich mich als sein Freund bezeichnen. Sie werden sich erinnern, ich war schon einmal hier, im Geschäft, bevor ich ihn verhaftet habe. Und ich weiß, dass sich die kleine Juli in Ihrer Obhut befindet.«

»Ja«, sagte Mane. »Sie ist unsere Nichte. Da müssen wir uns doch um sie kümmern.«

Sie ließen Méndez eintreten. Es war ein bescheidenes Kurzwarengeschäft, überall stapelten sich die Kartons, die Regale schienen jeden Moment zusammenzubrechen, und die Registrierkasse ließ jedes Sammlerherz höher schlagen. Die warme Luft aus den hinteren Zimmern drang bis in das Geschäft vor. Das einzig Erbauliche, dachte Méndez, war das Werbeplakat mit einer Frau, die einen Seidenstrumpf über ihr Bein streifte.

»Seit wann ist Juli verschwunden?«, fragte er.

»Seit einem Tag«, erklärte Bo Derek, »aber Gallardo glaubt, es wären schon zwei. Juli hat jeden Morgen im Gefängnis angerufen, im Büro, da hat ihr Vater einen Job. Aber einmal hat sie es vergessen. Und am Nachmittag ist sie fortgegangen und nicht wieder aufgetaucht. Das ist jetzt die zweite Nacht, in der sie nicht nach Hause kommt. Zuletzt gesehen hat man sie in der Sprachenschule gleich hier nebenan, in der kann man sehr gut Englisch lernen. Und günstig. Eine anständige Schule« – Bo Derek weinte –, »die anderen haben gesehen, wie sie die Schule verlassen hat, aber sie ist nicht nach Hause gekommen. Ich habe mit allen Freundinnen gesprochen. Keine weiß etwas. Keine kann es verstehen.«

Méndez dachte an die Obduktionsergebnisse. Er fragte: »Werden auf dieser Schule Radiergummis verwendet? Und Kreide?«

»Na ja … Ich denke schon. Warum?«

»Ach nichts. Ich werde mich dort mal umsehen, sobald sie aufmachen. Haben Sie ein Foto von Juli? Ich weiß ja nicht, wie sie aussieht.«

Bo Derek antwortete für alle. Die anderen Anwesenden trauten sich offensichtlich nicht, den Mund aufzumachen. Auch der Ehemann sagte kein Wort, vielleicht befürchtete er, von den Vibrationen könnte ihm eines seiner beiden Hörner abfallen.

»Wir haben keins, Señor Méndez. Das kommt Ihnen merkwürdig vor, nicht? Ein so hübsches Mädchen, das bei uns lebt … Aber so ungewöhnlich ist das nicht. Ihr Vater hat alle mitgenommen.«

»Klar … Ist ja auch verständlich«, murmelte Méndez. »Hören Sie …«

»Ja?«

Der alte Polizist strich sich mit dem Finger über die Lippen und schloss für einen Moment die Augen. Er müsste Mane bitten, ihn in die Gerichtsmedizin zu begleiten, um das Opfer zu identifizieren. Aber er brachte es nicht übers Herz. Sie sahen alle so niedergeschlagen aus, und er fragte sich, ob diese Formalität nicht noch ein paar Stunden Zeit hatte. Was machte das schon?

Außerdem hatte er noch eine wichtige Nachricht.

»Gallardo ist geflohen.«

»Was sagen Sie da?«

Bo Derek war entsetzt. Sie fasste Méndez am Revers und schüttelte ihn. Das fiel ihr nicht schwer, denn sie war eine Walküre mit achtzig wohlverteilten Kilo, unter der die Betten knarrten. Méndez erschreckte der Gedanke, die Dame könnte ihn eines Tages dazu überreden wollen, mit ihm eine Nummer in der Reiterstellung zu schieben.

»Er wird uns doch nichts tun wollen?«, jammerte sie. »Er wird doch nicht denken, wir hätten uns nicht um seine Tochter gekümmert? Wir haben ihm doch nur einen Gefallen getan, wir haben sie aufgenommen, als sie kein Dach über dem Kopf hatte.«

»Darum geht es nicht«, sagte Méndez und schob ihre Hände von seinem schmuddeligen Kragen. »Vielleicht kommt Gallardo gar nicht hier vorbei, aber falls doch, müssen Sie mir unbedingt Bescheid geben. Oder am besten, ich rufe jede Stunde an und versuche mit ihm zu reden. Gallardo ist geflohen, weil er befürchtet, dass seiner Tochter etwas Schlimmes zugestoßen ist. Und weil er zu wissen glaubt, wer als Täter infrage kommt.«

»Etwas Schlimmes? Was wissen Sie, Señor Méndez?«

Es war ein Fehler hierherzukommen, dachte der alte Polizist. Mir blieb nichts anderes übrig, aber verdammt, trotzdem war es ein Fehler. Jetzt wird gleich das Gekreische losgehen, und es wird wie eine vorweggenommene Beerdigung der Kleinen sein.

Er blickte traurig in den Flur hinter dem Laden. Alte Tapeten, die sich schon in Streifen ablösten. Eine Jungfrau von Montserrat mit dem Schriftzug »Willkommen«. Ein Foto, das den glorreichsten Moment in Manes Leben festhielt, denn er war darauf neben Rifé, einem ehemaligen Spieler des FC Barcelona, abgelichtet. Das Wappen einer

Sardanatanzgruppe. Eine gelb-weiße Fahne, Souvenir einer Wallfahrt nach Rom.

Eine einfache, naive Welt, Tag für Tag, Pesete für Pesete aufgebaut, die von einem Augenblick auf den anderen eingestürzt war, und Méndez wusste, dass niemand die Teile je wieder zusammenfügen könnte.

Nein, er brachte es nicht übers Herz, sie das Mädchen noch heute Nacht identifizieren zu lassen.

»Hat sich irgendein perverser Kerl an Juli herangemacht, obwohl sie noch ein Kind war?«, fragte er. »Hat ihr jemand nachgestellt?«

»Warum fragen Sie das?«

»Weil die Welt voll von Perversen ist«, erklärte Méndez feierlich.

»Nein, niemand hat ihr nachgestellt.« Piris konnte auf einmal sprechen. »Sie war doch noch so jung.«

Wenn sie älter wäre, hättest du ihr nachgestellt, du Wichser, dachte Méndez.

Er ging zur Tür.

»Gehen Sie schlafen«, sagte er leise, »im Moment können Sie nichts tun. Morgen werden Sie all Ihre Kraft brauchen … Aber keine Sorge, ich werde nicht eine Minute ruhen. Ich habe auch schon zwei Spuren, die werde ich verfolgen. Ach ja, und in einer Stunde rufe ich an.«

Nach der barmherzigen Lüge mit den beiden Spuren (er hatte nicht eine einzige) verließ er den Laden. Die Straße war leer und feindselig, nicht einmal eine Katze gab einem das Gefühl, dass die Stadt noch lebte. Er vernahm das tröstliche Geräusch seiner Schritte, die friedvolle Einsamkeit. Das grenzte an ein Wunder, denn sonst hörte man in Barcelona nur das Rauschen einer rastlosen Menge.

Da fiel es Méndez wie Schuppen von den Augen.

Er blieb stehen.

Verflucht, warum war er nicht vorher drauf gekommen?

Er hatte doch eine Spur, wenigstens eine. Und sie könnte ihn sehr weit bringen.

Das Mädchen selbst hatte sie ihm gegeben, bevor es starb.

5 Wie eine Flagge im Wind

Eilig machte sich Méndez auf den Weg. Jetzt hatte er ein Ziel. Und wieder vernahm er das beruhigende Geräusch seiner einsamen Schritte.

Oder doch nicht so einsam?

Méndez spitzte die Ohren, wie es die Hunde tun, besonders die Straßenköter, denen keiner das Fressen hinstellt, die dafür aber auch niemanden ertragen müssen. Entweder es handelte sich um ein Echo, oder jemand verfolgte ihn. Er ging weiter, und erneut hallten seine Schritte in der Nacht wider.

Er hatte das Dach des Marktes und seine schwache Beleuchtung hinter sich gelassen. Jetzt wurde die Dunkelheit dichter, undurchdringlicher. Er drehte sich um.

Der Mann, der fünf Meter hinter ihm ging, blieb stehen.

Méndez sagte: »Hallo, Gallardo.«

Gallardo war nicht schlecht gekleidet. Sein Anzug war fast neu. Das Hemd war sauber, soweit man das bei dem spärlichen Licht beurteilen konnte, und er trug sogar eine Krawatte, was bei einem Sträfling nicht so üblich war. Das harte, wie in Stein gemeißelte Gesicht zeigte keine Regung.

»Hallo, Méndez«, sagte er in neutralem Ton.

»Jetzt sag nicht, du bist in diesen Klamotten aus dem Knast getürmt.«

»Natürlich nicht. Aber ich hatte Geld, um mir was zu kaufen. Wenn man ausbricht, ist es wichtig, dass man anständig gekleidet ist, unauffällig. Wussten Sie das nicht, Méndez?«

Sie standen jetzt zwei Schritte voneinander entfernt. Méndez sagte leise: »Seit wann verfolgst du mich, Gallardo?«

»Ich hab das Geschäft meiner Verwandten beobachtet, da sah ich Sie hineingehen und beschloss, draußen zu warten. Warum sollte ich mir das antun? Damit sie mir eine Szene machen? Um zu sehen, wie Piris seine Hand auf Bo Dereks Hintern legt? Um Mane an seinen Hörnern zu fassen?«

»Du hattest mir schon erklärt, wie es dort zugeht, Gallardo.«

»Ja, aber Sie sollen wissen, dass es mir nicht darum geht, sie bloßzustellen. Es sind gute Leute.«

»Das sind sie«, sagte Méndez.

Gallardo war noch ein wenig näher gekommen. Seine Hände zitterten. Sein Blick war nicht mehr abweisend und verschlossen, sondern ängstlich.

»Juli war nicht da, nicht wahr?«, stammelte er.

»Nein.«

»Wissen Sie, warum sie verschwunden ist?«

»Ehrlich gesagt, nein.«

Gallardos Fingerknochen knackten, ein metallisches Klicken, das durch die dunkle Straße hallte.

»Aber ich weiß es, Méndez«, sagte Gallardo. »Jetzt, wo ich mir sicher bin, dass Juli verschwunden ist, weiß ich, was ich zu tun habe.«

»Paco Robles aufspüren, nicht wahr? Und wozu, wenn ich fragen darf?«

»Um seine Eier zu segnen, nachdem ich sie ihm herausgerissen habe, Méndez.«

»Überlass das mir, Gallardo. Ist dir eigentlich klar, dass du einen schweren Fehler begehst, wenn du auch nur einen Finger krümmst? Na ja, den hast du schon begangen. Aber jetzt mach wenigstens nicht alles noch schlimmer. Wenn du Robles tötest, bringt dir das zwanzig Jahre ein.«

»Und einen Tag.«

»Und einen Tag, Gallardo. Aber das scheint dir ja nicht viel auszumachen.«

Der Flüchtige kam noch näher an ihn heran und ließ die Knöchel wieder knacken, aber diesmal war das metallische Geräusch intensiver und länger. Erst da bemerkte Méndez, dass Gallardo vier miteinander verbundene Ringe an den Fingern trug, jeder mit einer metallischen Spitze, die eine schreckliche Eisenfaust bildeten.

»Hören Sie, Méndez«, murmelte er, »ich sage Ihnen jetzt mal drei Dinge. Erstens: Ganz gleich, was sie mir aufbrummen, ich werde wieder flüchten. So schwierig ist das nicht. Zweitens: Ich weiß, dass Sie mich auf Ihre Art verstehen, also werden Sie mich nicht verpfeifen. Und drittens: Es ist mir völlig egal. Wissen Sie, Méndez, ich habe nur Juli, und wenn ihr jemand was angetan hat, wird er dafür zahlen. Ich glaube nicht an das Gesetz, und Sie glauben nicht an das Gesetz, also tun wir unsere Arbeit. Ich suche Robles, erledige ihn, und dann stelle ich mich. Aber versuchen Sie nicht, mich vorher zu verhaften, Méndez, denn Sie sind mir scheißegal. Notfalls werde ich auch Sie fertigmachen.«

Das war kein Scherz. Méndez wusste das, doch er zuckte nur souverän die Achseln und sagte leise: »Das würde mir nicht schmecken, wegen der Versicherung. Weißt du, ich hab eine abgeschlossen, zugunsten eines Vereins für reumütige gefallene Mädchen.«

»Und was ist daran so schlecht?«

»Sie würden leer ausgehen, weil sich bis jetzt noch keine reumütig gezeigt hat.«

»Ach, leck mich, Méndez.«

»Mensch, jetzt hab dich doch nicht so, so rede ich nun mal. Außerdem will ich dir helfen.«

»Was sagen Sie da?«

»Ich will dir helfen, verflucht. Warum, glaubst du, stehe ich mir hier um diese Zeit die Beine in den Bauch, statt es mir in der Calle Nueva gemütlich zu machen? Ich habe dich gesucht, damit du keine Dummheit begehst. Aber jetzt wollen wir mal Tacheles reden, Gallardo.«

Er ging mit ihm in der Nähe der Gran Vía in eine Kneipe mit Neonröhren, Tiefkühlpizza und Hotdogs aus den Überresten der Kämpfe im Irak, die noch geöffnet hatte, auch wenn der Wirt ständig auf die Uhr sah. Die Calle Nueva ist doch nicht so schlecht, dachte Méndez. Er legte den Arm um Gallardos Schulter, wie ein Schwuler, der alles daransetzt, doch noch zum Zug zu kommen, und nötigte ihm einen Cognac auf.

»Hör mal«, log er, »ich weiß nicht, was mit deiner Tochter ist, aber ich werde sie finden, denn ich habe eine Spur. Eine Spur, der ich allein nachgehen muss. Du wärst mir nur im Weg.«

»Was wollen Sie mir sagen, Méndez? Ich soll die Füße still halten, während Sie im Dreck wühlen?«

»Du würdest mich nur stören, ich schwör's dir.«

»Dann lassen Sie mich auf eigene Faust suchen.«

»Das dauert keine halbe Stunde, Gallardo. Die Polizei

ist blöd, am helllichten Tag unter all den Menschen würde sie dich niemals finden, aber bei Nacht ist das was anderes. Jede Streife, die deine Beschreibung hat, würde dich sofort erkennen. Lass uns einen Deal machen.«

»Was für einen Deal?«

»Zwei Stunden, Gallardo, mehr nicht. Gib mir zwei Stunden. Du nimmst ein Taxi und fährst in die Pension, in der ich wohne. Ich nenne dem Taxifahrer die Adresse und rufe die Wirtin an, sie soll dich in mein Zimmer lassen. Das ist der einzige Ort in Barcelona, an dem man dich nicht finden wird, verstehst du? Der einzige. In zwei Stunden komme ich vorbei und berichte dir, was ich herausgefunden habe. Ich hab nicht vor, dich zu hintergehen, Gallardo, ich schwör's. Kannst du dich nicht wenigstens zwei Stunden gedulden?«

Es war ein vernünftiger Deal, und Méndez wusste, dass die Anspannung und die Müdigkeit des Flüchtigen ihm in die Hand spielten. Er konnte nicht zulassen, dass Gallardo ihn in die Gerichtsmedizin begleitete und dort die Leiche seiner Tochter sähe. Dann würde alles außer Kontrolle geraten. Also sagte er: »Habe ich dich je hintergangen?«

Er hinterging ihn gerade, doch Gallardo sagte mit abwesendem Blick: »Nein, Méndez.«

»Also abgemacht?«

»Aber bitte, Méndez, nicht länger als zwei Stunden, das halte ich nicht aus.«

Méndez versprach es. Er rief ein Taxi, gab dem Fahrer die Adresse und ging in eine Telefonzelle, um die Wirtin der Absteige zu verständigen. Dann nahm er selbst ein Taxi und ließ sich am rückwärtigen Teil der Klinik absetzen, wo sich die Gerichtsmedizin und die Leichenhalle befanden.

Es ist seltsam, aber die Gegend um das Zentrum des

Todes war voller kleiner, ständig wechselnder Liebesnester, die Flure voller Kerle mit eingelegter Lanze, die zu jedem Abenteuer bereit waren. Méndez hätte auf Anhieb ein halbes Dutzend solcher Etablissements zeigen können, aber vielleicht existierten sie auch nicht mehr, vielleicht existierten die Mädchen mit melancholischem Blick, die Seidenstrümpfe und die Laufmaschen nicht mehr, vielleicht schliefen dort jetzt tüchtige Bankangestellte und brave Matronen. Im heutigen Barcelona ist nichts mehr von Dauer, dachte Méndez. Ach, wo waren nur die alten, ehrenwerten Freudenhäuser geblieben, die er noch kannte, die von den Polizisten respektiert und von den Bürgermeistern abgesegnet waren, bei denen selbst die Kirchenoberen ein Auge zudrückten, von denen der ein oder andere um die Mittagszeit vorbeikam, während die anderen Freier bei ihren Frauen am Tisch saßen und jammerten, sie hätten viel Arbeit und heute Abend würde es spät. Ach, wo waren das Prestige, der Trug, die verlorene Tugend früherer Zeiten geblieben? Heute waren in Barcelona die Lokale gesellschaftlicher Verderbnis kurzlebig, über Kredite finanziert, und viele Leute gingen auf ärztliche Verordnung dorthin.

Diese Erinnerungen lenkten Méndez ein wenig von seinen Sorgen ab. Aber mit Betreten der Leichenhalle waren sie sofort wieder da. Fast schon sehnsüchtig stürmte er auf Padilla zu, der ein Buch über die Weine des Penedés las. Er kannte Padilla. Er war einer von ihnen.

Méndez blickte ihm über die Schulter und sagte: »Es ist zwecklos, du bekommst keine Flasche mehr von dem siebziger Gran Coronas.«

»Es gibt sie nur noch in ein paar ausgesuchten Restaurants, und dort verlangen sie, was sie wollen«, klagte Padilla. »Aber zu Hause habe ich eine Flasche René Barbier von der Hundertjahrfeier der Entdeckungen. Und einen Rioja mit einem Etikett, auf dem Antonio Tejera das Parlament stürmt. Trotz des Protests meiner Frau werde ich mir unter dem Bett einen kleinen Weinkeller anlegen. Méndez, haben Sie den Jean Leon probiert?«

»Er ist ausgezeichnet«, sagte der Polizist und fuhr sich mit der Zunge über die trockenen Lippen, »aber ich ziehe einen Priorat vor, solange ich ihn nicht im Voraus bezahlen und auf nüchternen Magen trinken muss.«

»Es gibt kaum noch Priorat«, belehrte ihn Padilla. »Die Leute verlassen die Hochlagen und ziehen ans Meer, um dort Malvasier und andere Weine für Schlappschwänze anzubauen. Alles, was das Etikett Priorat trägt, ist Lug und Trug, denn die Ernte der Trauben reicht nur für zwei Flaschen: eine für den Winzer und eine für den Kardinal-Erzbischof von Tarragona. Selbst in Bioläden findet man ihn kistenweise, da kann doch was nicht stimmen. Aber wieso sind Sie hier? Wohl kaum, um sich ein Schlückchen zu genehmigen, oder? Apropos, Sie haben nicht zufällig das Buch, das Manuel Torres herausgegeben hat?«

Méndez lehnte sich gegen den Türpfosten, und der undefinierbare Geruch nach Formalin, Blut und Körperflüssigkeit stieg ihm in die Nase. Er sagte: »Ihr habt doch ein kleines Mädchen hier, das von Doktor Eva Reus obduziert wurde.«

»Ja. Vor weniger als einer Stunde waren zwei andere Polizisten hier, wegen der Identifizierung. Ich würde mal sagen, das geht Sie nichts an, Méndez.«

»Ja und nein. Außerdem will ich nur etwas überprüfen.«

»Was?«

»Die Kleidung. Ich gehe davon aus, dass sie noch nicht im Labor ist.«

Padilla kratzte sich am Ohr, legte das Buch hin und murmelte: »Nein. Die ist noch hier.«

»Zeig sie mir.«

»Hören Sie, Méndez, das …«

»Bitte.«

Méndez wusste, dass er dort vielleicht eine Spur finden konnte, einen Hinweis, eine Adresse, irgendwas. Das Kleid des Opfers war neu; das war ihm schon beim Fund der Leiche aufgefallen, aber er hatte nicht gleich erkannt, welche Möglichkeiten das barg. Wenn es erst kürzlich gekauft worden war und womöglich in Barcelona, konnte ihm das die Richtung weisen wie eine Flagge im Wind.

Aber er hatte nicht damit gerechnet, dass er so viel Glück haben würde. Am Kleid hing noch das Etikett des Herstellers.

»Ich fasse es nicht.«

»Was?«

»Ich fasse es nicht, dass der Mörder nicht daran gedacht hat, diese Spur zu beseitigen.«

»Psychopathen kümmern sich nicht um solche Details«, sagte Padilla. »Und wer außer einem Psychopathen würde ein kleines Mädchen ermorden?«

»Es war kein Sexualverbrechen, Padilla.«

»Dann war es Rache.«

»Ja«, sagte Méndez und dachte weiter laut nach, »aber ausgeführt von einem Profi, von einem Kerl, der sein halbes Leben in der Unterwelt verbracht hat und dem niemals so ein Fehler unterlaufen wäre. Es wäre ein Leichtes gewesen, das Etikett zu entfernen. Anhand des Stoffs hätten wir immer noch den Hersteller ermittelt, aber erst viel später. Und der Zeitvorsprung ist wichtig für einen Mörder. Da stimmt etwas nicht, verstehst du, Padilla?«

Er marschierte mit dem Kleid zur Tür.

»He, Méndez!«

»Ich bringe es morgen zurück.«

»Das geht nicht.«

»Ich nehm's auf meine Kappe.«

»Verdammt, Méndez. Und wer haftet für Sie?«

»Ich bringe dir eine Flasche Albariño mit.«

»Auch alles Fälschung, Méndez. Es gibt keinen Albariño mehr in Galicien. Es ist wie mit dem Priorat. Auch hier reicht es nur für zwei Flaschen: eine für den Kardinal-Erzbischof von Santiago de Compostela und die andere für den Idioten, der den Weihrauchkessel schwingt. Selbst der Winzer geht leer aus. Also keine Tricks, Méndez.«

»Ich hätte noch einen Sauternes im Angebot.«

»Zu süß. Der taugt höchstens zum Tunken.«

»Einen Saint-Emilion.«

»Hören Sie mir auf mit diesen französischen Weinen, die man am Ende nur mit einem guten Tropfen Cariñena vermischt genießen kann.«

»Dann einen Viña Ardanza. Jahrgang 1970. Das ist mein letztes Wort, Padilla. Das einzige Mal, als ich ein solches Angebot gehört habe, ging es um den Arsch eines Beamten im öffentlichen Dienst.«

Padilla gab nach, auch wenn er noch einwandte: »Ich bin auch Beamter im öffentlichen Dienst.«

»Aber es geht nicht um deinen Arsch, sondern um das Kleid eines Mädchens.«

»Abgemacht. Morgen bringen Sie es mir zurück.«

Méndez brummte sich etwas in den Bart und verschwand eilig mit seiner Beute.

Doch das war erst der Anfang. Er wusste, dass ab jetzt jede Minute zählte.

Er ging zu einem Taxi, das vor der Tür stand. Der vor sich hin dösende Fahrer schrak auf und starrte auf die schwarze Kleidung, den schwarzen Blick und Méndez leichenblasses Gesicht und fragte: »Wohin? Zum Friedhof?«

»Verdammt«, sagte Méndez.

»Sie werden wohl kaum wollen, dass ich Sie ins El Molino bringe oder Ihnen Barcelona bei Nacht zeige.«

»Bringen Sie mich ins Präsidium, Vía Layetana. Schnell.« Er zeigte ihm die Marke: »Polente. Haben Sie das nicht gesehen?«

Der Taxifahrer flog förmlich durch die Straßen der Stadt, die immer noch gut befahren waren. Er überholte Autos von Typen, die an jeder Ecke nach Frauen Ausschau hielten, die sich nie freiwillig angeboten hätten, von Ehepaaren, die gerade vom Abendessen kamen, von Journalisten, die gar nicht zu Abend gegessen hatten, und von Rechtsanwälten, die um diese Zeit immer noch auf der Suche nach Mandanten waren. Im Polizeipräsidium hatte er schnell die Informationen beisammen, an die er in seinem schäbigen Vorstadtrevier nicht gekommen wäre. Er tätigte drei Telefonate, bei einem holte er die halbe Industriedelegation aus dem Bett – wem auch immer das Bett gehörte. Aber es hatte sich gelohnt, der Name des Fabrikanten war bekannt, er hatte einen guten Leumund, wohnte am Paseo de la Bonanova, und das, wie man munkelte, mit einer einzigen Frau.

Méndez rief auch ihn an und informierte ihn, er würde sofort vorbeikommen. Weil der andere ihm nicht traute, versprach er ihm, er würde im Polizeiwagen vorfahren. Doch selbst das nutzte nichts. »Keine Sorge«, versicherte Méndez, »Sie werden mich erkennen, noch bevor Sie die Tür öffnen. Ich werde meine Polizeimarke im Mund tragen.«

Ein schlechter Ort, der Paseo de la Bonanova. Zu viel

frische Luft, es fehlten die Gerüche der Mitmenschen, all die Gerüche, die einem verraten, was es bei den Nachbarn zu essen gibt. Dort roch es höchstens nach dem Duft der wilden Limonen der Karibik, mit dem die jungen Mädchen ihren Intimbereich einsprühten. Méndez war besorgt, ob er in einem Klima überleben könnte, das von der Sierra de Collserola geprägt war, in einer Luft, die bestenfalls nach dem Furz des Hausdieners roch. Seine Vorgesetzten wussten gar nicht, was er für Opfer brachte, um seine Pflicht zu erfüllen.

Das Auto hielt vor einer Luxusvilla, deren Eingangsbereich hell erleuchtet war, und Méndez hielt Wort und eilte mit der Polizeimarke im Mund zur Tür.

6 Der Kreidekreis

Der Fabrikant – ein gewisser Monterde, dessen Kapital fast ausschließlich Señora Monterde gehörte – nahm Méndez mit nach oben in eine Wohnung, in der ein spätes Werk von Dalí und ein frühes von Braque hingen. Er führte ihn an die Bar, in der reihenweise Malt-Whiskys und schöngeistige Tresterschnäpse standen. Erst nach ein paar Höflichkeitsdrinks willigte Monterde ein, sich das Kleid anzusehen.

»Ja, klar, das stammt aus meiner Fabrik«, sagte er. »Gute Qualität. Aber glauben Sie mir: Genau das ist der Fehler. Die Leute wollen heutzutage Sachen, die sie anziehen und wegwerfen, die Eindruck schinden, auch wenn sie nicht lange halten, und von diesem Kleid hat man jahrelang etwas. Nun ja, etwa so wie bei Ihrem Anzug.«

Méndez brummelte etwas in seinen Bart.

»Wo haben Sie es hingeliefert?«, fragte er. »An welche Geschäfte in Barcelona?«

»Sie haben Glück.«

»Wieso?«

»Wir haben es als Neuheit in unserem Geschäft in der Ronda de San Pedro angeboten, um zu sehen, wie es bei den Leuten ankommt. Guter Stoff, guter Preis und keine Werbung. Es ist noch nicht einmal eine Woche auf dem Markt.«

Méndez seufzte erleichtert.

Mehr Glück konnte er kaum haben.

»Aber es kommen viele Leute als Kunden infrage«, sagte er. »Es dürfte kaum möglich sein herauszufinden, wer sie sind.«

»Ja, es sei denn, Sie haben mit Kreditkarte bezahlt«, sagte Señor Monterde.

»Das erscheint mir in dem Fall völlig abwegig. Könnte ich wohl jetzt noch mit dem Geschäftsführer sprechen?«

»Selbstverständlich. Ich werde ihn aus dem Bett holen, und das ist mir sehr unangenehm, denn ich habe einen großen Respekt vor meinen Angestellten, bei uns herrscht ein sehr harmonisches Betriebsklima. Aber was soll's. Ich rufe sofort an.«

Und das tat er.

Der Geschäftsführer stöhnte.

»Stets zu Diensten, Senor Monterde. Meine Frau hier neben mir sagt, ich soll Sie grüßen, Señor Monterde.«

»Vielen Dank. Wir müssen unbedingt mal essen gehen. Gleich hier in der Nähe hat ein iranisches Restaurant aufgemacht, es soll fantastisch sein.«

»Denen traue ich nicht. Die sind imstande, uns gegrilltes Autorenfleisch aufzutischen.«

»Autoren haben's nicht besser verdient«, sagte Señor Monterde hastig. »Hören Sie, Maspons, ich schicken Ihnen einen Polizisten vorbei, einen gewissen Méndez, Señor Méndez, wollte ich sagen.«

»Warum? Im Geschäft ist alles in Ordnung. Das mit dem geklauten Stoff hat sich geklärt, das wissen Sie doch.«

»Ja, Maspons, ja, ich weiß.«

»Und das mit der aufreizenden Verkäuferin auch.«

»Ja, ich weiß. Die mit dem Minirock.«

»Nicht zu fassen, Señor Monterde. Zu behaupten, ihr läge am Geschäftsfrieden, und dann trägt sie ihr Hinterteil zur Schau.«

»Ich weiß, Maspons, ich weiß. Das ist alles nur passiert, weil sie Ärger gesucht hat.«

»Das mit Señor Camarasa, dem Manager, hat sich auch erledigt. Das Mädchen hat sich sittenwidrig verhalten und sich an Bushaltestellen prostituiert. So steht es im Urteil. Señor Camarasa hat eine weiße Weste.«

»Also wirklich, Señor Maspons, es reicht, jetzt hören Sie mal zu. Señor Méndez steht hier vor mir. Ich schicke ihn zu Ihnen, aber es geht nicht um das Geschäft, sondern um ein Kleid der Serie ›Äthiopien mon amour‹, die wir vor Kurzem herausgebracht haben. Vielleicht erinnern Sie sich noch, wer es gekauft haben könnte.«

»Ich werde mir Mühe geben, Señor Monterde. So viele Kleider sind noch nicht verkauft worden. Ich habe Ihnen ja gesagt, mit dem Namen funktioniert das nicht. Die Leute glauben, Äthiopien läge in Sabadell, und kaufen es nicht.«

»Bitte, Maspons, mein Freund. Gehen Sie hinunter und machen Sie die Tür auf.«

Freund Maspons wohnte nicht direkt am Paseo de la Bonanova, aber er schien auch nicht gerade darben zu müssen. Er besaß ein Penthouse in einer Seitenstraße der Calle Muntaner, umgeben von Nachtbars, Striplokalen und anderen Etablissements, in denen die Wirtschaftsleute von heute die Zukunft der Welt planten. Er hatte die Tür nur einen Spalt geöffnet, wohl damit ihm keiner ein Moped oder eine Titte hineinschob.

In seiner verhältnismäßig ruhigen Wohnung sah er sich das Kleid an.

»Da haben Sie Glück«, sagte er.

»Das sagen momentan alle«, brummte Méndez. »Am Ende wird man mich noch für einen Werbespot bei der Blindenlotterie engagieren.«

»Das Kleid ist eine Sonderanfertigung. Der Kunde hat zwei identische Kleider bestellt, bezahlt und uns gebeten, sie zu ihm nach Hause zu schicken. Ich erinnere mich gut, weil ich ihn selbst bedient und die Naht der Kleider mit einem winzigen roten Zeichen versehen habe. Sehen Sie, hier.«

In der Tat. An der Naht befand sich eine Markierung, die aussah wie ein Faden. Méndez brach der Schweiß aus.

Wenn das so weiterging, würde er selbst noch an eine Glückssträhne glauben.

Er sah auf die Uhr.

Es war noch zu früh für eine Verhaftung. Schnelle Verhaftungen nahm man kurz vor dem Morgengrauen vor, wenn der Vogel seelenruhig schlief und gerade angefangen hatte, von der Nichte eines Küsters zu träumen, der er demnächst den Rock vom Leib reißen würde.

Méndez brummte: »Sie haben bestimmt notiert, wo Sie die Sendung hingeliefert haben.«

»Selbstverständlich. Im Geschäft.«

»Dann begleiten Sie mich bitte erst ins Geschäft und dann ins Präsidium für eine Identifizierung. Ich werde Ihnen so wenig Umstände machen wie möglich. Wenn die Formalitäten erledigt sind, haben Sie Justitia einen großen Dienst erwiesen.«

»Muss das sein?«

»Wir alle sind Justitia.«

Der andere erwiderte darauf lieber nichts.

Die Sache war schnell erledigt. Ein kurzer Besuch im Geschäft zur Feststellung der Adresse. Anruf von Méndez auf dem Kommissariat, damit sie zwei Männer zur Überwachung dort hinschickten. Dann mit Vollgas aufs Präsidium, damit Señor Maspons sich die Fotos aus der Verbrecherkartei ansah.

»Was soll ich denn hier?«, stammelte er.

»Das sind Fotos von Kindesentführern, Sexualstraftätern und allen möglichen Kerlen, die ein Verbrechen an kleinen Mädchen oder Teenagern begangen haben. Es sind auch ein paar Fetischisten dabei, denen die Sache aus dem Ruder gelaufen ist. Sehen Sie sich die Fotos gut an, und sagen Sie mir, ob der Kerl dabei ist, der die beiden Kleider bezahlt hat.«

»Ich kann mich nicht erinnern.«

»Haben Sie nicht auf ihn geachtet?«

»Wie man halt so auf Laufkundschaft achtet.«

»Wie sah er aus?«

»Ganz normal. Ah, ich glaube, er hatte einen Schnurrbart und trug eine Brille.«

»Der Schnurrbart kann künstlich sein. Und die Brille verändert das Gesicht eines Menschen«, bemerkte Méndez.

»Ja, so war's«, sagte der andere und schluckte. »Hören Sie, Sie werden verstehen, dass ich nicht auf jeden einzelnen Kunden achten kann. Bei der ein oder anderen Frau schaue ich vielleicht schon mal genauer hin, aber bei den Männern nie.«

»Damit werden Sie's im Leben nicht besonders weit bringen. Sparen wir uns die langen Reden, sehen Sie sich die Fotos genau an, nehmen Sie sich alle Zeit, die Sie brauchen, und dann berichten Sie mir.«

Während der andere mit der Durchsicht der Fotos beschäftigt war, verlor Méndez keine Zeit. Seit Monaten schon hatte er nicht mehr so eine fieberhafte Aktivität entfaltet, und das würde ihm sicher einen Rheumaanfall eintragen. Er ging in den Bereich mit den Stadtplänen und sah sich das Gebiet an, in dem das Haus lag, ein sechsstöckiges Gebäude am Ende der Calle Diputación, in der Nähe der Diagonal und der Zufahrten zu den Autobahnen Richtung Norden. Es war eine gesichtslose, tote Gegend, dachte Méndez, in der es nicht einmal Liebesnester gab, wo alles aus geraden Linien bestand, die Ausläufer der Stadt. Aber es war ein guter Ort, um anonym zu bleiben. Nur warum gab der Kerl dann die Adresse an und ließ sich die Sachen schicken? Méndez war das schleierhaft.

Doch die Zeit drängte. Er, der es gewohnt war, extrem gefährliche, mit dem Ausland verbündete Rote in die Enge zu treiben und zu verhaften (einer hatte sich der erdrückenden Last der Beweise beugen müssen, denn er hatte eine Fahne von Andorra besessen), überprüfte die Fluchtmöglichkeiten. Wenn er zwei Beamte am Eingang und einen weiteren im Hinterhof postierte, konnte der Mörder des Mädchens nicht entkommen. Er saß fest wie die Ratte im Käfig.

Méndez bat um Verstärkung, und sie wurde ihm gewährt. Plötzlich schien er ein bedeutender Mann ohne Schuldenlast zu sein. Man stellte ihm nicht weniger als sechs Beamte zur Verfügung, und damit war die Verhaftung so gut wie sicher, vor allem bei dem Rochus, den er auf den Kerl hatte.

In wenigen Stunden würde er den größten Erfolg seines Lebens verbuchen können, er hätte den Gipfel an Popularität bei der Polizei erreicht, und das wäre eine beneidenswerte Situation, denn es lief immer darauf hinaus, dass die Freunde einem ein Abendessen spendierten.

Kurz darauf wurde der Angestellte des Ladens wieder vorstellig.

»Tut mir leid, Señor Méndez.«

»Haben Sie nichts gefunden?«

»Nein. Ich könnte schwören, der Mann war nicht dabei, aber ich hab ihn ja nur kurz gesehen.«

»Gut, so wichtig ist das auch nicht. Wichtig ist die Adresse. Sind Sie sicher, dass Sie die Kleider wirklich an die angegebene Adresse geschickt haben?«

»Absolut sicher, Señor Méndez.«

»Gut. Ich würde Sie ja jetzt nach Hause bringen und Ihnen nicht länger auf den Sack gehen, wenn ich es angesichts der Finesse des Falles mal so ausdrücken darf, aber nach der Verhaftung brauche ich Sie hier für die Identifizierung. So ersparen wir uns Arbeit, verstehen Sie? Und wir müssen Sie nicht noch ein weiteres Mal belästigen. Und jetzt entschuldigen Sie mich. Ich schwöre bei meinen Toten, dass es nicht lange dauert.«

Es wurde Zeit.

Sie würden den ahnungslosen Verbrecher jetzt aus seinen Träumen reißen, bestimmt hatte er der Nichte des Küsters den Rock inzwischen vom Leib gerissen.

»Los geht's«, sagte er.

Er tastete im Halfter nach dem Colt aus der Zeit des großen Krieges, den er liebte, weil er damit einem Kerl allein schon mit dem Knall die Eier wegpusten konnte. Das war für Méndez Grund genug, warum er ihn trotz allen

Drängens noch nicht dem Heeresmuseum übergeben hatte. Als er die Sicherung überprüfen wollte, löste er Panik in der Polizeimannschaft aus. Sie waren noch einen Block von ihrem Ziel entfernt.

Es schien alles in Ordnung zu sein.

Die Beamten von der Überwachung waren im Dunkeln nicht zu erkennen. Die anderen schlichen sich auf so leisen Sohlen heran, dass sie nicht mal eine Katze aufschreckten. Dieser perfekte Polizeieinsatz erinnerte Méndez an die glorreichen Einsätze während seiner Zeit bei der Polizei unter Franco, bei denen die Beamten, um auf Nummer sicher zu gehen, immer als Erstes den Nachtwächter verhaftet hatten. Es waren gefahrvolle, angespannte Nächte gewesen, in denen man am Ende immer einen Studenten über die Dächer verfolgen musste und die Zukunft Spaniens am seidenen Faden hing.

Ein jüngerer Inspektor, der zweite Einsatzleiter, fragte: »Gehen wir beide hinein?«

»Ja. Die anderen verteilen sich auf der Treppe. Schicken Sie über Funk einen Befehl an die im Hof. Wenn der Flüchtige versucht, über den Balkon zu entkommen, sollen sie ihn abknallen.«

»Sie sind wohl noch einer vom alten Schlag.«

»Es geht Sie einen Scheiß an, wer oder was ich bin.«

Ein Spezialist brach das Schloss an der Eingangstür auf, und sie schlichen sich langsam nach oben. Méndez fiel fast in Ohnmacht, weil er die Luft anhalten musste, um nicht zu husten und die Wände mit den Überresten von unzähligen Ducados zu besprengen, die noch in seinen Bronchien hingen. Vor der Tür fragte der Jüngere: »Klingeln wir?«

Méndez erinnerte sich nur zu gut an einige Kollegen, die durch eine solch dünne Tür hindurch erschossen worden waren. Dass der ein oder andere von ihnen mehr tot als lebendig war, stand auf einem anderen Blatt. Es ging darum, dass man sie abgeknallt hatte. Er flüsterte: »Verdammt, nein … Wir müssen die Tür öffnen, ohne dass drinnen jemand etwas mitbekommt.«

Er gab dem Spezialisten ein Zeichen, er solle heraufkommen. Er brauchte keine halbe Minute, dann gab die Tür nach.

Drinnen war es dunkel.

Es roch nach eingetrocknetem Urin.

Doch für Méndez roch es nach Dreckschwein. Das war das Einzige, was ihn interessierte. Also holte er seinen Colt heraus, der an die Marne-Schlacht erinnerte, und stürmte mit dem Kriegsruf hinein: »Polizei! Polizei! Mach dich auf was gefasst, du Mistkerl!«

Mondlicht fiel durch die Fenster und die beiden Balkone herein, und man konnte das kleine Appartement mit wenigen Blicken erfassen. Eine Diele, eine Toilette, eine kleine Küche, ein Zimmer mit einer spärlichen Bibliothek und ein großes Wohnzimmer mit zwei Balkonen. Kein Schlafzimmer, keine Menschenseele. Doch Méndez war sicher, dass jemand da war, und deshalb hob er nach dem Kriegsruf den Colt und stieß den zweiten seiner frommen Sätze aus: »Ich werd dir den Schwanz rasieren!«

Überall gingen die Lichter an. Zwei Beamte waren ihm mit gezogenen Waffen gefolgt und hatten auf alle Lichtschalter gedrückt. Die triste Helligkeit auf dem Flohmarkt gekaufter Neonröhren erfüllte die Räume.

In der Tat. Es war niemand da.

Doch Méndez war irritiert. Still und angespannt stand er da, als lauerte er nur darauf, sich hinterrücks auf jemanden zu stürzen. Blitzschnell wanderte sein Blick durch die

Wohnung, und ihm wurde klar, dass er sich nicht in einer Wohnung, sondern in einer Schule, genauer gesagt einer kleinen Privatschule, befand. Denn in dem großen Raum standen ein Dutzend Pulte, und an der Wand hing eine Tafel mit einem großen Kreidekreis.

Méndez' Zähne knirschten.

Jetzt wusste er, wo das Mädchen die letzten Stunden seines Lebens verbracht hatte.

Er war auf der richtigen Fährte, auch wenn er den Bastard nicht gefunden hatte, den er suchte.

Doch in dem Augenblick geschah etwas Unerklärliches, zumindest für Méndez.

Das Telefon klingelte.

7 Ein angesehenes Mitglied der Gesellschaft

Die Polizisten sahen sich verdutzt an. Sie hätten nie gedacht, dass ein so gewohntes Geräusch sie derart auffahren ließe.

Der junge Inspektor sagte leise: »Was für eine Unverschämtheit. Mitten in der Nacht anzurufen!«

»Gerade deshalb kann es von Bedeutung sein. Moment, ich gehe ran.«

»Was reden Sie da, Inspektor! Das ist bestimmt ein Irrtum. Da glaubt jemand, er hat die Nummer vom Bordell gewählt.«

»Dann hab ich ja vielleicht noch eine Chance«, sagte Méndez. »Alles eine Frage des Preises. Ich werde ganz schön was verlangen.«

Er nahm ab.

Dann erlebte er die zweite Überraschung. Eine raue, angenehm klingende Stimme fragte: »Inspektor Méndez?«

»Woher kennen Sie mich?«

»Ich habe Sie hineingehen sehen.«

»Ja, aber woher kennen Sie mich?«

»Ich kenne Sie, das genügt. Ich war in denselben Vierteln unterwegs wie Sie. Ich bin ein Mann aus Ihrem Revier. Aber lassen Sie uns jetzt offen reden.«

Doch Méndez war nicht bereit, offen zu reden, solange der andere ihm nicht noch ein wenig mehr von sich verriet.

»Sie sagen, Sie haben mich ins Haus gehen sehen. Von wo?«

»Von der Straße natürlich. Ich spreche aus einer öffentlichen Telefonzelle. Sie können den Anruf von dort nicht zurückverfolgen. Deshalb mache ich mir keine Sorgen.«

Solltest du aber, dachte Méndez, denn das war sehr unvorsichtig. Es konnte nicht viele Telefonzellen in der Nähe geben. Wenn seine Männer schnell genug waren, konnten sie den Kerl schnappen, bevor er auflegte.

Méndez gab dem jungen Beamten ein Zeichen. Energisch deutete er auf das Telefon und malte eine Zelle in die Luft. Dann gab er ebenso stillschweigend mit einer kultivierten, unmissverständlichen Handbewegung den nächsten Befehl: Man solle ihm die Eier abschneiden.

Sein Kollege verstand ihn sofort, denn der Wunsch, jemandem die Eier abzuschneiden, entsprach bester spanischer Behördentradition. Er eilte zur Tür und winkte zwei Männern, ihm zu folgen.

Währenddessen plauderte Méndez in fast schon jovialem Ton weiter, um Zeit zu gewinnen.

»Haben Sie auch genug Münzen?«

»Was geht Sie das an.«

»Gut. Reden Sie.«

»Ich war auf dem Weg zur Schule. Ich habe den Schlüssel. Als ich fünfzig Meter vor dem Haus war, habe ich Sie kommen sehen. Diesmal hatte ich Glück. Ich konnte noch rechtzeitig bremsen.«

»Ist das Ihre Schule?«

»Nein. Aber ich habe den Schlüssel, die Gründe werde ich Ihnen jetzt nicht nennen. Es ist nicht schwer, an ein Duplikat zu kommen, das wissen Sie. Heutzutage kann man sich selbst in Kliniken für Geschlechtskrankheiten Schlüssel nachmachen lassen.«

»Und wenn die Schule nicht Ihnen gehört, hatten Sie dann keine Angst, man könnte Sie bei Ihrem Besuch ertappen?«

»Nein, sie ist nicht mehr in Betrieb. Sie soll weitervermietet werden.«

Unruhig zählte Méndez die Sekunden und versuchte sich die Stimme einzuprägen. Aber noch mehr interessierte ihn, was den anderen zu diesem Anruf bewogen hatte.

»Dann ist mir jetzt auch klar, warum Sie keine Angst hatten, die Kleine hier zu verstecken.«

»Sie war nicht lange dort.«

»Haben Sie sie hier getötet?«

»Ja.«

»Wo sind die Blutspuren?«

»Die habe ich beseitigt. Ich habe alles im Bad erledigt.«

»Dreckskerl.«

»Ich habe nicht angerufen, um mit Ihnen über Moral zu diskutieren, Méndez.«

»Wenn ich dich erwische, werden wir es uns im Bad so nett machen, dass du blutest, bis man deine Mutter wieder ausbuddelt.«

»Wenn Sie mir weiter drohen, werde ich nicht mehr mit Ihnen reden, Méndez. Und für Sie ist es besser, wenn wir reden.«

In der Tat, dachte Méndez. Es dürften nicht mehr viele Telefonzellen übrig sein.

»Gut, fahren Sie fort.«

»Ich will einen Deal.«

»Einen Deal? Wieso?«

»Weil ich reingelegt wurde. Warum, glauben Sie, sind Sie dort? Weil Sie so schlau sind? Oder weil Sie Glück gehabt haben? Von wegen. Sie sind da, weil man mich reingelegt hat. Sonst hätten Sie das Nest nie entdeckt. Man hat mich reingelegt, weil ich naiv war. Das muss ich zugeben.«

»Die Kleider, nicht wahr?«

»Genau. Als ich sie entführt hatte, hat sie in die Hose gemacht. Das ist normal. Sie hatte Angst. Da habe ich einen Anruf getätigt. Ich brauchte ein neues Kleid. Ich konnte ja schlecht ein stinkendes Bündel transportieren, das mir das Auto versaut.«

Bündel ... Noch nie in seinem Leben hatte Méndez sich so zurückhalten müssen, nicht einen brutalen Fluch auszustoßen.

Er nahm sich vor, mit dem Kerl ein paar reizende Sachen anzustellen, wenn er ihn erwischte. Méndez war ein Experte, ein Fan der alten Kunst. Er kannte eine Reihe von Schlägen, die er noch nie angewendet hatte, doch diesmal würde er es tun. Schläge, die kaum Spuren hinterlassen, aber die Nieren und die Blase eines Mannes für immer zerstören und ihn für den Rest seines Lebens zur Dialyse verurteilen. Dann noch ein paar Finger gebrochen, langsam und fein, wie von einem florentinischen Goldschmied ausgeführt. Auch Gelenke auskugeln war Teil der Kunst. Am Ende ein

Sturz von einer schön steilen Treppe, notfalls ein paarmal, und alle Wunden sind kaschiert. Méndez spürte, wie ihm der Hass feucht durch die Kehle rann.

Doch der andere redete weiter.

»Ich habe ein neues Kleid bestellt«, sagte er. »Derjenige, den ich angerufen habe, hat mir versprochen, es persönlich vorbeizubringen. Das war vollkommen ungefährlich. Wir wussten beide, was Sache war. Er sagte sogar, er würde mir zur Sicherheit gleich zwei mitbringen. Wenn ich nur eines brauchte, sollte ich das andere vernichten.«

Méndez lauschte angespannt.

»Ich hätte nie gedacht, dass er in dem Laden meine Adresse angeben würde. Und dass ein Bote des Geschäfts es vorbeibringen würde. So hatte er einen unübersehbaren Hinweis gegeben, ohne dass ich davon wusste. Die Polente würde die Spur finden und auf mich kommen. Das Gefährlichste war, dass ich in meiner Leichtgläubigkeit dachte, alles wäre gut gegangen.«

»Da fallen mir zwei Dinge ein«, sagte Méndez.

»Was?«

»Wenn der, der dich verraten hat, wollte, dass du geschnappt wirst, hätte er der Polizei einen anonymen Brief schreiben können.«

»Das wird doch alles analysiert. Man hinterlässt Spuren über Spuren. Dann hätte man vielleicht auch ihn geschnappt.«

»Er hätte ja anrufen können.«

»Ja, aber dann hätte er auf einem Diensttelefon der Polizei anrufen müssen. Und dort werden die Stimmen aufgenommen, und auch die Stimme kann man analysieren.«

»Stimmt. Und wenn er bei einem von der Polente privat angerufen hätte?«

»Dann hätte man vielleicht seine Stimme erkannt.«

Méndez war ganz Ohr.

Das waren überaus wertvolle Hinweise.

»Aber da ist ja noch ein zweiter Punkt. Hast du denn nicht gemerkt, dass dir nicht dein Kumpel die Sachen gebracht hat, sondern ein Angestellter des Ladens?«

»Nein. Wir hatten ausgemacht, dass er das Paket vor die Tür legt. Er sollte nicht klingeln, keinerlei Kontakt zu mir aufnehmen. Es gibt einen Portier, aber der hält sich immer in seiner Loge auf und achtet auf niemanden. Also habe ich irgendwann das Päckchen vorgefunden, wie vereinbart. Aber ich wusste nicht, wer es dort abgelegt hatte. Und dass der Scheißkerl selbst das veranlasst hatte.«

»Dafür hast du keinen Beweis.«

»Nein, aber es kann nicht anders gewesen sein, sonst wärt ihr mir nicht so schnell auf die Schliche gekommen. Und Sie haben es nicht bestritten, Méndez.«

»Stimmt.«

Er sah wieder auf die Uhr. Was trieben diese Schwuchteln denn da draußen, dass sie die Telefonzelle immer noch nicht gefunden hatten?

»Kommen wir zu dem Deal«, brummte er. »Raus mit der Sprache.«

»Ich bin verraten worden. Mein Kumpel braucht mich nicht mehr und will, dass ich zur Hölle fahre.«

»Wenn es einer von der Polente ist, hätte er dich doch direkt töten können.«

»Und warum sollte er mich töten?«

»Tja …«

»Jetzt grübeln Sie nicht über Dinge nach, die nicht geschehen sind, Méndez. Jeder Polizist, der jemanden tötet, braucht einen guten Grund und so, wie die Dinge in letzter

Zeit laufen, sogar zwei. Noch mal: Warum sollte er mich töten? Ich habe einen guten Leumund. Ich genieße sogar ein gewisses Ansehen. Lachen Sie nicht, Méndez. Kein Polizist kann auf mich schießen, ohne später einen Haufen Erklärungen abgeben zu müssen. Er könnte anführen, ich hätte das Mädchen getötet, klar. Aber wie hätte er darauf kommen sollen? Das war eine Sackgasse. Deshalb war es besser, mich ans Messer zu liefern, damit andere mich jagen wie einen tollwütigen Hund.«

»Im Gegensatz zu dir haben tollwütige Hunde Respekt verdient«, blaffte Méndez. »Ich bin eine alte Schlange, die keine Eier mehr legt, weil sie schon in den Wechseljahren ist. Aber ich bin mit meinem Gedankengang noch nicht zu Ende. Ich denke zum Beispiel, dass es deinem Kumpel nicht recht sein kann, dass man dich erwischt. Du könntest ihn verpfeifen.«

»Er weiß, dass die Polizei mich nie lebend schnappen wird.«

»Jetzt hör mir mal zu, du Wichser«, blaffte Méndez weiter, ohne einen Hehl aus seiner Verachtung zu machen. »Jeder lässt sich lebend schnappen. Kein Kindsmörder ist ein Held. Ihr seid alle Abschaum. Wenn man einem Kerl wie dir den Lauf einer Pistole in den Arsch schiebt, flehen sie alle, man solle nicht abdrücken. Sie flehen bei ihrer Mutter. Also spar dir das Getue.«

Die Stimme am anderen Ende klang ruhiger als erwartet: »Vor etwa fünf Jahren war ich im Gefängnis, Méndez. Und weil ich da Zeit im Überfluss hatte, habe ich mein Wissen ein wenig erweitert.«

»Und worin?«

»Geschichte.«

»Das ist doch an sich nichts Schlechtes.«

»Jetzt stellen Sie sich nicht dumm, Méndez. Sie wissen sehr wohl, wovon ich rede. In spanischen Gefängnissen gibt es kein Gesetz. Es gibt nur Abschaum. Drogen. Ja, Drogen, die gibt es im Überfluss. Warum, glauben Sie, habe ich das getan? Wegen der Kohle, Méndez, verdammte Scheiße. Wegen der Kohle für Drogen. Dort habe ich sie zum ersten Mal genommen. Und mich daran gewöhnt. So sehr, dass ich mehr gekauft habe, als ich bezahlen konnte.«

Méndez schluckte.

Das Szenario war ihm bestens bekannt.

»Also hast du ordentlich Schulden gemacht.«

»Ja.«

»Und du konntest nicht zahlen.«

»Nicht mit Geld.«

»Mit was hast du dann bezahlt?«

»Mit meinem Arsch.«

»Ich dachte mir gleich, dass mit dir was nicht stimmt«, sagte Méndez und lachte wie ein richtiger Kotzbrocken.

»Verdammte Scheiße, Méndez. Machen Sie sich nicht darüber lustig. Ein Jahr lang hat man mich gefickt. Am Ende war es so: Wenn ich Drogen brauchte, wusste ich ja, wie ich sie bezahlen musste. Sie haben mir ganz schön den Arsch aufgerissen, Méndez. Ich kann mich nicht einmal mehr auf eine Toilette setzen. Deshalb werde ich nie mehr ins Gefängnis zurückkehren. Mit Sicherheit nicht. Und schon gar nicht als Mörder eines kleinen Mädchens. In den Gefängnissen gibt es so etwas wie einen Gerechtigkeitssinn, Méndez. Und wenn ich da erst wieder festsitze, werden sie dasselbe mit mir machen. Aber mit einem glühenden Eisen.«

Méndez verspürte keinerlei Mitleid. Viele Soziologen sahen das anders. Aber er nicht.

Er murmelte: »Ich würde sogar das Eisen zahlen.«

»Méndez, wir reden über einen Deal. Ich habe Ihnen alles Mögliche erklärt, damit Sie kapieren, dass ich Ihnen die Wahrheit gesagt habe. Aber es geht um einen Deal.«

Die Stimme klang weiterhin gelassen und selbstbewusst. Méndez zog daraus seine Schlüsse: Erstens hatte er es mit einem kultivierten Mann zu tun. Zweitens litt dieser nicht unter Entzugserscheinungen. Sein Gesprächspartner war vollkommen ausgeglichen, und in solchen Momenten – das wusste der alte Polizist – bewiesen Typen wie er eine große Intelligenz.

»Wie soll der Deal aussehen?«

»Ich verrate Ihnen den Namen meines Komplizen, der mich für die Tat bezahlt hat.«

»Und was willst du dafür?«

»Nicht viel. Sechs Stunden Aufschub. Mehr nicht. So billig würde kein anderer bei mir davonkommen.«

»In drei Stunden bist du an der Grenze von Le Perthus«, sagte Méndez.

»Oder woanders. Was wissen Sie denn schon? Ich könnte auf einem Frachter anheuern, der heute Nacht in See sticht. Oder Richtung Portugal verschwinden. In Madrid unter falschem Namen leben. Meinen Komplizen schnappen Sie lebend, und er wird reden wie ein Wasserfall, aber er weiß nur den Namen, den ich ihm genannt habe, und wie viel Drogen ich brauche. Mehr nicht. Er hat keine Ahnung von meinen Plänen. Deshalb bitte ich Sie nur um sechs Stunden. Das reicht mir.«

»Du redest, als würde ich allein ermitteln. Dabei ist eine ganze Mannschaft hinter dir her.«

»Die haben keine Ahnung, wer ich bin. Nur Sie, kapiert? Also, einfach sechs Stunden die Füße ruhig halten. Es wäre gut für Sie, wenn Sie einwilligen, Méndez. Auch ohne den Deal kann ich jederzeit abhauen, wohin ich will.«

Denkste, sagte sich Méndez, der davon ausging, dass die Telefonzelle jeden Augenblick entdeckt würde. Und um die letzten entscheidenden Sekunden noch herauszuholen, fragte er: »Warum traust du mir?«

»Weil Sie Wort halten. An ein paar Dinge glauben Sie noch.«

»Ich glaube an gar nichts, du Scheißkerl«, brüllte Méndez, als hätte man ihm die schmutzigste Beleidigung der Welt an den Kopf geworfen.

»Genau deshalb, Méndez. Weil Sie behaupten, Sie würden an nichts glauben. Und jetzt haben Sie fünf Sekunden, um zu antworten. Kommen wir ins Geschäft oder nicht?«

»Du wirst mir den Namen deines Komplizen so oder so verraten. Das hier ist eine Ménage à trois: Er hat dich verraten, du hasst ihn, und ich soll ihn ficken.«

»Ich lege jetzt auf, Méndez.«

»Warte! Wir machen den Deal.«

»Gut. Sechs Stunden.«

»Den Namen!«

»Inspektor Marquina von der Informationsbrigade.«

Man hörte ein Klicken.

Der andere hatte aufgelegt.

Méndez stieß einen derben Fluch aus.

Wie war das möglich? Hatten sie die Telefonzelle noch nicht gefunden? Würden sie sie nie finden?

Wie von Sinnen drehte er sich um.

In der leeren Schule war sein Gesicht nur ein aschfarbener Fleck. Schritte auf dem Flur. Mit einem triumphierenden Lächeln stürmte der junge Beamte herein.

»Alles erledigt, Méndez.«

»Was?«

»Ich hab ihn bei den Eiern gepackt.«

»Ihr habt den Kerl in der Zelle erwischt?«

»Allerdings. Fast in der letzten. Er hat versucht abzuhauen, und wir haben es ihm gegeben. Eine platte Nase, ein ramponierter Zahn und ein Ei weniger im Sack. Ein voller Erfolg, Méndez, ein voller Erfolg. Der Typ ist platt. Er wird gerade hochgebracht.«

Méndez heulte auf: »Dieser Mistkerl! Er war schlauer als wir! Er hat behauptet, dass er von einer Zelle redet, dabei hat er aus einer Nachtbar angerufen! Er wusste, dass wir alle Telefonzellen absuchen würden, er hat uns verarscht! Jetzt ist es zwecklos! Lasst den armen Kerl frei! Er war bestimmt gerade dabei, den Arzt anzurufen oder ein Date klarzumachen oder seiner Frau Bescheid zu sagen, dass er später nach Hause kommt.«

»Genau das hat er gesagt. Er wollte seiner Frau Bescheid sagen, dass er später nach Hause kommt. Und er hat tatsächlich geglaubt, wir würden ihm das abkaufen. Der hält sich wohl für besonders schlau.«

»Schwachsinn. Das ist bestimmt die Wahrheit.«

»Tja …« Der junge Inspektor war verwirrt. »Auf dem Weg hierher hat er die ganze Zeit gemurmelt: ›Meine Frau, meine Frau! Sie bringt mich um, wenn ich nach Hause komme!‹«

»Soll sie. Schickt ihn nach Hause.«

»Verdammt, willst du ihn dir nicht mal anschauen? Du bist doch für das alles hier verantwortlich, du hast den Befehl gegeben. Willst du jetzt kneifen?«

Méndez zuckte die Achseln.

»Ich habe noch nie gekniffen«, sagte er. »So bin ich.

Dann führt mir unseren Gigolo mal vor. Ich bin gespannt, wie der größte Pechvogel von ganz Barcelona aussieht.«

Man brauchte ihn nicht extra vorzuführen. Er wurde bereits hereingetragen. Méndez drehte sich um, als er Schritte hörte; das Telefon glitt ihm aus der Hand und zerschellte am Boden.

Der größte Pechvogel von ganz Barcelona stand vor ihm.

Der Journalist Amores sank ihm fast in die Arme und stöhnte: »Méeeeeeeeeeendez!«

8 Jede Minute zählt, Méndez

Méndez ließ den Nacken an die Kopfstütze sinken und schloss die Augen. Er verspürte einen unerträglichen Schmerz in den Schläfen, der bis in den Hals und die Schultern zog. Das Geschaukel des über die Straße jagenden Wagens verstärkte das Schwindelgefühl noch.

Diese Citroëns sind extrem weich gefedert, dachte er. Auf dem Rücksitz tanzt man förmlich.

Doch das war es nicht, was ihn beschäftigte. Er hatte es eilig. Auch wenn er sich an den Sechs-Stunden-Pakt halten würde, zählte jede Minute.

Amores neben ihm stöhnte.

»Keine Sorge«, sagte Méndez, ohne die Augen aufzuschlagen. »Wir versorgen dich auf dem Präsidium und verständigen von dort deine Frau und tischen ihr irgendetwas auf. Eine Razzia, eine Verwechslung, irgendwas. Vielleicht sagen wir ihr sogar, du standest gerade in Verhandlungen für die Reportage des Jahrhunderts.«

»Ich schreibe keine Reportagen mehr«, jammerte Amores. »Man hat mich aufs Abstellgleis geschoben. Ich darf nur noch Seiten gestalten.«

Méndez hatte die Augen immer noch geschlossen.

»Wen hast du wirklich angerufen?«, murmelte er. »Wen?«

»Eine Frau.«

»Warum?«

»Ich war verzweifelt.«

»Und immer wenn du verzweifelt bist, musst du eine Frau anrufen.«

»Und immer passiert mir was. Es ist furchtbar, Méndez. Immer passiert mir was!«

»Und was war es diesmal?«

»Als deine Leute kamen und mich vermöbelt haben, war gerade der Ehemann am Telefon.«

Méndez schlug die Augen auf, sah aber Amores nicht an. Sollte er doch zur Hölle fahren. Oder ins Gras beißen. Er wollte nur so schnell wie möglich ins Präsidium und sich an die Arbeit machen. Sein müder Blick, der seit Jahren in der Zeitung die klein gedruckten Anzeigen für Massagen, Wohnungsangebote und Sterbeversicherungen studierte, wanderte nun hoch zu den ersten Stockwerken, den verglasten Balkonen der Bourgeoisie, die den noblen Häusern des Ensanche-Viertels ihren Charme verliehen. Bleikristall, vergessene Blumenkübel, von der Zeit zernagte Vorhänge, die Stille, die aus dem Innern der Wohnungen bis auf die Straße drang. Hin und wieder eine kühne Rundung im Stein, eine weiblich anmutende Scheibe, modernistische Schnorkel. Dort befand sich ein Teil des alten Barcelona, das Méndez so liebte, obwohl es das feindselige, bürgerliche Barcelona war, das ihn niemals aufnehmen würde. Na und. Zum Teufel mit ihm. Er verlangte nichts, er wollte nur wieder die Augen schließen.

Sie erreichten das Präsidium in der Vía Layetana. Méndez, den tagsüber niemand beachtet hätte, bekam ein Büro, einen Aschenbecher, einen Stuhl und ein Telefon, weil außer ihm kaum jemand da war. Er rief den obersten Verantwortlichen der Gefängnisse Kataloniens an, der sein Freund und ein toleranter Mann war. Trotz der späten Stunde war er sehr zuvorkommend.

»Ich rufe gleich den Verwaltungschef im Modelo-Gefängnis an«, versprach er. »Er wird sich mit Ihnen in Verbindung setzen.«

Fünf Minuten später war er am Apparat, und Méndez kam gleich zum Punkt.

»Ich brauche Informationen über einen Kerl, der vor einiger Zeit bei euch eingesessen hat. Er wurde im Gefängnis drogensüchtig, hat Schulden bei den Dealern gemacht, man hat ihn dafür gefickt, und er hat Geschichte studiert.«

»Sonst noch was, Méndez?«

»Nein.«

»Für Sie reicht das wahrscheinlich.«

»Klar. Fehlt ja nur noch die Marke der Vaseline, die er benutzt hat.«

»Mal sehen. Sie wissen nicht zufällig, in welchem Jahr er hier war?«

»Nein. Aber er ist drogensüchtig geworden.«

»Das werden hier leider fast alle.«

»Er wurde gefickt.«

»Das ist ja in dieser Stadt fast schon ein Sport.«

»Er hat Geschichte studiert.«

»Viele studieren irgendwas.«

Méndez unterdrückte einen Fluch.

»Fragen Sie mal bei den Leuten rum«, murmelte er. »Mobilisieren Sie die Spitzel. Sprechen Sie mit den diensthabenden Beamten und rufen Sie die anderen zu Hause an. Vielleicht erinnert sich einer. So viele werden ja nicht Geschichte studiert haben. Vielleicht können sich die aus der Bibliothek erinnern.«

»Einverstanden. Ich tue, was ich kann. Allerdings ist die Uhrzeit nicht gerade günstig. Sind Sie unter dieser Telefonnummer zu erreichen?«

»Nein. Rufen Sie auf dem Revier von Atarazanas in der Calle Nueva an. Hier will ich verschwinden, bevor man mich rauswirft.«

Er legte auf.

Aber er ging noch nicht.

Mit halb geschlossenen Augen und zusammengepressten Lippen wandte er sich der nächsten Erinnerung zu: Marquina.

Er kannte ihn gut genug, um zu wissen, was für eine Art Mensch er war. Den größten Teil seines Berufslebens (seines kurzen Berufslebens, denn er war erst 1982, mit dem Wahlsieg der PSOE, zur Polizei gekommen) hatte er in der Abteilung Wirtschaftskriminalität zugebracht, das heißt, er ermittelte gegen Banker, die wenig verdienten (sonst hätte man nicht gegen sie ermittelt), gegen Schmuggler, die das Schmiergeld nicht bezahlt hatten, gegen Kapitalflüchtlinge, die sich in der Grenze geirrt hatten, und gegen Besitzer dubioser Handelsgesellschaften, die in der Stunde der Wahrheit gar keinen Besitzer hatten. Méndez zündete sich eine stinkende Toscano-Zigarre an, legte die Füße auf den Tisch, um die rheumageplagten Knie zu entlasten, und blickte zur Bürotür, durch die Horacio gerade hereingekommen war. Horacio stammte ursprünglich auch aus dem Revier in der Calle Nueva und saß jetzt die letzte Zeit bis zu seiner Pensionierung im Archiv in der Vía Layetana und in den Bars und Kneipen der Calle Condal ab und erinnerte sich mit Tränen in den Augen an die Glanzleistungen, die er im Barrio Chino vollbracht hatte. Genau wie Méndez hatte er die Leute auf den Toiletten der Lokale verhaftet und im Milieu schnell den Spitznamen »Schwanzschreck« weggehabt.

Freudig sah er Méndez an.

»Du hier …«, murmelte er. »Man hat dich befördert.«

»Ach was. Man wird mich rauswerfen.«

»Das müssen wir begießen. Willst du 'n Schluck?«

»Nein«, lehnte Méndez ab, »ich trinke nur beim Essen und bei Besäufnissen.«

»Mensch.«

»Hör mal, hattest du in der letzten Zeit mit Marquina zu tun?«

»Der sich um die hohen Herren kümmert, die sich die Taschen füllen?«

»Genau.«

»Der hat ganz gut gelebt. Na ja, tut er immer noch. Immer über seine Verhältnisse, aber da ist er nicht der Einzige, wie du weißt. Wenn du mit der Finanzwelt zu tun hast, merkst du schnell, dass es in Spanien eine neue Moral gibt. Die Moral des Erfolgs. Und der Rest zählt nicht. Du brauchst doch nur mal einen Blick in die Zeitungen zu werfen. Weißt du was, Méndez?«

»Was?«

»Die Leute interessieren sich heutzutage nicht mehr für Ärzte, Ingenieure, Soldaten und Schriftsteller, nicht mal für Priester. Sie wollen wissen, was die Banker treiben. Die Ärsche der Banker sind heutzutage interessanter als die ihrer Frauen. Ich weiß nicht, was eines dieser Klatschblätter für ein Foto vom Arsch von Mario Conde zahlen würde.«

Méndez sagte kläglich: »Oh, wie wahr.«

Er weinte immer untergegangenen alten Kulturen nach.

»Und was ist mit Marquina?«, fragte er leise.

»Na ja, er ist in dieser Welt zu Hause«, sagte Horacio und setzte sich auf den Tischrand. »Manchmal haben wir darüber geredet, aber man weiß ja, wie das läuft. Du fängst an, die Finanzhaie zu bewundern und einen ehrerbietigen Respekt vor der Kohle zu haben. Und was hast du gemacht, Méndez? Du empfindest einen ehrerbietigen Respekt vor einer Hure, die sechs Kinder großzieht. Das führt nirgendwohin. Einen Kerl zu respektieren, der sechs Huren aushält, das ist der Weg der Wahrheit. Vor allem, wenn du feststellst, dass eines der Mädchen dir gehören könnte.«

Méndez zog ein paarmal an der Toscano. Dicke Rauchschwaden zogen durch das Büro, dass man befürchten musste, gleich würde der Notstand ausgerufen.

Doch Horacio, der alte Fuchs, achtete nicht darauf, sondern fragte: »Warum suchst du Marquina?«

»Was Privates. Könntest du dir vorstellen, dass er auf einen Schlag eine größere Summe Geld brauchte?«

»Groß genug, um endgültig korrupt zu werden?«

»Ja.«

»Schon möglich. Je nachdem, in welchen Kreisen du verkehrst, rechnest du anders. Die Zahlen sind anders, sie werden anders notiert. Du sprichst voller Respekt über fünfzigtausend Peseten. Einen Banker der heutigen Generation oder einen Politiker von denen, wie sie jetzt regieren, lässt so ein Betrag völlig kalt. Alles hängt davon ab, ob du dich daran gewöhnst, so zu zählen wie sie. Dann liegen die Dinge anders.«

Méndez ließ die Zigarre ausgehen, bevor der Rauch noch zum Büro des obersten Chefs vordrang.

»Ja«, murmelte er, »ja.«

»Hör mal, wenn du Marquina einen Besuch abstatten willst: Du weißt, du kannst seine Adresse sofort haben.«

»Ich will nicht in seiner Wohnung mit ihm reden. Ich möchte ihn woanders erwischen. Noch etwas: Dieses Gespräch bleibt unter uns. Kein Wort darüber. Und du kannst mir einen Gefallen tun, wo du doch im Archiv arbeitest.«

»Ich kann dir die Akte von Montse heraussuchen, die sich immer ein Schleifchen ins Haar machte wie eine Klosterschülerin, bevor sie mit ihren Freunden ins Bett ging. Sie ist auf den Hund gekommen. Und das, obwohl du sie beschützt hast.«

»Ich habe ihr die Reise nach Madrid bezahlt, als sie aus dem Gefängnis kam«, erinnerte sich Méndez mit abwesendem Blick. »Ich denke mal, sie arbeitet jetzt dort. Vielleicht sogar im öffentlichen Dienst. Aber um die Akte geht es nicht, Horacio, das weißt du doch. Ich brauche die Fahndungsakte von einem drogenabhängigen Delinquenten, der unbedingt Geschichte studieren wollte.«

»Mehr weißt du nicht?«

»Nein.«

»Leck mich, Méndez.«

Horacio ging hinaus.

Auch Méndez machte sich davon, ließ seine müden Knochen in einen Streifenwagen fallen und bat darum, man möge ihn zum Revier in der Calle Nueva bringen. Der Wachposten vor der Tür war inzwischen verschwunden, vielleicht hatten die Junkies ihn mitgenommen. Méndez schleppte sich in sein Büro, fluchte, als er hörte, dass niemand für ihn angerufen hatte, und machte sich auf den Heimweg. Er schloss die eisenvergitterte Tür der bereits seit Stunden geschlossenen Bar auf, machte das Licht an, goss sich ein Glas Rotwein ein, schwenkte ihn kurz, löschte das Licht und zog sich auf sein Zimmer zurück.

Gallardo saß auf dem Bett. Das Zimmer war voller Rauch, aber Méndez störte das nicht. Im Gegenteil, für ihn war die schwere Luft wie Balsam, eine Erinnerung an die unwiederbringlich vergangenen alten Zeiten. Er geriet in einen Zustand der Verzückung, der jedoch sogleich endete, als Gallardo sich auf ihn stürzte.

»Was? Was ist mit meiner Tochter?«

»Immer mit der Ruhe, Gallardo.«

»Von wegen Ruhe!«

»Ich will offen mit dir reden. In der Gerichtsmedizin liegt die Leiche eines jungen Mädchens, und bis vor Kurzem habe ich geglaubt, es handele sich um deine Tochter. Ich habe dir nichts gesagt, weil ich dir nicht das Herz brechen wollte und weil ich mir nicht sicher war. Aber jetzt denke ich, es ist nicht sie, und es hat auch nichts mit Paco Robles zu tun. Da steckt eine andere Geschichte dahinter.«

Gallardo hatte ihn am Revers gepackt.

»Eine andere Geschichte?«, brüllte er. »Und warum?«

»Weil Leute auf den Plan getreten sind, die nichts mit dir und deiner Welt zu tun haben. Ich sage dir, deine Tochter wird wieder auftauchen, und der Albtraum wird ein Ende haben. Und jetzt sage ich dir, was du tun wirst.«

Er schubste ihn aufs Bett und setzte sich neben ihn.

»Hör zu, Gallardo. Du verlässt jetzt das Haus und nimmst dir ein Taxi. Ach was. Ich komme mit. Meine alten Knochen wollen nicht mehr, aber ich komme mit. Auf geht's.«

Es war nicht leicht, um diese Zeit ein Taxi in der Calle Nueva zu bekommen, wenn die Bars, die Cabarets und selbst die Life-Schuppen schon geschlossen hatten, wo derselbe Kerl jeden Abend gelangweilt dieselbe Tussi vor dem immergleichen Publikum vögelte: Touristen aus Extremadura, Frischvermählte aus Calatayud, Geschäftsreisende aus Valencia und Soziologen aus Sabadell. Die Calle Nueva war verlassen, und die frisch eingeweihten städtischen Gebäude, denen die alten Kaschemmen mit Nachttopf und Waschbecken hatten weichen müssen, lagen im Dunkeln. Eine erschöpfte Hure schlief in einem Hauseingang und träumte irgendeinen posthumen Traum. Wie durch ein Wunder hatte der Wachposten überlebt und war sogar zum Revier zurückgekehrt.

Méndez dachte, dass das nicht mehr seine Welt war, aber er sagte nichts.

»Taxi!«

Der Wagen brachte sie durch eine schlafende, blasse Stadt in die Gerichtsmedizin. Méndez war so vorausschauend gewesen, aus der Bar einen 85er Marqués de Cáceres mitzunehmen, der seiner Meinung nach militärische Ehren verdient hätte und mit dem er sich den Angestellten der Leichenhalle für immer gefügig machte. Gallardo zitterte wie Espenlaub, als man ihn zu dem Tisch führte, auf dem das Mädchen lag.

Er sackte zusammen.

»Mein Gott …«

»Ist sie es?«, stammelte Méndez.

»Nein.«

»Dachte ich mir. Los, wir gehen.«

»Méndez …«

»Was?«

»Wer hat das getan?«

»Den suche ich gerade.«

»Überlassen Sie ihn mir.«

»Du glaubst auch nicht an das Gesetz, nicht wahr, Gallardo?«

»Tut das irgendjemand?«

Méndez zuckte die Achseln.

»Keine Ahnung.«

Sie schleppten sich müde hinaus und nahmen wieder ein Taxi. Von der Anspannung und dem lange unterdrückten Schmerz überwältigt, war Gallardo auf dem Sitz nach vorn gesunken und hatte angefangen bitterlich zu weinen. Méndez legte den Arm um ihn, wie er es bei verzweifelten Frauen machte, und sagte leise: »Hey, ein tapferer Krieger weint nicht.«

Es war merkwürdig, aber die verzweifelten Frauen reagierten auf den Satz besser als die Männer. Bauch und Herz sprechen nicht immer dieselbe Sprache, dachte Méndez. Gallardo rührte sich nicht, ihm war speiübel, bis er merkte, dass sie auf dem Weg ins Gefängnis waren.

»Nein, Méndez, bringen Sie mich nicht dorthin, nicht heute Nacht.«

»Das macht alles noch schlimmer.«

»Ich regele das. Lassen Sie mir ein paar Stunden, bis meine Tochter wieder auftaucht. Ein paar Stunden.«

»Einverstanden«, seufzte Méndez. »Du kannst bei mir bleiben. Aber versprich mir, dass du meinen Arsch nicht anrührst, wenn ich dort vor dem Morgengrauen aufkreuze.«

Méndez wusste, dass ihm nichts passieren würde, denn er hatte nicht vor, in der Nacht zu schlafen. Er schlurfte zurück zu seinem Tisch auf dem Revier.

»Hat jemand angerufen?«

»Ja, aus dem Modelo-Gefängnis. Gerade eben. Sie wollen sich noch mal melden.«

Méndez verlor keine Sekunde und rief sofort den Leiter an. Seine Stimme klang schwach, als käme sie aus einer fernen Stadt.

»Ich weiß nicht, ob es Ihnen nutzt, Méndez.«

»Lassen Sie mal hören.«

»Da ist ein ganzer Haufen von Kerlen, auf die Ihre Beschreibung zutrifft. Aber die Beamten, die schon länger im Dienst sind, erinnern sich nur an zwei, die ernsthaft Geschichte studiert haben. Das ist natürlich alles nur Gerede.«

»Egal. Geben Sie mir die Namen.«

»Einer heißt Conrado Mola. Der andere Ángel Martín.«

»Was für Delikte?«

»Conrado Mola wegen Vergewaltigung.«

»Ich glaube nicht, dass der Gesuchte solche Neigungen hat. Erzählen Sie mir von Ángel Martín. Weshalb saß der hinter Gittern?«

»Unterschlagung bei der Bank, in der er arbeitete. Ein Mann mit bester Ausbildung, aber einer von denen, die viel mehr ausgeben, als sie verdienen. Anfangs war er wohl ganz umgänglich. Dann hat er sich verändert. Hat 'ne Menge Hass aufgestaut. Am Ende haben die Wärter ihm alles zugetraut.«

Méndez holte die Flasche aus der Schublade und nahm einen so großen Schluck, dass es ihn um ein Haar in die Notaufnahme katapultiert hätte. Er hatte das Gefühl, den richtigen Mann gefunden zu haben. Aber es war nur eine vage Ahnung.

»Alter?«, fragte er.

»Er ist jetzt genau fünfunddreißig.«

»Der Stimme nach könnte es der Ganove sein, mit dem ich telefoniert habe. Wie lange ist er schon draußen?«

»Zwei Jahre.«

»Welchen Wohnsitz hat er bei seiner Freilassung angegeben? Ich vermute mal, er kam auf Bewährung raus …«

»Wie alle. Mal sehen. Ja, hier steht's. Calle Blay, einhundertacht, zweiter Stock links.«

»Ich kenne die Straße gut. Danke. Ich weiß nicht, ob das der Kerl ist, aber er könnte es sein.« Jetzt hatte Méndez etwas in der Hand, einen Namen, mit dem er Marquina konfrontieren konnte. »Nochmals vielen Dank. Wenn Sie sterben, werde ich eine Messe für Sie lesen lassen.«

Er wollte schon auflegen, um sich den giftigen Kommentar des anderen zu ersparen, doch dann fiel ihm noch etwas ein. Mit öliger Stimme sagte er: »Ach, Entschuldigung. Bevor Sie von uns gehen, geben Sie mir doch bitte noch eine letzte Information. Dieser Ángel Martín, hat der ganz allgemein Geschichte studiert, oder hatte er ein Spezialgebiet?«

»Er hatte ein Spezialgebiet, wie's aussieht.«

»Und was?«

»Die Mitarbeiter der Bibliothek sagen, er habe alles verschlungen, was mit dem alten Ägypten zu tun hatte.«

9 Die Strasse der hundert Schatten

Entgegen seiner Gewohnheit kam Méndez richtig in Schwung und rief damit allgemeine Verwirrung hervor, denn jeder, vor allem die Verbrecher, wussten, dass er gewöhnlich immer ein paar Tage hinterherhinkte. Er war so in Fahrt, dass die wenigen Kollegen, die es mitbekamen, dachten, es würde in einem Bandscheibenvorfall enden.

Als Erstes sicherte er seine Flanke. Er rief Horacio im

Archiv an. Der begrüßte ihn mit den Worten: »Heilige Mutter Gottes. Du bist immer noch auf den Beinen?«

»Nicht mehr lange, vermute ich. Ich werde mit dem nächsten Schluck aus dem Porron mein Ginseng und das Gerovital schlucken müssen, damit ich die nächsten Stunden überstehe. Du musst sofort zwei Akten für mich durchschauen. Der eine Straftäter heißt Ángel Martín, fünfunddreißig, verurteilt wegen Unterschlagung. Und der andere Conrado Mola, wie alt weiß ich nicht, verurteilt wegen Vergewaltigung. Gib mir die neuesten Informationen, die ihr über sie habt, aber vermutlich steht da, dass sie gerade ihren Militärdienst ableisten.«

»Im günstigsten Fall. Willst du so lange warten?«

»Ja.«

Nach fünf Minuten war Horacio wieder am Apparat.

»Wenn einer von denen der ist, den du suchst, ersparst du mir einen Haufen Arbeit, denn mit den Informationen, die du mir letztes Mal gegeben hast, konnte ich nichts finden. Mal sehen: Conrado Mola hat sich bei seinem letzten Freigang seelenruhig aus dem Staub gemacht. Mist. Unsere letzte Info ist, dass Interpol ihn in Frankreich sucht.«

»Nun, dann dürfte der schon mal ausscheiden«, brummte Méndez. »Was ist mit Ángel Martín?«

»Der wurde auf Bewährung entlassen. Er wurde noch mal verhaftet wegen Drogen, aber das kam nicht mal vor Gericht.«

»Danke.«

Nachdenklich legte Méndez auf. Das musste der Kerl sein.

Er würde noch vor Morgengrauen bei Marquina aufkreuzen und ihm den Namen präsentieren. Was der wohl für ein Gesicht machen würde. Und er würde das Haus nicht eher verlassen, bis er von Marquinas Unschuld überzeugt war oder bis Marquina ihm alles erzählt hatte.

Er schloss die Schublade ab, in der er die Flasche aufbewahrte, und machte sich auf den Weg, blieb jedoch plötzlich wie angewurzelt stehen.

Damit hatte er nicht gerechnet.

Auf der anderen Seite des Tischs stand Gallardo. Méndez wäre beinahe über ihn gestolpert.

»Bist du noch ganz bei Trost?«, maulte er ihn an.

»Hören Sie, Méndez, ich bin gekommen, um Ihnen zu sagen, dass ich es mir anders überlegt habe. Wenn Sie wollen, stelle ich mich. Ich will nicht, dass Sie meinetwegen Probleme bekommen.«

»Ich fürchte, das Problem haben wir bereits. Hör zu …«

»Was?«

»Ich habe es mir auch anders überlegt. Ich glaube, ich könnte heute Nacht ein wenig Hilfe gebrauchen.«

»Lassen Sie doch Ihre Lakaien aufmarschieren, dafür sind sie schließlich da.«

»Nein, ich will mir meinen Plan nicht zunichte machen lassen, indem ich mit einem mobilen Einsatzkommando in einer Privatwohnung auftauche. Außerdem ist die Sache im Moment rein privat, und da ist es mir lieber, wenn niemand weiß, was ich tue. Aber wenn du mir ein wenig Rückendeckung gibst, läuft es vielleicht besser.«

»Klar, mach ich. Das ist doch das Mindeste.«

»Dann mal los.«

Méndez hatte jegliches Zeitgefühl verloren, aber er wusste, für ein schmutziges Spiel in der Stadt reichte es noch. Gallardo und er gingen zu Fuß zur Paralelo, denn dort wohnte Marquina. Für Méndez war es der beste Ort der Stadt, gegenüber die drei Schornsteine des Kraftwerks, das Apollo mit seinen Revuegirls, die Bodega mit ihren schamlosen Strichern, die Varietés mit ihren Schwulenlehrlingen. Es war eine ausgesprochen gesunde, kultivierte und spirituelle Ecke des ewigen Barcelonas, die man jetzt zerstörte, um dort ein Hotel hinzusetzen. Der einzige Nachteil war für ihn die Tatsache, dass das Haus sich gegenüber vom Montjüic befand, von dem manchmal Böen sauberer Luft hereinwehten, die einen Familienvater in zehn Minuten dahinraffen konnten.

Doch Marquina war kein Familienvater, er lebte allein. Méndez hielt vor dem Eingang und überreichte Gallardo eine seiner Dienstwaffen: einen Dietrich, der vom vielen Gebrauch glänzte.

»Kannst du damit umgehen?«

»Aber ja. Sie doch auch, Méndez.«

»Ja, aber ich genieße einen guten Ruf.«

»Das ist das erste Mal, dass ich einen solchen Blödsinn höre. Geben Sie her.«

Blitzschnell hatte Gallardo die Tür geöffnet. Méndez wäre bei der Wohnungstür gern genauso verfahren, aber die hatte ein Sicherheitsschloss und war gepanzert. Er machte Gallardo ein Zeichen, er solle sich beim Aufzug verstecken, wo er durch den Spion nicht zu sehen war, und klingelte.

Keine Reaktion. Er musste noch einmal klingeln.

»Wer ist da?«, fragte Marquina.

»Méndez.«

»Das darf doch nicht wahr sein.«

»Mach bitte auf. Ich muss mit dir reden.«

»Um diese Zeit?«

»Es ist wichtig, Marquina. Du solltest mich anhören.«

Mit Sicherheit spähte Marquina gerade durch den Spion, um sich zu vergewissern, dass er allein gekommen war. Schließlich wurde der Schlüssel jäh im Schloss herumgedreht, und die Tür ging auf.

Und da sah Méndez das Nest. Eine Standarddiele mit einer Standardlampe, einem Standardkonsolentischchen und eine Frau der Sonderklasse. Besser gesagt, ein Mädchen, denn sie war nicht älter als zwanzig. Méndez sah auch den Vogel. Standardpyjama, Standardhängebauch, wütendes Gesicht der exklusiven Sonderklasse. Marquina musterte Méndez angewidert, als würde sein Atem Aids übertragen. Dann machte er dem Mädchen ein Zeichen.

»Verschwinde. Was hast du überhaupt hier draußen zu suchen?«

»Ich hatte Angst …«

»Angst bei mir, so ein Schwachsinn. Los, hau ab.«

Wieder warf er Méndez einen verächtlichen Blick zu.

»Was soll das? Was suchst du? Einen Ort, an dem man dich mit Eau de Cologne desinfiziert?«

Méndez deutete mit dem Kinn in die Richtung, in der das Mädchen gerade verschwunden war.

»Hübsch.«

»Was geht dich das an?«

»Niedlicher Hintern.«

»Sie hat einen geilen Arsch, wenn du das meinst.«

»Ja, genau. Jetzt, wo du es sagst, finde ich auch, dass sie einen geilen Arsch hat.«

»Komm zum Punkt, Méndez. Sag mir endlich, was du hier willst, zum Teufel.«

»Und er wird noch wachsen. Sie ist bestimmt nicht älter als zwanzig. Und mit zwanzig sind die Hintern erst in der Grundschulphase. Mit fünfundzwanzig bekommen sie langsam ihre Form, und mit dreißig haben sie volle Reife erlangt. Aber ich habe auch vierzigjährige Hintern kennengelernt, die erst zu dem Zeitpunkt einen Tusch verdient haben.«

»Wenn du besoffen bist, befördere ich dich mit einem Tritt aus der Wohnung, Méndez. Das schwöre ich dir bei meiner Mutter.«

»Ich bin nicht besoffen und auch nicht zum Scherzen hergekommen, Marquina.« Méndez hatte wieder den Blick der alten Schlange: hart, durchdringend, verletzend. »Ich will, dass du mir fünf Minuten deiner Zeit schenkst. Und einen Ort, wo wir reden können. Einen Sessel, der nicht vom Saft deiner kleinen Freundin versifft ist.«

Marquina knirschte mit den Zähnen, und sein Gesicht war feuerrot, als würde er jeden Moment platzen.

Dein Blutdruck ist bestimmt auf zweihundert, dachte Méndez. Irgendwann, wenn du's der Kleinen gerade besorgen willst, wird dich mittendrin das Zeitliche segnen.

Doch Marquina führte ihn in ein kleines Wohnzimmer, von dem aus man die drei Schornsteine, die unwirtliche Nacht, das Theater und die Bodega sah. Zu Méndez' großem Bedauern war vom Kulturleben weit und breit nichts zu sehen. Kein arbeitsloses Revuegirl, kein Stricher, kein Schwuler kurz vor Erlangung der Doktorwürde. Mit der Stadt geht es bergab, dachte Méndez.

Marquina deutete auf einen Sessel, ein Nullachtfünfzehn-Modell, offensichtlich in der Paralelo gekauft, und setzte sich sichtlich genervt ihm gegenüber.

»Was willst du?«

»Dich warnen.«

»Wovor?«

»Man will dich ficken.«

»Mich? Wer? Warum?«

»Da ist so ein Typ namens Ángel Martín.«

Méndez hatte Marquina nicht direkt angesehen, als er das sagte, damit er sich freier fühlte, ihn aber sehr wohl über einen Spiegel in der Nähe der Sessel im Auge gehabt. Enttäuscht musste er feststellen, dass Marquina nicht mal mit der Wimper zuckte.

»Ángel Martín«, wiederholte Méndez.

»Ja, und?«

»Er hat ein kleines Mädchen umgebracht.«

»Ein Sexualverbrechen?«

»Nein.«

Marquina zuckte die Achseln.

»Ich hatte keine Ahnung.«

»Es handelt sich um einen Auftragsmord, wie es aussieht. Und Ángel Martín behauptet, du hättest ihn beauftragt.«

Marquina neigte den Kopf zur Seite und starrte Méndez an. Sein Gesicht, vorhin noch zornesrot, war auf einmal leichenblass. Winzige Schweißtropfen bildeten sich auf seinen Lidern, an den Schläfen, in den Mundwinkeln. Er sagte kein Wort, aber seine Finger zitterten ein wenig. Méndez, der scheinbar woanders hinschaute, registrierte jede noch so kleine Regung mit der Präzision einer Kamera.

Auf einmal fing er an zu lachen.

»Tja, Sachen gibt's …«, sagte er leise.

»Und wer hat dir das gesagt?«

»Kennst du Martín?«

»Nein, aber der muss sich bei sämtlichen Arabern auf der Rambla eingedeckt haben. Wem hat er das denn erzählt?«

»Mir.«

»Und du hast dir diesen Schwachsinn angehört?«

»Na ja, ich höre mir nur das an, was meinen Freunden helfen oder schaden kann. Und weil es dir in dem Fall schadet, gebe ich es weiter, Marquina. Ganz gleich, wie viel Uhr wir jetzt haben und welcher süße Hintern auf dich wartet. Wer weiß, ob der Bastard seine Lügengeschichte nicht noch anderen erzählt hat. Du solltest die Sache klären.«

»Ist er in Haft, dieser … wie hieß er doch gleich?«

»Ángel Martín.«

»Den werde ich mir gleich vorknöpfen.«

Marquina machte Anstalten aufzustehen. Méndez hob die Hand.

»Er ist nicht in Haft, Marquina. Ángel Martín ist auf freiem Fuß. Er hat es mir am Telefon gesagt.«

»Aber was redest du da? Warum soll er mich bezichtigen, wenn er mich nicht einmal kennt?«

»Er behauptet, du hättest ihn verraten.«

Jetzt waren die Schweißtropfen auf Marquinas Haut deutlich zu sehen. Seine Fingerknöchel knackten. Méndez sah ihn unverhohlen an.

»Ich glaube, du solltest mir helfen, ihn zu finden, Marquina«, murmelte er. »So zerstreuen wir den Verdacht.«

»Aber warum gehst du der Sache überhaupt nach, Méndez? Das geht dich doch gar nichts an.«

»Woher willst du das wissen?«

»Na ja …« Marquina zuckte die Achseln. »Denke ich mal so. Du arbeitest schließlich auf einem kleinen Revier.«

Er stand auf, vielleicht um seine Anspannung zu verbergen. Méndez wusste, das hatte an sich noch nichts zu bedeuten, aber seine Spürnase sagte ihm, dass Marquina allmählich die Nerven verlor. Der alte Polizist legte die Hände auf die Knie und beobachtete ihn; er saß da wie ein Abt, bereit, alle Sünden der Welt zu verzeihen.

»Man muss das nicht unbedingt ernst nehmen, Marquina, aber ich wollte, dass du es weißt.«

»Danke. Es ist nett, dass du dich an mich erinnerst, nachdem wir ewig nichts mehr miteinander zu tun hatten.«

»Korpsgeist, Marquina. Den trägt man in sich, nichts zu machen, ob man will oder nicht.«

Er betrachtete Marquina, der sich einen Whisky einschenkte. Es war offensichtlich, dass sein Kollege aus dem wohlverdienten Korps keine Angst vor ihm hatte, denn er verachtete ihn. Und es war auch offensichtlich, dass er die Nerven verlor, aber nicht, weil er sich unsicher fühlte. Aus Wut. Wenn er Ángel Martín kannte – und Méndez war mehr und mehr davon überzeugt –, dann hielt er ihn für eine Kanalratte; und er konnte nicht zulassen, dass diese Ratte nach ihm schnappte.

Méndez provozierte ihn.

»Dieser Wichser will sich mit dir anlegen. Aber auf jeden Fall bist du jetzt gewarnt.«

»Ich danke dir, Méndez.«

»Wenn ich ihn finde, werde ich ihm den Schwanz rasieren.«

»Hast du eine Chance, ihn zu finden, Méndez?«

Marquina hatte sich ihm zugewandt. Sein Blick war ruhig, scheinbar ungerührt, doch tief im Innern blitzte der Hass. Du willst ihn vor mir finden, dachte Méndez. Du willst verhindern, dass er redet, du willst nicht mal seinen Schwanz übrig lassen.

Er zuckte die Achseln.

»Ich habe eine Spur«, sagte er, »und ich will erst mal sehen, ob sie was taugt, bevor ich den Chefs Mitteilung mache. Wenn du willst, verfolgen wir sie gemeinsam. Ich fände es gut, wenn du den Kerl selbst schnappst.«

»Danke für das Angebot, Méndez. Ich mache mit, schließlich geht die Sache mich persönlich an. Ich ziehe mich schnell an, und dann brechen wir auf. Ist mir egal, dass es mitten in der Nacht ist.«

»Ist dir das Mädchen auch egal?«

Marquina sagte verächtlich: »Soll sie doch ein anderer vögeln.«

»Kann man sich freiwillig melden?«

»Du, Méndez? Womit denn?«

»Ich könnte ihr aus erotischen Romanen vorlesen.«

Marquina verzog das Gesicht und wollte ins Schlafzimmer gehen. Doch da tauchte das Mädchen auf.

»Was hast du schon wieder hier zu suchen?«

Sie sah anders aus. Sie hatte sich angezogen und zeigte nichts mehr von dem, was aus einer einfachen Schülerin eine tolle Frau machte. Sie war züchtig gekleidet, das machte sie in Marquinas Augen, der wahrscheinlich nur tugendsame Frauen liebte, wohl noch verführerischer. Sie trug Schuhe mit hohen Absätzen, hatte eine Tasche in der Hand und sagte: »Ich gehe.«

»Ja, das ist wohl besser, denn ich muss auch weg. Aber du kannst hier warten, wenn du willst. Vielleicht bin ich bald zurück.«

»Nein, ich gehe«, sagte sie entschlossen. »Normalerweise verabredet man sich zu einem Rendezvous, weil man allein sein will, oder? Aber das ist ja wie auf der Rambla hier. Auf den Alten und deine Probleme kann ich verzichten, ihr könnt mich mal.«

Sie rauschte zur Tür, vorbei an Marquina, der sie mit einer halbherzigen Geste aufzuhalten versuchte. Doch plötzlich blieb sie stehen und sah den Polizisten an.

»Ein schöner Mist, dass ich jetzt um die Uhrzeit allein auf die Straße rausmuss«, sagte sie, als würde sie ihre Entscheidung schon bereuen.

»Ja. Ich bringe dich. Mein Auto steht unten«, sagte Marquina.

»Nein. Ich hab mich schon genug vor deinen Freunden zur Schau gestellt. Sieh nach, ob beim Studio 54 noch ein Taxi steht. Dann muss ich nur die Straße überqueren.«

»Ja, ja … Aber wenn du gehen willst, dann verschwinde endlich.«

Marquina schob die Tür zu seiner kleinen Terrasse auf, ging hinaus und blickte suchend die Straße zu seiner Rechten entlang. Er sah die drei Schornsteine, die Lichtreflexe im Teatro Apolo, die verschlafene Avenida Paralelo, die auf der anderen Seite parkenden Wagen und ganz kurz nur das Mündungsfeuer, das aus einem der Autofenster kam.

Dann wurde es schwarz.

Die Augen traten ihm aus den Höhlen.

Sein Schädel wurde gespalten.

10 Der Blick der Katze

Méndez, der immer noch wie ein Abt in seinem Sessel saß und sinnierte, hatte den Schuss nicht gehört. Aber er begriff, dass etwas nicht stimmte, als er im Lichtschein sah, wie Marquinas Körper einen schrecklichen Satz machte und nach hinten fiel. Vor allem aber, als das Mädchen einen leisen Schrei ausstieß, ins Zimmer stürzte, auf die Knie sank und auf allen vieren durch den Raum kroch wie eine Katze.

Méndez' Gedanken, die bekanntlich schon immer schmutzig waren, konzentrierten sich als Erstes auf den Rock der Frau und die Rückseite der drallen Schenkel, deren Anblick Sodomiten, Onanisten und andere fromme

Männer am meisten erregt. Dann auf die hektischen Bewegungen, mit denen sie fluchtartig kehrtmachte und auf ihn zukam, als suchte sie etwas bei ihm (was vergeblich war). Erst dann nahm er das Gesicht der Nymphe wahr. Blankes Entsetzen spiegelte sich darin.

Méndez stammelte: »Aber was ist denn los?«

»Man hat ihn umgebracht …«

»Also …«

»Bitte! Ich will hier weg. Ich will hier weg!«, schrie das Mädchen, kurz vor dem Nervenzusammenbruch. Mit einem Satz war sie aufgesprungen. Méndez stieß sie auf das Sofa und lief auf die Terrasse.

Marquina war tot, kein Zweifel. Er lag auf dem Rücken, das Einschussloch auf seiner Stirn war nicht zu übersehen. Méndez war sofort klar, dass der Schuss mit einem Präzisionsgewehr mit Zielfernrohr ausgeführt worden war. Und es musste sich um ein Soft-Point-Geschoss handeln, denn es hatte den Schädel nicht durchdrungen, sondern war in ihm zerplatzt.

Méndez' erfahrener Blick erfasste noch andere Details. Den Schusswinkel zum Beispiel. Der Täter konnte nur von der anderen Straßenseite aus geschossen haben, von wo man einen perfekten Blick auf die Terrasse und die sich vor der Zimmerbeleuchtung abzeichnende Gestalt hatte. Und er hatte aus einem Auto geschossen, denn er hatte wohl kaum mit einem Gewehr vor dem Teatro Apolo gewartet.

Der Blick der alten Schlange wanderte über die Fahrzeuge. Es waren mehrere unterwegs, und in jedem konnte der Mörder sitzen. Denn mit Sicherheit war der Typ direkt nach dem Schuss weggefahren und kreiste jetzt vielleicht um den Block. Unmöglich auszumachen, wer es sein könnte.

Méndez ging in die Wohnung zurück. Er hatte nur einen Gedanken: Martín, du Mistkerl. Du hast mir nicht vertraut, dass ich Marquina zu Fall bringen würde, und hast die Rache selbst in die Hand genommen. Doch das Schluchzen des Mädchens löschte alle Gedanken aus. Sie weinte und hatte die Hände auf ihre Brüste gelegt, als befürchtete sie, sie könnten abfallen.

Méndez fragte: »Alles in Ordnung?«

»Ich verschwinde, sofort. Hören Sie? Ich verschwinde! Sie können mich hier nicht festhalten! Ich will in die Sache nicht reingezogen werden. Ich wollte die Nacht mit Marquina verbringen, aber nicht für Geld! Ich bin ein Mädchen aus gutem Hause!«

»Mädchen aus gutem Hause kriegen am meisten!«, sagte Méndez grob.

»Fahren Sie zur Hölle, Scheißbulle!«

»Tut mir leid, aber du musst hierbleiben, Kleine. Ich werde versuchen, dir möglichst wenig Scherereien zu bereiten. Aber du bist Zeugin. Die einzige Zeugin.«

Das Mädchen war aufgestanden. Sie zitterte, dass ihre Brüste bebten und ihre Hüften vibrierten. Ihr Mund öffnete und schloss sich krampfartig, dass man ihren Gaumen sehen konnte.

»Bitte«, flüsterte sie. »Überlegen Sie doch mal, was das für mich bedeutet. Bitte.«

Méndez hob resigniert die Arme. Frauen hatte er noch nie etwas entgegenzusetzen gewusst. Sein ganzes Leben bestand aus einer Abfolge flehentlicher Bitten aus Frauenmündern, wenn er sie verhaften sollte. Flehentliche Bitten der Straßendirnen beim Cine Rondas (»Bitte, mein Mann darf davon nichts erfahren«), der höheren Töchter in den Bordellen für Minderjährige (»Bitte, meine Eltern dürfen nichts davon erfahren«), der Schwanzlutscherinnen in den einschlägigen Bars (»Bitte, meine Kinder dürfen nichts davon erfahren«). Méndez konnte sich nicht entsinnen, dass er auch nur ein einziges Mal nicht nachgegeben hätte. Und auch diesmal dachte er, dass er nicht das Recht hatte, einer Zwanzigjährigen die Zukunft zu verbauen.

»Verschwinde«, sagte er.

»Da … Danke.«

»Hast du auch nichts im Schlafzimmer zurückgelassen?«

»Nein.«

»Warte.«

»Was ist?«

»Draußen steht jemand. Ich muss ihm Bescheid geben, dass er dich vorbeilässt.«

Méndez öffnete die Tür. Gallardo wartete immer noch beim Aufzug und starrte verwundert die schöne Frau an, die hinter dem Polizisten durch die Tür kam.

»Was hat das zu bedeuten, Méndez? Gibt es Probleme?«

»Ach was. Begleite sie nach unten und bleib bei ihr, bis sie in ein Taxi gestiegen ist.«

»Wird gemacht.«

Als die beiden verschwunden waren, ging Méndez in die Wohnung zurück und warf einen Blick ins Schlafzimmer. Dem zerwühlten Bett nach zu urteilen, hatten die beiden nicht unbedingt die gesammelten Werke Antonio Machados gelesen. Aber er sah nichts, was dem Mädchen gehören könnte, das er mit keiner Silbe zu erwähnen gedachte. Dann ging er noch mal auf die Terrasse hinaus und blickte hinunter auf die Avenida, doch es war alles ruhig. Auf der anderen Straßenseite setzte ein Bus die erste Ladung müder und schlecht gelaunter Arbeiter ab. Niemand in dieser Ecke der Avenida, die um diese Zeit nicht mehr den Künstlern, Rentnern und Strichern gehörte, hätte geahnt, dass Méndez direkt neben einem Toten stand.

Wie so oft empfand er eine zornige Sehnsucht nach einer anderen Zeit, einer anderen Straße, einem anderen Theater, einem anderen Licht, anderen spitz nach vorn ragenden Frauenbrüsten. Mit zusammengepressten Lippen und geballten Fäusten versuchte er mit aller Macht, das Gefühl verlorener Jugend zu verdrängen. Dann kehrte er in die Wohnung zurück.

Und plötzlich begriff er, dass er einen Fehler gemacht hatte, einen so albernen Fehler, dass man ihm den bei seiner Erfahrung gar nicht zugetraut hätte. Doch Méndez schwante, dass man ab einem bestimmten Alter seiner Erfahrung überdrüssig wird. Er stützte sich mit den Händen an der Wand ab, atmete tief durch und stieß einen Fluch aus.

Er hatte das Mädchen gehen lassen, ohne nach ihrem Namen zu fragen und ohne daran zu denken, dass nur sie Marquina in den Tod geschickt haben konnte. Nur sie hatte gewusst, dass der Schütze auf der anderen Straßenseite lauerte, und deshalb hatte sie Marquina auf die Terrasse hinausgeschickt. Zufall? Schon möglich. Aber das konnte Méndez einfach nicht glauben, sein gesunder Menschenverstand sträubte sich dagegen. Allmählich machte er sich ein Bild von dem Verbrechen, und Ángel Martíns Gewehr und der Hintern seiner Komplizin spielten darin eine entscheidende Rolle.

Er ging zum Telefon. Er musste die Polizei anrufen, auch wenn er selbst die Polizei war. War er das wirklich?

In dem Moment klingelte das Telefon. Es traf ihn wie ein Schlag.

Méndez' Hand verharrte in der Luft.

Er ließ es noch drei weitere Male klingeln, dann nahm er vorsichtig ab, ohne ein Wort zu sagen. Die unverwechselbare Stimme Ángel Martíns dröhnte an sein Ohr: »Marquina, du Wichser, du wolltest mich fertigmachen, aber ich bin immer noch frei! Dafür bist du dran! Du bist dran, verdammt! Du sollst wissen, dass ich hinter dir her bin, und ich spucke auf deine Toten!«

Méndez Hand am Hörer gefror. Verdammt. Ángel Martín glaubte, Marquina sei am Apparat. Also glaubte er, dass er noch lebte! Er wusste nichts von dem Attentat und Marquinas Tod!

Méndez war so verdutzt, dass er kein Wort herausbrachte.

Martín brummte: »Was ist? Hat es dir die Sprache verschlagen?«

»Ich fürchte, du hast den Falschen erwischt«, sagte der alte Polizist. »Ich bin's, Méndez.«

»Waaaas?«

»Méndez.«

»Ja klar. Wie konnte ich nur … logisch, dass Sie da sind. Haben Sie den Bastard schon verhaftet?«

»Das kann ich nicht.«

»Wie, das können Sie nicht? Was brauchen Sie dazu? Die Erlaubnis der Bischofskonferenz?«

»Ich kann Marquina nicht verhaften, weil er tot ist.«

Martín gab einen erstickten Laut von sich, dann flüsterte er: »Tot, sagen Sie?«

»Ja. Er wurde gerade ermordet.«

»Scheißkerle.«

»Und wer sind diese Scheißkerle?«

»Keine Ahnung.«

Das klang ehrlich. Ein ängstliches Beben lag in der Stimme.

Méndez beschloss, zum Angriff überzugehen. Eigentlich hatte er nichts verraten wollen, aber manchmal kann man einen mutlosen, überraschten Rivalen erledigen, indem man ihm das Gefühl gibt, man wüsste alles.

Er zischte: »Jetzt hör mir mal zu, du Kretin. Ich weiß, wer du bist. Du heißt Ángel Martín, hast wegen Geld gesessen und die Tat wegen Geld begangen, du brauchst die Nationalbank, um dir Drogen bis in die Eier spritzen zu können. Ich krieg dich, und dann mach ich dich platt, so wahr ich Méndez heiße. Aber auf meine Art habe ich mich an den Pakt gehalten. Ich habe dir geglaubt und wollte mit Marquina sprechen, denn vielleicht hätte ich so etwas herausgefunden, das dich entlastet. Aber der Mistkerl ist tot. Und jetzt sag mir, wer das gewesen ist, und dann kann unsere kleine Vereinbarung vielleicht weiterlaufen.«

»Ich … ich weiß es nicht.«

»Wie bitte?«

»Ich schwöre Ihnen, ich weiß es nicht. Ich wurde von Marquina bezahlt. Aber ich habe keine Ahnung, wer dahintersteckt. Marquina hat man erledigt, damit er nicht redet.«

»Also warst du es nicht?«

»Wie soll ich es gewesen sein? Mir war dieses Schwein lebendig weit nützlicher als tot.«

Das leuchtete Méndez ein. Und ihm war auch klar, dass Martín der Arsch auf Grundeis ging. Aber er hatte kein Mitleid mit ihm. Im Gegenteil. Er wollte ihn vernichten, auf seine Art, und das Gesetz außen vor lassen. Er zischte:

»Die sechs Stunden sind noch nicht rum, du Bastard, aber ein paar. Und ich werde die restlichen vergessen. Du bist intelligent, aber das wird dir nichts nutzen. Erst hast du versucht, mich mit dem Trick mit der Telefonzelle hinters Licht zu führen, obwohl du in einer Bar gesessen bist. Zweitens wolltest du mich verleiten, an den Grenzen und Flughäfen nach dir zu suchen, dabei bist du seelenruhig in Barcelona geblieben. Schlau von dir, aber wie gesagt, das wird dir nichts nutzen. Ich werde dafür sorgen, dass du gefickt wirst. Und zwar auf der Ladentheke einer Metzgerei. Ich weiß nicht, ob du schon von dem alten ›Fluchtgesetz‹ gehört hast, aber ich schwöre bei meiner Mutter, das wirst du. Vielleicht gebe ich dir eine legale Chance, mir zu verraten, wer dahintersteckt. Was ein armes Mädchen damit zu tun hat. Wer sie war. Ich will wissen, wem ein armes, nicht mal dreizehnjähriges Mädchen ein Dorn im Auge war. Warum jemand dafür bezahlt hat, es umzubringen.«

Méndez hatte sich in Rage geredet und brüllte: »Was ist? Wusste sie etwas, das sie nicht wissen durfte? War sie eine Nobelpreisträgerin in spe? Hattet ihr Angst vor ihr?«

Ángel Martíns Stimme klang wieder ängstlich. Doch der Ton hatte sich verändert. Méndez hätte schwören können, dass ein spöttisches Lachen mitschwang.

»Es wird Sie überraschen, Méndez.«

»Warum?«

»Dieses Mädchen war nicht von dieser Welt. Die Arme war geistig zurückgeblieben. Sie hat nichts verstanden, nichts gewusst, Méndez.«

Méndez verspürte wieder diese Kälte. Eine konzentrierte, dichte Kälte. Die Kälte des Hasses.

Mühsam brachte er hervor: »Was sagst du da?«

»Hören Sie. Diesmal rufe ich wirklich aus einer Zelle an. Ich schwöre es. Und sie hat gerade meine letzte Münze geschluckt. Ich habe kein Kleingeld mehr.«

»Dann besorg dir welches.«

»Um diese Zeit? Wo denn?«

»Du willst eine Chance? Dann spuck endlich aus, was du zu sagen hast, du Scheißkerl. Spuck's aus!«

»Also, Méndez, ich weiß, dass …«

Schluss. Man hörte nur noch einen Pfeifton. Das Gespräch war unterbrochen.

Méndez brüllte: »Rede!«

Doch es war vergeblich. Ángel Martín waren wohl tatsächlich die Münzen ausgegangen, und um die Zeit würde er sich kaum irgendwo Wechselgeld beschaffen können oder ein anderes Telefon finden. Die letzte Gelegenheit, mit einem Kerl zu sprechen, der reden wollte, hatte sich gerade in Luft aufgelöst, weil ein verfluchtes kleines Stück Metall nicht griffbereit war.

Méndez legte auf. Schweißperlen rannen über sein Gesicht. Flüchtig dachte er, dass sie bestimmt nach billigem Cognac rochen. Er hob den Kopf – und da sah er ihn.

Verflixt, Gallardo hatte die Eigenschaft, plötzlich vor einem zu stehen wie ein Geist. Als könnte er durch die Luft schweben.

»Sie haben die Tür aufgelassen.«

»Stimmt. Ich werde so nachlässig, dass man mich noch befördern wird.«

»Was ist passiert, Méndez?«

Mit einer Kopfbewegung deutete Méndez auf die Terrasse. Gallardo ging kurz hinaus und kam wieder herein. Er war schneeweiß.

»Wer war der Kerl?«

»Marquina. Man hat ihn wohl von der anderen Seite der Paralelo aus einem Auto mit einem Gewehr mit Zielfernrohr und Schalldämpfer erledigt. Man soll mich mit vier Arabern, zwei davon altgediente Veteranen, in eine Zelle sperren, wenn dem nicht so ist. Das heißt, der Kerl im Auto muss gewusst haben, dass Marquina früher oder später auf die Terrasse kommen würde. Das wiederum heißt, dass jemand ihn unter einem Vorwand rausgeschickt hat.«

»Das Mädchen?«

»Ja.«

»Warum haben Sie sie gehen lassen, Méndez?«

»Dummheit.«

»Und was machen wir jetzt?«

Méndez schloss die Augen. Er musste eine Entscheidung treffen, und das tat er blitzschnell. Wie üblich verstieß sie gegen alle Dienstregeln.

»Wir verschwinden«, sagte er.

»Und was ist mit Ihren Kollegen?«

»Die kommen schon allein zurecht.«

Er wischte sorgfältig alle Stellen ab, wo er Spuren hinterlassen haben könnte, besonders das Telefon, die Tischränder und Türklinken. Gallardo tat es ihm gleich. Dann verließen beide das Haus, aber getrennt. Sie achteten darauf, nicht gesehen zu werden, und verschwanden im diffusen Licht des Morgengrauens. In der Calle Montserrat im Herzen des alten Barrio Chino trafen sie sich wieder. Dort hatte gerade eine vornehme, geländetaugliche Bar aufgemacht, in der der erste Arbeiter der Frühschicht auf die letzte Arbeiterin der Nachtschicht traf. Ein Kerl im bodenlangen Mantel unterhielt sich mit einer Frau im knappen Minirock. Der Besitzer brüllte »Ja« zu seiner Frau in die Küche, und seine Frau brüllte »Nein« zurück.

Méndez bestellte: »Zwei Carajillos mit Ensaimadas.«

»Haben wir nicht.«

»Dann eben, was Sie haben.«

Gallardo und er hatten einander gegenüber Platz genommen. Es war warm in dem Lokal, es stank nach kaltem Rauch, nach toter Nacht, nach entschwundenem Gast. Als Relikt des vergangenen Sommers liefen zwei junge fesche Fliegen über den Tisch.

Gallardo murmelte: »Was machen wir jetzt?«

»Erst mal für uns behalten, was in der Wohnung und mit Marquina passiert ist.«

»Und dann?«

»Ángel Martín suchen.«

»Und wie?«

»Wenn du willst, kannst du dich ausklinken. Die Sache kann dir nur schaden.«

»Nein, Méndez. Ich kann Ihnen bestimmt nützlich sein. Außerdem fühle ich mich bei Ihnen sicherer. Und ich muss was loswerden.«

»Was?«

»Dieser Dreckskerl von Martín hat ein kleines Mädchen getötet. Ich weiß nicht, wer sie war, und es ist mir auch egal. Aber ich denke die ganze Zeit, es hätte meine Tochter sein können. Und es ist mir auch egal, ob er es gemacht hat, weil er verrückt, weil er auf Droge ist oder weil es ihm irgendein Ayatollah aus Teheran befohlen hat. Ich will ihn töten … wenn Sie mir dabei helfen.«

Méndez sagte lediglich: »Vielleicht.«

Seine Hände hatten sich verkrampft, und er starrte ins Leere.

»So wie's aussieht, stehen unsere Chancen, ihn zu finden, eher schlecht«, sagte Gallardo.

»Ja. Ich habe eine Adresse in der Calle Blay, aber ich bin mir sicher, dort werden wir nichts finden. Das heb ich mir für später auf. Ich ermittele erst mal in eine andere Richtung.«

»In welche?«

»Offen gesagt, keine Ahnung. Die Stadt ist zu groß und zu chaotisch, um jemanden zu finden, von dem man so gut wie nichts weiß. Doch einen Hinweis gibt es: Vielleicht braucht er dringend Drogen. Ich weiß schon, was du jetzt sagen wirst, das hilft uns auch nicht weiter, Drogen kann man sich an vielen Orten beschaffen. Aber da ist ja noch diese obsessive Leidenschaft für das alte Ägypten. Nun wirst du entgegnen, dass ich nichts finden werde, wenn ich alle Buchläden der Stadt abklappere, bevor sie Konkurs anmelden, und mich erkundige, wie viele Männer in den letzten Monaten nach Fachbüchern über Ägypten gefragt haben. Außerdem ist da noch sein Hass auf Marquina, aber Marquina ist tot. Natürlich ist … Moment mal, Gallardo …«

Méndez streckte die Hände über den Tisch aus. Gallardo hob eine Augenbraue.

»Was?«

»Sein Hass auf Marquina. Das ist es! Er hat Marquina nicht getötet!«

»Ja, und?«

»Und deshalb weiß er nicht mit Sicherheit, dass Marquina tot ist. Er weiß nur, was ich ihm gesagt habe. Und es ist sein gutes Recht zu glauben, dass es eine Falle ist, um ihn in den Knast zu bringen.«

Gallardo fragte noch einmal: »Na und?«

»Wir haben eine Chance. Keine große natürlich. Etwas Heiliges wie einen guten Schluck würde ich darauf nicht verwetten. Aber vielleicht will Martín sich rückversichern, dass Marquina wirklich tot ist.«

Er nahm einen Schluck des heißen Kaffees, schlang sein Gebäck in zwei Bissen hinunter, ging zur Theke und zahlte.

»Lass uns gehen.«

Die Frau im Minirock wollte nichts unversucht lassen und fragte: »Wohin des Weges, mein geiler Hase?«

»Ich lasse es mir griechisch besorgen«, erklärte Méndez und verließ das Lokal.

Die Frau des Wirts schaute aus der Küche und murmelte: »Ich glaube, der meint das ernst.«

Sie trennten sich vor der Tür des Studios 54, das früher einmal das Cine Español war, ein Kino, in dem viele Filme wiederaufgeführt worden waren, und ein Kulturzentrum, bei dem die Frauen, die an einen Schnelllauf gewöhnt waren, lernten, was Zeitlupe ist. Später wurde es zum Teatro Español, dem Reich Franz Johans und seines Revuetheaters, zum Lieblingsort einer Bourgeoisie, die nach den Entbehrungen der Nachkriegszeit die besten Restaurants und die besten Schenkel von Barcelona kennenlernte. Doch Méndez, der schon zu jener Zeit in dem Viertel verkehrte, wusste auch, dass die Avenida Paralelo damals ein Hungerland war. Das Theater hatte viele Wechselfälle erlebt, alles Verlustgeschäfte, bei denen die Platzanweiser sich nach einem anderen Job umsehen mussten, bis es zur Diskothek wurde, zum Schrei, zu sich windenden Körpern, zum Joint und zu Mädchen, die nicht von einem Mann, sondern von einer LP schwanger werden wollten. Zu viel und unfaire Konkurrenz, dachte Méndez. Hätte es die LPs nicht gegeben, wäre er immer noch der Schreck des Gebiets.

Er sagte zu Gallardo: »Ich schau im Präsidium vorbei und besorge ein Foto von Ángel Martín. Schau du kurz bei Bo Derek vorbei, ob deine Tochter wieder da ist. In einer halben Stunde treffen wir uns wieder hier.«

»Und wenn Ángel in der Zwischenzeit hier auftaucht?«

»Das Risiko muss ich in Kauf nehmen. Ich kann ihn ja schlecht verhaften, wenn ich nicht mal weiß, wie er aussieht.«

Er nahm ein Taxi. In den letzten Stunden gab er ein Vermögen für Autofahrten aus, für Méndez eine unsinnige Ausgabe, denn er ging gewöhnlich immer zu Fuß. Er gehörte zu denen, die glauben, das Auto fordere weit mehr Todesopfer als Krebs, Herzinfarkt, Tuberkulose, Syphilis und der Zwang, seinen ehelichen Pflichten nachzukommen. In den letzten zwanzig Jahren hatte er ehrbare Bürger kennengelernt, die überall mit dem Auto hinfuhren, selbst um die Zeitung zu holen. Manch einer zog die Möglichkeit, zu Fuß zu gehen, gar nicht erst in Betracht. Und wie Méndez feststellen durfte, waren sie alle an einem Herzinfarkt oder Hirnschlag gestorben. Der lange Weg der Reifen und anatomisch geformten Sitze war gepflastert mit Krüppeln und Leichen.

Er gab dem Taxifahrer die Anweisung: »Zum Präsidium.«

»Sind Sie von der Polente?«

»Solange man mich nicht rauswirft, ja.«

»Ich hätte zu Hause bleiben sollen.«

Horacio war immer noch im Dienst. Er fläzte sich am Tisch, in das Studium einer Pornozeitschrift versunken. Hauptthema des Hefts war eine Arbeiterin der Textilindustrie, die es einem Vorarbeiter auf der Maschine besorgte. Méndez fand, das sei nichts Verwerfliches, letztlich war es das Zeugnis einer überfälligen Revolution, die Ankündigung, dass den Arbeitern eines Tages historische Gerechtigkeit widerfahren würde. Die historische Gerechtigkeit war unausweichlich. Es dauerte nur eine Weile.

Horacio schlug die Zeitschrift zu und sagte: »Denk nicht, dass ich so ein geiler Sack bin, der sich nach Tisch ein wenig verlustiert, oder dass ich ständig Zeitschriften mit Weibern lese. Mir ging es um den Vorarbeiter. Ein toller Hecht.«

Méndez warf einen Blick auf das Titelblatt: »Ja.«

Ein kurzes Schweigen trat ein.

»Du brauchst mir nicht zu erklären, warum du hier bist, Méndez. Du willst mehr Informationen über diesen Ángel Martín und ein Foto von ihm. Wie willst du ihn sonst drankriegen? Ganz zufällig habe ich eins. In Barcelona gibt es inzwischen so viele Gauner, dass wir sie gar nicht mehr alle nach ihren Fingerabdrücken, Gewohnheiten, Komplizen, der Qualität ihres Essens und der Größe ihrer Schwänze klassifizieren können. Barcelona ist zum großen Zentrum des internationalen Ganoventums geworden: Engländer, Deutsche, Franzosen, Pakistani, Araber, Griechen und Türken. Ich warte nur darauf, dass sich irgendwann auch Verbrecher der unterdrückten Minderheiten hier niederlassen wie Kurden, Kosovo-Albaner und die Mitglieder des Sportclubs Júpiter. Dann kommen ja noch die Drogenhändler aus Südamerika dazu, die sind gewieft und lernen sogar Katalanisch. Das alles bringt die Akten völlig durcheinander, sie stapeln sich in den Fluren und werden am Ende von Antiquaren gekauft. Aber ich bin ja dein Freund und habe dir eine Kopie der Akte von Ángel Martín beschafft. Hier ist sie. Eine richtige Drecksvisage hat der.«

Das stimmte nicht. Ángel Martín bot dem Betrachter das Bild eines Saubermanns, der es mit ein wenig väterlicher Unterstützung zum Angestellten bei der Sparkasse hätte bringen können. Er war glatt rasiert, hatte einen festen Blick, einen ordentlichen Haarschnitt und damals noch einen unversehrten Arsch. Méndez fragte sich, ob er sich in der letzten Zeit sehr verändert hatte, aber auf jeden Fall hatte er jetzt das grundlegende Werkzeug für die Verhaftung in der Tasche.

Horacio sagte leise: »Ich habe mich auch mal bei alten Informanten umgehört. Ich weiß, wo sie um die Zeit zu finden sind. Ich habe die Telefonnummern ihrer Huren.«

»Und?«

»Ich weiß nicht, ob dein Strizzi versuchen wird, aus Barcelona abzuhauen, aber es würde mich sehr wundern. Woanders kennt er sich nicht aus. Hier weiß er, wo er unterschlüpfen kann.«

»Wo?«

Horacio entfaltete auf dem Tisch einen kleinen Stadtplan.

»Sieh mal, bin ich nicht ein guter Freund? Ich hab die Orte schon markiert. Hier, die Kreuze. Was fällt dir auf?«

»Sie liegen alle auf der linken Seite der Stadt.«

»Genau. Sieh dir unser verkommenes und in Duftwolken gehülltes Barcelona an, Méndez. Führ dir den Stadtplan zu Gemüte und mit ihm die Geschichte unserer angesehenen, reichen, solventen Bürger, die alle Möglichkeiten hatten, die nie die Mutter eines Bankiers flachlegen mussten, damit der ihnen die Schulden erlässt. Was haben sie hervorgebracht?«

»Den Modernismo, die Kolumbus-Statue, die Bankiersgewerkschaft, die Lliga Regionalista, den FC Barcelona, die Weltausstellung von 1888, Paella vom Feinsten, den Tigersprung und das Ensanche-Viertel.«

»Genau. Und der Ensanche hat zwei Teile, den linken und den rechten, und auch wenn heute der Unterschied fast völlig verschwunden ist, finden sich im linken Teil doch noch recht düstere Einrichtungen wie das Modelo-Gefängnis.«

Méndez, der stets praktisch dachte (in seiner fernen Jugend hatte er das Geld für Sterbeversicherungen eingetrieben), fragte: »Und was hat das mit unserem Fall zu tun?«

»Nur eine kleine Orientierungshilfe. Die Stadt ist groß, du kannst nicht überall suchen. Also vergiss den reichen Teil auf der rechten Seite, und konzentrier dich auf die linke, ehemals arme, wo du heute für eine Handbreit Boden so viel bezahlst wie für ein Stück Haut, aber vom Sack. Schreib dir die Adressen auf. Es sind vier, wie du siehst. Dort hatte Ángel Martín Freunde, und vielleicht hat er sie immer noch.«

Méndez schrieb und murmelte: »Warum bloß alle in dieser Ecke?«

»Was weiß ich, aber nachvollziehbar ist es schon. Er hat sich eben in seinem Viertel bewegt, wie wir alle. Du verlässt doch auch nur selten das Barrio Chino oder die Altstadt, und wenn man dich woanders hinschickt, bekommst du gleich Ausschlag. Die meisten Bürger haben ihre festen Wege und festen Orte, bis ihnen die Stunde schlägt. Und wenn man sie dann in den Sarg legt, haben sie womöglich nicht mal die Hälfte von Barcelona gesehen. Und dieser Martín hatte eben auch seinen Bezirk.«

Méndez sah sich den Plan genauer an. Zwei der möglichen Unterschlupfmöglichkeiten befanden sich im Stadtteil Raval, in dem heruntergekommenen Viertel, wo er sich zu Hause fühlte. Eine weitere in der Calle Floridablanca, in der Nähe des ehemaligen Price, dem Reich des Rings, des freien Kampfes, der heißen Mädchen und der Prügelei nach Vorschrift. Und der letzte Unterschlupf lag an einem ruhigeren Ort, in der Calle Lérida. Wenn er so darüber nachdachte, erschien es Méndez logisch, dass ein Kerl wie Martín sich in dem Teil der Stadt aufhielt, in dem die Sonne unterging. Was sollte er auch an Orten mit so langweiligen Denkmälern wie dem Parque de la Ciudadela, der Dame mit dem Regenschirm, dem Justizpalast, dem Parlament von Katalonien oder dem Begräbnisinstitut in der Sancho de Ávila?

Méndez sagte: »Ich glaube, ich werde ihn schnappen.«

»Es wäre besser für dich.«

Horacio wandte sich wieder seiner Pornozeitschrift zu. Méndez warf einen kurzen Blick auf die Seite und kam zu dem Schluss, dass die soziale Gerechtigkeit näher rückte, denn auf dem Foto sah man, wie ein Busschaffner eine Angestellte des städtischen Verkehrsdienstes flachlegte.

»Darf ich mal telefonieren?«

»Natürlich, Méndez. Aber denk dran, die Bars in der Nähe haben noch zu. Da wirst du nichts bestellen können.«

»Ich rufe auf dem Revier an, danke.«

Méndez hatte natürlich auf dem Revier in der Calle Nueva nicht das Sagen. So weit war es mit dem Niedergang der öffentlichen Institutionen schon gekommen. Aber hin und wieder kamen die Vorgesetzten seinen Ansinnen nach. Und so bat er darum, an jeder Adresse einen bewaffneten

Beamten zu postieren. Wenn Ángel Martín arglos dort aufkreuzte, säße er in der Falle wie die Ratte.

»Ich bringe gleich Fotos von dem Kerl vorbei.«

Er kopierte die Akte, vergewisserte sich, dass Martíns Gesicht gut zu erkennen war, nahm ein Taxi und brachte die Kopien ins Revier. Danach ging er zu Fuß zum Studio 54.

Gallardo wartete schon vor der Tür. Das war riskant, aber das war ihm offensichtlich völlig egal. Er strahlte übers ganze Gesicht, lief nervös auf und ab und fuchtelte mit den Armen, als wollte er der Luft seine Gefühle mitteilen. Méndez war sofort klar, dass er seine Tochter gefunden hatte. Aber er kannte Gallardo gut genug, um zu wissen, dass in seinem Blick ein versteckter Schmerz lag, etwas, das ihn innerlich zerriss, dass ihm eine gewisse Reinheit verloren gegangen war. Er warf ihm einen Seitenblick zu.

»Sie ist wieder da, nicht wahr?«

»Ja. Sie war zu Hause.«

»Na also.«

»Ich kann es nicht glauben, Méndez«.

»Weißt du, einen Moment lang hatte ich Angst, aber ich habe mir immer wieder gesagt, wenn die Leute vierzig Jahre auf Francos Tod gewartet haben, dann zeigt das doch, dass man die Hoffnung nicht aufgeben darf.«

»Andere hätten auch den Tod verdient.«

»Gallardo, vergiss die bösen Gedanken. Jetzt bist du heilfroh, oder?«

»Und wie.«

»Ebendrum.«

»Aber ich bin angefressen, Méndez.«

»Warum?«

»Wissen Sie, was meine Tochter gemacht hat?«

»Nein.«

»Na ja, ich will nicht behaupten, dass sie mit einem dieser langhaarigen Kerle da draußen ins Bett gegangen ist, dafür ist sie noch zu jung. Aber in der heutigen Zeit weiß man nicht, wann ein Mädchen damit anfängt. Es ist alles am Boden. Wenn ich das im Gefängnis laut sage, kriege ich zur Antwort, ich sei ein Rechter. Aber so ist es, Méndez, so ist es. Ein Zellennachbar von mir sagt immer: Junge, es hat sich alles schön zum Schlechten gewandelt. Es ist alles so widerwärtig. Du siehst deine Tochter an, denkst, sie ist noch ein kleines Mädchen, und dabei vögelt sie schon rum.«

»Nun übertreib mal nicht.«

»Nein, das will ich gar nicht. Aber sie ist von zu Hause abgehauen. Mit ein paar Jungs, die eine Band gründen und sie zum Star machen wollten. Sie sollte irgendein Instrument lernen. Sie wollten ihr zeigen, wie man die Flöte bläst, Méndez. Zum Glück hat sie es noch rechtzeitig gemerkt, und es ist dabei geblieben. Aber wenn ich einen von diesen Langhaarigen erwische, dann schieb ich ihm das Schlagzeug sonst wohin. Und ich schwöre, es geht rein, mit ein bisschen Geduld und Spucke geht es rein. Ich bring ihn um.«

»Gallardo, du bist wirklich ein Rechter.«

»Nichts für ungut, die Rechten liegen gar nicht so falsch.«

»Zumindest schwören die wenigen Journalisten, die ich kenne, dass das Essen bei ihnen besser ist.«

»Na schön, Méndez. Jetzt bin ich jedenfalls beruhigt. Werden Sie mich zurück ins Gefängnis bringen?«

Méndez wollte schon Ja sagen. Es wäre das Klügste.

Doch auf einmal kniff er die Augen zusammen, beugte sich ein wenig vor, und sein Gesicht verzerrte sich. Er raunte: »Moment. Ich glaube, es gibt Arbeit für uns, Gallardo.«

»Warum?«

»Wenn mich nicht alles täuscht, ist da Ángel Martín. Der Bastard ist gekommen, um an Marquinas Totenkranz zu schnuppern.«

12 Die Frau mit dem verlängerten Zeh

In der Tat, der Mann, der aus dem Taxi gestiegen war, hatte enorme Ähnlichkeit mit Ángel Martín. Leichtfüßig strebte er auf die denkwürdige Ecke Calle Nueva und Paralelo mit dem Teatro Arnau zu, die bestimmt schon zur Römerzeit eine Kulturenklave gewesen war. Martín hatte Méndez nicht bemerkt; wie auch, er rechnete ja nicht damit, dass er erwartet wurde.

Méndez war sofort klar: Er ist auf dem Weg zu Marquina, er will überprüfen, ob sich etwas Ungewöhnliches tut, etwas, das zeigt, dass ein Toter gefunden wurde. Er kann der Versuchung nicht widerstehen, sich zu vergewissern, dass Marquina tatsächlich krepiert ist, wie der Bastard es seit seiner Geburt verdient hat. Martín weiß, er wird den Toten nicht zu Gesicht bekommen, aber er will wissen, dass er da ist, ihn wittern.

Gut. Martín würde nur zwei Minuten bleiben, vielleicht drei. Aber Méndez würde ihn nicht entkommen lassen. Zielsicher ging er auf ihn zu, überzeugt, dass er den Fall gelöst hatte.

Eine schlechte Entscheidung.

Ángel Martín war das nicht verborgen geblieben. Er machte auf dem Absatz kehrt, während Méndez seinen Colt herausholte. Mit beiden Händen hielt Méndez die Waffe in die Höhe, die einer Kanone des Panzerkreuzers Missouri glich, und rief: »Halt! Stehen bleiben! Polizei!«

Flink sprang Ángel Martín zur Seite und rannte los.

Méndez ging leicht in die Knie.

Er fühlte sich jung.

Yul Brynner.

Vielleicht doch nicht ganz so jung.

Clint Eastwood.

Oder vielleicht schon älter, aber noch wie neu.

John Wayne.

Oder verbraucht, aber immer noch nützlich.

Kojak.

Méndez würde es nie offen zugeben, aber einen Teil seiner Bildung hatte er in den Vorstadtkinos erworben, zwischen Helden aus Rauch und endendem Abend; sie hatten ihn nie mehr losgelassen und ihm gezeigt, wie man im Leben besteht. Auch er wollte zur Seite springen. Er rief noch einmal: »Polizei!«

Alle Leute blieben stehen, nur nicht Ángel Martín. Der rannte wie ein Irrer mitten auf die Fahrbahn der Paralelo, ohne zu merken, dass auch er einen Fehler beging, weil er dort eine gute Zielscheibe abgab. Méndez setzte zum Sprung an, doch seine Beine gehorchten ihm nicht richtig. Verdammt. Sollte es nach all den Leinwandträumen nicht mal für Kojak reichen? Ihm wurde klar, dass Martín entkommen würde, und er hielt einfach drauf.

Er war ihm egal, wenn er ihn tötete. Er würde Probleme bekommen, doch das war ihm in diesem Augenblick egal. Ebenso die Dienstanweisungen. Und das verfluchte Gesetz. Bei Kerlen wie Martín war Méndez wieder ganz der Alte, wie in den guten Zeiten, als den Polizisten, nachdem sie einen Schuss abgefeuert hatten, nur noch eines zu tun blieb: für die Toten zu beten. Oder als die Polizisten behaupteten, sie gäben einen Warnschuss in die Luft ab, und dabei immer jemanden trafen, weil die Leute scheinbar Flügel hatten. Kein noch so kluger offizieller Polizeibericht konnte je das Gegenteil beweisen.

Méndez würde bei einem Mädchenmörder niemals Gnade vor Recht ergehen lassen, denn er wusste, wenn er das täte, würde der drei Jahre später am Wochenende Freigang bekommen. Er rief: »Nimm, du Scheißkerl!« Und dacht dabei an James Cagney.

Daneben. Der Colt hatte einen brutalen Rückstoß, nicht umsonst hatte man ihn gebeten, ihn auszutauschen. Na und, dachte Méndez, soll doch der ein oder andere Schuss danebengehen, mit einem einzigen Treffer ist er erledigt. Die Kugel prallte auf den Asphalt, er hatte bewusst tief gezielt. Ángel Martín blieb sofort stehen und winselte: »Méndez, ich will mit Ihnen reden!«

»Nimm die Arme hoch und komm her, dann reden wir, du Bastard!«

»Unter einer Bedingung!«

»Welche?«

»Sie werden mich danach freilassen!«

Méndez spuckte auf den Boden. Freilassen? Zum Teufel mit ihm. Ein Kerl wie Martín hatte es nicht verdient, dass man einen Deal mit ihm machte. Er brüllte: »Es gibt keine Vereinbarung. Hände hoch!«

Allein am Ton erkannte Martín, dass Méndez so etwas wie ein Urteil gesprochen hatte. Ihm gingen die Nerven durch. Er stieß einen schrillen, fast schon weibischen Schrei aus und rannte los.

Méndez schoss ein weiteres Mal. Aber jetzt waren Leute auf der Straße. Verdutzte Gesichter, erwartungsvolle Blicke von der anderen Straßenseite, beim E-Werk. Kinder auf dem Weg zur Schule, Matronen auf dem Weg zum Markt.

Méndez konnte nicht garantieren, dass die Kugel, selbst wenn sie Martín traf, nicht noch jemand anderen verletzte.

Also brüllte er: »Bleib stehen, oder ich knall dich ab!«

Aber er wusste, dass er das nicht tun würde. Trotz der Lektionen der alten Schule war er nicht imstande, das Leben eines Unschuldigen zu gefährden. Deshalb waren ihm zu den ruhmreichen Zeiten so viele Rote durch die Lappen gegangen, und deshalb hatte Spanien so ein schlechtes Ende genommen. Die Waffe in der Hand, verfolgte er den Flüchtigen so schnell, wie es ihm seine Beine erlaubten, er brachte es auf stolze sechs Stundenkilometer, wenn er alles gab. In seinen Knien knackte es verdächtig.

»Stehen bleiben!«

Hinter ihm schrie Gallardo: »Den schnapp ich mir!«

Gallardo sauste los wie der Wind, von Hass getrieben, ein Springmesser in der rechten Hand.

Er konnte Ángel Martín locker einholen. Der wirkte alles andere als stark. Und er lief nicht sehr schnell. Méndez legte sich schon eine legale Erklärung zurecht, um Gallardo reinzuwaschen, wenn er Martín erwischte und ihm den Bauch aufschlitzte.

Doch Gallardo erwischte ihn nicht. Eine Frau in einem Ford hatte erschrocken angehalten, als sie den Schuss hörte. Wahrscheinlich wollte sie nicht den Eindruck erwecken, sie sei auf der Flucht. Sie hatte gebremst, und noch bevor sie begriffen hatte, was los war, war Ángel Martín schon an der Autotür. Er riss sie auf, zog die Frau brutal vom Sitz. Sie stieß einen hysterischen Schrei aus und rollte über den Asphalt.

Es war zu spät.

Der Wagen schoss los wie eine Kugel. Méndez hatte keine Ahnung von Automarken, aber er kannte die Werbung »Von null auf hundert in acht Sekunden« und all das. Wie angenehm es doch in einer Sänfte sein musste, mit einem Idioten vorn und einem hinten, pflegte Méndez zu sagen. Doch wenn die beiden Idioten schnell genug waren, hätte er nicht mal die Sänfte erwischt. Er vergaß die Gefahr, jemanden zu verletzen, und schoss ein weiteres Mal.

Er zielte auf die Räder. Fast hätte er getroffen, wie mit einem Glockenschlag drang die Kugel in die Radkappe ein. Aber noch bevor er den Hahn wieder spannen konnte, bog der Wagen plötzlich nach rechts in eine der Straßen zum Montjüic hinauf ab. Das alles geschah in Sekunden, doch Méndez, der es aus christlicher Nächstenliebe gewohnt war, selbst aus großer Entfernung Frauenbeine zu taxieren, konnte das Kennzeichen erkennen. Gute Augen hatte er noch.

Nummer 9858 – GM, Barcelona.

Schnaufend eilte er in die nächstgelegene Bar. Als der Kellner ihn mit der Pistole hereinstürmen sah, erschrak er zu Tode. Méndez würdigte ihn keines Blickes und eilte direkt zum Telefon hinter der Theke.

Er wählte die Nummer des Polizeinotrufs und gab die komplette Beschreibung des Wagens durch – Marke, Farbe, Kennzeichen –, die Adresse – Straße, Viertel, Geschwindigkeit – und die Daten der Autobesitzerin – Haarfarbe, ungefähres Alter, Figur.

Gallard gesellte sich zu ihm.

»Man wird ihn nicht schnappen, Méndez.«

»Und warum nicht?«

»Ich sage Ihnen, was ich an seiner Stelle machen würde: Ich würde das geklaute Auto auf dem nächsten Parkplatz stehen lassen, ein Stück zu Fuß gehen, ein Taxi nehmen und mich ans andere Ende der Stadt kutschieren lassen. Man wird die Karre finden, aber nicht den Typen.«

Méndez unterdrückte einen Fluch.

Daran hatte er auch gedacht, aber er wollte es nicht zugeben.

»Es gibt noch andere Möglichkeiten«, brummte er.

»Und welche?«

»Nach aktiver Suche in den Straßen der Stadt könnten meine Kollegen von der Streife ihn doch fassen.«

»Was reden Sie da … Die haben doch nicht einmal mich gefasst!«

»Jedenfalls weiß Ángel Martín, dass es für ihn zu riskant ist, aus Barcelona zu fliehen.«

»Das stimmt auch wieder.«

»Er muss sich verstecken, also wird er an einem der vier Orte unterkriechen, die wir auf unserer Liste haben. Dort werden wir ihn zur Strecke bringen.«

»Möglich, Méndez.«

»Aber ich hab nicht vor, Däumchen zu drehen und zu warten, bis er dort auftaucht. Ich werde allen vier Herrschaften einen Besuch abstatten. Und ich werde sie zum Reden bringen.«

»Sie hoffen, noch etwas über Martín rauszubekommen, nicht wahr?«

Méndez machte sich nicht die Mühe zu antworten. Er sagte nur: »Gehen wir.«

Die erste Station war die Calle Lérida, einer jener privilegierten Orte des untergegangenen Barcelona: schöne Aussichten, viel Licht, fantastische Verkehrsanbindung und Mieten wie anno dazumal. Fast direkt gegenüber befand sich eine traditionsreiche städtische Schule, und ein wenig weiter weg lagen die Gärten der Weltausstellung mit Blumen, Vögeln und Mädchen, vielen Mädchen, die ihrem Freund versprachen, ihn im nächsten Jahr ranzulassen. Méndez dachte, dass nur noch eine gut erhaltene Concierge über vierzig fehlte, die sich mit den Erzählungen von Pauline Réage und Pierre Louÿs verlustierte. Die Häuser gehörten zum Barcelona der Zwanziger- und Dreißigerjahre, also einem Barcelona, das keine Dividenden abwarf und folglich zum Tode verurteilt war.

An der Tür hielt unauffällig ein Kerl Wache, der aussah wie ein Bettler – schließlich hatte Méndez auf dem Revier des Barrio Chino Gehör gefunden, wo man einen Polizeibeamten äußerlich kaum von einem Bettler unterscheiden konnte. Falls Ángel Martín hier auftauchte, saß er fest.

Doch die Frau, die Méndez empfing, war nicht die klassische Alte, die Beziehungen zu einem Paria unterhält. Die Tradition verlangt, dass die Parias Glückspilze sind, weil sie sich mit verdorbenen, vollbusigen Weibern einlassen, die ihnen bereitwillig Geld und einen Hintern überlassen, der auf keinen Stuhl passt. Doch diese hier war anders. Sie entsprach nicht den literarischen und filmischen Traditionen, sondern denen der Sozialhilfe, trug einen zerschlissenen Morgenmantel, war ungefähr achtzig Jahre alt, roch schlecht, und hinter ihr tat sich eine Galaxie kaputter Möbel, abblätternder Wände, durchgebrannter Glühbirnen und von unzähligen Katzen abgeleckter Teller auf. Sie starrte Méndez an wie die Erscheinung eines Heiligen.

»Sie und ich, wir sind vom gleichen Schlag«, sagte sie.

»Wieso?«

»Man muss Sie nur ansehen. Sie bekommen doch sicher auch eine Rente nach altem Tarif.«

»Ein wenig ist es noch hin, Señora. Aber wenn Sie oben nachfragen, in Madrid, bei denen, die das Sagen haben, wird man mir nicht mal die zahlen.« Er zeigte ihr seine Polizeimarke und die Fotografie von Ángel Martín. »Kennen Sie den Mann?«

Die Augen der alten Frau füllten sich mit Tränen.

»Aber ja. Das ist Angelito.«

»Scheißkerl.«

»Was haben Sie gesagt?«

»Nichts, nichts. Woher kennen Sie ihn?«

»Wie sollte ich ihn nicht kennen? Er war eine Zeit lang mit meiner Tochter liiert, der Conchi. Sie ist vor zwei Jahren gestorben.«

»Das tut mir leid.«

Die Einsamkeit hat einen Geruch, die Armut hat einen Geruch; und auch die Verzweiflung und das Licht der geschlossenen Fenster haben einen Geruch. All diese Gerüche lauerten dort im Innern der Wohnung; sie hüllten die alte Frau ein und verbanden sich zu einem neuen: dem Gestank des Vergessens. Méndez beschloss augenblicklich, die alte Frau nicht weiter zu belästigen.

»Es tut mir leid«, sagte er noch einmal. »Angelito war also schon länger nicht mehr hier?«

»Ja. Ziemlich lange. Aber was ist denn los? Steckt er in Schwierigkeiten?«

»Nichts Wichtiges, machen Sie sich keine Sorgen. Sagen Sie, wissen Sie, wo er zuletzt gewohnt hat?«

»Nein. Seit Conchi tot ist, hatte ich kaum Kontakt zu ihm, aber wenn er mich mal gebeten hat, ihm eine Bleibe zu geben, warum auch immer, habe ich ihm ein Bett überlassen.«

»Es kann sein, dass er jetzt wieder zu Ihnen kommt. Haben Sie Telefon?«

»Wie soll ich ein Telefon haben, wenn ich es nicht zahlen kann?«

»Überbringt Ihnen vielleicht eine Nachbarin die Nachrichten, die eines hat?«

»Ich rede mit niemandem. Alle behaupten, meine Katzen würden stinken. Dabei sind sie es, die Gestank verbreiten, wenn sie hier aufmarschieren. Sie.«

Umso besser, dachte Méndez, dann kann dieser Bastard sie nicht anrufen und sich erkundigen, ob jemand nach ihm gefragt hat. Vielleicht taucht er in blindem Vertrauen hier auf, und dann haben wir ihn.

In sanfterem Ton fragte er: »Und hatte Ihre arme Tochter Freundinnen, Señora? Freundinnen, die Angelito auch kannte?«

»Ja. Die Lourdes.«

»Wer ist Lourdes?«

»Dazu möchte ich lieber nichts sagen.«

»Hatten Sie Probleme mit ihr?«

»Über dieses Luder will ich nicht reden.«

»Was war los?«

»Beinahe hätte sie sich Angelito unter den Nagel gerissen. Sie hatte sich in ihn vernarrt und war nicht zu bremsen. Conchi war sehr gutmütig und sehr vertrauensselig, aber was diese Schlange gemacht hat, da fehlen einem die Worte. Wenn sie zu uns kam, hat sie sich, im Beisein von Conchi, direkt vor Angelito hingesetzt, den Rock bis zum Anschlag hochgezogen, Sie verstehen schon. Weil sie sonst mit nichts glänzen konnte, tat sie es mit ihren Beinen, widerwärtig. Manchmal denke ich, also hab ich gedacht, Sie verstehen schon, dass es besser war, dass Conchi ihn nicht geheiratet hat, denn dieser Hurenbock wäre ihr Ruin gewesen.«

Méndez nickte.

Und dabei hatte das Bürschchen ein so sanftes Gesicht.

»Wissen Sie, wo Lourdes jetzt wohnt, Señora?«

»Ja, klar. Sie hat sogar die Frechheit besessen, mich, als Conchi noch lebte, zur Einweihung der Bar einzuladen.«

»Was für eine Bar?«

»Na, so eine verkappte Erotikbar in der Calle Verdi, im unteren Teil. Glauben Sie nicht, dass sie jemandem etwas vormacht. Es gibt dort eine dunkle Theke, ein paar Flaschen, zwei Séparées und ein paar nackte Mädchen.«

»Wie heißt die Bar?«

»La Ropita.«

Méndez murmelte: »O, là, là!«

Er kannte weder die Bar noch den Bezirk, denn das waren entlegene Gefilde, die nach Ansicht von Méndez nur die aufsuchten, die das Land verlassen wollten. Wenn jemand sich so weit vom Zentrum der Stadt entfernte, musste er mit allem rechnen. Doch unermüdlich machte sich Méndez, auch wenn er bereits anfing zu schlurfen, auf den Weg; durch die schmalen Handwerkerstraßen von Gracia, vorbei an den kleinen Geschäften, den Tante-Emma-Läden, wo die Leute sich noch an die Preise von 1936 erinnerten, vorbei an den Familienkneipen und Schreinereien, bei denen noch der Name des Großvaters an der Tür stand. Méndez mochte dieses Viertel, weil es einen eigenen Charakter und eine Geschichte hatte und weil es ein Stück Barcelona war, das sich gegen den Tod aufbäumte, doch ein Ort, der so weit von den Ramblas entfernt lag, war ihm verständlicherweise nicht geheuer. Wer weiß, ob es an so wenig erforschten Orten nicht irgendwelche unbekannten Krankheiten und Ähnliches gab. Doch unter Einsatz seines Lebens erreichte er die Calle Verdi und damit die letzten Ausläufer des Viertels. Er fand die Bar La Ropita: schummeriges Licht, Stühle auf den Tischen, ein Geruch nach ausgefurztem Tabak und ein paar Putzfrauen, die den Boden schrubbten.

Klar, das war nicht die Zeit, um solch ein Lokal aufzusuchen. Die Bar machte bestimmt nicht vor sechs oder sieben Uhr auf, doch hinter der Theke war eine junge Frau, die durchaus die Besitzerin sein konnte, mit der Abrechnung beschäftigt.

Méndez ließ seine Marke sanft über die Theke gleiten. Sie sah ihn angewidert an.

»Normalerweise kommen die, die einen Drink auf Kosten des Hauses haben wollen, später«, sagte sie leise.

»Ich bin nicht zum Trinken hier.«

»Zu was dann?«

»Sie sind Lourdes, vermute ich.«

»Ja.«

»Ich suche Ángel Martín.«

Plötzlich wirkte sie angespannt; sie schob die Rechnungen beiseite und legte beide Hände auf die Theke. Im Halbdunkel war es nicht zu erkennen, doch Méndez hätte geschworen, dass sie leichenblass war. Ihre langen, gierigen Krallen mit den spitzen Fingernägeln zitterten auf dem Holz.

Einen Moment lang herrschte angespanntes Schweigen, und Méndez nickte dem bei der Tür wartenden Gallardo zu. Der begab sich gleich zu den Hinterzimmern, bemüht, nicht auf die frisch gewischten, nassen Stellen am Boden zu treten.

Lourdes wurde noch nervöser.

»Wer ist das?«

»Ein Kollege. Er wird das Lokal durchsuchen, vor allem die Séparées. Wenn Sie dort jemanden versteckt haben, eine Novizin und einen Kammerherrn zum Beispiel, sagen Sie das am besten gleich.«

»Nein. Da ist niemand. Aber für eine Durchsuchung brauchen Sie einen Gerichtsbeschluss, das wissen Sie.«

»Vielleicht ist mir das entfallen, vielleicht ist er gar nicht so zwingend erforderlich, wie Sie glauben, vielleicht haben Sie noch nicht gemerkt, dass Ángel Martín in eine schlimme Sache verwickelt ist und dass es besser für Sie wäre, mit uns zusammenzuarbeiten. Wenn er vorhat, sich hier zu verstecken, sagen Sie es mir besser.«

Méndez erwartete eine negative Antwort, nach dem Motto: Machen Sie sich keine Umstände, er wird nicht kommen. Oder eine verzögerungstaktische: Schon gut, wenn er hier aufkreuzt, sage ich sogar der Polente Bescheid. Oder passend zum Lokal und zur urbanen Kultur eine akademische: Ich werde Ihnen mitteilen, wenn er mir unterkommt. Und er staunte nicht schlecht, als sie sagte: »Ángel Martín war schon hier.«

»Waaas?«

»Ja. Kaum dass ich den Putzfrauen aufgesperrt hatte. Ich muss Ihnen nicht sagen, dass ich ziemlich überrascht war.«

»Verdammt, und ich erst. Ich habe nicht damit gerechnet, dass … Na ja, was wollte er?«

»Ich sollte ihn verstecken.«

»Und was haben Sie gesagt?«

»Was soll ich schon gesagt haben? Dass das hier ein gutes Versteck ist? Dass ich ihn ins Séparée stecke, damit die Mädchen ihn sehen? Und was wäre dann? Diese Flittchen können vor allem eines: reden. Auch die Freier würden schnell Wind davon kriegen. Und die Polizisten, die dann und wann hier vorbeikommen. Die nehmen's immer ganz genau.«

»Also ist er wieder gegangen.«

»Ja.«

»Hat er Ihnen gesagt, wohin?«

»Was zum Teufel sollte er mir sagen?«

Lourdes ging an das andere Ende der Theke, nahm eine Flasche mit einer klaren Flüssigkeit und goss sich ein Glas ein.

»Ah, jetzt erinnere ich mich. Sie sind wahrscheinlich Méndez.«

»Ja. Warum?«

»So was Dummes. Und dann noch bei der Polizei.«

»Sagen Sie mir, was Ihnen dieser Mistkerl erzählt hat.«

»Nicht viel. Nur, dass ein Kerl namens Méndez ihn verfolgt, aber dass er mit Ihnen reden will.«

»Das ist ja nicht weiter schwierig. Er weiß ja, wo er mich findet.«

»So war das wohl nicht gemeint. Also, denke ich mal. Er hat Sie angesprochen, weil er mit Ihnen reden will, aber erst müssen Sie zu einer Einigung kommen.«

»Mit solchen Kerlen gibt es keine Einigung.«

Lourdes zuckte mit den Achseln und polierte lustlos ein Glas.

»Wie auch immer. Wissen Sie was? Ángel bedeutet mir nichts mehr. Der kann mich mal. Als ich ihm unter die Arme gegriffen habe, und das habe ich weiß Gott, hat er sich eine andere angelacht. Soll er sich doch zum Teufel scheren. Wie gesagt, der kann mich mal. Aber er vertraut mir, wissen Sie. Er denkt immer noch, ich würde ihn aus dem Schlamassel rausholen.«

»Und das werden Sie nicht.«

»Ich?«

»Dann sagen Sie mir, wo er untergekrochen sein könnte. Irgendwas. Alles kann von Bedeutung sein.«

Lourdes schüttelte den Kopf und warf das Haar zurück.

Sie war zweifellos einmal hübsch gewesen. Doch Méndez interessierte sich in dem Moment nicht für das, was einmal gewesen war. Er brummte: »Was? Er hat Ihnen nichts gesagt?«

»Nein. Als er gemerkt hat, dass ich ihm nicht helfe, wollte er nicht mit der Sprache raus. Er hat nur gesagt, er wolle Ihnen etwas sagen, aber erst müssten Sie beide zu einer Einigung gelangen.«

»Schlau von ihm.«

»Möchten Sie nicht doch ein Glas, Méndez?«

»Nein.«

»Ich will Ihnen noch etwas sagen«, murmelte Lourdes und deutete mit dem Finger auf ihn, »damit Sie mich in Ruhe lassen. Ich glaube, dass Ángel Angst hatte, dass Sie hier aufkreuzen, denn am Ende hat er gesagt: ›Womöglich findet der Scheißkerl die Bar.‹ Also, das mit dem Scheißkerl hat er gesagt, nicht ich. Und am Ende ist er abgezogen. Aber ich glaube, der hat nicht mehr alle beisammen. Ich meine, er ist verrückt.«

»Warum?«

Lourdes stürzte das zweite Glas hinunter, das sie sich eingegossen hatte. Dann fragte sie: »Meinen Sie, jemand, der sie noch alle beisammen hat, würde so etwas tun?«

»Was denn?«

Sie deutete auf den hinteren Teil des Lokals. Der war als einziger verhältnismäßig gut beleuchtet, sodass man erkennen konnte, was sie meinte. Es handelte sich um die Reproduktion eines erotischen Bildes; doch sie stellte die typische von der Kultur abgesegnete Erotik dar, die den Reproduktionen alter Bilder eigen ist. Von der Kultur, dachte Méndez, und der allgemeinen Überzeugung, dass die Frauen, die damals als Modell dienten, aus der Mode gekommen sind. Er verstand so gut wie nichts von Malerei, aber er wusste, krass formuliert, dass Rubensfrauen zum Anbeißen waren, während man denen von El Greco eher ein Almosen spenden möchte. Doch in den langen Nächten, in denen er Dienst geschoben und sich die Zeit mit der Lektüre von Henry Miller und Pierye de Mandiargues vertrieben hatte, hatte er hin und wieder eine Pause gemacht und in Kunstbüchern geblättert, insgeheim hoffend, dass er darin die Reproduktion eines herzoglichen Ficks oder, noch besser, einer Orgie in Kirchenkreisen fände. Und so flüsterte seine Erinnerung ihm zu, dass es sich bei dem Bild um das berühmte *Bad der Diana* von Boucher handelte, auf dem eine prächtige nackte Dame am Wegesrand sitzt, das linke Bein über das rechte gekreuzt, während eine weitere Dame neben ihr kauert und auf ihren Fuß starrt, vielleicht, um sich danach etwas ganz anderes anzusehen. Doch irgendetwas stimmte an dieser billigen Reproduktion nicht. Er konnte es nicht benennen, bis Lourdes selbst ihn aufklärte. Mit dem müden Hüftschwung einer Frau, die dem horizontalen Gewerbe gern Adieu sagen würde, murmelte sie: »Meinen Sie nicht, dass man verrückt sein muss, um so etwas zu tun? Warum musste er das Bild verschandeln? Warum musste er bei der sitzenden Frau, der scharfen, mit einem Kuli den mittleren Zeh verlängern, als wäre er einen halben Meter groß?«

Méndez hatte keine Antwort darauf. Aber seine Kehle war trocken. Leise sagte er, den Blick auf das Bild gerichtet: »Das ergibt doch keinen Sinn. Aber wer weiß, vielleicht ja doch, verdammt?«

Lourdes sagte lustlos: »Sie haben auch einen Knall. Ich gieße Ihnen jetzt erst mal einen ein.«

Kurz darauf kam Gallardo aus den hinteren Zimmern.

»Nichts, Méndez«, murmelte er.

»Wie, kein einziger Kerl?«

»Keiner und alle. Ein ganzes Regiment ist durch diese vier Wände gezogen.«

»Das nutzt uns nichts. Wir sind zu spät gekommen, Gallardo. Aber nur knapp. Komm, wir verschwinden.«

In der Tür drehte er sich noch einmal zu Lourdes um, die ihm unbedingt etwas kredenzen wollte.

»Ich denke, Sie wollen Ángel Martín wirklich nicht decken.«

»Warum zum Teufel sollte ich.«

»Dann sagen Sie mir, ob er irgendetwas gesagt hat. Er wird noch andere Freunde in Barcelona haben. Haben Sie eine Ahnung, wo er hingegangen sein könnte?«

»Woher, Méndez? Nach der Szene, die ich ihm gemacht habe? Beinahe hätte ich ihn rausgeworfen. Und jetzt verschwinden Sie zurück in Ihre Höhle. Aber wenn Sie mal all Ihre Sorgen vergessen und sich ein wenig vergnügen wollen, schauen Sie doch vorbei. Ab sechs kommen ein paar hübsche Mädchen. Schlank, aber an den richtigen Stellen gut gepolstert. Es ist auch die ein oder andere geile Ehefrau dabei, die behauptet, ihr Mann sei impotent.«

»Ich würde den Ehemann vorziehen«, sagte Méndez.

»Warum nicht.«

»Führen Sie mich nicht in Versuchung. Wenn es darum geht, sich einen Abend lang zu unterhalten, würde ich den Kerl vorziehen.«

»Wie auch immer, schauen Sie mal rein. Die Schlanken

werden Ihnen gefallen. Und Sie wissen, Getränke gehen aufs Haus.«

Méndez schüttelte den Kopf.

»Ihre Frauen sind nicht mein Typ. Was Frauen angeht, habe ich einen sehr primitiven und eigenwilligen Geschmack. Was mich wirklich erregt, ist eine Frau mit einem tollen Hintern, die gerade die Treppe putzt.«

»Würden Sie sich auf sie stürzen?«

»Nein, denn ich müsste ja erst die Treppe hoch. Seit frühester Kindheit (ich bin ein Mann von beständigem Geschmack, der sich selbst treu bleibt) haben mich die trauernden Frauen mit Kamm und Mantilla betört, die ein paar ordentliche Kilos in die nächste Kirche tragen. Kennen Sie die Anekdote, die man sich von Francesc Pujols erzählt?«

»Wer ist das?«

»Eine Art Denker, der an die ewigen Werte Kataloniens glaubte. Er hat zu Dalí gesagt, die Katalanen hätten allein durch die Tatsache, dass sie Katalanen sind, eines Tages alles bezahlt. Dalí hat diese Anekdote immer sehr anschaulich erzählt. Nun ja, dieser Pujols hatte auch etwas für dicke Frauen übrig. Vermutlich träumte er tief in seinem Innern, wie alle Männer in Spanien, von einer Frau, die man auf einer Schubkarre transportieren muss. Einmal begegnete er einer bildhübschen molligen verheirateten Frau, die unbedingt abnehmen wollte. ›Und Sie sind wirklich entschlossen abzunehmen?‹, hat Pujols gefragt. ›Absolut.‹ ›Dann denken Sie an mich, bevor Sie damit anfangen.‹«

»Verschonen Sie mich mit Ihren Leidenschaften, Méndez.«

»Hat Martín wirklich niemand, der ihm helfen könnte?«

»Ich weiß nicht. Mir fällt höchstens Pedro Villano ein.«

»Wer ist das?«

»Ein Modefotograf. Er ist in der Werbebranche, aber er arbeitet fast ausschließlich für Modedesigner und solche Leute. Ángel hat früher hin und wieder als Model für ihn gearbeitet, da war er noch attraktiv. Die beiden haben sich angefreundet. Versuchen Sie es doch, Sie verlieren ja nichts.«

Méndez nickte.

»Und wo finde ich Pedro Villano?«

»Er hat sein Studio in Padre Claret, ganz in der Nähe des Hospital de San Pablo. Sie werden ihn schon finden.«

Méndez verschwand ohne jeden weiteren Kommentar.

Pedro Villanos Studio in einem Parterregeschoss war unpersönlich und seelenlos. Er hätte dort genauso gut Motorradzubehör oder Kugellager verkaufen können. Doch Méndez war klar, dass er auf der richtigen Fährte war, als Villano, eine peinliche alte Schwuchtel, murmelte: »Ja. Angelito war hier.«

»Hat er Sie um Unterschlupf gebeten?«

»Nein, hat er nicht, ich schwör's. Und den hätte ich ihm auch nicht gewährt. Ich weiß, dass er in irgendeiner krummen Sache drinsteckt.«

»Was zum Teufel wollte er dann?«

»Schauen Sie … Angelito ist verrückt.«

»Warum sagen Sie das?«

»Wegen seines seltsamen Wunsches.«

»Und was war das für ein Wunsch, verdammt?«

Villano zitterte. Er war so nervös, dass ihm fast das Gebiss aus dem Mund fiel. Er deutete auf die Tür zu seinem Labor und sagte: »Ihr Name ist Méndez, haben Sie gesagt?«

»Nicht, dass ich besonders stolz darauf wäre, aber so heiße ich. Was ist?«

»Angelito hatte große Angst. Ihm ging die Düse. Er war überzeugt, Sie würden ihn schnappen.«

»Natürlich werde ich ihn schnappen. Es war bis jetzt eine Frage von Minuten. Man könnte sagen, der Glockenschlag hat ihn gerettet.«

»Ja, deshalb will er ja mit Ihnen reden. Aber er will einen Deal.«

»Den kann er sich sonst wohin stecken.«

»Ich kenne Angelito gut, Señor Méndez. Deshalb weiß ich, dass er nicht gelogen hat, als er gesagt hat, Sie würden im Dunkeln tappen. Sie hätten keine Ahnung, überhaupt keine Ahnung.«

Méndez hob eine Augenbraue.

»Und deshalb will er mit mir reden?«

»Ja. Er hat Informationen für Sie.«

»Und was verlangt er?«

»Einen Deal.«

»Ich habe das Wort Deal schon zu oft gehört. Es gibt nur eine Antwort für Ángel Martín. Sie stammt aus dem Mund einer Frau, die ihn in- und auswendig kennt.«

»Ach ja, und was hat sie gesagt?«

»Er kann mich mal.«

Aus den verschiedensten Gründen (alle kultureller Natur) war der Ausdruck »er kann mich mal« für einen Kerl wie Pedro Villano durchaus interessant. Doch er hob mutlos die Arme.

»Ihnen entgeht was, Méndez.«

»Ich bin nicht hier, um meine Zeit zu vergeuden, und ich will auch keine Fotos machen lassen«, brummte Méndez. »Sie haben eben gesagt, Ángel Martín müsse verrückt sein. Warum?«

»Wissen Sie, was er hier wollte?«

»Was?«

»Als Erstes wollte er wissen, ob ein bestimmter Passfälscher noch aktiv ist, den ich kenne.«

»Das ist alles andere als verrückt. Jeder, der illegal die Grenze passieren will, würde das machen.«

»Ja. Das hat er vermutlich vor. Aber ich mache nicht diese billigen, zweckdienlichen Massenbilder, die aussehen, als habe sie ein vereidigter Polizist geschossen. Ich mache überhaupt keine Fotos für Ausweise oder Pässe. Doch Angelito hat mich gebeten, drei Bilder von ihm zu machen, damit er auswählen kann. Eines mit Schnauzer und Brille und zwei mit Bart. Durch meine Arbeit für die Werbung habe ich hier alle möglichen Verkleidungen.«

»Und, haben Sie die Fotos gemacht?«

»Ja.«

»Haben Sie die Negative?«

»Nein. Angelito hat sie verbrannt.«

Méndez verspürte das dringende Bedürfnis, auf den Boden zu spucken.

»Verdammt. Er wollte verhindern, dass jemand einen Abzug von dem Bild machen kann, das er für den falschen Pass benutzt. Von wegen verrückt, der weiß genau, was er tut.«

»Nicht ganz, Méndez. Er hat eine Dummheit begangen.«

»Was für eine?«

»Er hat ein völlig sinnloses Bild machen lassen. Und von dem hat er das Negativ nicht zerstört. Sehen Sie es sich an. Ich habe es gerade entwickelt.«

Er ging in die Dunkelkammer und kam kurz darauf mit einer Vergrößerung heraus. Er übergab sie Méndez, dessen Hände leicht zitterten, weil ihn wieder dieses Gefühl beschlich, das er seit Beginn dieser verfluchten Geschichte schon öfter gehabt hatte: dass er überhaupt nicht durchblickte.

Was Pedro Villano ihm als Nachlass oder Geschenk Angelito Martíns überreichte, war das Abstruseste, das man sich vorstellen konnte. Er hatte sich von vorn in ganzer Größe ablichten lassen, die Arme vor der Brust verschränkt. Sein Blick war ausdruckslos geradeaus gerichtet, und das linke Bein war leicht vorgeschoben, als wollte er jeden Moment losgehen.

Doch seine Haltung war starr, steif. Er stand da wie eine Statue.

Das war alles.

»Absurd«, stammelte Méndez.

Und Pedro Villano erwiderte: »Natürlich ist das absurd. Deshalb sage ich ja, dass er verrückt geworden ist.«

»Hat er Ihnen denn nicht erklärt, warum er sich ausgerechnet so ablichten lassen wollte?«

»Nein. Er hat mich nur gebeten, das Foto zu machen und es nicht zu zerstören. Er hat vielleicht ein halbes Dutzend Worte gesagt. Dann ist er verschwunden.«

»Wohin?«

Pedro Villano zuckte die Achseln.

»Ich vermute, er will sich einen falschen Pass besorgen. Wenn Sie mich fragen, will er gleich mehrere Grenzen überqueren.«

»Klingt vernünftig«, räumte Méndez nachdenklich ein. »Und wo lebt dieser Fälscher, von dem Sie gesprochen haben?«

»Er ist auch Fotograf. Aber er vollbringt wahre Wunder. Wahre Wunder. Er hat ein kleines Studio in der Ronda de San Pablo, eines dieser typischen Studios mit zwei Sesseln und einem Vorhang. Das taugt lediglich für Aufnahmen von Brautpaaren, die sich mit Fischaugen anstieren. Oder von dicken, tumben Kommunionkindern. Oder für diese typischen Familienfotos, die gemacht werden, wenn irgendein Cousin zum Wehrdienst eingezogen wird und nach Teruel geht. Dort hat er ein paar gute Fälschungen gemacht, sonst wäre er längst verhungert. Sogar für ETA-Terroristen, wage ich zu behaupten. Doch sein Künstlerdomizil hat er in einem kleinen Dachgeschoss in der Calle Mallorca 255. Hören Sie, Señor Méndez. Ich habe Ihnen alles gesagt, was ich weiß. Ich habe kooperiert. Sie müssen mir versprechen, dass man mich niemals bezichtigen wird, einen Kerl wie Martín zu decken. Ich werde nicht zulassen, dass man mich mit so einem Abschaum in Zusammenhang bringt.«

Méndez nickte. Warum sollte er den schrägen Vogel nicht in Ruhe lassen. Er wollte gerade etwas Beruhigendes sagen, da hörte er hinter sich die Stimme Gallardos, der bereits in der Tür stand: »Wir laden Sie zu seiner Beerdigung ein, mein Freund. Sie werden einen erstklassigen Platz in der ersten Reihe haben. Zu schade, dass Sie uns jetzt nicht begleiten können.«

»Wie?«, fragte Pedro Villano und errötete. »Warum?«

»Sie könnten ein tolles Foto von dem Toten schießen. Mit starrem Mund.«

14 Das Messer

»Schon merkwürdig«, brummte Méndez. »Wir sind immer noch im rechten Teil der Stadt.«

»Wenn wir uns auf den Weg in die Ronda de San Pablo machen, sind wir im linken Teil.«

»Stimmt, aber ich glaube nicht, dass wir dort etwas finden werden. Das mit dem rechten und linken Teil von Barcelona ist reiner Zufall, nur eine Obsession des Beamten vom Katasteramt. Alle Unterschlupfmöglichkeiten dieses Mistkerls befinden sich nach Stadtplan im linken Teil, und doch hat er den rechten nicht verlassen. Aber das entbehrt nicht einer gewissen Logik: Er kennt auch hier Leute, die ihm helfen. Und mir können die Stadtpläne gestohlen bleiben, Gallardo. Das überlässt du am besten den demokratischen Bürgermeistern, die sich mithilfe der gesammelten Werke der franquistischen Bürgermeister die Regeln der Spekulation angeeignet haben. Für mich beschränkt sich die Stadt auf den alten Kern. Von mir aus könnte man die Stadtmauern wieder hochziehen. Dann kämen die Autos, die Schutzmänner und die Steuerprüfer nicht mehr hinein. Eine Stadtmauer mit Zugbrücke und allem Drum und Dran und darin einige ausgesuchte Bewohner, die sich ausschließlich dem öffentlichen Wohl widmen: Kneipenbesitzer, Huren, Fabrikanten, die Schnaps in Fässern liefern, Laternenanzünder, Dichter im Endstadium und Theater-Ensembles, die von den Zinnen herab um Subventionen ersuchen. Die gesamte Stadt, durch die wir gehen, mit all den Ampeln und Parkhäusern, ist der reinste Horror für mich, mir wird schwindelig. Aber wir sind ja schon in der Calle Mallorca.«

Nach Verkündung dieses Glaubensbekenntnisses kehrte Méndez in die schmutzige Realität des Tages zurück. Seine Füße waren wund gelaufen, er war hundemüde, die Nieren taten ihm weh, und die äußerst sensiblen Magenwände rebellierten und verlangten nach Schonkost. Er brauchte dringend gebratene Sardinen, frittierte Paprika in einer kräftigen Sanfaina-Soße, Kroketten mit dem Fleisch gefährdeter Vogelarten und einen mit Liebe und Substanz – also vor der Perestroika – angerichteten russischen Salat.

Begleitet von einem guten Tropfen, konnte all das den letzten Rest des Méndez noch verbleibenden Lebens retten. Doch zu seinem Bedauern befand er sich in einer verzagten Stadt mitten in der Wertekrise, wo die Leute in Bistros einkehrten, deren Nährwert sich darauf beschränkte, dass sie einen Preis für das beste Design bekommen hatten. Die Leute ernährten sich anscheinend von entrahmten, vergeistigten Milchprodukten, in Plastik verpacktem Brot und wertvollen Mineralwässern. Andere Gäste mit eher gelben, begierigen Gesichtern schienen sich ausschließlich von Anleihen der Banco de Santander zu ernähren.

Gallardo sagte: »Hier ist es.«

Es handelte sich um eines jener altehrwürdigen, klassischen Treppenhäuser, in denen man einen Buchhalter in den besten Jahren findet, einen Hausarzt, einen Rechtsanwalt, der seine Mutter immer noch um Geld bittet, und ein junges Mädchen, dem die Nachbarn verhohlen hinterherzuschielen beginnen. Ein respektables Treppenhaus also, das nicht Méndez' Welt entsprach, und noch dazu eines ohne Aufzug, was bedeutete, dass er vielleicht noch vor Erreichen des zweiten Stockwerks das Zeitliche segnen würde.

Er brummte: »Wenn ich das gewusst hätte, wäre ich nicht gekommen.«

Dann begann er mit dem Aufstieg, gefolgt von Gallardo. Die beiden hatten das dumpfe Gefühl, dass ihre Mission bald beendet war, dass die Zeit Ángel Martín diesmal nicht retten würde, denn wenn er einen gefälschten Pass brauchte, müsste er sich schon eine Weile in dem Dachgeschoss aufhalten. Méndez wusste inzwischen, dass der Künstler Camarasa hieß und schon einmal verhaftet worden war, aber der Richter ihn sofort aus einem der beiden immens wichtigen Gründe freigelassen hatte: weil er keine

Lust mehr hatte zu arbeiten oder aus Mangel an Beweisen, zwei entscheidende Faktoren in der Geschichte der Rechtsprechung in Spanien.

Nachdem sie immer wieder Pausen eingelegt hatten, die ausgereicht hätten, um die Evangelien zu lesen, erreichten sie einen Aufbau auf dem Dach. Gallardo, der putzmunter war, sagte: »Wissen Sie, warum ich mitgekommen bin, Méndez?«

»Vermutlich wolltest du einem alten Mann Trost spenden.«

»Ich bin mitgekommen, weil ich diesem Kerl in die Augen sehen will. Ich muss die ganze Zeit daran denken, dass er das auch meiner Tochter hätte antun können.«

»Hör mal, Gallardo …«

»Was?«

»Ich gebe nicht viel auf das Gesetz.«

»Was Sie nicht sagen.«

»Ich will, dass du verstehst, dass das Gesetz es verbietet, einen solchen Kerl einfach so abzuknallen. Das Leben eines Kriminellen ist heilig, und du bekommst Riesenprobleme. Das Höchste, was du dir nach der geltenden Verfassung erlauben kannst, ist ein Schuss in die Eier. Deshalb ziele ich immer auf den Kopf.«

»Das ergibt doch keinen Sinn, Méndez.«

»Doch, natürlich. Wenn ich auf den Kopf ziele, was glaubst du, wo ich sie dann treffe?«

Er klopfte an die Tür.

»Aufmachen! Aufmachen! Polizei! Ihr Scheißkerle!«

Man hörte einen Schrei hinter der Tür. Méndez war sofort klar, diesmal war er rechtzeitig an Ort und Stelle. Ángel Martín war noch da. Er wollte ihm keine Gelegenheit geben abzuhauen, und so kürzte er die Formalitäten ab und holte seinen Colt heraus. Er feuerte einen Schuss auf das Schloss ab.

Die Tür flog auf, als wäre sie aus Papier, was ja auch nicht weiter verwunderlich war, weil sie lediglich aus Pressspan bestand.

Dahinter stand Ángel Martín.

Er war in Panik, seine Beine zitterten. Er streckte die Hände aus, ein stummes Flehen.

Méndez brüllte: »Auf den Boden! Die Hände in den Nacken!«

»Hören Sie, Méndez!«

»Auf den Boden, habe ich gesagt. Auf den Boden, oder ich knall dich ab!«

»Wenn Sie mich abknallen, werden Sie nie etwas erfahren, Méndez. Ich kann Ihnen Dinge erzählen, an die Sie nicht einmal im Traum denken! Sie sollten den Deal machen!«

»Den Deal machen wir, wenn du hinter Gittern bist! Wenn man dir wieder den Arsch aufgerissen hat, du Mistkerl!«

»Méeeeeeendez!«

»Ich treffe keine Vereinbarungen mit Mördern von kleinen Mädchen!«

Ángel Martín verlor völlig die Nerven. Oder vielleicht dachte er wirklich, er habe eine Möglichkeit zu entkommen. Schließlich war er weit jünger und beweglicher als Méndez. Mit Schaum vor dem Mund und hervorquellenden Augen stürmte er nach vorn, um den Polizisten über den Haufen zu rennen.

Méndez zögerte kurz. Er hatte keinerlei Hemmungen zu schießen, aber er wollte ihn nicht lebensgefährlich verletzen.

Martín kam auf ihn zu.

Doch etwas versperrte ihm den Weg.

Gallardos Arm.

Ein Aufblitzen.

Das Springmesser.

Gallardo stieß zu. Erst in den Bauch, Martín war förmlich in das Messer hineingelaufen, doch beim zweiten und dritten Stich suchte er die Stellen, die im Handbuch für gutes Benehmen empfohlen werden. Die Klinge drang in Martíns Herz und dann in seine Kehle.

In einer roten Wolke spritzte das Blut auf.

Camarasa, der sich am anderen Ende des Zimmers befand, presste sich dicht an die Wand und stieß spitze Schreie aus, die sich anhörten wie das Stöhnen einer Jungfer.

Ángel Martín vollführte eine makabre Drehung.

Ein Röcheln drang aus den Überresten seiner Kehle.

Da schoss Méndez.

Direkt auf Martíns Kopf. Und der Schuss schlug exakt dort ein, wo er hingezielt hatte. Das unheilvolle Geräusch berstender Knochen erfüllte den Raum, und von der Stirn war nichts mehr übrig.

Gallardo, der das nicht erwartet hatte, sah ihn erstaunt und zugleich entsetzt an.

Camarasa sank auf die Knie und murmelte: »Das war nicht nötig, Sie Scheißkerl.«

»Doch, war es«, erwiderte Méndez kalt.

»Warum?«

»Weil Martíns Leiche, wenn eine Kugel von mir in ihm steckt, mir helfen wird, einen Freund zu retten.«

»Aber was reden Sie da?«

»Das ist mein voller Ernst, Camarasa. Ich werde einen Deal mit dir machen. Und du solltest einschlagen, denn sonst bringe ich dich wegen Urkundenfälschung und Deckung eines Mörders vor Gericht, und du brummst fünf Jahre. Wenn wir hingegen dasselbe aussagen, bist du aus dem Schneider.«

»Und was werden wir aussagen?«

»Die Wahrheit.«

»Welche Wahrheit?«

»Dass ich Ángel Martín getötet habe.«

»Das muss man nicht erst schwören, Méndez.«

»Ich werde 'ne Menge Probleme bekommen, sagen wir, verwaltungstechnischer Natur, aber das ist mir egal. Ich bin ohnehin am Ende, schlimmer kann es nicht kommen. Du wirst kein Problem haben, Camarasa, wenn du Gallardos Messer an dich nimmst, sobald er seine Spuren daran abgewischt hat. Du wirst behaupten, es gehöre dir. Und dass Ángel Martín, dem ich auf den Fersen war, versucht hat, sich in deine Wohnung zu flüchten, weil er dich kannte. Und als du dich geweigert hast, hat er dich angegriffen. Du hattest keine andere Wahl, als dich zu verteidigen, und so hast du ihm ein paar Stiche versetzt, aber ihn nicht getötet. Das ist nicht so schlimm. Ich habe ihn getötet, und ich werde bezeugen, dass du die Wahrheit sagst. Es wird dir nicht mehr Umstände machen, als dass du bei Gericht erscheinen musst, aber vielleicht zahlen sie dir sogar ein Sandwich. Los, Gallardo, wisch das Messer ab und gib es ihm.«

Gallardo stiegen die Tränen in die Augen.

»Danke, Méndez.«

»Lass nur. Du hast schon genug Probleme, Gallardo.«
Méndez ging zum Telefon. Mehr als einem würde sicherlich der Verdauungsprozess ins Stocken geraten, wenn er seine Stimme hörte.

Gallardo wischte das Messer ab, sah zu Camaraso hinüber und zwinkerte ihm resigniert zu. Dann senkte sich sein starrer Blick auf den starren Blick des Toten.

Er murmelte: »Das verstehe ich nicht. Warum wollte der Kerl unbedingt einen Deal machen? Was zum Teufel hatt er zu sagen? Was?«

15 Die Nacht, der Baum und die Piano-Bar

Der Kommissar las im hellen Schein des Bildschirms einige Berichte durch, als Méndez eintrat. Er war kurz im Türrahmen stehen geblieben und hatte gemurmelt: »Gegrüßet seist du, Maria.«

»Geben Sie mir Ihre Pistole, Méndez.«

»Was haben Sie damit vor?«

»Sagen wir, ich möchte sie dem Schifffahrtsmuseum schenken.«

»Man hat mich suspendiert, nicht wahr?«

»Das ist noch das Geringste, was Ihnen blüht.«

Méndez bewegte sich mit kleinen Hüpfern vorwärts, legte die Waffe auf den Tisch des Chefs und schloss damit eine Art Abrüstungsvertrag. Danach setzte er sich und atmete vorsichtig die Luft des Büros ein. Zum Teufel, trotz allem fühlte er sich wohl hier. Die Stille war ausgesprochen angenehm und wurde nur hin und wieder durch noch angenehmere Klänge unterbrochen: Flamencogesänge aus der Calle Nueva, Stammtischdiskussionen, das Gezeter der Nachbarinnen und die Hilfeschreie eines zarten kleinen Arabers, der von einem Büttel verfolgt wurde. Das zeigte, dass das Leben weiterging und dass im Gelobten Land alles in bester Ordnung war.

Der Kommissar sagte: »Danken Sie Gott, dass man nicht auch noch Ihr Gehalt eingefroren hat. Natürlich bekommen Sie noch einen negativen Eintrag in Ihrer Personalakte. Eine Beförderung können Sie vergessen.«

»Wie schade! Ich hatte gerade angefangen, mir Hoffnungen zu machen.«

»Hoffnungen, *Sie*?«

»Aber ja. Und denken Sie nicht, ich wäre naiv. Ich habe einen guten Draht zu den oberen Etagen aufgebaut, vor Kurzem hat mich der oberste Polizeichef sogar um eine Zigarette gebeten.«

»Wenn Sie nicht so alt wären, würde ich Sie in die Wüste schicken, Méndez, das können Sie mir glauben. Aber ich finde, in Ihrem Alter haben Sie Respekt verdient.«

»Sie sind der Erste, der das sagt.«

Der Hauptkommissar lehnte sich in seinen Sessel zurück, atmete tief ein und rieb sich die Augen, in denen sich die Müdigkeit der vielen Papiere, Gesichter und Stunden gesammelt hatte. Das Viertel fraß ihn auf, wie es viele Polizisten vor ihm aufgefressen hatte. Damit es einen nicht fraß, musste man seinen Kummer in sich tragen, musste man sein wie Méndez.

»Haben Sie schon mit dem Richter gesprochen?«

»Ja, und er akzeptiert das Protokoll und Camarasas Aussage. Von dieser Seite hat keiner von Ihnen beiden etwas zu befürchten. Aber ich akzeptiere das nicht, Méndez. Deshalb habe ich vorgeschlagen, Sie zu suspendieren, als Vorsichtsmaßnahme. Wenn Sie etwas vorzubringen haben, tun Sie es. Deshalb sind Sie hier.«

Der alte Polizist zuckte die Achseln.

»Ich möchte nichts vorbringen. Wozu?«

»Besser so. Ich muss auf jeden Fall anerkennen, dass Sie

den Fall gelöst haben, ein Erfolg, den man Ihnen, offen gestanden, nicht zugetraut hat. Die Mordkommission tappte noch im Dunkeln. Wenn man diesen Mistkerl von Martín lebend geschnappt hätte, wäre es perfekt gewesen.«

»Tut mir leid. Das ging nicht.«

»Verschweigen Sie mir etwas, Méndez?«

»Ich? I wo!«

»Sie haben nicht zufällig geschossen, um jemanden zu decken?«

»Ich? I wo!«

»Ich glaube Ihnen nicht, das habe ich schon gesagt, aber was soll's. Wenn man in diesem Metier vorankommen will, muss man es verstehen, Sachen durchzuwinken und sich weitere Komplikationen zu ersparen. Der Fall ist gelöst, der Tote ist in der Leichenhalle, und alle sind zufrieden. Wenn Sie etwas für sich behalten, ist das schlecht für Sie, Méndez. Ich werde nicht fragen. Oder unter alten Kameraden gesagt: Stecken Sie es sich dorthin, wo es passt.«

Méndez entgegnete müde: »Das letzte Mal, als ein Araber bei mir Maß genommen hat, passte nichts mehr.«

Der Kommissar sah jetzt nicht länger müde aus, sondern genervt.

»Gut, ich haben Ihnen meine Entscheidung mitgeteilt. Und jetzt verschwinden Sie bitte. Verschwinden Sie.«

»Ich wollte Ihnen vorher noch ein paar Fragen stellen, wenn es Ihnen nichts ausmacht.«

»Natürlich macht mir das etwas aus, aber was bleibt mir anderes übrig, also stellen Sie sie schon.«

»Hat jemand nach der Leiche von Ángel Martín verlangt?«

»Nein. Um die Beerdigung will sich niemand kümmern.«

»Und was ist mit Marquina? Ich habe gehört, man hat ihn in seiner Wohnung erledigt?«

»Das hat doch nichts miteinander zu tun.«

»Nein, natürlich nicht«, sagte Méndez wider besseres Wissen.

»Im Fall Marquina wird ermittelt, bislang ergebnislos. Wir haben nicht eine verwertbare Spur, obwohl Sie, was für ein Zufall, ganz in der Nähe Ángel Martín mit Schüssen verfolgt haben.«

»Ja, was für ein Zufall«, sagte Méndez mit der Miene des braven Jungen, und es sah aus, als wollte er sich jeden Moment bekreuzigen.

»Marquinas Beerdigung wird eine Art Stadtereignis. Ich hoffe, Sie werden auch teilnehmen, Méndez. Das gesamte Personal, das dienstfrei hat, wird geschlossen erscheinen.«

»Klar gehe ich hin. Wie kurz doch das Leben der Menschen ist. Jedes Mal zu Beginn der Fastenzeit werde ich Marquinas gedenken.«

»Warum verschwinden Sie nicht endlich, Méndez?«

»Mach ich, aber erst habe ich noch eine Frage. Ob Sie beispielsweise in Ihrem Bericht festgehalten haben, dass Gallardo sich freiwillig gestellt hat.«

»Selbstverständlich. Ich hoffe, dass man nach alldem Milde walten lässt.«

»Noch etwas, Chef. Die letzte Frage. Und die wichtigste. Weiß man schon, wer das tote Mädchen ist?«

Der Blick des Kommissars verfinsterte sich.

»Nein, das weiß man nicht. Und das Schlimme ist, dass Ángel Martín nichts mehr dazu sagen kann.«

Und auch Marquina nicht, noch sonst wer, dachte Méndez. Doch er fragte: »Hat jemand nach ihrer Leiche verlangt?«

»Bis jetzt nicht.«

»Was hat man mit ihr gemacht?«

»Man wird sie so lange wie möglich aufbewahren.«

Méndez fielen die Augen zu, als würde er plötzlich von Müdigkeit übermannt, und er versuchte aufzustehen. Ihm wurde schwindelig, und er musste sich am Tisch abstützen.

»Wir haben es mit Irren zu tun.«

»Ja, Méndez, aber wie ich Ihrem Bericht und den Aussagen der Leute entnehme, die dabei waren, war Ángel Martín der Mörder, und er hat dafür bezahlt. Also vergessen Sie den Fall. Ah … Ich verspreche Ihnen, dass Sie wegen dem Tod von diesem Schwein keine juristischen Scherereien bekommen werden.«

»Das fehlte noch«, brummte Méndez. »Als wenn dieses ganze Verwaltungstheater nicht schon genug wäre. Na dann, Kommissar, gehen Sie mit Gott und der Heiligen Jungfrau von der unbefleckten Empfängnis.«

Dann schlurfte er hinaus. Er verspürte eine so große Müdigkeit (die Müdigkeit stehen gebliebener Uhren, für immer geschlossener Münder, unbeantworteter Fragen, der Straßen, in denen ihn niemand mehr brauchte), dass er es kaum die Treppe hinunter auf die Calle Nueva schaffte, die große Mutter. Auf dem Weg zu den Ramblas warf er wie immer einen wehmütigen Blick auf das Haus, das einst La Emilia beherbergt hatte, eine der ersten Institutionen für den einheimischen Stecher, und strandete schließlich ein wenig außerhalb seines Bezirks, im oberen Teil der Rambla, im Viena, einer Piano-Bar mit modernistischer Fassade, wo stille Gäste ihre Zeit damit verloren, nach der verlorenen Zeit zu suchen. Doch es war angenehm, dort zu sitzen, die Ellbogen auf die Theke gestützt, versunken in die Einsamkeit, die Wurzel allen Denkens, eingehüllt von der Musik, der Wurzel aller Sehnsucht. Méndez freute sich, dass Barcelona zu den Wahrzeichen seiner Identität zurückgefunden, dass es ein wenig vergessen hatte, was es sein wollte – oder sein sollte –, und sich daran erinnerte, was es einst gewesen war. Es gibt Lokale, in denen haben früher einmal die Geister gewohnt, und verflucht sei der, der dem, was von ihnen noch übrig ist, nicht genügend Achtung zollt und sie auf die Straße setzen will.

Doch mit Méndez' Einsamkeit war es vorbei, als er die Stimme Armandos hörte, des furchtlosen Verkäufers von Baugrundstücken an Orten, die im Allgemeinen für nicht bebaubar erklärt worden waren.

»Der Friede dez Schöpfers zei mit Ihnen, Zeñor Méndez. Möge er Ihnen ein langez Leben und viele Kinder schenken, damit zie Zie am Tag Ihrez Schutzheiligen preisen können.«

»Sieh an, der Armando.«

»Freut mich, Zie zu sehen, Zeñor Méndez. Zum Glück können wir jetzt in diezem Teil der Ramblaz, wo die Polizei für daz öffentliche Wohl am häufigsten zugeschlagen hat, auf Ihre bedeutende Anwezenheit zählen.«

»Ich weiß nicht, warum ich mich so hoch hinauf gewagt habe. Mir wird bestimmt etwas zustoßen.«

»Ich habe Zie in der Calle Verdi gezehen, daz izt noch weiter oben.«

»Stimmt, davon habe ich mich immer noch nicht erholt«, gestand Méndez. »Das harte Licht, das nicht, wie es sich gehört, durch aufgehängte Wäsche gefiltert wird. Gesichter von Männern, die mit einem Wecker ins Bett gehen anstatt mit einer Frau. Von der Weltgesundheitsorganisation empfohlene Kneipen, in denen du eine Portion Venusmuscheln bestellst, und dann bekommst du sie im Donut. Und dann die Luft, die direkt aus ländlichen, wenig vertrauenswürdigen Gegenden wie San José de la Montaña kommt. Dem Risiko setze ich mich nicht mehr aus, Armando. Aller Rauch ist aus meinen Lungen gewichen, und mein Atem roch plötzlich nach Aspirin. Seitdem ist mir schlecht, und meine letzte Hoffnung ist eine Flasche Chichón, die mir ein Freund geschenkt hat. Diese Expeditionen ins Unbekannte sind meine Verdammnis, ich sag's dir, und außerdem brauche ich einen Kompass, sobald ich die Calle Nueva verlasse.«

»Daz wäre nicht passiert, wenn Zie daz Grundstück beim neuen, alzo alten Friedhof gekauft hätten, daz ich Ihnen angeboten habe, ein Ort dez Friedens und der Herrlichkeit, und vor allem ruhig, denn die einzigen Nachbarn stören schon zeit einhundertfünfzig Jahren nicht mehr. Aber Zie wollten ja nichts davon hören, Zie hätten ein gutez Geschäft machen können. Jetzt izt daz allez olympischez Gebiet, allez steigt in aztromonische Höhen, und manch einer schwört, man wird die Gräber wegnehmen, um einen japanischen Athleten hinzustellen. Zie haben die goldene Chance Ihrez Lebens vertan. Außerdem hätten Zie bei Nichtgefallen direkt vom Esszimmer inz Grab springen können. Achtung, ich glaube, man zucht Zie.«

»Wer?«

»Die Chefetage.«

Armando trat stillschweigend den Rückzug an und ließ Méndez in der Gefahr allein. Die Gefahr bestand im leitenden Kommissar des Reviers in der Calle Nueva und einem Typen, der aussah wie ein Küster, sich aber als Gerichtsmediziner entpuppte.

Méndez schob das Glas ein wenig beiseite und machte ein Kaninchengesicht.

»Friede sei mit Ihnen, Chef.«

»Zahlen Sie, und wir setzen uns raus auf die Rambla, Méndez.«

»Wollten Sie zu mir?«

»Ich bin Ihnen geradezu nachgelaufen.«

»Ich vermute, nicht weil Sie mir an die Wäsche wollen.«

»Méndez, verdammt, jetzt zahlen Sie schon.«

Sie verließen das Lokal und setzten sich auf drei nebeneinanderstehende Stühle auf der Rambla, mit Blick auf die Promenade, die Nacht, auf die zwischen den Bäumen hängende Zeit, auf die müden Bettler und die hoffnungsvollen Huren. Méndez vertraute darauf, dass er eines Nachts dort sterben würde, mit einem letzten Blick auf die Laternen seiner Jugend, und er hoffte, dass irgendeine barmherzige Hure für ihn den Stuhl bezahlte, damit niemand ihn störte.

Der Kommissar maulte: »Denken Sie vielleicht, ich könnte da drin vor allen Leuten reden, Méndez, während der Pianist munter eine Polka spielt? Was ich Ihnen zu sagen habe, ist vertraulich.«

»Vorhin haben wir eine halbe Stunde geredet, und Sie haben kein Wort gesagt.«

»Es ist mir später eingefallen, als Señor Recasens kam. Er ist der Gerichtsmediziner, der die Leiche von Ángel Martín obduziert hat. Ich kenne ihn seit vielen Jahren.«

Señor Recasens streckte Méndez eine fahle Hand hin und sagte: »Zu Ihren Diensten.«

»Nun überstürzen Sie mal nichts.«

»Ich bin gekommen, um Ihnen mitzuteilen, dass unser gemeinsamer Freund sich keinen Kopf zu machen braucht«, vermeldete der Kommissar. »Ich habe in dem Bericht versucht, das Ganze herunterzuspielen. Sie wissen, manche Worte hinterlassen einen schlechten Eindruck und andere weniger. Ich habe mich für letztere entschieden, ohne von der Wahrheit abzuweichen. Unser gemeinsamer Freund hat sehr positiv von Ihnen gesprochen, Méndez, und ich möchte, dass man Ihnen bei allem Unglück möglichst wenig Schwierigkeiten macht.«

»Zurzeit bin ich suspendiert.«

»Na ja« – der Chef machte eine ausladende Armbewegung in Richtung auf die Kioske –, »über die Sanktion wurde noch nicht entschieden, aber sie ist das geringere Übel. Und es wäre besser, wenn Sie ein paar Tage aus Barcelona verschwinden, Méndez. Weg von der Szene, den Kommentaren und den Journalisten, die sich an der Nachricht festbeißen.«

»Sie werden mich doch nicht wieder an den Strand von Tarragona schicken, Chef. Oder nach Sant Salvador, Calafell, Creixell, Vendrell oder Pimpernell. Das sind tolle Orte, Chef, aber für hartgesottene Leute, nicht für mich. Den ganzen Tag knallt dir die Sonne auf die Ohren, die Wellen benetzen die Hühneraugen, die saubere Luft dringt durch alle Kleidungsritzen bis an die Männlichkeit – das kann einen aufrechten Mann binnen einer Woche vernichten.«

Der Kommissar blickte gen Himmel.

»Nein, ich werde Sie nicht dorthin schicken. Aber ich muss zugeben, das wäre keine schlechte Idee.«

»Wohin dann?«

»Nach Madrid.«

Méndez schloss halb die Augen und gedachte wehmütig seiner Vergangenheit.

»Ich war schon ewig nicht mehr in Madrid«, sagte er.

»Wann zuletzt?«

»Ich habe zugunsten einer Frau ausgesagt, die dem Gewerbe nachging, man hatte sie wegen irgendeiner Sache angeklagt, und ich habe sie rausgepaukt. Auf dem Rückflug wollte sie sich erkenntlich zeigen und machte einen auf Emanuelle, mit Strumpfhalter und allem Drum und Dran. Aber ich konnte es nicht zu Ende bringen, denn Madrid und Barcelona liegen zu dicht beieinander. Ich bräuchte mindestens einen Flug nach Neu Delhi.«

»Das wird keine Behörde bezahlen.«

»Das verstehe ich. Aber warum zahlen sie die Reise nach Madrid?«

»Es ist eine vorübergehende Versetzung. Eine kostspielige Versetzung, wenn Sie mich verstehen. Das heißt, sie wird zum großen Teil aus Mitteln des Innenministeriums finanziert. Man hat mich gefragt, kurz nachdem Sie gegangen waren, und Sie schienen mir der geeignete Mann zu sein.«

Méndez schüttelte den Kopf.

»Ich hab doch noch nie groß was getaugt. Ich habe einen schlechten Ruf, ein schlechtes Auftreten und ich würde sogar behaupten, schlechte Erinnerungen. Es ist völlig unmöglich, dass das Profil eines Beamten, der einen Luxusdienst leisten soll, auch nur im Entferntesten auf mich passt.«

»Wir müssen jede Gelegenheit beim Schopf ergreifen, um Sie aus Barcelona rauszubringen, Méndez.«

»Der Schopf ist dünn geworden.«

»Es gibt noch einen Grund. Sie wollen zwei Beamte, verstehen Sie? Einen auf Zeit; der soll sich in der Szene umhören und so viele Informationen sammeln wie möglich, und einen weiteren auf Dauer, der den ersten ersetzt und die eigentliche Arbeit erledigt. Sie sind nur vorübergehend da, Sie müssen also nicht sonderlich auf dem Quivive sein. Es macht auch nichts, dass Sie ein wenig aus der Rolle fallen. Bei dem, der Sie ersetzen soll, ist das anders. Der muss ein erstklassiger Polizist sein. Aber ein Mann wie Sie, mit dubiosem Erscheinungsbild, schlecht gekleidet, in schlechten Kreisen verkehrend, der nach schlecht bezahltem Polizisten riecht, zieht die Blicke auf sich, und der andere bleibt unbemerkt. Sie sind der ideale Mann, Méndez.«

»Reizend, danke. Sie wissen nicht, wie glücklich es mich machen würde, wenn all das in meiner Personalakte stünde. Wenn Sie wollen, küsse ich Ihnen die Hand, Chef.«

Der sagte verächtlich: »Sie können mich woanders küssen.«

»Man muss es sich nur vornehmen.«

»Hören Sie auf, mich zu veräppeln, Méndez. Ich habe aus vielen Gründen ein Interesse daran, dass Sie den Job übernehmen. Erstens geht man, wenn man zu gehen hat. Und zweitens können wir so die Suspendierung ruhen lassen, verstanden? Sie werden also nach Madrid fahren. Und Sie werden in keinem geringeren Hotel absteigen als im Palace.«

Méndez sagte mit verängstigter Miene: »Das werde ich nicht überleben.«

»Das ist das geringste Problem.«

»Für Ihr Interesse danke ich Ihnen ebenfalls, Kommissar. Verdammt … Und darf man fragen, warum Sie diese ganze Show veranstalten?«

Der Kommissar starrte in die Leere auf der anderen Seite der Ramblas und sagte sanft: »Ein Mann soll getötet werden.«

Wenn man einen schmutzigen Job zu erledigen hat, ist es wichtig, wie ein distinguierter, über allen Verdacht erhabener Mann aufzutreten. Von dieser Vorstellung wurde Fernando Torres geleitet, als er eine komplette Auswahl an Haute-Couture-Anzügen, einen Lederkoffer, eine handgefertigte Brieftasche aus echtem Krokodilleder und eine Auswahl an Krawatten und italienischen Hemden erwarb, die neueste legale Importware. Ein weiteres unverzichtbares Detail war für ihn, einen Mercedes zu mieten und sich direkt nach seiner Ankunft ein Zimmer im Palace zu nehmen. Den Mercedes würde er nicht oft brauchen, aber er wollte, dass die Angestellten des Hotels ihn für ihn einparkten und ihn folglich wahrnahmen.

Wenn man einen schmutzigen Job zu erledigen hat und wie ein über jeden Verdacht erhabener Mann auftreten will, muss man noch auf andere Details achten wie großzügig Trinkgelder verteilen, im Salon internationale Wirtschaftszeitungen lesen und sich ein paar Daten notieren, im Hotelrestaurant – nie woanders – stets das Teuerste von der Karte bestellen, sich von Freunden anrufen lassen, die behaupten, sie wären hohe Tiere im Ministerium. Die Telefonanrufe sollten vorzugsweise dann stattfinden, wenn man sich im Salon oder an der Hotelbar aufhält, damit man extra gesucht werden muss, mit all dem damit verbundenen Aufwand. Und man muss die Telefonistin fragen, wer denn da so penetrant stört. Die Telefonistinnen reden mit den anderen Angestellten, und weil sie ein hervorragendes Gedächtnis haben, gelingt es ihnen, binnen weniger Tage einen Ruf zu erschaffen oder zu zerstören.

Ein letztes, exquisites Detail – auch das nutzte Fernando

Torres – war, sich im Hotel von einem angeblichen Journalisten besuchen zu lassen, der an der Rezeption ein großes Interesse bekundete, ihn unbedingt finden zu müssen, weil er eine höchst wichtige Information brauche. Der angebliche Journalist hatte behauptet, er arbeite für eine valencianische Zeitung, damit niemand den Schwindel durchschaute, denn Torres hatte bemerkt, dass man im Palace alle Madrider Journalisten kannte, auch ein Gutteil der falschen.

Nach drei Tagen im Palace war Fernando Torres ein bekannter, respektierter und natürlich über jeden Verdacht erhabener Gast. Genau zu dem Zeitpunkt traf, wie geplant, Ismael Gandaria ein.

Ismael Gandaria fiel Torres sofort auf, denn er war der Grund, warum er mit all dem Brimborium im Palace abgestiegen war. Eine andere goldene Regel besagte, dass man in aller Ruhe vor dem Zielobjekt eintreffen und mit noch größerer Ruhe abreisen sollte, wenn der Job erledigt war, das heißt, wenn das Zielobjekt nicht mehr existierte. Und natürlich musste man darauf achten, dass die Person einen nicht weiter bemerkte.

Doch das hinderte Torres nicht daran, Gandaria über den Rand der *Financial Times* hinweg zu beobachten, als er den kreisrunden Salon des Hotels, die Rotunde, betrat. Er kannte ihn, wie viele Spanier, denn sein Bild war nicht nur häufig in den Gazetten, sondern auch bei diversen Lokalsendern zu sehen gewesen. Gandaria war etwas beleibt, leger gekleidet und betrachtete seine Umwelt mit der freundlichen Nachsicht eines Mannes, der alles hat und alles kennt. Er hatte nur einen Koffer dabei, der erstaunlicherweise viel bescheidener war als der von Torres.

Seine beiden Leibwächter machten keinen Hehl aus ihrer Funktion. Torres nahm sie in Augenschein. Den langen beweglichen Fingern nach zu urteilen, waren sie wahrscheinlich gute Schützen, und vom Gewicht und ihrer Statur her konnten sie durchaus einen schwarzen Gürtel in Karate haben. Sie standen vernünftigerweise eng bei Gandaria, während dieser seinen Schlüssel entgegennahm. Mit Argusaugen überwachten sie den Raum, der eine den Eingang und der andere das Innere des Hotels, auch wenn von dort vermutlich keine Gefahr zu erwarten war. Der kalte Blick des Leibwächters wanderte durch die Rotunde und verharrte kurz auf Fernando Torres, doch der schien keinen konkreten Punkt zu fixieren, so wie er es einstudiert hatte. Der Leibwächter kam zu dem Schluss, dass der junge, elegante Mann auf diesem strategisch günstigen Platz Gandarias Ankunft nicht einmal bemerkt hatte. Er hob die Hand und sagte zu seinem Kollegen: »Alles klar.«

Kurz darauf gingen Gandaria und seine Männer zum Aufzug, wenige Meter an Torres vorbei. Der sah sie nicht einmal an und blieb weiter mit gleichgültiger Miene sitzen, als sie schon verschwunden waren.

Er durfte auf keinen Fall das Risiko eingehen, irgendwie aufzufallen. Andererseits hatte er im bezaubernden Madrid, wo alles noch mit einer gewissen Ruhe ablief, Zeit genug, seine Arbeit zu beenden. Eine ganze Woche voller Zauber.

Der einsame Mann, der als Nächstes das Hotel betrat, fiel vor allem durch seinen sehnsuchtsvollen Blick auf. Er streifte Torres fast im Vorbeigehen, setzte sich in einen wenige Meter entfernt stehenden Sessel, langsam, wie es Arthrosegeplagten eigen ist, und starrte ins Leere. Doch die Leere war für ihn erfüllt von Stimmen und Menschen, die einst existiert hatten: Minister der alten Regierungsbank, Sekretäre des Ateneo, Bankiers von Lhardy, Kurtisanen von Chicote, Schriftsteller des Lión, Zeichner von *Blanco y Negro*, Journalisten von *El Sol* oder *Heraldo* und Fotografen von *Estampa*. Eine Leere, in der die Gegenwart keinen Platz hatte, weder die tuschelnden Kellner noch die im Paradies umherirrenden Touristen oder die Gäste mit den prall gefüllten Brieftaschen eines Staatssekretärs und erst recht nicht die Frauen mit dem letzten BH-Modell mit zwei Jahren Garantie. Er nahm auch keine Notiz von Fernando Torres, der ihn hin und wieder mit Adleraugen musterte.

Torres nahm den Neuankömmling unter die Lupe, ob es sich nicht um einen Polizisten handelte, doch das verwarf er sogleich. Zu alt. Der Mann zeigte zwar noch nicht die Anzeichen des letzten Verfalls, aber auf ihm lasteten Vergessen und Sehnsucht. Torres irrte sich in diesen Dingen selten, doch in dem Fall mochte der Schein trügen. Jedenfalls gewahrte er an ihm ein völliges Desinteresse an der Gegenwart und vor allem eine höhere Bildung, und das waren zwei gewichtige Gründe, vor allem Letzteres, sich nicht länger mit ihm zu befassen.

Nach ein paar Minuten stand der Neuankömmling langsam auf und blickte zum Eingang, zu den Cortes, zur Carrera de San Jerónimo und zur Puerta de Sol, dem Madrid der alten Postkarten. Er machte ein paar Schritte, Torres beobachtete ihn aus den Augenwinkeln. Der große Saal hatte sich gefüllt (Banker, die über die letzte Anleihe sprachen, Ehemänner, die von fernen Revuegirls schwärmten, Ehefrauen, die sich für den Preis eines Brillanten interessierten, alte Politiker, die über die Krise des neunzehnten Jahrhunderts sprachen, junge Politiker, die sich eine Krise für das einundzwanzigste Jahrhundert ausdachten). Die Kellner eilten still von einer Seite zur anderen, katalogisierten, tuschelten, orakelten. Für den älteren Mann begann die Welt sich zu drehen, und er musste sich kurz an Torres Sessel abstützen.

»Verzeihung«, murmelte er.

»Keine Ursache.«

Der Mann ging auf sein Zimmer. Den Schlüssel hatte er in der Tasche. Unbemerkt hatte er ihn die ganze Zeit mit sich herumgetragen, während er wieder einmal durch das alte Madrid geschlendert war. Er fuhr hinauf in den zweiten Stock. Als er den Schlüssel in das Schloss steckte und ihn herumdrehen wollte, stellte er fest, dass die Tür nur angelehnt war. Irritiert trat er ein.

Kurzzeitig hatte er das Gefühl, er habe sich im Zimmer geirrt.

Denn im Zimmer befand sich eine Frau. Sie zog sich gerade das Kleid über den Kopf und war schon fast nackt.

Alle Männer im Alter und mit der Erfahrung von Méndez hatten ihre Vergangenheit als Galan. Méndez hatte viele Jahre auf dem Buckel, geprägt von den Illustrationen von Junceda, Opisso, Alloza und vor allem von Rafael de Penagos, der ihm das Bild der fülligen Dreißigjährigen mit guten Manieren, guter Erziehung, die einen fantastischen Hintern und ein Grammofon im Salon hatte und vor Verlassen des Hauses die Strumpfbänder richtete. Méndez' Leben war gesäumt von solchen (meist völlig unrealistischen) Visionen von hellen Fenstern, mahagonifarbenen Möbeln und dunklen, behaglichen Rundungen, die das Kleid wie eine Flagge umwehte. Eine Frau von dieser Klasse erzeugte in ihm immer noch das gewisse Kribbeln, ein vergebliches, fernes, geheimes Knistern.

Doch die Frau, die vor ihm stand, gehörte nicht zu dieser

Klasse von Damen, die vor 1950 in so reicher Ernte erblüht waren. Sie war über vierzig, trug sicher Rokoko-Dessous, Schuhe mit halbhohen Absätzen, mit denen man Bischöfe bei der Weihe und verfügbare Minister aufsucht, sowie eine als Bürgschaft eingesetzte Perlenkette und Smaragdohrringe, die eine schiere Provokation darstellten. Alles Eigenschaften, die ihre Bonität bei der Bank garantierten, nicht aber ihre Bonität im Bett. Ihre Schenkel waren ein wenig dürr und schlaff, und Méndez fand seine Theorie bestätigt, dass sich bei den Frauen das Alter zunächst in den Schenkeln zeigt und erst später im Gesicht und am Hals. Nur bei den jungen Mädchen, hatte Méndez oft gedacht, konzentrierte sich die Lebenskraft im aufstrebenden Hintern und den explodierenden Schenkeln. Doch bei der Frau, die gerade die Flagge hisste, sah man das Alter an den dünnen Stützpfeilern, dem leicht hängenden Bauch, in dem sich die Jahre sammelten, und der Schwere des Hinterns, der sich allmählich in Falten legte. Dem sorgfältig gefärbten und frisierten Haar, den festen Lippen und dem schlanken Hals, in dem sich lediglich zwei kaum sichtbare Fältchen abzeichneten, zwei verlorene Schlachten gegen die Zeit, waren die Jahre hingegen nicht anzusehen.

Sie hatte das Kleid jetzt ganz über den Kopf gezogen und zeigte ihren Körper eines Aktmodells zwischen zwei Zeitaltern. Dann fragte sie mit leiser Stimme: »Bist du's, Delia?«

Méndez erstarrte.

Es war unglaublich, aber sie fragte nach einer Frau, obwohl sie ihm das Gesicht zugewandt hatte, ihm, einem Mann oder zumindest den Überresten eines solchen. Selbst auf die Entfernung, es waren vielleicht fünf Meter, erkannte sie ihn nicht.

»Delia!«

Méndez wusste nicht, was er tun oder sagen sollte. Wieder drehte sich alles wie zuvor in der Rotunde. Das passierte ihm natürlich nur, weil er sich an so eleganten, exklusiven Orten aufhielt, die mindestens einmal im Jahr desinfiziert wurden. Es war ja nicht weiter verwunderlich, dass man bei all der Sauberkeit, dem Luxus und anderen Exzessen des Lebens auf der Überholspur besinnungslos wurde. Obwohl Méndez sicher war, dass dies sein Zimmer war, drehte er sich in einem Anfall von Scham um.

»Delia, bist du da?«, hörte der alte Polizist noch, als sich die Tür hinter ihm schloss. Vor ihm lag der lange mahagonigetäfelte, dezent von Opalglaslampen erleuchtete Flur. Er wollte gerade verschwinden, da kam ein Zimmermädchen auf ihn zu: »Entschuldigung. Benötigen Sie gerade Ihr Zimmer? Ich wollte neue Handtücher bringen.«

»Hatten Sie deshalb die Tür aufgelassen?«

»Ja. Nur ganz kurz. Ich wollte schnell etwas holen. Ist etwas passiert?«

»In der Tat«, sagte Méndez peinlich berührt. »Da drin ist eine Frau.«

»Aber das ist doch nicht möglich. Sehen wir mal nach. Sie erlauben.«

Das Zimmermädchen warf einen kurzen Blick ins Zimmer, dann wandte es sich errötend ab und schloss rasch die Tür.

»Ich verstehe nicht, wie das passieren konnte«, sagte sie. »Das ist Señorita Alonso.«

»Sie kennen sie?«, fragte Méndez mit der Freundlichkeit eines Polizisten, der gerade die Verfassung gelesen hat und noch keine Zeit hatte, das Gelesene umzusetzen.

»Ja, klar. Sie wohnt im Zimmer nebenan.«

»Und wieso hat sie sich im Zimmer geirrt?«

»Verzeihen Sie. Ich habe vorhin gesagt, dass ich das nicht verstehe, aber so abwegig ist das nicht. Señorita Alonso ist blind.«

Méndez nickte; er begriff, und in irgendeinem Winkel, der ihm schon nicht mehr gehörte, verspürte er einen leisen Stich.

»Irgendwas war mir gleich komisch vorgekommen«, murmelte er. »Sie hat mich für eine Frau gehalten, obwohl sie mich eindeutig sehen musste. Ich weiß nicht mehr, wie sie mich genannt hat …«

»Delia?«

»Ja, genau. Sie hat mich für ein gewisses Fräulein Delia gehalten.«

»Das ist ihre persönliche Zofe. Sie schläft mit ihr in einem Zimmer. Normalerweise vertut sich Señorita Alonso nie, sie zählt immer die Schritte und kennt das Hotel ziemlich gut, obwohl sie erst drei Tage hier ist, aber heute morgen war sie wohl etwas nervös, und da hat sie sich im Zimmer geirrt. Zumal ich die Tür aufgelassen hatte. So muss es gewesen sein.«

»Schön, und was mache ich jetzt? Sie wird sich umziehen wollen, und ich kann ja schlecht wieder hineingehen.«

»Keine Sorge. Ich kümmere mich darum.«

Sie wollte hineingehen, doch Méndez fasste sie sanft am Arm, zum einen, weil er noch einen letzten Rest an gutem Benehmen hatte, und zum anderen, weil ihn nach zwei Tagen, in denen er nur edle Tropfen zu trinken bekam, die Kraft seiner Hände verließ.

»Hören Sie…«

»Ja?«

»Sie werden ihr doch nicht sagen, dass ich sie gesehen habe?«

»Keine Angst, natürlich nicht. Unsereins hat da schon das nötige Fingerspitzengefühl.«

Sie klopfte, öffnete, ohne abzuwarten, die Tür und rief: »Señorita Alonso, Señorita Alonso! Sie müssen sich wieder anziehen, Sie haben sich im Zimmer geirrt!«

Méndez war verschwunden, als die blinde Frau herauskam. Sie konnte ihn zwar nicht sehen, aber er hielt es für seine Pflicht, so taktvoll zu sein, dem ominösen Rückzug nicht beizuwohnen. Bei Frauen, die ihn an alte Bilder erinnerten, war Méndez immer äußerst taktvoll. Er begab sich in die Rotunde und sah Gandaria hinausgehen (der baskische Unternehmer war ein seltsamer Vogel, der es mit allem und jedem aufnahm und erklärt hatte, er würde lieber sterben, als der ETA die Revolutionssteuer zu zahlen). Er sah auch den jungen Manager mit dem deutschen Blick und der italienischen Kleidung, der zuvor neben ihm gesessen hatte. Und Rafael Borrás, von dem er gehört hatte, er habe sich an diesem Ort hundertmal die Thesen von Giménez Caballero anhören müssen, einem alten Imperialisten, der Pilar Primo de Rivera mit Hitler verheiraten wollte, weil er nach einer grandiosen, ruhmreichen Kreuzung suchte, bei der bestimmt ein katholischer Dobermann herauskäme. Und er sah Roca Junyent, der einem Journalisten nahelegte, man sollte doch eine Doktorarbeit über Cambós Seelenwanderung schreiben. Doch seine Aufmerksamkeit galt allein der blinden Frau, die den Salon durchquerte. Sie war in Begleitung einer jüngeren Frau – mit Sicherheit die unverzichtbare Señorita Delia –, die sie führte, damit sie in diesem Universum aus Müßiggängern, Unternehmern, Propheten, Schürzenjägern und Vorsitzenden ferner Aufsichtsräte, die von heute auf morgen zur Übernahme blasen, nicht zu Fall kam. Señorita Alonso war streng gekleidet, ganz in Schwarz. Méndez erinnerte sich (es war wie ein Aufblitzen, ein verschwommenes Bild von etwas, das sich in einer anderen Stadt zugetragen hatte), dass auch das andere Kleid schwarz gewesen war. Und auch wenn jetzt alle Frauen ständig Schwarz trugen (es ist elegant, würdig und passt immer zur Bettwäsche, wenn man sie flachlegt), strahlte Señorita Alonso so etwas wie wahre Trauer aus. Méndez erinnerte Señorita Alonsos Kleid und ihre Art, es zu tragen, an die großen Momente historischer Trauer in den Vierzigerjahren, wahre Trauermomente, als halb Spanien noch weinend jeder Sichel und jedem Pfeil hinterherzog.

Die Frau hatte etwas (jetzt, vorher nicht), das alles Gemurmel im Hotel auslöschte und die Stille eines kastilischen Friedhofs hinterließ. Dieses schwarze Kleid war tatsächlich wie eine Flagge.

Er folgte ihr.

Sie hatte etwas, das ihn faszinierte, das ihn daran hinderte zu denken und zugleich in seinem Herzen voller Schwielen und anderer barmherziger Auszeichnungen einen Bodensatz an Angst hinterließ.

Sie bog links ab. Calle del Prado.

Es war absurd.

Gleich nachdem sie die Straße überquert hatten, hatte Señorita Delia sie verlassen.

Warum? Was hatte das zu bedeuten?

Auch Méndez überquerte die Straße. Er ging an der unverzichtbaren Señorita Delia vorbei, die auf dem Bürgersteig stand, als würde sie etwas überwachen, auf etwas warten. Zweifellos auf die unverzichtbare Señorita Alonso. Méndez folgte der Blinden im schwarzen Kleid, der Fahnenträgerin, der seltsamsten Frau, die ihm je begegnet war. Ihre Bewegungen, ihre Schritte wirkten sicher, sie ging diesen Weg nicht zum ersten Mal entlang. Méndez verstand nicht, warum eine blinde Frau allein durch eine Straße von Madrid gehen musste, wenn sie Begleitung haben konnte, auch wenn sie genau wusste, wohin sie wollte und wenn es die Calle del Prado war, wo ihr im schlimmsten Fall eine Enzyklopädie des Ateneo hätte auf den Kopf fallen können. Unter dieses Gefühl von Befremden mischte sich Angst, ein seltsames Gefühl von Trauerflor, von Geheimnis hinter einem Vorhang, von einer Träne in einem Reliquienschrein. Méndez wäre dieser Frau bis ans Ende der Welt gefolgt, denn sie hatte zu viele Empfindungen in ihm ausgelöst, doch der Weg endete drei Hauseingänge weiter. Sie schien den letzten Schritt zu zählen und betrat das Haus.

Zielstrebig ging sie nach rechts durch eine halb geöffnete Tür.

Méndez folgte ihr, ohne zu zögern. Er wusste, dass er sich auf Abwegen befand und seine Pflicht vernachlässigte, aber das war ihm egal. Außerdem, worin bestand seine Pflicht? Direkt hinter der blinden Frau betrat er den Raum. Er kniff die Augen zusammen und musste einen Aufschrei unterdrücken.

Denn der bescheidene Raum, den er und Señorita Alonso gerade betreten hatten, war für eine Totenwache hergerichtet.

Ein weißer Sarg stand dort.

Und darin lag die Leiche eines kleinen Mädchens.

Méndez erinnerte sich gut.

Er hatte sie schließlich selbst gefunden, während er in den Ruinen einer Lagerhalle nach einem Welpen gesucht hatte …

Méndez verspürte wieder den Schmerz in den Gelenken, die Schwäche in den Beinen, die Spuren seines uralten barceloneser Rheumas. Er, der glaubte, schon alles gesehen zu haben, der glaubte, in die vertrautesten und diskretesten Höllen hinabgestiegen zu sein, musste feststellen, dass er sich noch nie in einer derart vertrauten und diskreten Hölle befunden hatte. Er war verunsichert und sah wie in einer Halluzination, wie die Wände auf ihn zukamen und sich zurückzogen.

Außer der Blinden befand sich noch eine ältere, ebenfalls schwarz gekleidete Frau im Raum. Sie saß auf einem Stuhl neben dem Sarg und hatte ihn nicht bemerkt. Aber sie hätte nicht einmal ein Pferd bemerkt, so verloren war der Blick ihrer tränenüberströmten Augen.

Die Blinde ging auf den Sarg zu, strich mit den Fingerspitzen über das Gesicht der Toten und stieß plötzlich einen rauen, erstickten Schrei aus, der nicht aus einer normalen Kehle zu kommen schien, sondern aus einem Konglomerat gerissener Muskeln. Méndez konnte ihr Gesicht nicht sehen, weil sie mit dem Rücken zu ihm stand, aber er spürte, wie die Tränen über ihr Gesicht rannen.

Etwas zerbrach in ihm. Etwas sagte ihm, er könne unmöglich dort bleiben, den Schmerz der beiden Frauen belauschen, ihn durch seine Anwesenheit beschmutzen. Außerdem war er so durcheinander, sein Hirn war so blockiert, dass er, um wieder einen klaren Gedanken fassen zu können, erst mal den Raum verlassen musste.

Stillschweigend machte er kehrt.

Er fand sich auf der Straße wieder, ohne zu wissen, wie er dorthin gekommen war.

Wenige Schritte entfernt stand Señorita Delia. Und ein Mann, größer und jünger als Méndez – was nicht weiter schwierig war – und besser gekleidet – was noch leichter war –, mit einem verächtlichen Ausdruck im Gesicht, als würde ihn die Situation unerträglich langweilen. Er tippte Méndez auf die Schulter und murmelte: »Inspektor Méndez.«

Méndez sah ihn an. Weil der andere so viel größer war, musste er zu ihm aufschauen.

»Wer sind Sie?«

»Subcomisario Ceballos.«

»Was ist los? Überwachen Sie mich?«

»Nein, Sie nicht, aber das Haus.«

Méndez seufzte müde, denn er verstand nach wie vor nur Bahnhof. Und das entmutigte ihn. Er sah den anderen argwöhnisch an und sagte: »Vielleicht hört sich das lächerlich an, aber könnten Sie mir erklären, was hier vor sich geht?«

»Deswegen bin ich auf Sie zugekommen.«

»Dann lassen Sie uns in eine Kneipe gehen«, sagte Méndez sofort. »In Madrid gibt es so wunderbare Kneipen, in denen man getrost ausgeben kann, was vom Nachruhm eines Mannes noch übrig ist.«

Ceballos musterte ihn eingehend, dann sagte er: »Darf ich einen Vorschlag machen?«

»Ja, klar.«

»Wir lassen das mit der Kneipe.«

»Wieso?«

»Vielleicht ist von Ihrem Nachruhm gar nichts mehr übrig, das Sie noch ausgeben könnten, Méndez.«

»Sie kennen mich, wie man sieht. Ich hätte nie gedacht, dass mein Ruf mir so weit vorauseilt.«

»Man hat mir von Ihnen erzählt, und außerdem habe ich mir Ihre Akte angesehen. Sie werden es nicht glauben, Méndez, aber es gibt von Ihnen eine Personalakte im Ministerium.«

»Vermutlich wird man sie hin und wieder desinfizieren.«

»Keine schlechte Idee. Doch jetzt begleiten Sie mich, bitte.«

»Wohin? Wenn wir nicht in eine Kneipe gehen, wo zum Teufel können wir dann reden?«

»Wir müssen nur die Carrera de San Jerónimo überqueren. Wir gehen in ein Büro direkt neben den Cortes.«

In der Tat war das Büro so nah an den Cortes, dass man den Eindruck hatte, man bräuchte nur aus dem Fenster zu spucken, und schon wäre einer der Löwen auf einem Auge blind. Es war ein großer, heller Raum, luxuriös mit Teppichboden und ausgewählten antiken Möbeln ausgestattet, die Méndez auf Anhieb gefielen. Außerdem gefiel ihm die Ruhe und Gelassenheit, die der Raum schon beim Betreten ausstrahlte, als hätten hier alle Angelegenheiten Zeit, ganz gleich wie wichtig sie waren. Und noch ein weiterer nicht zu verachtender Vorteil dieses Büros: Dort arbeiteten nur Frauen, fünf an der Zahl, ausgewählte, gut gekleidete, adrette Frauen, von der Sorte, die Méndez einschüchterten. Zweifellos hochintelligente, sexuell freizügige Frauen, dachte Méndez, die die Aufzeichnungen für eine Bewerbung auf eine Professur herunterrattern konnten, während sie mit einem schliefen. Frauen in guter Position mit so exquisiten Dessous, dass man einen Monat brauchte, um den Knoten aufzubekommen, was einem Zeit gab, Kraft zu tanken, dachte Méndez weiter.

Eine sagte: »Guten Tag, Señor Ceballos.«

»Guten Tag, Mónica. Ich möchte Señor Besteiro sprechen.«

»Ich melde Sie an.«

Méndez, der allmählich wieder einen klaren Kopf bekam, fielen die an den Wänden aufgereihten Schuldverschreibungen auf, die aufwändig gerahmt waren, als handelte es sich um wertvolle Bilder. Sie waren unversehrt, und auf vielen Coupons stand eine Pesete oder sogar nur fünfzig Cent. Das allein schon zeigte ihr ehrwürdiges Alter sowie den guten Glauben der Damen – die es mit Sicherheit gab –, die ihre Muschi für eine Handvoll dieser Titel verkauft und gedacht hatten, damit sei ihre Zukunft gesichert. Méndez nahm mit wachsender Besorgnis das Bankenflair des Büros wahr – altes Geld, Buchführungskladden und Verwaltungsratsessel –, ein Ambiente, das seiner Gesundheit nicht bekam.

Er fragte: »Warum haben Sie mich hierher gebracht?«

»Ich möchte, dass Sie mit Señor Besteiro sprechen.«

»Und wer ist das?«

»In diesem Fall der Vertreter einer großen offiziellen Bank.«

Méndez flehte: »Sie haben den falschen Mann. Lassen Sie mich gehen, bevor Señor Besteiro merkt, dass ich hier bin, und mir den Hund auf den Hals hetzt. Sie werden mir doch nicht weismachen wollen, dass er keine Bulldogge mit Diplom der IESE Business School hat.«

»Sie haben wohl nicht viel mit Banken zu tun, Méndez.«

»Ich musste mal im Bankenmilieu ermitteln, aber richtig betreten habe ich nur eine.«

»Wozu?«

»Um einen Überfall zu verhindern.«

»Und haben Sie ihn verhindert?«

»Na ja, es gab Krach.«

»Warum das?«

»Die Bankräuber waren Freunde von mir.«

»Trotzdem, Sie werden mir doch nicht erzählen wollen, Sie hätten sie nicht geschnappt.«

»Das war nicht nötig. Man konnte das im Guten regeln. Sie haben das Geld zurückgegeben, das sie erbeutet hatten, und die Bank hat ihnen Kredit gewährt. Ich habe dafür gebürgt«, sagte Méndez stolz.

»Und haben sie das Geld zurückgezahlt?«

»Nein, natürlich nicht. Nie«, sagte Méndez und fügte wütend hinzu: »Wenn die Mistkerle mir noch mal unter die Augen kommen, werd ich sie mir kaufen.«

Doch da betraten sie schon das Büro des wichtigen Señor Besteiro. Er war ein kleiner, dicker Mann mit einem intelligenten, fast schon verschlagenen Gesichtsausdruck, wie es dem Bild des fortschrittlichen Bankiers entsprach, das durch Alfonso Escámez und Pablo Garnica in die Geschichte eingegangen ist. Todesmutig streckte er Méndez die Hand hin und bat ihn, Platz zu nehmen.

»Rauchen Sie?«

»Nur Zigarren aus Galicien und von den Philippinen.«

»Bedaure, damit kann ich nicht dienen, Señor Méndez.«

»Ich würde es nicht wagen, um eine Montecristo zu bitten.«

»Genau die habe ich da. Nehmen Sie. Der Staat zahlt.«

Méndez zündete die Zigarre an und fühlte sich zunehmend besser und ausgeglichener. Er inhalierte den Rauch und sah zwischen den Rauchspiralen Besteiros verschlagenen Blick, der auf ihm ruhte. Er ließ die Zigarre sinken und fragte: »Um was geht's?«

»Sie sind vorübergehend nach Madrid versetzt worden, um Vorermittlungen im Palace Hotel durchzuführen. Ich muss gestehen, nachdem ich Ihre Akte gelesen habe, bin ich sehr überrascht über diese Wahl.«

»Ich ebenfalls, Señor Besteiro. Offen gesagt, wollte man, dass ich Barcelona eine Weile fernbleibe.«

»Ein Toter?«

»Ja.«

Besteiro war keineswegs überrascht. Er wandte lediglich den Blick ab.

»Ich werde Berichte anfordern, Méndez, aber nur zu rein informativen Zwecken, an Ihrer Aufgabe ändert das nichts. Und wenn Sie zu rein informativen Zwecken etwas über mich wissen wollen: Ich habe einen hohen Posten bei der Banco de Crédito Industrial, aber eigentlich bin ich Polizist. Gut, einer aus den oberen Etagen, der es gewohnt ist, im Zalacaín oder La Trainera zu speisen und falls nötig im Hotel Villamagna abzusteigen. Ich verfolge Wirtschaftsverbrechen in begüterten Kreisen, und deshalb brauche ich diese Position.«

Méndez zuckte die Achseln.

»Warum nicht, wenn der Staat zahlt.«

»Tut er.«

»Schön. Und was wollen Sie von mir?«

»An erster Stelle Sie persönlich kennenlernen. Der erste Eindruck ist, sagen wir, ein wenig verwirrend. Sie bewohnen ein möbliertes Zimmer in der Calle Nueva in Barcelona, sauber und anständig, wie es im Bericht heißt. Ohne Wanzen, nehme ich mal an, denn die dürften dort an Tripper sterben. Und das sieht man Ihnen an, verzeihen Sie, und deshalb passen Sie für mich nicht ins Palace. Aber wenn man Sie geschickt hat, geht man wohl davon aus, dass Sie der Aufgabe gewachsen sind. Man hat Ihnen bestimmt schon gesagt, dass ein Mann ermordet werden soll.«

»Ja, Señor Gandaria.«

»Haben Sie ihn anreisen sehen?«

»Vor Kurzem, ja.«

»Glauben Sie, dass er gut geschützt ist?«

»Ja.«

»Ist Ihnen irgendein Gast verdächtig vorgekommen?«

»Nein.«

Besteiro seufzte müde; es war die wohlerzogene Müdigkeit, die einen um elf Uhr vormittags angesichts der Dummheit der Mitmenschen befällt und nicht mehr loslässt.

Er stieß eine Rauchwolke aus und erklärte: »Sie wissen, Gandaria ist ein reicher Industrieller. Er stammt aus dem Norden, aus Bilbao, aus dem Neguri-Viertel. Er trinkt ausschließlich Cune Imperial, auch wenn ich gestehen muss, dass der mir nicht zusagt. Wenn ich die Wahl habe, ziehe ich selbstverständlich einen Vega Sicilia vor oder einen Viña Ardanza aus einem guten Jahrgang, es gibt da welche, mit denen könnte man sogar die Malaisen eines Bischofs kurieren. Kurzum, Gandaria ist steinreich und hält damit nicht hinter dem Berg. Und im Rahmen dieser Informationsorgie verrate ich Ihnen auch, dass er ein Faible für Revuegirls hat, die noch nicht so lange gereift sind.«

»Ein schwieriges Unterfangen«, versicherte Méndez. »Die Revuegirls von heute gehören noch zu Spaniens Goldenem Zeitalter.«

»Nun, jedenfalls verlangt die ETA von ihm Revolutionssteuer.«

»Wie der Fiskus, nur unter anderem Namen.«

»Das ist nicht dasselbe.«

»Na ja.«

»Gandaria hat nie gezahlt«, sagte Besteiro und streichelte eine Rauchspirale in der Luft, »außerdem prahlt er damit, und darum hat man ihn mit dem Tod bedroht, er ist eines der bevorzugten Ziele der ETA. Wegen seiner gesellschaftlichen Bedeutung und wegen seines Muts sollen wir dafür sorgen, dass ihm nichts geschieht. Zeigen, dass die ETA ihm nichts anhaben kann. Gandaria ist zum Symbol des Widerstands gegen den Terrorismus geworden, und Symbole dürfen nicht zu Fall gebracht werden. Sie sind das Einzige, was kleine Leute groß machen kann. Deshalb ist das Vaterland so voller Postamente. Man muss nur noch die Statuen draufsetzen.«

»Sie sind ein Zyniker.«

»Wie kommen Sie darauf?«

»Wegen der Art, wie Sie reden.«

»Ja, ich bin ein Zyniker.«

»Wie ich«, sagte Méndez.

»Davon bin ich ausgegangen.«

»Glückwunsch.«

»Durch meinen Zynismus habe ich es weit gebracht«, sagte Besteiro mit leichter Wehmut in der Stimme. »Durch meinen Zynismus und weil ich immer meine Pflicht erfülle, ob ich an die Sache glaube oder nicht. Und das tue ich auch bei Gandaria.«

»Glauben Sie, man könnte ihn in Madrid töten?«

»Was reden Sie denn! Natürlich!«

»Denken Sie, man hat ihn verfolgt?«

»Nicht nur das, wir haben Hinweise darauf, dass man einen Profikiller angeheuert hat, um ihn zu erledigen, direkt im Palace. Sie wissen ja bereits, dass die ETA angesichts eines Mangels an Idealisten, die noch dazu für unsere Leute nicht erkennbar sein dürfen, eine immense, niederträchtige, abstoßende Rotte an Verbrechern mit Geld und Waffen versorgt. Nicht selten wurden die Jobs von neunzehnjährigen Jungs erledigt, denen man eine Million und ein Pfeifchen gegeben hat, oder Abiturientinnen, die man mit einem Maschinengewehr, einem Kondom und Tampax versorgt hat. Aber bei Gandaria handelt es sich um einen ausgezeichneten Profikiller.«

»Mehr wissen Sie nicht?«

»Wenn wir mehr wüssten, könnten wir uns den Überwachungsapparat sparen, Méndez.«

»Dann könnte Gandaria jederzeit getötet werden?«

»Verdammt, was haben Sie denn geglaubt?«

»Und warum haben Sie ihn nicht gebeten, Madrid fernzubleiben?«

»Weil er hier etwas Geschäftliches zu erledigen hat. Und weil er hier weniger gefährdet ist als im Baskenland. Dort brauchen sie keinen Spezialisten. Dort könnte ihn die Concierge töten. Und es gibt noch einen Grund: Gandaria braucht man mit Ratschlägen nicht zu kommen, der schickt einen zum Teufel.«

Méndez lächelte schwach.

»Der Kerl gefällt mir«, sagte er.

»Nun, ich hab ja auch nichts gegen ihn.«

»Ich denke nur, man hätte ihm raten können, in einem weniger auffälligen Hotel abzusteigen.«

»Alle Luxushotels in Madrid sind auffällig, Méndez. Oder Gandaria selbst, das gibt sich nichts. Wenn Sie ihn woanders unterbringen, ist das neue Domizil in zehn Minuten bekannt, da kann man tun, was man will.«

»Verstehe.«

»Gut, dann konzentrieren Sie sich ganz auf Ihre Aufgabe. Achten Sie auf jedes verdächtige Detail, Sie müssen den Killer finden, bevor es zu spät ist. Deshalb sind Sie in Madrid, wo Sie sich wohlfühlen, denke ich.«

Méndez räusperte sich.

»Im Gegenteil. Im Hotelrestaurant serviert man mir nur geweihte Weine und von San Luis Gonzaga abgefülltes Wasser. Meine Bitte nach regionalen Weinen und Wasser aus den öffentlichen Waschhäusern, die, wie Sie wissen, ein geduldiges und bis in den Tod treues Volk schmieden, verhallte ungehört. Zum Essen serviert man mir Geflügel mit einer Pyramide im Schnabel, um zu beweisen, dass es heilig und rein ist, und Soufflés mit Doppelherzextrakt. Die Luft in meinem Zimmer kommt aus einer Klimaanlage, sie wird überwacht, geweiht und mit Nonnenseufzern versetzt. Ich brauche mich nur am Zeh zu kratzen, schon werden die Handtücher gewechselt. Diese künstliche Umgebung macht mich fertig. Das überlebe ich nicht.«

»Keine Sorge, Méndez. Wenn Sie Erfolg haben, werden Sie bald wieder in der Calle Nueva sein. Wenn Sie scheitern, ebenfalls.«

Besteiro deutete mit der glühenden Spitze der Zigarre auf ihn und sagte: »Ich will Ihnen etwas sagen.«

»Was?«

»Sie glauben, Gandaria sei ein Held. Das Volk glaubt das auch, und das hebt die kollektive Moral. Aber kommen wir zur Wahrheit, Méndez. Sie sollten sie kennen, damit Sie alle Informationen in der Hand haben. Wir und die von oben« – er deutete auf die Zimmerdecke, als wachte dort oben die Heilige Dreifaltigkeit über das Korps – »sind überzeugt, dass er der ETA bereits beträchtliche Beträge gezahlt hat.«

Méndez räusperte sich erneut.

»Wie kommen Sie darauf?«

»Gandarias Kontobewegungen. Ich habe Ihnen ja schon gesagt, dass ich einen hohen Posten bei der Banco de Crédito Industrial bekleide, und von meinem Turm spähe ich ins Land und sehe, was sich auf dem spanischen Geldmarkt tut, der im Übrigen überaus reich geschmückt ist. Gandaria hat in der letzten Zeit völlig unmotiviert enorme Summen ausgegeben, und er hat verdächtige Reisen ins Ausland unternommen, und sein ganzes Verhalten deutet darauf hin, dass er an die ETA zahlt. Wir haben keine Beweise, aber wir denken, dass es so ist. Und jetzt weiß ich, dass Sie mir gleich zwei Fragen stellen werden.«

»Genau. Die erste Frage lautet: Aus welchem Grund spielt Gandaria, wenn er längst gezahlt hat, uns weiter die Komödie vor, er würde nicht zahlen? Und die zweite: Warum will die ETA ihn töten, wenn sie längst abkassiert?«

»Ich werde Ihnen selbstverständlich antworten«, sagte Besteiro und legte für einen Moment die Zigarre beiseite. »Wenn Gandaria zahlt, wie wir vermuten, wird er das aus verschiedenen Gründen niemals zugeben. Erstens, weil das seinem Charakter entspricht. Zweitens, wenn er weiterhin als Held gilt, kann er bei der spanischen Rechten politisch Karriere machen, und das hat er bereits angedeutet. Und drittens gelten alle Zahlungen, die er im Ausland an die ETA geleistet hat, als Kapitalflucht und somit als Straftat.«

»Eine gute Antwort. Und jetzt erklären Sie mir, warum die ETA das Huhn toten sollte, das goldene Eier legt.«

»Das müsste man die Terroristen fragen. Aber ich habe da meine eigene Hypothese: Gandaria ist es leid zu zahlen. Oder er kann nicht mehr zahlen, das heißt, die Henne legt keine Eier mehr. Ich muss einräumen: Bis jetzt war die terroristische Vereinigung ziemlich seriös bei ihren Vereinbarungen, das heißt, hatte man sich auf eine Summe geeinigt, hat sie nichts nachgefordert. Aber in der letzten Zeit ist die ETA so degeneriert, dass sie vielleicht inzwischen auch das Letzte verloren hat, das ihr noch geblieben war: Seriosität. Oder vielleicht hat Gandaria noch nicht alles gezahlt, was er versprochen hat. Vielleicht ist es auch reine Propaganda: Wenn Gandaria sein Image wahren will, indem er behauptet, er würde nicht zahlen, kann die ETA ihres wahren, indem sie ihn tötet.«

»Sie haben wirklich jedes Detail durchdacht«, lobte ihn Méndez.

»Was soll ich im Hotel Villamagna anderes tun?«

»Verflucht, es ist nicht leicht, einen Polizisten wie Sie zu finden, Besteiro. Vielleicht haben Sie sogar die griechischen Philosophen der Schule der Zyniker gelesen und den ein oder anderen Sonntagnachmittag mit Tom Wolfe oder Henry Miller verbracht. Aber bis jetzt haben Sie mir nur Informationen gegeben, die ich bereits kenne. Jetzt bin ich derjenige, der ein paar Fragen stellen möchte, verstehen Sie? Jetzt bin ich am Zug.«

»Natürlich. Fragen Sie, Méndez, auch wenn ich mir schon vorstellen kann, was Sie wissen wollen.«

»Es geht darum: Ich habe in Barcelona die Leiche eines ermordeten zwölfjährigen Mädchens entdeckt.«

»Ich weiß.«

»Dann hören Sie jetzt gut zu, Besteiro. Die Identität des Mädchens war unbekannt. Das letzte Mal, als ich es gesehen habe, war es ein anrührendes Bündel in der Gerichtsmedizin. Und jetzt begegne ich ihm wieder, ganz hier in der Nähe. Und um seinen Leichnam kümmert sich eine blinde Frau, die im Palace residiert.«

»Ja klar. Señorita Alonso.«

Méndez blinzelte.

»Ich habe das Gefühl, ich brauche gleich einen Drink.«

»Warten Sie noch ein wenig. Ich sage Ihnen alles, was ich weiß. Das Mädchen heißt Mercedes und ist in der Tat zwölf Jahre alt. Señorita Alonso hat sie adoptiert.«

»Wollen Sie damit andeuten, dass das Mädchen ausgesetzt wurde?«

»Das deute ich nicht an. Das sage ich.«

»Und warum hat eine blinde Frau es adoptiert?«

»Warum nicht?«

Méndez zuckte unmerklich die Achseln, er hatte das Gefühl, sich auf unsicherem Terrain zu bewegen.

»Klar, warum nicht. Aber meine Gedanken gehen in eine andere Richtung. Ich verstehe viel von Frauen, Besteiro, aber nicht von Frauen, die Kinder adoptieren. Aber ich war immer in dem Glauben, eine Adoptivmutter müsse für den Schutz des Kindes garantieren können. Und jetzt sagen Sie mir: Was für eine Art von Schutz kann eine blinde Frau bieten? Und was für Garantien?«

»Jeglichen Schutz, den Sie sich vorstellen können. Señorita Alonso ist unvorstellbar reich. Sie gehört zu den Reichsten Spaniens.«

Wenn man mit Méndez über das große Geld sprach, war er schnell verwirrt. Doch er versuchte seine Gedanken zu ordnen, denn dies war sein Fall, den er begonnen und abgeschlossen hatte. In jeder Hinsicht. Bis der Mörder tot im Grab lag.

»Hat Señorita Alonso noch weitere Kinder?«

»Nein. Sie ist unverheiratet.«

»Und warum hat sie Mercedes adoptiert?«

»Weil niemand sie haben wollte.«

»Was soll das heißen, niemand wollte sie haben?«

»Das Mädchen war Autistin«, erklärte Besteiro geduldig.

»Vielleicht erzähle ich Ihnen jetzt Dinge, die Sie längst wissen. In Spanien gibt es etwa fünftausend autistische Kinder. Sie nehmen keine Verbindung zu ihrer Umwelt auf. Man kann sagen, die Menschen in ihrer Umgebung existieren für sie nicht. Ebenso wenig die normalen Geräusche und Reize. Sie können direkt neben ihnen einen Schuss abfeuern, und sie blinzeln nicht einmal. Sie sehen einem nicht in die Augen. Manchmal wiederholen sie sinnlose Gesten bis zum Exzess, so lange, dass jeder andere zusammenbrechen würde, aber sie merken es nicht einmal. Einige essen ihre Exkremente, weil sie nur das interessiert, was mit ihnen zu tun hat. Kurzum, es sind erschütternde, schwer fassbare Menschen, die in ihrer eigenen Welt leben. Unsere Welt besteht aus Splittern, die wir mit anderen teilen. Ihre nicht. Ich weiß nicht, ob ich mich klar ausgedrückt habe, Méndez. Ich weiß nicht, ob Sie verstanden haben, warum ein solches Mädchen das Mitleid einer Supermillionärin wecken konnte.«

Méndez verspürte in seinen Augen einen Stich, vielleicht waren sie es müde, die Splitter einer Welt zu betrachten, die er so oft vergeblich geteilt hatte.

»Natürlich verstehe ich das. Aber warum wurde das arme Mädchen getötet?«

»Wegen Geld.«

»Was?«

Alle Melancholie war verflogen, und Méndez hatte wieder den harten, grausamen Blick der Schlange. Er fuhr die gespaltene Zunge aus und fragte noch einmal: »Was?«

»Die Kleine wurde entführt. Ein solches Mädchen zu entführen ist leicht. Sie haben keinen eigenen Willen. Sie lassen sich überall hinführen, vertrauen jedem blind. Ihr Leben bedeutet ihnen nichts.«

Méndez bellte dazwischen: »Scheißkerl. Schade, dass es in Spanien keine Todesstrafe mehr gibt. Und keine künstlerisch begabten Henker, die keine Eile haben.«

»Irre ich mich, oder handelt es sich bei dem Toten, den Sie in Barcelona zurückgelassen haben, um den Mörder?«

»Nein, Sie irren sich nicht. Aber ich denke immer noch an einen versierten Henker und ein langes Morgengrauen, damit der Mörder auch was davon hat.«

Besteiro nahm einen tiefen Zug an seiner Zigarre.

Für ein paar Sekunden lang herrschte ein unerträgliches Schweigen.

Dann sagte Besteiro: »Lassen Sie mich die Sache zu Ende ausführen. Wie gesagt, dieses arme Mädchen, Mercedes, wurde entführt. Für ihr Leben forderte man von der Adoptivmutter eine Summe Geld, bei der man ins Grübeln kommt: eine Milliarde Peseten. Sie hat sofort gesagt, sie würde zahlen.«

»Hatte sie so viel?«

»Aber ja.«

»Jetzt brauche ich wirklich bald einen Drink.«

Besteiro überhörte den Kommentar und fuhr fort: »Wie es aussieht, wäre die Entführung abgelaufen wie so viele andere auf der Welt: Man zahlt und fertig. Doch Señorita Alonso hatte in ihrer Verzweiflung bereits die Polizei informiert, noch bevor die erste Nachricht des Entführers eintraf. Die Polizei hat eingegriffen, ohne auf die Bitte der Adoptivmutter einzugehen, sich rauszuhalten. Bei einem so widerwärtigen Verbrechen konnten wir doch nicht zulassen, dass der Bastard ungeschoren davonkommt. Wir haben Señorita Alonso geraten zu zahlen, aber wir wollten ihm eine Falle stellen. Wie es im Lehrbuch steht, Sie kennen das. Aber anders als im Lehrbuch ging das mit der Falle schief, der Entführer konnte fliehen, wenn auch ohne Geld. Und dabei war alles perfekt geplant. Wie man mir berichtet hat, haben meine Kollegen nichts falsch gemacht. Bei der Operation war kein Idiot dabei. Und doch ist es schiefgegangen. Ich verstehe das nicht. Der Entführer schien mehr zu wissen als wir. Er konnte nicht nur abhauen, beinahe hätte er auch noch das Geld mitgenommen. Das wäre der Gipfel gewesen.«

Méndez starrte ins Leere.

Er dachte an etwas. An jemanden.

An Inspektor Marquina.

»Hätte ein anderer Polizist ihn warnen können?«

»Was sagen Sie da?«

»Genau das. Dass ein Polizist ihm sagt: Vorsicht hier, Vorsicht da. Tu dies, tu das. Väterliche Ratschläge, Besteiro.«

»Wie kommen Sie auf den Gedanken, dass ein Polizist in die Sache verwickelt sein könnte?«

»Aber das denke ich doch gar nicht.«

»Wissen Sie etwas, das Sie mir verschweigen, Méndez?«

»Ich? Oh, je! Was sollte ich schon wissen!«

»Na ja, nach dem, was ich weiß, habe ich, rein theoretisch gesprochen, den Eindruck, dass der Entführer technisch sehr gut beraten war, denn ein anderer hätte mehr Fehler gemacht. Aber lassen wir das. Jedenfalls haben wir durch unsere Aktion die Sache vergeigt, wir haben alles kaputt gemacht, mit einem Wort: Sie ist krepiert. Der Entführer hat die Nerven verloren, und das ist das Schlimmste, was in solchen Fällen passieren kann. Er war überzeugt, dass wir ihm auf den Fersen waren, ist mit Mercedes im Auto nach Barcelona gefahren und hat sich dort ihrer entledigt. Natürlich konnte die Kleine erst mal nicht identifiziert werden.«

»Klar«, dachte Méndez laut nach. »Sie trug keinen Ausweis bei sich, noch dazu tauchte die Leiche in einer anderen Stadt auf.«

»Nicht nur das. In der Suchmeldung stand, es handele sich um ein autistisches, also geistig behindertes Mädchen. Und das hat mehr als einen unserer illustren Freunde von der Schutzpolizei verwirrt. Wenn von einem behinderten Mädchen die Rede ist, denkt jeder immer gleich, das müsse man ihm schon am Gesicht ansehen. Doch bei Autisten ist das anders. Sie sind oft sehr hübsch. In lebendem Zustand merkt man ihnen die Behinderung an, aber nicht, wenn sie tot sind. Die Polizei von ganz Spanien war in gewisser Weise auf der falschen Fährte, und so sollte es Sie nicht weiter wundern, dass die Leiche in Barcelona nicht gleich mit dem Mädchen aus Madrid in Verbindung gebracht wurde.«

Méndez starrte weiter ins Leere. Hoch konzentriert.

Er murmelte: »Das verstehe ich sehr gut. Ich lag auch erst falsch. Ich dachte, das tote Mädchen sei die Tochter eines Häftlings.«

»Nun, Méndez ...« – Besteiro hob in einer Geste der Ohnmacht die Arme –, »es ist alles schiefgelaufen, aber wenigstens ist der Fall jetzt abgeschlossen, der Mörder ist tot. Bleibt nur noch zu erwähnen, aber das haben Sie ja selbst gesehen, dass die Leiche der Kleinen nach Madrid überführt wurde und bald beerdigt wird. Die Adoptivmutter ist am Boden zerstört, aber sie hat Klasse. Sie hat die ganze Zeit eine beeindruckende Würde an den Tag gelegt.«

Nach einer Pause fügte er hinzu: »Gut, ich musste mit Ihnen sprechen, und das habe ich getan. Hier ist meine Telefonnummer«, er schob eine Visitenkarte über den Tisch. »Wenn Sie Neuigkeiten für mich haben, und seien sie auch noch so unbedeutend, rufen Sie mich an oder kommen Sie vorbei. Sie müssen ja nur die Straße überqueren.

Ich bin immer hier, oder zumindest weiß man, wo ich zu finden bin.«

Er erhob sich, und damit war das Gespräch für ihn beendet, doch Méndez blieb sitzen, als hätte er keine Kraft aufzustehen. Er murmelte: »Warum bahrt eine Frau, die eine Milliarde Peseten zahlen kann, ihre Adoptivtochter an einem solch bescheidenen Ort auf? Señorita Alonso wird doch eine Villa haben, meine ich. In Puerta de Hierro oder an einem dieser Orte, wo selbst der Urin der Hausdiener nach teurem Wein riecht.«

»Hat sie, hat sie natürlich. Doch in dieser bescheidenen Behausung, die Sie gesehen haben, wohnt die persönliche Betreuerin von Mercedes. Sie war der einzige Mensch, auf den Mercedes gehört und den sie verstanden hat. Vermutlich bedeutet das einem Mann wie Ihnen aus der Calle Nueva nichts, aber hier nennen wir das Liebe. Ein seltsames Wort, nicht wahr? Haben Sie es schon mal gehört? Señorita Alonso sehr wohl, und deshalb wollte sie der Person eine Ehre erweisen, die Mercedes am meisten geliebt hat. Und jetzt gehen Sie ins Hotel zurück, Méndez, und genießen Sie es. Sie wissen ja nicht, was für ein Glück es ist, alle Getränke an der Bar frei zu haben.«

Der brummte: »Ob Sie es glauben oder nicht, aber ich trinke seit vierundzwanzig Stunden nichts anderes als Mineralwasser. Das werde ich nicht überleben. Das gibt meiner Leber den Rest.«

Mit kleinen Schritten und leicht schielend, weil das Licht in der Straße seine Augen reizte, kehrte Méndez ins Hotel zurück. Er war überzeugt, dass das Ganze nur Zeit- und Geldverschwendung war, denn die aufwändige Operation würde nichts bringen, außer zu zeigen, dass diejenigen, die den ganz hohen Etagen der Regierung dienen, Leute mit gutem Geschmack sind, die es verstehen, Geld auszugeben. Niemand würde versuchen, Gandaria zu töten, schon gar nicht an einem Ort wie dem Palace Hotel.

Vor dem Eingang traf er auf den eleganten jungen Mann, der zuvor in der Rotunde die Wirtschaftszeitungen studiert und sich Notizen gemacht hatte. Man hielt ihm die Tür eines Mercedes auf. Ihre Blicke trafen sich.

Und Méndez, der stets höflich war, wenn er es mit Mächtigen zu tun hatte, grüßte: »Guten Tag.«

18 Gandarias zweiter Tod

Als Méndez das Hotel mit der leichten Scheu betrat, die er von Anfang an empfunden hatte, begegnete er einem weiteren Mann. Er fiel nicht besonders auf, doch als alter Hase machte sich Méndez instinktiv ein Bild: Der Mann war etwa fünfundfünfzig, aber das Alter sah man ihm am Gesicht an, nicht am Körper. Es hatte einen müden, uninteressierten Ausdruck, so als ob jedes Jahr eine Spur Fliegendreck darin hinterlassen hätte. Der Körper hingegen war trainiert, gestählt – der Körper eines jungen Mannes. Aber in der heutigen Zeit, in der die Manager eher Tennis als Poker spielten, war das nicht weiter verwunderlich. Der Nachteil für die Manager war, dass sie ihre Muskeln mehr trainierten als ihren Kopf und der Kopf weiterhin die Gifte der langen Stunden im Büro absonderte und im Gesicht die Spuren des Erfolgs hinterließ.

Méndez hatte sich also ein Bild gemacht und speicherte es auf dem Weg zur Rotunde ab. Dort ließ er seinen Blick über die bekannten Gesichter schweifen, über die noch unbekannten Gäste, die Damen im Herbst ihres Lebens, die er nicht abzuspeichern brauchte, weil sie Gandaria höchstens zu Tode langweilen würden, und über junge Damen, die für keinerlei Dienste zu gebrauchen waren und denen Méndez trotzdem aus rein ästhetischem Vergnügen einen Blick schenkte; er redete sich darauf hinaus, dass er schließlich nur opferbereit seine Pflicht erfüllte. Schließlich gab es keine Gewähr, dass nicht eine Frau den Auftrag erhalten hatte, Gandaria zu töten.

Der Mann, von dem Méndez kurz Notiz genommen hatte, verließ das Hotel, warf einen Blick auf den belebten Platz rund um den Neptunbrunnen, überquerte die Plaza de las Cortes und ging die Carrera de San Jerónimo entlang. Kurz darauf blieb er vor dem Schaufenster eines Antiquitätenhändlers stehen und betrachtete die Auslage. Hinter den breiten Schultern des Mannes zog das Leben vorbei, er hielt bei Lhardy an, kaufte sich eine Illusion im Theater und versteckte sich hinter einer Theke und einem Schluck Wein bei der Plaza de Canalejas. Der Mann mit dem verbrauchten Gesicht und dem jungen Körper schien zu bemerken, dass er die Zeit in seinen Händen festhielt, wandte sich vom Schaufenster ab und ging weiter.

Die Puerta del Sol mit ihren Büros der ersten Verhaftung und den Cafés des letzten einsamen Drinks; die Polizisten, die einem beibringen, Abstand zu halten, die auf militärische Themen spezialisierte Buchhandlung San Martín, wo man einem beibringt, wie man all die längst vergangenen Schlachten gewinnt; die Calle Arenal mit dem Hotel Moderno (das natürlich sehr alt ist) und der Wurst-Feinkostladen, bei dem ein Schild verkündet, dass man dort nur Produkte – Fleisch, Blut und vermutlich auch Kunden – erster Güte findet; junge Leute, die darauf warten, dass eine

Arbeit aus dem Bürgersteig sprießt; Rechtsanwälte, die auf einen Praktikumsplatz warten, den man bereits den Eltern versprochen hatte; Männer und Frauen, die auf irgendetwas warten, vielleicht auf Vollmond.

Im Café bei der Plaza der Ópera saß der andere. Fernando Torres.

Torres saß mit den Rücken zu ihm, aber der, der eben das Palace verlassen hatte, erkannte ihn sofort. Er betrat das Café und ging auf ihn zu.

»Alles klar, Fernando?«

Fernando Torres war abgelenkt. Zum ersten Mal in seinem Leben hatte man ihn überraschen können wie ein Kind. Sein rechter Arm verharrte kurz in der Luft, während er sich rasch umdrehte.

Er starrte sein Gegenüber an, als wäre er eine Erscheinung.

»Galán …«, sagte er leise. Und als er den ersten Schreck überwunden hatte, fügte er hinzu: »Ich wusste nicht, dass du in Madrid bist. Mensch … Sachen gibt's! Nicht zu fassen! Seit wann haben wir uns nicht gesehen?«

»Seit Mexiko, vor ungefähr vier Jahren. Oder vielleicht haben wir uns wenig später auch noch mal gesehen«, sagte Galán und starrte ins Leere. »Ja, genau. Kurz darauf, als ich dir die Anweisungen für den Auftrag in Panama gegeben und dich später bezahlt habe. Ich glaube, unser letztes Gespräch fand auf dem Kennedy-Airport statt. Seither ist bestimmt 'ne Menge passiert, was?«

»Nicht allzu viel. Die Leute, die bezahlt haben, bezahlen weiter. Die Leute, die kassiert haben, kassieren weiter. Das Leben ist eine immergleiche Komödie. Hör mal, Galán …«

»Was?«

Fernando Torres schien für einen Moment, nur für einen Moment, seine Selbstsicherheit zu verlieren und stützte die Hände auf die Theke.

»Bist du schon im Ruhestand?«, fragte er.

»Ach was.«

»Aber du bist doch schon ziemlich alt.«

»Fünfundfünfzig.«

»Ein alter Sack in dem Metier.«

»Du irrst dich. Von wegen alt. Ich bin in Topform. Das wissen die, die zahlen, genau. Deshalb zahlen sie weiter.«

»Was machst du in Madrid?«

Demonstrativ nahm Galán das Bier, das Torres noch nicht angerührt hatte, trank es in aller Seelenruhe aus, fuhr sich mit dem Handrücken über den Mund und sagte: »Freunde treffen.«

»Welche Freunde?«

»Dich zum Beispiel.«

»Was du nicht sagst.«

»Aber ja. Ich wollte dich im Hotel Palace aufsuchen, weil ich wusste, dass du dort abgestiegen warst, und ein wenig plaudern. Nichts Wichtiges. Ein Plausch unter Kollegen. Aber ich habe festgestellt, dass du wenig zu Fuß unterwegs bist und des Öfteren in einen tollen Mercedes steigst, vermutlich weil du auffallen willst. Du fährst nie weit, stellst ihn immer in einem nahe gelegenen Parkhaus ab. Dann habe ich festgestellt, dass du bestimmte Lokale aufsuchst. Eines davon ist dieses Café. Und du hast von alldem nichts bemerkt, Fernando, du hast nicht bemerkt, dass du beobachtet wirst. Du lässt nach, du bist zu vertrauensselig. Du benimmst dich wie ein Briefträger, nicht wie ein Killer. Bewundernswert.«

Er winkte den Kellner an den einsamen Teil der Theke

heran, an dem sie sich befanden, und bestellte noch zwei Bier und zwei Sandwich mit Calamares. Galán war mehrmals um die Welt gereist, hatte viele Jahre im Ausland gelebt und doch nie die billigen Tintenfische von Madrid vergessen, das feste weiße Brot, das Sandwich auf die Hand, auf die Schnelle, diesen Geschmack nach altem Kristall der Calle San Bernardo, nach Nacht auf der Plaza Mayor, nach einem letzten erlöschenden Sonnenstrahl im Atocha-Bahnhof. Fast schon gierig biss er hinein, nahm die eingeschlossenen Gerüche wieder wahr, den Speichel, der ihm im Mund zusammenlief. Er vermied es, Torres anzusehen, doch er spürte, dass der zwar tat, als wäre er die Ruhe selbst, aber dafür zu häufig mit den Fingern über die bierverklebte Theke fuhr.

Torres rührte keinen Bissen an. Er machte den Mund nur auf, um zu fragen: »Woher weißt du, dass ich im Palace bin?«

»Ich bin schon lange in dem Metier, Fernando. Für meine Arbeit brauche ich nur drei Dinge: einen Namen, eine Stadt und vierundzwanzig Stunden Zeit. Ach ja, und dass mich einer bezahlt, natürlich.«

»Soll das heißen, du arbeitest hier?«

»Kann man so sagen.«

»Woran?«

»An einer gut bezahlten Sache, die ich vernünftig zu Ende bringen will. Es soll der beste Job meines Lebens werden. In der letzten Zeit bin ich etwas vergesslich geworden, vielleicht auch ein wenig kränklich … Na ja, es gibt Leute, die behaupten, ich wäre nicht mehr so gut wie früher. Die irren sich natürlich gewaltig, aber du weißt ja, wie das mit Künstlern so ist: Hin und wieder brauchen sie Erfolg.«

»Und was ist das für ein Job?«

»Einer, in dem du mit drinhängst.«

»Ich? Und was weißt du von meinem Job?«

Galán aß sein Sandwich auf, trank einen großen Schluck Bier und sagte nur einen Namen: »Gandaria.«

Auf der Straße, hinter den Scheiben des Cafés, gingen junge Leute mit einer weißen Fahne vorbei, wohl Anhänger von Real Madrid, die dann gemeinsam mit anderen mit ihren Flaggen, ihren Gesängen und ihren Mützen zum Bernabéu-Stadion ziehen würden, wo es bestimmt ein Spiel unter der Woche gab. Sie erinnerten Galán an die alten Zeiten, als er mit gerade mal zehn Jahren seinem Vater Essen ins Gefängnis brachte, das er in den Geschäften der Cava Baja oder auf dem Cebada-Markt gestohlen hatte, bis er nicht mehr zu stehlen brauchte, weil man seinen Vater nach Erteilung der Sterbesakramente und des apostolischen Segens hingerichtet hatte. Damals, als man sich in Madrid noch an den Torhüter Esquivel erinnerte, einen wahren Künstler, an Lecue, den Mittelfeldspieler mit den Zügen eines Intellektuellen, oder an die letzten Spiele von Quinoces, hatte man sich im alten Chamartin-Viertel fast wie bei einem Familientreffen fühlen können. Madrid am Ende des Zweiten Weltkrieges war in Galáns Erinnerung eine graue Stadt mit stets schlammigen Fußballstadien, fetten Schiedsrichtern, die allesamt Franco-Anhänger waren, einer geraden Straße – la Castellana –, die weiter reichte als das Auge, und verrauchten Cafés, in denen es immer einen Mann gab, der herumschrie, und ein melancholisches junges Mädchen, das in aller Heimlichkeit ein Buch mit Gedichten las. Über die Castellana fuhren nur wenige Autos, immer besetzt mit vier Freunden auf dem Weg zu fernen Bordellen in tiefer Nacht, die später dann den Tag in einer Kneipe bei todtraurigen Flamencoklängen anbrechen sahen.

Galán bestellte noch einen weiteren Gaumengenuss, den er lange vermisst hatte: Sardellen nach Art des Hauses.

»Gandaria«, wiederholte er leise.

»Was weißt du von ihm? Von was zum Teufel redest du?«

»Ich rede hier nicht vom Teufel, sondern von einem Job. Gandaria weiß seit Langem, dass er auf der Todesliste steht, weil er die Revolutionssteuer nicht bezahlt; er fordert die ETA heraus und prahlt damit, was andere den Kopf gekostet hat. Er ist zum Abschuss freigegeben und weigert sich, aus der Schusslinie zu gehen. Ober er verrückt ist oder nicht, geht mich nichts an, aber er weiß, dass jemand den Auftrag hat, ihn zu töten. Was er nicht weiß, ist, dass du dieser Jemand bist.«

»Du weißt nicht, was du redest, Galán.«

»Dann erklär mir doch mal, was du im Palace zu suchen hast.«

»Ich kure.«

»Ach, Fernando, du kannst dir zwei Dinge sparen: Geld und dumme Sprüche. Die Zeche übernehme ich. Du brauchst mir nicht mit diesen Anfängerlügen zu kommen. Obwohl: Wenn ich drüber nachdenke, bist du ein ehrenwerter, vielversprechender Anfänger, der es womöglich noch weit bringen wird. Und wenn ich dir sage, dass man dich beauftragt hat, dann weiß ich das, ich weiß sogar, was du dafür bekommst.«

Torres verlor für ein paar Sekunden sein Pokerface, er wurde leichenblass.

»Das kann niemand wissen, Galán.«

»Ich schon.«

»Mal sehen. Du hast gesagt: keine blöden Sprüche. Das gilt auch für mich. Unter uns gibt es schon genügend Wichtigtuer. Wenn du alles weißt, dann sag mir doch, wie viel ich bekomme. Los. Sag schon.«

Ohne mit der Wimper zu zucken, sagte Galán: »Die Spesen, das ist nicht gerade wenig, plus fünf Millionen Peseten.«

Das hatte gesessen. Es war sozusagen ein vernichtender Schlag. Torres drehte leicht den Kopf, als wollte er verneinen, entschied sich aber zu schweigen. Sein schneeweißes Gesicht zeigte Galán, dass er ins Schwarze getroffen hatte.

»Du verkaufst dich zu billig, Fernando.«

»Was geht dich das?«

»Mir zahlt man sieben Millionen für den gleichen Job.«

In Galáns grauen Jahren, als die Leute mit Zukunft anfingen, an der Castellana wirklich zu bauen, und als die Leute ohne Zukunft Tag und Nacht in den todtraurigen Kneipen arbeiteten, hatte er viele Menschen kennengelernt, die bereit waren zu töten, es aber nie für Geld getan hätten, sondern aus einer Reihe von Gründen, die nur einen sentimentalen, zwangsläufig billigen Gegenwert hatten: einen toten Freund, eine zerrissene Fahne, eine Frau, die auf einem Stuhl saß und weinte, einen Jungen, der durch eine Straße streifte, deren Namen er nie lernen würde. Dinge, dachte Galán, die man nicht auf der Bank aufbewahrt, sondern die mit einem Lied, einer geschlossenen Faust oder einem Schrei entstanden und starben. Doch er dachte voller Zärtlichkeit an die Gefährten der Nacht zurück, an alle, die in den Kneipen die Kippen, die Spucke und die Garnelenschalen zusammengefegt hatten und hin und wieder in Straßenbahnen mit von Feuchtigkeit und Alter beschlagenen Scheiben die Castellana hinaufgefahren waren, auf dem Weg zu fernen Freudenhäusern. Diese Männer würden nicht zwischen die Schenkel der Frauen tauchen, sondern

Maximen suchen, und zwar an Orten, die von der Polizei kaum überwacht wurden, denn Männer, die zwischen die Schenkel teurer Frauen tauchten, waren per se rechtschaffene, gottgläubige Menschen. Hin und wieder segneten diese Gefährten der Nacht, wenn sie alt waren, ihre Töchter, und wenn sie jung waren, verspürten sie die dunkle Versuchung, gemeinsam mit ihren Schwestern zu weinen, bevor die einen wie die anderen für einen festen Preis genommen wurden. Es gab einmal ein Madrid, dachte Galán, an das sich niemand mehr erinnert oder erinnern will, ein Madrid aus Mansarden und Tauben, aus alten Männern, die in der Sonne sterben, aus Straßenbahnen zum Totengeleit, aus Frauen, die in ihren Betten weinen, aus Männern, die für immer an den Umfassungsmauern fallen. Dieses Madrid, das in Chamartín und in Vallecas endete, hatte ihn zu dem gemacht, was er heute war, zu einem Killer, für den die Welt nirgends endete, und deshalb wollte er sich nicht daran erinnern. Er sah wieder zu Torres hinüber und sagte leise: »Gib auf, mein Freund. Den Job erledige ich. Mach dich so schnell wie möglich vom Acker, bevor dich die Polizei schnappt. Abonnier eine Zeitung, setz dich in den Sessel, und du wirst irgendwann die Nachricht von Gandarias Tod finden.«

Er zuckte die Achseln, legte das Geld auf die Theke und wollte verschwinden. Doch Torres' Hand legte sich wie eine eiserne Klaue um seinen Arm und hielt ihn zurück.

»Das schaffst du nicht, Galán.«

»Und warum nicht?«

»Weil du ein alter Mann bist.«

»Genau. Weil ich ein alter Mann bin«, sagte Galán und befreite sich aus dem Griff. »Genau deshalb muss ich beweisen, dass ich trotzdem einer der Besten bin. Damit man an mich glaubt und mir weiter Arbeit gibt.«

Er grinste und verließ das Lokal.

Ungestüm wollte Torres ihm folgen, hielt sich aber in letzter Sekunde zurück. Das Schlimmste, was er tun konnte, war Aufsehen zu erregen. Wie von Sinnen starrte er auf die Theke, auf das Geld und auf die Straße, die sich hinter den Scheiben erahnen ließ. Die ganze Stadt war nur ein einziger riesiger Fleck.

Fernando Torres rief nicht von seinem Zimmer aus an. Das hätte er nie getan. Obwohl er wusste, dass das Hotel nicht überwacht wurde, zog er es vor, von einer öffentlichen Telefonzelle in General Martínez Campos zu telefonieren; in der Nähe der aufheulenden Motoren des neuen Madrid und des Gebäudes der ehemaligen Schüler der Institución Libre de Enseñanza, des alten und armen und damit zweimal alten Madrids, wie es in einem Sprichwort heißt. Am anderen Ende war wieder die ruhige Stimme des unaufgeregten Mannes zu hören, einer von denen, die ihr Leben damit zubringen – die gibt es tatsächlich –, Zeitungen in den Provinzkasinos zu lesen. Doch Torres hatte den Verdacht, dass das Leben dieses Mannes wohl kaum vollkommen friedlich verlief, denn er durfte ihn unter der Nummer nur zwischen neunzehn Uhr und neunzehn Uhr dreißig anrufen.

Mehr als einmal schon hatte er sich gefragt, an welch seltsamem Ort sich sein Gesprächspartner in dieser halben Stunde aufhielt, aber das hatte er nicht herausfinden können. Und es wäre naiv zu glauben, ein Mann wie er hätte es nicht versucht.

Die Nummer tauchte natürlich in keinem Telefonverzeichnis auf. Mit einer Engelsgeduld war er sie alle durchgegangen. Bei der Telefongesellschaft brauchte er gar nicht zu fragen, dort würde man ihm keinerlei Information geben.

Über Beziehungen kann man alles erreichen, aber er hatte keine seiner Beziehungen spielen lassen wollen, denn das hätte bedeutet, noch eine dritte Kontaktperson einzuschalten, und das war riskant.

Torres hatte es also aufgegeben, etwas über die Nummer und seinen geheimnisvollen Gesprächspartner herausfinden zu wollen. Während er aus der Zelle die Straße betrachtete – alle Nuancen der Zeit und alle Grautöne in einem Madrid für Eingeweihte –, fragte er: »Kann noch jemand mit der Angelegenheit betraut sein, die man mir übertragen hat?«

»Reden Sie von einem Doppelauftrag? Davon, dass zwei Männer angeheuert wurden, um dasselbe zu erledigen, aber unabhängig voneinander?«

»Ja. Genau.«

»Und warum sollten wir so etwas tun?«

»Um das Ergebnis sicherzustellen. Scheitert der eine, trifft der andere.«

»Das ist absurd, weil es die Dinge unnötig kompliziert und noch dazu teuer macht. Warum fragen Sie?«

»Ganz einfach: Weil ich den anderen kenne. Er hat mir gesagt, ich soll mich zurückziehen.«

»Wer?«

»Galán.«

»Ich kenne den Mann nicht. Wer ist das? Ein Hobbykiller?«

»Nein, verdammt. Im Gegenteil. Ob es mir gefällt oder nicht, er ist ein verlässlicher und tadelloser Handlanger, der schon überall auf der Welt gearbeitet hat. Ich werde Ihnen keine Details verraten, denn das ist für uns beide nicht angeraten, erst recht nicht am Telefon, aber ich kann nur wiederholen, er spielt in der ersten Liga. Alle Geheimdienste südlich des Río Grande haben jahrelang seine Dienste in

Anspruch genommen, aber jetzt ist er zu alt. Trotzdem habe ich ihn bei unserem Vieraugengespräch sehr ernst genommen.«

Die Stimme unterbrach ihn sanft: »Vorsicht, Torres.«

»Warum?«

»Vielleicht ist er ein V-Mann.«

»Nein, das glaube ich nicht.«

»Warum?«

»Das ist nicht sein Stil. Das würde auch nicht zu seiner Lebensgeschichte passen.«

»Die Geschichte verändert sich«, sagte die Stimme mit derselben sanften Ruhe. »Es ist kaum zu glauben, dass ich das ausgerechnet einem Profi wie Ihnen erzählen muss. Gerade die Menschen, deren Vergangenheit über jeden Verdacht erhaben zu sein scheint, werden gern von der Polizei kontaktiert, um ihnen einen Handel vorzuschlagen. Niemand würde diesen Galán verdächtigen, Torres, nicht einmal Sie. Als Informant ist er geradezu ideal.«

»Und warum hat er dann von Anfang an die Maske fallen lassen und mir gezeigt, dass er über alles im Bilde ist?«

»Und warum ist er über alles im Bilde?«

Torres zögerte. Dann sagte er: »Hat er das nicht von Ihnen?«

»Von mir?«

»Kann es sein, dass es eine parallele Organisation gibt, die dieselben Ziele verfolgt wie wir? Und dass diese Organisation Galán angeheuert hat?«, fragte Torres.

»Theoretisch ist das möglich, aber woher sollte diese parallele Organisation von unserer Existenz wissen, und vor allem von Ihnen?«

Fernando Torres, der so gut wie nie zögerte, zögerte ein weiteres Mal.

»Wie auch immer, Galán wusste alles«, sagte er schließlich.

»Nehmen Sie sich in Acht vor ihm. Und beschränken Sie sich erst mal darauf, Informationen über ihn zu sammeln. Rufen Sie mich morgen um dieselbe Zeit an. Natürlich aus einer Telefonzelle.«

»Ja, klar.«

»Vergessen Sie es nicht.«

Es wurde aufgelegt. Auch Torres legte auf. Er starrte auf seine zitternde Hand, als gehörte sie jemand anderem, dann starrte er auf die Straße, die ihm plötzlich wie eine leere, feindliche Röhre vorkam, zutiefst spanisch und widersprüchlich: Am einen Ende befand sich eine Kirche, also ein Denkmal zu Ehren Gottes, und auf der anderen Seite ein Denkmal für einen Präsidenten der Republik. Er verließ die Telefonzelle und ging wie ein Automat durch die Straßen. Als seine Gedanken sich allmählich beruhigten, war er bereits in der Calle Cardenal Cisneros mit den alten, mit Urin getauften Pinten und Gasthäusern, in denen weihwassergleiche Weine und im Mondlicht fermentierte Käse angeboten wurden. Er bog in die Fuencarral ab: glänzende Büros mit nur einer Angestellten und einem einzigen Aktenschrank, alte Frauen, die am Fenster, einem Mosaik oder einem Foto hingen, Uhrmacher, die gelernt hatten, die Zeit rückwärts zu messen, Kneipen, aus deren Auslagen einen ein resignierter Tintenfisch ansah, und Mädchen, die ausgegangen waren, um sich zwei Handbreit Leben zu kaufen.

Was war nur mit ihm los? Warum verspürte er plötzlich diese Angst? Warum ließ er zu, dass dieses Gefühl der Schwäche von ihm Besitz ergriff? Und als er das Palace betrat, hatte er nicht einmal dort mehr das Gefühl, sich an einem Ort überdauernder Werte und eherner Wahrheiten zu befinden, wo die Dinge einem logischen, seit 1914 unveränderten Rhythmus folgten. Plötzlich geschahen hier unglaubliche Dinge, zum Beispiel, dass er Gandaria völlig allein, ohne Leibwächter, auf dem Flur antraf. Der Unternehmer wollte sich gerade eine Zigarette anzünden und schien nur darauf zu warten, dass man ihn kaltmachte. Ruhig und wehrlos stand er da, ohne Torres zu bemerken, und versuchte vergeblich, ein beeindruckendes goldenes Feuerzeug zu betätigen. Als er ihn sah, winkte er ihn heran und fragte: »Entschuldigung, hätten Sie vielleicht Feuer für mich?«

»Aber sicher.«

Torres erschrak, wie einfach alles war. Anstelle des Feuerzeugs könnte er das kurze Stilett herausziehen, das er immer in einer Tasche seines Jacketts mit sich führte. Ein einziger Stich auf dem einsamen Flur, direkt ins Herz, sanft und liebevoll, und die Sache wäre beendet. Sogar der Aufzug, den er verlassen hatte, befand sich noch auf der Etage, binnen Sekunden könnte er hineinhuschen und verschwinden. Wenn man Gandaria entdeckte, wenn der erste Schrei durch den Flur hallte, würde er bereits mit irgendeinem Politiker in der Bar über die Zukunft Spaniens plaudern, das heißt über seine ganz persönliche Zukunft.

Aber eben seine Überraschung ließ ihn im entscheidenden Moment zögern. Zu spät merkte er, dass ein Mann wie er nicht nachdenken durfte. Plötzlich sagte Gandarias sanfte Stimme: »Danke, mein Freund.«

Ein Leibwächter tauchte am Ende des Flurs auf. Ein Hüne. Auf diesem relativ kleinen Raum fiel das besonders auf. Wenn man den in den Ring stellte, würde der Ring im Boden versinken. Er musterte Torres argwöhnisch – obwohl er ihn schon ein paarmal im Hotel gesehen hatte – und fragte: »Brauchen Sie etwas, Señor Gandaria?«

»Nein danke. Wo hast du gesteckt?«

»Ich habe den Aufzug auf der anderen Seite gecheckt. Verzeihen Sie, wenn ich mich verspätet habe.«

»Das macht nichts«, sagte Gandaria und dann, an Torres gewandt: »Auf Wiedersehen.«

»Auf Wiedersehen«, murmelte dieser, blieb wie angewurzelt im Flur stehen und sah ihm nach. Mit einer – für einen Mann seiner Erfahrung unwürdigen – Verspätung merkte er, dass er das Grundlegende vergessen hatte: die Natürlichkeit. Schnell tat er so, als ob auch er nach seinen Zigaretten suchte, zündete sich eine an und ging weiter. Aber als er sich abwandte, hatte er immer noch das Gefühl, den misstrauischen Blick des Leibwächters auf sich zu spüren.

Er hatte eine fantastische Gelegenheit verstreichen lassen, und was noch schlimmer war, man war auf ihn aufmerksam geworden. Aber für Reue war es jetzt zu spät.

Vielleicht tat er deshalb in der Nacht kaum ein Auge zu. Bei einem Profi wie ihm war so etwas unbegreiflich.

Doch das Gespräch, das er am nächsten Tag mit dem Mann mit der ruhigen Stimme führte, raubte ihm noch für viele Stunden mehr den Schlaf. Er erhielt einen Befehl, mit dem er nie gerechnet hätte.

19 Der Mann mit dem ruhigen Blick

Méndez hatte sich in einer unweit gelegenen Bar im Atocha-Bahnhof ein paar Gläschen billigen, trockenen und harten Anis hinter die Binde gegossen, und entsprechend benommen saß er im Salon, als er sie vorbeigehen sah. Zuvor hatte er eine Wallfahrt zu den Ständen mit den alten Büchern in der Cuesta de Moyano unternommen, diese aber nicht gefunden und seine kulturellen Probleme dadurch beendet, dass er in die Bar eingekehrt war, wo er sich schon bald mit dem Kellner angefreundet und das Vertrauen des Stiefelputzers errungen hatte; außerdem hatte er erfahren, dass die Wirtin seit Kurzem schwanger war. Im tröstlichen Dunst des Alkohols, der Freundschaft und des verstreichenden Lebens döste Méndez vor sich hin, als er – es muss nochmals erwähnt werden – sie dicht an sich vorbeigehen sah. Ihm fiel wieder auf, dass sie weder jung noch besonders hübsch war, und zudem hatte sie ja noch das Pech, blind zu sein. Méndez dachte, dass er ihr eigentlich nur Beachtung schenkte, weil er alles über ihr Leben und das schreckliche Unglück wusste, das ihr widerfahren war, und weil sie sich für eine Blinde so unglaublich frei bewegte. Doch dann merkte er, dass er sich etwas vormachte.

Er interessierte sich für Señorita Alonso als Frau. Wie jeder weiß – und wie der neugierige Leser in diversen Archiven der Diözese nachlesen kann –, interessierte sich Méndez eher für Frauen im Niedergang, die mit wirkungsvollen Korsetten bewehrt waren, eine barocke Vorstellung von der Liebe hatten und denen es nichts ausmachte, morgens zu beginnen und am Abend immer noch keinen Orgasmus gehabt zu haben. Vielleicht entsprach die unverzichtbare Señorita Alonso in Méndez' tiefgründigen Gedanken diesem Bild, zumindest unbewusst. Oder vielleicht doch nicht so unbewusst, denn Méndez hatte gesehen, wie sie sich in seinem Zimmer ausgezogen hatte, und alle seine Freunde wussten, dass er, selbst in seinen flüchtigsten Gedanken, ausgesprochen ruchlos war.

Er betrachtete Señorita Alonso mit neu erwachter Aufmerksamkeit. Ungeachtet ihrer zwei verlorenen Schlachten – der beiden Falten an ihrem Hals – war ihr Gesicht voller Leben. Es war eine Reihe kleiner Dinge, die ihn veranlasste, näher hinzuschauen: Zunächst einmal die Tatsache, dass er sie beinahe nackt gesehen hatte, dann ihre erstaunliche Fähigkeit, sich in einer Welt ohne Licht zurechtzufinden, ihr anmutiger Gang (typisch für eine Señorita, die Ballettunterricht genommen und Hauskonzerte auf dem Klavier gegeben hatte), ihre eleganten Bewegungen (typisch für eine Señorita, der man beigebracht hatte, zwischen Vorhängen aus Valenciennes und Teppichen aus La Granja eine gute Figur zu machen). Keine dieser vagen Vorzüge konnte den konkreten Vorzug eines Aktbildes auslöschen, doch für einen so altmodischen Mann wie Méndez waren diese Dinge nach wie vor von Bedeutung. Er verfolgte sie mit dem Blick, bis sie das Hotel verlassen hatte, diesmal ohne Begleitschutz, was ausgesprochen verwunderlich war. Mit Höchstgeschwindigkeit – also mit zwei Stundenkilometern – heftete sich Méndez an ihre Fersen. Er fragte sich, ob sie wirklich blind oder ob das alles eine einzige große Farce war.

Auf der Straße stellte er fest, dass sie keineswegs allein war. Ihre Gesellschaftsdame hatte draußen gewartet und geleitete sie nun durch den rüpelhaften Verkehr der Calle del Prado. Sie suchte das nahe gelegene Haus auf, in dem die Leiche ihrer Adoptivtochter aufgebahrt war, diesmal in Begleitung ihrer Gesellschaftsdame. Méndez blieb mit abwesendem Blick draußen stehen.

Señorita Alonsos Verhalten war ja nicht ungewöhnlich. Die bescheidene Behausung hatte ihr viel bedeutet, und es war nur normal, dass sie dorthin ging. Méndez vergaß seinen verdammten Verdacht, schmunzelte und machte sich wieder auf den Weg zum Hotel.

In diesem Moment sah er ihn. Das Gesicht kam ihm gleich bekannt vor, aber er war sich nicht sicher, ob der Kerl, der gerade die Straße überquerte, tatsächlich derjenige war, den er in irgendeinem Winkel seiner Erinnerung abgespeichert hatte. Méndez hatte so viele Mörder, Räuber, Vergewaltiger und andere Typen gesehen, die bei einem Fest für Ratten das Rennen hätten machen können, dass er sie schon nicht mehr identifizieren konnte. Vielleicht hatte er den Kerl noch nie gesehen. Aber er erinnerte ihn an Valle, der zwei kleine Mädchen vergewaltigt und ein weiteres getötet hatte. Mittlere Statur, große Hände, muskulös und ein furchtbar starrer Blick. Und ebendieser Blick erinnerte Méndez wieder an die Zeiten, in denen noch mehr christlicher Friede geherrscht hatte und man solchen Kerlen, bevor man sie hinrichtete, hatte zusichern können, dass es ein Leben danach gab. Doch es konnte nicht Valle sein, denn der musste im Gefängnis sitzen. Und der Mann sah ihn im Vorübergehen ebenfalls an und dachte, das kann nicht Méndez sein, denn der hält sich nicht in den vornehmen Vierteln von Madrid, sondern in den einfachen Vierteln von Barcelona auf.

Méndez vergaß ihn und kehrte einigermaßen zügig ins Hotel zurück, voller Sehnsucht nach dem angenehmen Sessel und der wohligen Schlaftrunkenheit in der Rotunde. Wie so oft begegnete er dem jungen Mann mit den italienischen Seidenkrawatten, der die *Financial Times* las. Die beiden grüßten sich mit einem leichten Kopfnicken. Zu dem Zeitpunkt wusste Méndez bereits, dass der Mann Fernando Torres hieß, so wie er praktisch die Namen aller Gäste im Hotel kannte. Fernando Torres, der nicht über so viele Ermittlungsmöglichkeiten verfügte, wusste noch nicht, dass Méndez Polizist war. Er hätte es auch nicht geglaubt, unter anderem, weil er der Ansicht war, dass ein Polizist, der die meiste Zeit in der Nähe der Bar vor sich hin döste, unmöglich an so einem luxuriösen Ort wie dem Palace eingesetzt würde. Fernando Torres, der auf anderen Gebieten sehr versiert war, hatte keine Ahnung von der Geschichte Spaniens.

Torres war auf dem Weg zur Plaza de Cibeles, auf der Suche nach einer freien, gepflegten Telefonzelle. Eine schwierige Aufgabe, an der schon viele hervorragende Talente des Landes gescheitert sind. Aber er hatte Zeit und fand eine, an der er den Anruf innerhalb der vereinbarten halben Stunde tätigen konnte. Die Stimme am anderen Ende klang gleichgültig wie immer: »Torres?«

»Ja. Ich sollte Sie anrufen. Sie können beruhigt sein, ich bin in einer Telefonzelle.«

»Gut. Ich habe Erkundigungen über diesen Mann eingeholt, von dem Sie gesprochen haben, diesen Galán.«

»Und?«

»Er ist wirklich gut. Er war auf der ganzen Welt tätig, und wie es aussieht, verfehlt er sein Ziel nie.«

»Das habe ich Ihnen ja bereits gesagt.«

»Er hat sogar in den Vereinigten Staaten für das Verbrechersyndikat gearbeitet. Und in Südamerika, vor allem dort. Man hat mir versichert, in Bogotá habe man einmal einen anderen Killer auf ihn angesetzt, und Galán habe ihn nicht nur umgebracht, sondern sogar seinen Kopf an den Mann geschickt, der den Auftrag gegeben hatte. Und man hat mir ebenso versichert, dass er ausgezeichnet mit dem Messer umgehen kann. Er macht die sogenannte ›Fliege‹. Die besteht darin, mit der Messerspitze eine Fliege in den Hals des Opfers zu ritzen, und zwar ziemlich tief. Und wenn das arme Opfer die Zierde wahrnimmt, hat es schon keine Kehle mehr.«

»Sie erzählen mir Dinge, die ich längst weiß«, sagte Torres ungeduldig. »Ich selbst habe auf Galáns Qualitäten hingewiesen, auch wenn er alt ist und sich beweisen muss. Wenn er ein Großmaul wäre, hätte ich nicht extra angerufen. Doch zurzeit werden überall auf der Welt Männer wie wir angeheuert, vor allem von den Regierungen. Galán wäre nicht so alt geworden, wenn er nicht eine echte Persönlichkeit wäre.«

»Ich weiß. Genau deshalb war es leicht, etwas über ihn in Erfahrung zu bringen. Doch das Entscheidende habe ich nicht herausfinden können. Ich habe nicht den geringsten Hinweis darauf, wer ihn beauftragt haben könnte. Und ich verstehe es auch nicht. Mir fällt nicht eine Organisation ein, die Geld lockermachen würde, viel Geld, um Gandarias Leiche in die Hände zu kriegen.«

»Verflucht, das ist doch sonnenklar«, brummte Torres ungehalten.

»Ja. Wer denn?«

»Die ETA.«

»Mein lieber Torres, Sie sollten nicht so viel denken und vor allem nicht reden. Auf keinen Fall. Mit niemandem, ich würde fast sagen, nicht einmal mit mir. Ich bin ein Vermittler, ein Agent, der Sie gut kennt, und ich habe alle Kontakte telefonisch hergestellt, nur mit der Überweisung auf Ihr Bankkonto habe ich nichts zu tun. Natürlich erhalte ich eine Provision, aber ich werde Ihnen nicht sagen, wer mich bezahlt und wer meine Auftraggeber sind. Haben Sie Kleingeld?«

»Genug.«

»Dann hören Sie mir zu: Ich verstehe nicht, wer Galán diesen Auftrag gegeben hat. Aber die ETA war es nicht.«

Nervös sagte Torres: »Sie sind sich nur aus einem Grund so sicher.«

»Und der wäre?«

»Weil Sie die ETA sind.«

Die Stimme blieb weiterhin unbeirrt ruhig, friedfertig, fast äbtlich.

»Sehen Sie, Torres, ich bin nur ein Vermittler, ich habe Sie für einen Job unter Vertrag genommen, ich hätte Sie auch damit beauftragen können, ein Lösegeld in Frankreich zu übergeben. Aber über meine Auftraggeber werde ich nicht sprechen. Es ist mir sogar peinlich, Ihnen das erklären zu müssen. Sie denken, die ETA hat mich bezahlt? Denken Sie, was Sie wollen, solange Sie nicht darüber reden. Aber ich kann Ihnen garantieren, dass Galán nicht von der ETA angeheuert wurde. Ich habe genügend Kontakte, um dessen sicher zu sein.«

»Von wem dann?«

»Ich weiß es nicht. Ganz offen: Ich weiß es nicht. Aber ich kann nur wiederholen, was ich gestern gesagt habe: Vielleicht ist es ein Pokerspiel, vielleicht will man Sie in eine Falle locken, Torres, und da gibt es nur eine Lösung.«

»Und die wäre?«

»Den Job so schnell wie möglich zu erledigen. Ich weiß, Sie haben Ihre eigene Vorgehensweise, aber es ist bereits mehr Zeit vergangen, als Sie sich erbeten hatten. Morgen muss es erledigt sein.«

Für Torres war es ein Affront, wenn man ihm Vorgaben machte. Deshalb fragte er herausfordernd: »Warum nicht gleich heute?«

»Heute haben Sie schon etwas anderes vor.«

»Wie?«

»Das haben Sie nicht erwartet, was, Torres?«

»Was ich erwarte, ist meine Sache.«

»Reden Sie nicht in diesem Ton mit mir, und denken Sie

nicht, dass es etwas Persönliches gegen Sie ist. Keineswegs. Im Gegenteil. Ich war derjenige, der Sie vorgeschlagen hat, weil Sie der Beste sind. Und der Beweis dafür ist, dass ich für heute einen weiteren Auftrag für Sie habe, einen einfachen, gut bezahlten Job. Dafür gibt es noch einmal eine halbe Million Peseten on top.«

»Eine halbe Million wofür? Für den Betrag bringe ich meine Pistole nicht zum Einsatz.«

»Sie müssen gar nichts zum Einsatz bringen. Nur Ihr Auto. Ein Mann muss von einem Ort zu einem anderen gefahren werden.«

»Dann soll er ein Taxi nehmen.«

»Verdammt, Torres. Reden Sie keinen Unsinn. Sie wissen selbst, dass Taxifahrer den Mund nicht halten können. Der Mann soll genau in einer Stunde bei der Post abgeholt und zum Flughafen gebracht werden. Nichts weiter. Das war's. Danach können Sie ins Hotel zurückfahren. Nehmen Sie Ihren Mercedes, aus dem einfachen Grund, weil niemand einen Mercedes anhalten wird, falls es zufällig eine Razzia gibt. Hier gilt immer noch die Regel, die Hunde beißen die, die schlecht angezogen sind. Nehmen Sie ein Hemd, eine Krawatte und einen Anzug mit, denn der Mann wird sich auf dem Weg zum Flughafen im Auto umziehen. Seine alten Sachen können Sie am anderen Ende der Stadt in einen Container werfen.«

»Was ist mit den Sachen?«

»Man könnte ihn damit gesehen haben.«

»Was noch?«

»Sie könnten blutbefleckt sein. Leicht befleckt.«

»Jetzt verstehe ich das mit der halben Million Peseten.«

»Für Sie besteht kein Risiko, Torres. Sie fungieren nur als Fahrer. Es wird nichts passieren. Aber wenn Sie das Gefühl haben, Sie werden verfolgt, der Mann könnte verhaftet werden, dann tun Sie etwas ganz Einfaches.«

»Was?«

»Töten Sie ihn.«

»Sie wollen verhindern, dass er redet, nicht wahr?«

»Richtig.«

»Und wie soll ich ihn umbringen?«

»Das ist Ihr Problem, Torres. Ich muss Ihnen Ihr Handwerk doch nicht erklären, oder? Ich sollte nur noch hinzufügen, dass der Mann unbewaffnet ist und Ihnen vertraut, es wird also ein Kinderspiel. Aber hören Sie gut zu, Torres: Sie tun das nur, wenn es absolut notwendig ist, wenn Sie glauben, dass man ihn fassen könnte.«

»Gut.«

»Dann ist also alles klar?«

»Nein.«

»Was ist jetzt wieder?«

»Ich will eine Million.«

Ein leichtes Zögern am anderen Ende der Leitung.

Dann sagte die ruhige Stimme: »Einverstanden. Eine Million. Aber ich versichere Ihnen, die müssen Sie nicht groß verdienen.«

»Auch das ist mein Problem. Wie erkenne ich den Mann?«

»Er steht an dem erwähnten Ort, trägt ein rotes Tuch in der Brusttasche seines Jacketts und wird die Sportzeitung *Marca* lesen.«

»Alles klar.«

»Noch eine letzte Sache: Ausnahmsweise werden Sie mich direkt anrufen, aus einer Telefonzelle natürlich, sobald Sie den Mann am Schalter für den Flug Madrid–Barcelona abgesetzt haben.«

»Gut.«

Fernando Torres legte auf und verließ die Telefonzelle, vor der sich bereits eine kleine Schlange gebildet hatte. Er hatte keine Ahnung, wen er nach Barajas bringen sollte oder was der Kerl zu erledigen hatte (vielleicht war er gerade dabei), und es war ihm auch völlig egal. Es war ein Job wie jeder andere, für den er ein hübsches Sümmchen einstreichen würde. Außerdem machte er das nicht zum ersten Mal, selbst wenn er den zweiten Teil der Vereinbarung erfüllen und jemanden töten musste. In Paraguay und Bolivien hatte er dafür kassiert, mehr als einen Journalisten und mehr als einen politischen Führer, die nicht im Land bleiben konnten, über die Grenze zu bringen. Doch weder die Journalisten noch die politischen Führer hatten die andere Seite der Grenze je erreicht. Von beiden Seiten zu kassieren war nichts, was Fernando Torres unbedingt abstieß.

Und so schuf man sich einen großartigen Kreis an Beziehungen, so wurde man Teil eines breit gefächerten weltweiten Kulturspektrums, so lernte man Minister, Abgeordnete, Gouverneure, Bankiers, Bankiersfrauen und sogar Dichter kennen, die bereit waren, die Tugenden des Toten zu besingen, noch bevor dieser tot war. Sollte ich eines Tages meine Memoiren schreiben, dachte Torres oft, wird mir niemand glauben.

Nur ein paar Details würde er in seinen mit Sicherheit hochgelobten Memoiren nie erwähnen. Dinge, die ihm nicht gefielen und die nicht dem Anteil an moralischer Größe entsprachen, mit der er jeden seiner Jobs erledigte. Zum Beispiel den jungen – vielleicht zu jungen – Bolivianer, der ihm zugerufen hatte: »Das letzte Mal, als ich im Bordell war, hätte ich deine Mutter nehmen sollen!« Oder den – vielleicht zu alten – Chilenen, der nur gemurmelt hatte: »Lass mir eine Minute, um zu beten.«

Fernando Torres zündete sich eine Zigarette an, sah auf die Uhr und dachte, dass er noch viel Zeit hatte, denn er gehörte zu den Leuten, die stets die Ruhe weghaben.

Der Mann, den Torres eine Stunde später abholen sollte, dachte hingegen, dass ihm nicht mehr viel Zeit blieb und dass er zur Tat schreiten müsste. Erstens, weil Señorita Alonso die Wohnung verlassen könnte, in der sie sich befand. Damit wäre alles dahin, denn sie wäre nicht mehr länger wehrlos. Und zweitens, weil man das, was er vorhatte, in aller Ruhe tun sollte; man sollte sich Zeit dafür nehmen, es genießen, sonst war der Reiz weg und die Vergewaltigung wird zu einem Job für Besoffene oder einem Handwerk für Junkies.

Auch er sah auf die Uhr, während er die Calle del Prado entlangging. Das rote Tuch steckte schon zusammen mit der Brieftasche in der Innentasche seines Jacketts. Er hatte es noch nicht an die vereinbarte Stelle gesteckt, weil man ein Erkennungszeichen nie vorher zeigen sollte. In der Außentasche steckte auch schon die Ausgabe von *Marca*, denn nach dem Job, auf dem Weg zur Post, hätte er vielleicht keine Gelegenheit mehr, sie zu kaufen. Rosendo Valle war ein gewissenhafter, besonnener, verlässlicher Mann, dem man trotz seiner schweren Verbrechen eine Sondererlaubnis für eine Woche Freigang erteilt hatte, alles vom Richter abgesegnet. Und so konnte er rasch nach Madrid fliegen, ebenso rasch würde er nach Barcelona zurückkehren, und er hatte die Stadt weiß Gott – »ich schwöre es, Herr Richter« – nie verlassen, wie die Beweise zeigten, die er vorher zusammengetragen hatte. Zwischen den beiden Flügen würde er ein hübsches Sümmchen einstreichen und hätte zudem noch einen der süßesten gewalttätigen Momente seines Lebens erlebt.

Er kannte die Frau. Nun, sie war kein Mädchen mehr. Na und? Man kann ja nicht sein ganzes Leben lang dasselbe machen. Außerdem erschienen ihm die kleinen Mädchen, denen früher seine Vorliebe gegolten hatte und die seine Beschimpfungen, seine Schläge und seine perverse Lust ertragen mussten – jede Körperöffnung hatte ihre Reize –, nun, da er ein reifer Mann war, nur noch als kreischendes und nicht sehr widerstandsfähiges Material, denn mehr als eine war sofort ohnmächtig geworden. Eine ältere, aber auserlesene Frau zu besitzen, war eine neue emotionale Erfahrung für Rosendo Valle. Denn trotz seines unbestreitbaren gesellschaftlichen Aufstiegs hatte er noch nie eine reiche Frau vergewaltigen können.

Wenn Rosendo Valle bei den Mädchen auf die Tugend gespuckt hatte, so wollte er jetzt, politisch weit gebildeter, auf das Geld spucken. Er wollte die Frau zu einem gedemütigten, bestraften, von Angst und Ekel erstickten Stück Fleisch machen, um ihr zu beweisen, dass er, Rosendo Valle, ihr überlegen war. Die überraschende Tatsache, dass die Frau blind war (das hatte man ihm erst in letzter Sekunde gesagt), verlieh dem Abenteuer eine Note besonderer Verderbtheit, einen erregenden kulinarischen Hauch, wie bei einer großen Premiere für Eingeweihte, einer absoluten Premiere.

Er hatte das Terrain bereits ausgiebig sondiert und betrat nun das Haus. Ein älterer Mann machte sich an den Briefkästen zu schaffen, als würde er Werbung einwerfen, aber er schenkte ihm weiter keine Beachtung, sondern klingelte ungezwungen an der Tür, weil er wusste, dass ihm eine alte Frau öffnen würde.

»Hallo, da bin ich«, sagte Valle freundlich. »Das Hotel schickt mich.«

Er wartete die Antwort nicht ab, schob sich rasch durch den Spalt und schloss die Tür. Die Frau fragte verständnislos: »Aber wer sind Sie?«

Dann ging alles blitzschnell. Die Eisenstange, die er zwischen Hemd und Hose versteckt trug, sauste auf den Schädel der Frau nieder, und ein unheilvolles Krachen erfüllte die Stille des Raums. Valle wusste nicht, ob er die Frau getötet hatte, aber das war ihm egal. Deshalb würde er nicht einen Tag länger im Gefängnis verbringen, selbst wenn man ihn als Täter identifizieren würde, was völlig absurd war. Als das erste Opfer erledigt war, eilte er in das andere Zimmer, und dort sah er die Blinde.

Sie war allein.

Umso besser.

Man hatte ihm gesagt, womöglich sei eine junge Gesellschaftsdame bei ihr, und in dem Fall wäre der Job schwieriger, aber wer weiß, vielleicht auch angenehmer gewesen. Doch Señorita Alonso war allein. Verwirrt murmelte sie: »Was ist denn los?«

Für weitere Fragen blieb keine Zeit. Eine Art Kugel landete in ihrem Mund, als hätte sie jemand hineingeworfen. Im ersten Moment war ihr nicht klar, dass es sich um ein zusammengeknülltes Taschentuch handelte. Sie begriff lediglich, dass sie nicht schreien konnte und dass sie kurz davor war zu ersticken.

Doch was in Sekundenbruchteilen danach geschah, war noch schlimmer. Sie ruderte noch hilflos mit den Armen in der Luft, ohne zu wissen, was vor sich ging, da wurde ihr mit einem breiten Streifen Leukoplast der Mund verklebt. Das Gefühl zu ersticken und die Angst waren so stark, dass sie auf die Knie fiel und krampfartig zuckte. Beinahe hätte sie das Taschentuch hinuntergeschluckt, dabei konnte sie nicht einmal husten.

Rosendo Villa sah sie von oben herab an und lachte. Alles war so wunderbar einfach. Er betrachtete die Frau, die voller Angst den Kopf hin und her warf, und dachte, dass sie im Grunde schöner war, als er sie von der ersten Begegnung in Erinnerung hatte. Damals war das einzig Attraktive an ihr das Geld gewesen, das man ihm bot, um sie zu schänden; das zweite Mal hatte er gedacht, dass sie etwas Dekadentes hatte, den Hauch einer Frau aus früherer Zeit, wohlerzogen und rein, mit der es vielleicht Spaß im Bett machte. Jetzt, da seine künstlerischen Fähigkeiten sich weiterentwickelt hatten – er war in der Lage, Schönheit als solche zu erkennen –, stellte Valle fest, dass Señorita Alonso einen tollen und bestimmt seidenweichen Hintern hatte. Brüsk schob er ihren Rock hoch und sagte: »Du Flittchen.«

Sie fiel nach vorn, zitternd vor Angst.

Er wusste, er konnte mit dieser Frau alles machen, solange er sie nicht tötete. Sie zu töten, war der einzige Luxus, den er sich nicht erlauben konnte. Mit seinem kräftigen linken Arm hielt er ihren Hintern in der Luft und mit der rechten Hand riss er ihr den Slip vom Leib.

Wieder erzitterte sie.

Doch er auch.

Was hatte der Mann dort zu suchen?

Wie war er hereingekommen? Warum hatte er sich in aller Ruhe in einen der Sessel gesetzt, als wollte er sich das Schauspiel ansehen? Warum starrte er ihn an?

Rosendo Valle stammelte: »Wer bist du?«

Ein Lachen war zu hören. Der Mann gab ihm keine Antwort, er lachte nur leise. Seine Augen wurden größer, und sein Blick war starr wie der einer Schlange. Rosendo Valle wurden schlagartig zwei Dinge klar: Das war der Mann, den er vorhin bei den Briefkästen hatte hantieren sehen, und er war zwar alt, aber doch jünger und kräftiger, als er auf ersten Blick geglaubt hatte.

Wie ein Echo wiederholte er seine Frage: »Wer bist du?«

Der andere gab ihm wieder keine Antwort, sondern stand auf. Er lachte immer noch in sich hinein, als würde er gleich etwas Erfreuliches tun, das er schon dutzende Male getan hatte, als nähme er die Wonne eines perversen Festes vorweg. Rosendo Valle überkam Verzweiflung. Er ließ die Frau los, stieß einen leisen Schrei aus und versuchte zu fliehen. Vor dem Gesetz hatte er noch nie Angst verspürt, aber angesichts dieses Henkers gefror ihm vor Schreck das Blut in den Adern.

Er war nicht bewaffnet, weil er das Risiko vermeiden wollte, die Frau zu töten, und weil er mit einer Waffe auch nicht die Flughafenkontrolle hätte passieren können. Er hatte nur noch die Eisenstange, und die versuchte er nun zu fassen.

Der Unbekannte sagte brutal: »Die werde ich dir in den Arsch schieben.«

Das Messer blitzte auf. Es war riesig, ein Messer zum Enthäuten. Stumm vor Schreck machte Rosendo Valle einen weiteren Satz, doch er landete in einer Ecke und hing dort fest, als hätten die Wände Hände, als würde die Luft ihn erdrücken, als träte eine Art Schleim aus dem unwirklichen Licht des Raums.

Er konnte lediglich stammeln: »Nein … Tu's nicht.«

Er versuchte seinem Widersacher einen Tritt in den Unterleib zu versetzen, doch der wich ihm geschickt aus wie ein Profi, unglaublich geschickt für sein Alter und vor allem für das Gewicht, und streckte die rechte Hand aus.

Die Stahlklinge glänzte.

Funken sprühten.

Ein Schrei.

Der Unbekannte murmelte: »Meine Trockenrasur wird dir gefallen.«

Rosendo Valle unterdrückte einen Angstschrei.

Er konnte sich nicht rühren.

Er wusste, er hatte einen Sadisten vor sich.

Da spürte er den ersten Stich. Die Stahlklinge bohrte sich in seine Kehle, durchdrang die Luftröhre.

Valle spürte, wie seine Beine nachgaben und eine warme, zähe Flüssigkeit seinen Mund füllte.

Er hatte keine Ahnung, dass es sich um »die Fliege« handelte.

Er starb unwissend.

Das Blut spritzte bis an die Wand.

Aber trotz allem spürte man, dass hier ein echter Profi am Werk war: Nicht ein Tropfen befleckte die Hand des Mannes, der das Gemetzel veranstaltete.

Rosendo Valle sank zu Boden. Unter seinem Körper breitete sich das Blut so schnell aus, dass es bald den gesamten Boden bedeckte. Doch vorher wischte der Mann das Messer an der Kleidung des Toten ab und verschwand.

Er kümmerte sich nicht um Señorita Alonso, aus dem einfachen Grund, weil sie ohnmächtig geworden war.

Das Schlimmste, das ihr jetzt noch passieren konnte, war, dass sie in Blut versank.

Galán verließ das Haus und sah sich um: Niemand beobachtete ihn. Gemächlich machte er sich auf den Weg Richtung Plaza de las Cortes und tauchte in das Labyrinth von Neptuno und Prado ein. Hätte er Muße gehabt, wäre er zu Fuß zu einer der Pinten in Atocha geschlendert, wo sich seit dreißig Jahren nichts verändert hatte, doch die Zeit drängte. In der Nähe der Plaza de Cibeles nahm er ein Taxi und ließ sich zur Plaza de la República Argentina kutschieren, in ein friedliches Madrid, wo noch ein paar Spatzen zwitscherten, die der letzten Volkszählung entgangen waren.

Dort nahm er ein weiteres Taxi, diesmal in die Calle Mayor, ganz in der Nähe seines eigentlichen Ziels. Dort gab es Silbergeschäfte, in denen man noch den letzten Luxus – und das letzte verpfändete Besteck – der Habsburger finden konnte. Und Wäschegeschäfte, ganz in Weiß: Nachtwäsche für die Kleine, Grabwäsche für die Alte, Traumwäsche für die Braut, Wäsche für die erste Nacht, das erste Blut, und vielleicht befand sich ganz hinten im Geschäft, wo nie Licht hinkam, sogar Wäsche für das erste Gähnen, die erste Träne, vielleicht sogar für den ersten Seitensprung. Man fand auch den ein oder anderen Laden für Militaria; im Land der versteckten – aber blitzenden – Säbel, posthumen Orden und von der Braut gestickten Sterne, selbst wenn es die Braut längst nicht mehr gab und sie vielleicht gar nicht hatte sticken können. Galán ging an einem Schaufenster vorbei, in dem ein kunstvoll bestickter Mantón de Manila nostalgisch wie in einem Couplet das Bild einer verführerischen, dunkelhaarigen andalusischen Schönheit beschwor.

Er betrat ein pompöses Portal, außen Stein, innen Keramikfliesen und mit einer Portiersloge, die wie eine Torwache der Guardia Civil anmutete, und stieg die Treppe (schmiedeeisernes Geländer bis zum ersten Stock, danach aus Holz) in den zweiten Stock hinauf.

Der Mann im Rollstuhl öffnete ihm selbst die Tür. Er hatte etwas Barockes an sich: Morgenrock, Einstecktuch, Foulard, Toupet und Monokel. Wer trägt schon heutzutage in Madrid noch ein Monokel, dachte Galán, es sei denn, der Gegenstand, den man betrachten will, ist von größter Bedeutung. Zum Beispiel das Jungfernhäutchen einer Nonne. Trotz des Rollstuhls, des Toupets, seines Alters und des tiefen Unglücks (aller männlichen Attribute für immer beraubt, dachte Galán), wirkte der Mann energisch und entschlossen, als würde er jeden Moment zum Hörer greifen und dem Berater der Banco Español de Crédito zurufen, er solle mit dem Yen aufpassen. Galán, der es gewohnt war, stundenlang in den Wartesälen der Flughäfen herumzusitzen, hatte immer ein Kreuzworträtsel im Kopf. Währung mit drei Buchstaben: Yen; neue Währung mit sieben Buchstaben: Austral; akkreditierte spanische Institution mit sieben Buchstaben: Defizit; Frau mit vielen Tugenden, vier Buchstaben: Hure. Das mentale Kreuzworträtsel half ihm, den Kopf freizubekommen, damit er nicht über die Situation nachdachte, damit sein Instinkt das Denken übernahm.

Und sein Instinkt sagte ihm, dass der Mann im Rollstuhl verärgert war. Er schloss die Tür, deutete in die Wohnung und sagte: »Treten Sie ein.«

Die Wohnung hatte mit Sicherheit bessere Zeiten gesehen. Die Teppiche waren wertvoll, aber verschlissen, und das isabellinische Mobiliar hätte durchaus eine Restaurierung vertragen können. Zwei leicht traurige Bilder – Raurich, dachte Galán, der sich auf Kunst verstand – zeigten in ihren Rahmen einen alten Kuss aus Vergessen und Staub.

Eine ebenfalls alte Katze in einem Sessel sah ihn stoisch mit einem Auge an.

»Setzen Sie sich.«

Galán setzte sich der Katze gegenüber und behielt sie im Blick: Hausgeist der Vorfahren mit fünf Buchstaben: Katze.

Er sagte sanft: »Es tut mir leid, dass ich mich ein wenig verspätet habe, Salomón.«

»Ich warte seit einer Stunde auf Sie.«

»Ich weiß, aber ich hatte etwas Wichtiges zu erledigen.«

»War das wirklich so dringlich?«

»Ja. Es konnte nicht warten.«

»Und was war da so wichtig?«

»Ich musste einen Mann töten.«

Galán hatte das völlig ungerührt gesagt. Der Mann im Rollstuhl war kurz erschrocken, aber das ließ Galán kalt.

Er sagte lediglich: »Salomón, als Sie mich eingestellt haben, wussten Sie, dass ich Menschen töte. Und Sie wussten auch, dass dieses alte Handwerk weltweit wieder im Kommen ist.«

Salomóns Augen leuchteten einen Moment lang auf.

»Ich wäre beglückt zu erfahren, dass Sie Gandaria bereits getötet haben«, sagte er leise.

»Nein, noch nicht.«

»Warum haben Sie dann einen anderen Auftrag angenommen? Sie sollten sich ausschließlich der Gandaria-Sache widmen. So war es abgemacht.«

»Das war kein Auftrag«, sagte Galán mit finsterer Stimme.

»Wen haben Sie dann getötet?«

»Ein Mörderschwein, wenn man so will.«

»Warum?«

»Er wollte eine Frau vergewaltigen.«

»Und was geht Sie das an?«

Galán hatte wieder einen leeren Kopf und ließ seinen Instinkt, seine Erinnerungen, seine Albträume für sich sprechen. Diesmal kostete es ihn ein wenig Überwindung zu reden: »Sagen wir, ich wollte diese Frau verteidigen.«

»Warum?«

»Sagen wir, ich sehe Dinge in Fenstern.«

»Und was sehen Sie in den Fenstern?«

»Dinge, die geschehen sind.«

Er stand auf und ging im Zimmer umher. Die Katze wechselte samt den Hausgeistern den Platz, ließ ihn aber nicht aus den Augen.

»Und was ist geschehen, Galán?«, fragte der Mann im Rollstuhl.

»Das geht niemanden etwas an.«

»Dann sagen Sie mir, woher Sie wussten, dass diese Frau Schaden nehmen würde. Oder haben Sie das durch Zufall erfahren?«

»Ich erfahre nie etwas durch Zufall, mein lieber Salomón. Ich habe viele Leute ins Jenseits befördert, und ich lebe noch, weil ich auf alles achte. Und weil ich diese Frau schützen wollte, habe ich sie überwacht. Und jetzt lassen Sie uns nicht mehr davon reden. Das Einzige, was ich Ihnen zu sagen habe, ist, dass dieser kleine, nennen wir es Zusatzauftrag, mich keineswegs von der Hauptarbeit abgehalten hat. Sie haben mich angeheuert, damit ich Gandaria töte, und das werde ich tun.«

Nach einer kurzen Pause sagte er rasch: »Es gibt nur eines, was das verhindern könnte.«

Salomón neigte leicht den Kopf zur Seite und musterte ihn argwöhnisch. In der Haltung sah das Auge hinter dem Monokel riesig groß aus, wie ein Fischauge.

»Und was wäre das?«, fragte er ebenso schnell.

»Dass Fernando Torres ihn vor mir tötet.«

»Vergessen Sie Fernando Torres.«

»Warum soll ich ihn vergessen? Er ist ein echter Profi.«

»Es ist mir egal, was er ist. Sie haben einen Job zu erledigen. Vergessen Sie alles andere.«

»Wenn ich das vergessen soll, möchte ich Ihnen erst eine Frage stellen, mein lieber Salomón.«

»Tun Sie das.«

»Als Sie mich angeheuert haben, um Gandaria zu töten, habe ich Ihnen erzählt, ich hätte im Palace Hotel Fernando Torres gesehen. Und dass ich mir die Haut abziehen lassen würde, wenn er nicht den Auftrag hätte, jemanden zu töten, und dass dieser jemand kein anderer sein könnte als Gandaria. Ich habe Sie ganz offen gefragt, mein lieber Salomón, warum Sie mich für eine Sache anheuern, die schon ein anderer erledigt.«

»Und was habe ich Ihnen geantwortet?«

»Mehr oder weniger dasselbe wie jetzt auch. Ich solle mir keine Gedanken machen, das sei nicht meine Aufgabe.«

»Ich vermute, die Antwort hat Sie nicht befriedigt.«

»Überhaupt nicht. Deshalb habe ich nachgehakt. Ich wusste, Sie konnten nur zwei Dinge tun. Entweder mir gestehen, dass Sie nichts von Torres wussten, und damit hätten Sie als schlecht informiert dagestanden und folglich als unberechenbares Risiko. Oder Sie hatten unverhohlen gezeigt, dass Sie ein bedeutender Mann sind, und mir gestanden, dass Sie über alles Bescheid wussten. Und das haben Sie getan. Und was Sie nicht alles wussten, Salomón. Mehr als der König in der Bibel, dessen Namen Sie tragen. Ich habe sogar erfahren, wie viel man Torres bezahlt. Sie hatten mehr Informationen, als wenn Sie ihn selbst angeheuert hätten.«

»Ja und?«

»Das zwingt mich, Ihnen eine weitere Frage zu stellen«, sagte Galán trocken.

»Ich werde sie beantworten, wenn ich kann.«

»Haben Sie auch Fernando Torres angeheuert?«

»Warum sollte ich das tun?«

Galán zuckte die Achseln.

»Warum Sie das tun sollten? Warum?«, murmelte er. »Woher soll ich das wissen? Sehen Sie, Salomón: Wenn man etwas nicht weiß, liegt das daran, dass es Hunderte von möglichen Antworten gibt. Ich werde Ihnen die naheliegendste nennen: Sie haben uns beide angeheuert, um das Ergebnis sicherzustellen, ganz gleich wie. Und ich hätte von der miesen Sache nichts erfahren, wenn ich Torres nicht kennen würde.«

Salomón, der Mann im Rollstuhl, der ohnmächtige Mann, dem allein noch eine Katze Gesellschaft leistete, sah ihn mit Bedauern an.

»Sie wollen also wirklich eine ehrliche Antwort, mein lieber Galán?«

»Natürlich.«

»Ich habe Fernando Torres nicht angeheuert. Ich habe ihm nicht eine Pesete gegeben. Ich habe nie mit ihm gesprochen.«

»Ist das eine ehrliche Antwort?«

»Aber sicher.«

»Dann können Sie mir sicher sagen, woher Sie all die Details wissen. Sie wissen über Torres' Job mehr als seine Mutter. Ich dachte erst, es sei eine Finte, aber dem ist nicht so. Ich bin dem nachgegangen.«

»Und wie haben Sie das angestellt?«

»Indem ich mit Fernando Torres gesprochen habe, natürlich.«

»Sind Sie wahnsinnig?«

»Warum? Torres ist ein Kollege. Ich habe schon mit ihm zusammengearbeitet. Wir haben ziemlich oft bei denselben Regierungen und denselben Leuten abkassiert. Der Gedanke, Torres würde mich verraten oder ich ihn, ist völlig absurd, denn das würde uns beide zu Fall bringen. Aber ich musste herausfinden, ob Sie wirklich so gut Bescheid wussten, wie es den Anschein hatte, denn um Ihnen die Wahrheit zu sagen: Ich konnte es nicht glauben. Außerdem gab es noch einen Grund: Ich wollte Torres bitten, mir das Terrain zu überlassen.«

»Sie sind immer noch verrückt. Aus welchem Grund sollten Sie Torres um einen solchen Gefallen bitten?«

»Es handelt sich nicht um einen Gefallen; sagen wir, ich habe ihn mit ein paar Überlegungen konfrontiert. Und jetzt werden Sie wissen wollen, warum.«

»Ja. Warum?«

»Darauf gibt es nur eine Antwort: Ich muss mir wieder einen Namen machen. Die Leute dürfen mich nicht für einen alten Mann halten. Wenn ich Gandaria töte, werden die Kunden überall auf der Welt davon erfahren. Deshalb muss ich ihn töten.«

Der Mann im Rollstuhl sah ihn neugierig an, als hätte er Galán noch nie zuvor gesehen. Sein Mund verzog sich leicht verächtlich, doch dann zeigte sich Widerwille auf seinem Gesicht. Unter Mühen, aber behände drehte er eine Runde im Zimmer und streifte das Sofa, auf dem die Katze sich, klug wie sie war, vom Müßiggang erholte. Sie rührte sich nicht vom Fleck.

Er sah auf seine Uhr. Es war eine Cartier Pasha, Galán wusste ein so gutes Stück zu schätzen. Man musste sehr reich sein, um so eine Uhr zu besitzen, aber man musste auch sehr reich sein, dachte Galán, um jemanden von seinem Format anzuheuern.

Salomón sagte: »Ich wollte Sie sehen, damit Sie mir Neuigkeiten bringen, und das Einzige, was Sie mir bringen, sind Probleme. Hören Sie mir gut zu, Galán: Ich will Sie nicht wiedersehen, bis Gandaria tot ist. Vergessen Sie Torres. Sie machen Ihre Arbeit und streichen alles andere aus Ihrem Kopf. Verstanden? Oder muss ich noch deutlicher werden? Erledigen Sie Gandaria endlich! Verflucht! *Erledigen Sie Gandaria*!«

Die letzten Worte klangen wie ein hasserfüllter Schrei.

Galán war überrascht.

Seine Kunden waren stille, verschlagene, bedeutende Leute, die über den Tod eines Mannes wie über ein einfaches Handelsgeschäft oder eine politische Aktion redeten. In der abgeschlossenen, exquisiten Welt, in der sich hochrangige Männer bewegen, galt es darüber hinaus als ausgesprochen unfein, den Namen des Opfers zu erwähnen. Und es galt ebenso als unfein, allzu strenge Terminvorgaben zu machen. Salomón machte zwei grundlegende Fehler: Er ließ sich vom Diktat seiner Uhr und seines Hasses leiten.

Doch Galán brauchte den Job, auch wenn es ihn noch so störte, wenn er es mit Leuten zu tun hatte, die ihre Nerven nicht unter Kontrolle hatten.

Mit verbissenem Lächeln sagte er: »Vermutlich ist es zwecklos, Sie zu fragen, warum Sie Gandaria so sehr den Tod wünschen.«

»Richtig. Es ist zwecklos.«

»Keine Sorge. Ich werde meinen Job erledigen.«

»Wann?«

»Vielleicht morgen.«

Salomón nickte nur knapp. Er zog ein Bündel Fünftausender aus dem Morgenrock, ausschließlich gebrauchte Scheine. Es war ein dickes Bündel, bestimmt mehr als eine halbe Million. Er hielt es Galán hin.

»Nehmen Sie. Ich habe mir gedacht, vielleicht könnten Sie eine kleine Aufbauspritze gebrauchen.«

Zum ersten Mal huschte der Schatten eines Lächelns über seine Lippen.

Fernando Torres merkte, dass die Gelegenheit gekommen war, auf die er so lange gewartet hatte. Gandarias Leibwächter waren weniger aufmerksam, sei es, weil ihr Chef sich nicht an die Anweisungen hielt oder weil sie zu vertrauensselig waren.

Wieder traf er Gandaria allein auf dem Flur an, wenn auch nur für ein paar Sekunden. Doch ein paar Sekunden – dachte er später – hätten ihm völlig ausgereicht, um ihn zu töten. Zweimal hatte Gandaria ohne Begleitschutz das Hotel verlassen, wenn auch nur, um an der Ecke in seinen gepanzerten Wagen zu steigen. Die paar Meter wären genug gewesen, um von der anderen Straßenseite mit einer Waffe mit Schalldämpfer auf ihn zu schießen. Es wäre nicht das erste Mal, dass Fernando Torres einen Mann auf offener Straße tötete, die schalldichte Pistole hinter einer Zeitung verborgen.

Doch auch er war nicht mehr so auf Zack wie früher. Es gab Zeiten in seinem Leben, in denen hatte ihm eine Gelegenheit so flüchtig wie ein Windhauch genügt. Seine Reaktionsschnelligkeit, die Intuition hatten deutlich nachgelassen, aber das machte ihm keine Angst. Denn er hatte seine Zielperson so gründlich studiert, dass er überzeugt war, in Bälde die passende Gelegenheit zu finden.

Und er fand sie an jenem Abend. Gandaria, der den Nachmittag über verschiedene Geschäftstermine im Hotel wahrgenommen hatte, verließ das Hotel wieder allein.

Diesmal reagierte Fernando Torres so schnell wie zu seinen besten Zeiten. Er war gut in Form. Sofort erhob er sich aus seinem Sessel in der Rotunde, hielt sich aber streng an das Prozedere. Regel Nummer eins: in aller Ruhe, fast schon gelangweilt die Zeitung zusammenfalten. Regel Nummer zwei: sich vergewissern, wo die Leibwächter sind. Zu seiner Überraschung waren sie jetzt geradezu nachlässig geworden, denn sie saßen an der Bar und diskutierten. Ob auch Leibwächter Gewerkschaftsprobleme haben? Regel Nummer drei: lässig eine Zigarette anzünden und dann auf die Uhr sehen, als wäre einem gerade siedend heiß ein Termin eingefallen. Gemächlich begab sich Torres zum Ausgang.

Er sah Gandaria ein paar Meter weiter vorn. Und dieser war dabei, den unverzeihlichsten Fehler zu begehen, den man in seiner Situation begehen konnte. Er strebte auf die U-Bahn-Station bei der Plaza de las Cortes zu.

Wenn Gandaria sie betrat, war er verloren.

Torres spürte, wie sein Mund trocken wurde.

Mit dem rechten Fuß berührte er sanft die Waffe, die er in einer Halterung an der Wade trug, knapp unterhalb des Knies, damit niemand sie sah, wenn er die Beine übereinanderschlug. Es war eine kleine Astra Constable, die neue Form, sie wog nur etwas mehr als ein Pfund und eignete sich hervorragend für Schüsse auf kurze Distanz. Auf die andere Straßenseite hätte er damit nicht schießen können, aber das brauchte er jetzt auch nicht.

Er hielt den Atem an.

Obwohl er schon viele Menschen getötet hatte, hatte

er plötzlich das Gefühl, als ob Gandaria sein erstes Opfer, seine Premiere wäre.

Er brauchte sich nur zu bücken und die Waffe herauszuziehen. Der Knall der kleinen Pistole wäre bei dem Verkehrslärm kaum zu hören, wenn es ihm gelänge, aus nächster Nähe zu schießen.

Doch so leicht machte Gandaria es ihm nicht. Er betrat nicht die U-Bahn-Station, wie Torres vermutet hatte. Plötzlich scherte er nach links aus und ging auf ein Auto zu, das nahe an der Auffahrt parkte.

Torres' Muskeln spannten sich.

Doch das machte nichts. Er würde ihn auf jeden Fall erwischen. Denn der blaue Rover, auf den Gandaria zuging und den Torres noch nie gesehen hatte, war leer. Er würde bestimmt gleich die Tür aufschließen und einsteigen.

Großartig.

Torres atmete tief ein.

Das hätte er sich nicht träumen lassen.

Er schmunzelte.

Geschmeidig wie eine Katze ging er in die Hocke und tat so, als ob er sich den Schuh zubinden müsse.

Die Pistole.

Es fühlte sich an, als wäre seine Hand jetzt erst vollständig, das, was sie immer hatte sein wollen.

Gandaria hatte gerade die Tür geöffnet.

Torres war zwei Schritte von ihm entfernt.

Er dachte: Jetzt!

Und da hörte er die Stimme.

Die Stimme!

Die Stimme?

Wie ein Speer kam das Wort angeschossen.

»Idiot!«

Mit offenem Mund drehte Fernando Torres sich um.

In seiner rechten Hand blitzte die Waffe. Er hatte die Zeitung fallen lassen, die sie verbarg.

Er sah das Gesicht.

Es war der dünnere der beiden Leibwächter.

Sein Mund war angewidert verzogen.

Torres konnte nur stammeln: »Aber …«

Die Schüsse der Beretta M 9 hallten durch die ganze Straße. Zwei Schüsse hatte der Leibwächter abgegeben. Alle Leute drehten sich um. Eine Frau schrie auf.

Doch Fernando Torres bekam von alldem nichts mehr mit. Zwei großkalibrige Patronen waren in seinen Mund eingedrungen. Eine hatte sein Genick zerfetzt, die andere hatte seine Schädelbasis perforiert.

Er drehte sich einmal um sich selbst und stürzte zu Boden.

Seine Augen waren schrecklich weit aufgerissen.

21 Gott wartet an der nächsten Ecke

Méndez traf praktisch als Erster am Tatort ein. Er war Torres gefolgt, als dieser das Hotel verlassen hatte, denn für ihn war er inzwischen der einzige Verdächtige unter den Gästen im Palace Hotel. Beinahe wäre er über den Toten gestolpert, als dieser zu Boden ging.

Der Leibwächter rührte sich nicht, er sagte nur: »Ich wusste, dass Sie kommen würden, Inspektor Méndez.«

Méndez brummte: »Verdammter Scheißkerl.«

»Warum regen Sie sich so auf, Inspektor?«

»Woher zum Teufel weißt du, dass ich Méndez heiße?«

»Weil Sie sich unter Ihrem richtigen Namen eingetragen haben«, sagte der Leibwächter ruhig, während er auf Torres' Leiche blickte, »und weil die Polizei selbst uns gesagt hat, Sie seien da, um uns zu helfen. Zwar seien Sie in geheimer Mission unterwegs, aber uns könne man informieren.«

Méndez machte den Mund auf, doch er unterdrückte den Fluch.

Also hatte die Polizei selbst …

Aber was wunderte ihn das. Das war völlig normal. Vielleicht hätten sie Gandaria nichts gesagt, aber seinen Leibwächtern schon. Letztlich waren die auch so etwas wie Polizisten: Sie hatten eine Lizenz für ihre Arbeit.

Gandaria hatte sich nicht von der Stelle gerührt. Entsetzt starrte er auf den Toten und den Kreis von Leuten, der sich um das Auto bildete. Der Kreis wurde so schnell größer, und die Leute standen so dicht gedrängt, dass Méndez seine Marke zeigen musste, um den gesunden Menschenverstand und die unerschütterliche Macht des Gesetzes durchzusetzen.

»Zurück! Zurück! Polizei! Verdammt und zugenäht! Wer auch nur einen Schritt näher kommt, dem trete ich gleich hier in die Eier.«

Doch Méndez brauchte niemandem in die Eier zu treten, denn vom nahe gelegenen Palacio de las Cortes kam ein Streifenwagen. Nicht umsonst hatte sich der Zwischenfall an einem der bestüberwachten Orte von Madrid ereignet. Die Menge wurde sofort aufgelöst. Die Leiche wurde zugedeckt.

Méndez kehrte ins Hotel zurück, nachdem er seine Zimmernummer hinterlassen hatte. Gandaria und seine Leibwächter wurden vorläufig auf die Wache in den Cortes gebracht, der Richter wurde informiert. Im Moment konnte man nichts tun, außer auf den ermüdenden Trott rechtlicher Formalitäten zu warten, nach deren Erledigung – das wusste Méndez nur zu gut – der Fall als abgeschlossen zu den Akten gelegt wurde. Wenn der Mann tot war, der Gandaria töten sollte, wozu weitersuchen?

Er setzte sich in einen der Hotelsessel.

Sein Blick war getrübt.

Er spürte eine seltsame Trockenheit im Mund.

Fast hätte er den Mann gar nicht wahrgenommen, der auf ihn zukam.

Es war kein Mann, der besonders auffiel, auch wenn er zweifellos – dachte Méndez automatisch – zu einer in Verruf geratenen, ausgestorbenen Kultur gehörte: der Kultur des Kasinos, der aufgeklärten Literaturzirkel, des festen Platzes im Ateneo und des stets zur gleichen Zeit eingenommenen Milchkaffees, kurz gesagt, zu einer Spezies, die immer schneller aus dem Stadtbild von Madrid verschwand und bald ausgestorben sein würde, wenn sie nicht schleunigst unter Naturschutz gestellt wurde. Die wenigen Überlebenden, sofern es sie gäbe, könnte man dann in Reservate wie das Café Gijón, die Treppe der Biblioteca Nacional oder die weniger beliebten Bänke am Paseo de Recoletos verbannen. Und auch wenn Méndez in seine eigenen Gedanken versunken war, verspürte er ein spontanes Interesse an dem Mann, erkannte an ihm gewisse Züge, die ihn als Artgenossen identifizierten.

Der Mann war älter als Méndez. Das merkte man, auch wenn er immer noch agil war. Er beugte sich leicht über den Sessel und sagte: »Verzeihung. Ich weiß nicht, ob Sie mir erlauben, dass ich kurz mit Ihnen spreche.«

»Selbstverständlich. Setzen Sie sich. Hier ist es angenehm.«

»Ich möchte Sie nicht stören. Erlauben Sie, dass ich mich vorstelle. Mein Name ist Antonio Cañada. Sie haben mich vermutlich schon häufiger im Hotel gesehen.«

»Ja, stimmt. Ich habe Sie gesehen.«

»Ich würde Ihnen gerne einen ausgeben. Was möchten Sie trinken? Etwas sagt mir, dass Sie, wie ich, ein Freund alter Weine sind.«

»Ja, stimmt. Ich bin ein Freund alter Weine und alter Frauen, leider. Einen Sherry.«

»Wird sofort geordert, Señor Méndez.«

»Woher kennen Sie meinen Namen?«

»Ich war so frei, ihn zu erfragen. Ich hoffe, das stört Sie nicht.«

»Verzeihung, aber warum dieses Interesse?«

»Ich wollte mich bei Ihnen entschuldigen, und dafür musste ich erst einmal Ihren Namen in Erfahrung bringen.«

»Ich kann mich nicht erinnern, dass Sie mir in irgendeiner Weise zu nahe getreten wären, Señor Cañada. Wofür wollen Sie mich um Verzeihung bitten?«

»Wegen eines Fehlers, den meine Tochter begangen hat.«

Méndez' Kopf wurde von einem kurzen Beben durchgeschüttelt. Er murmelte: »Ihre Tochter?«

»Ja. Sie hat sich im Zimmer geirrt. Ich stand am Aufzug und habe es im letzten Moment bemerkt. Aber sehen Sie … Ich habe mich nicht getraut, es Ihnen vor dem Mädchen zu erklären.«

Méndez hob eine Augenbraue und kostete von dem Sherry, den man ihm soeben serviert hatte. Er hatte gerade etwas herausgefunden, das er noch nicht wusste: Señorita Alonso hatte einen Vater. So weit, so gut. Was nicht passte, war die Tatsache, dass ihr Vater nicht Alonso, sondern Cañada hieß.

Aber er beschloss, diesen Gedanken erst mal zurückzustellen. Antonio Cañada prostete ihm zu, und seine Hand zitterte, als litte er unter Parkinson. Doch er bekam das unter Kontrolle.

»Werter Freund«, sagte Méndez mit einem für seine niedere Herkunft ungewöhnlich guten Benehmen, »ich bedaure das Ganze außerordentlich. Es tut mir leid, dass Ihre Tochter blind ist.«

Weil sein Gegenüber peinlich berührt schwieg, fügte er höflich hinzu: »Bestimmt kann man ihr helfen.«

»Nein.«

»Sicher?«

»Ja. Glauben Sie nicht, ich hätte schon alles versucht?«

»War es ein Unfall?«

»Nein, sie ist von Geburt an blind.«

»In dem Fall bleibt Ihnen der Trost, dass sie nicht leidet, Señor Cañada. Niemand vermisst etwas, das er nie kennengelernt hat.«

Méndez hätte gern noch viele Fragen gestellt, denn schließlich war Cañadas Tochter die Adoptivmutter des in Barcelona ermordeten Mädchens. Aber er beschloss zu warten, denn jemand hatte mal gesagt – vielleicht an einem Abend voller Wein und Vergessen in der Calle San Ramón –, Geduld sei eine der Tugenden, die den guten Polizisten auszeichnen. Sie saßen eine Weile schweigend da, ohne sich anzusehen, die Augen auf die Gläser mit dem Sherry gerichtet, dem Wein, der aus den Nischen einer entschwundenen Zeit zu stammen schien. Die beiden hatten das Gefühl, sie seien die einzigen Überlebenden dieser Zeit, die sich in Bäume, Fenster, sepiafarbene Fotos, Hände, die einst in den Straßen zu Hause waren, und reglose Gesichter im Wind verwandelt hatte. Sie betrachteten das Hotel, das sich nicht verändert hatte und für Cañada mit Sicherheit ein Teil seines Lebens war. Für Méndez hingegen war es nur Teil der Bücher, die er in seiner schäbigen Unterkunft gelesen hatte.

Schließlich brach er das Schweigen.

»Wohnen Sie hier?«

»Oh nein. Ich wohne schon immer in der Calle Serrano. Meine Tochter wohnt natürlich bei mir, und wir beide leben, wenn man so will, in einem Madrid, das es nicht mehr gibt, das uns aber gefällt. Sie werden es schon bemerkt haben, Señor Méndez, meine Tochter ist kein junges Mädchen mehr. Sie geht auf die fünfzig zu.«

»Ja.«

»Das heißt, sie hat die Veränderungen Madrids nicht sehen können, die uns jeden Tag ein wenig mehr genommen haben. Die Calle Serrano hat sich Gott sei Dank noch einen Teil ihres Stils bewahrt, wie dieses Hotel, aber in Madrid hat sich selbst die Luft verändert, Señor Méndez, selbst die Luft. Doch bei uns zu Hause haben wir immer noch *ABC* abonniert, eine Zeitung, die ihre Aufmachung nie geändert hat, wir trinken nach wie vor ganz traditionell Sherry, und am Abend hören wir uns bei geschlossenen Fenstern, damit der Lärm und die Gemeinheit der Straße nicht zu uns hereindringen, auf dem Grammofon alte Platten von Angelillo, Antonio Molina, Estrellita Castro oder Concha Piquer an. Sie machen einen intelligenten Eindruck, Señor Méndez, und es wird Ihnen längst klar sein, dass ich versuche, die Dinge zu bewahren, die meiner Tochter in ihrer Kindheit etwas bedeutet haben.«

»Das verstehe ich sehr gut, mein lieber Cañada.«

»Dann werden Sie auch verstehen, dass ich sie für ein paar Tage mit in dieses Hotel genommen habe, wo sie wenigstens mit anderen Menschen reden kann. Ich musste sie aus der häuslichen Umgebung holen, ganz gleich wie, reisen konnte sie in ihrem Zustand nicht, und so habe ich sie ins Palace gebracht, das hat für sie eine große Bedeutung, denn ich habe sie schon als Kind hierher mitgenommen, sie kennt jeden Winkel, jeden. Man merkt nicht, dass sie blind ist.«

»Nein«, murmelte Méndez, der alle Antennen ausgefahren hatte.

»Sie hat eine schreckliche Prüfung hinter sich. Für uns alle war es schrecklich, aber für sie war es am schwersten. Sie hat solche Angst ausgestanden, das lässt sich nicht in Worte fassen.«

»Ich fürchte … Nun, ich fürchte, ich weiß bereits, um was es geht, Señor Cañada.«

»Sie? Wieso?«

»Besser, ich bin offen zu Ihnen. Ich bin Polizeiinspektor.«

Der andere ließ den Kopf sinken.

»Gütiger Gott«, stammelte er. »Und warum habe ich Ihnen das dann alles erzählt?«

»Weil es einen erleichtert zu reden, Señor Cañada. Es erleichtert Sie, Ihren Kummer mit jemandem zu teilen. Das ist Grund genug. Aber angesichts der Tatsache, dass Sie auf mich zugekommen sind und dass ich offen zu Ihnen war, werden Sie mir erlauben, Ihnen ein paar Fragen zu stellen. Nichts von Bedeutung; da sind nur ein paar Sachen, die ich nicht verstehe. Ah, zur Ihrer Beruhigung: Ich ermittle nicht in diesem Fall. Man hat mich in dieses Hotel geschickt, weil ich Señor Gandaria schützen soll.«

»Señor Gandaria kenne ich sehr gut. Aber ja. Er wird bedroht.«

»Jetzt nicht mehr. Oder zumindest nicht, bis man den nächsten Auftragskiller schickt. Der eine wurde gerade getötet, damit ist meine Aufgabe beendet, und ich werde umgehend nach Barcelona zurückkehren. Aber genau aus diesem Grund wollte ich Sie etwas fragen. Sind Sie unermesslich reich?«

»Warum fragen Sie?«

»Weil man nach der Entführung von Mercedes eine astronomische Summe verlangt hat.«

Cañadas Finger zitterten. Der verborgene Parkinson kehrte nun deutlich sichtbar zurück. Beinahe hätte er das Sherry-Glas umgestoßen.

»Ja«, sagte er, »ich bin, offen gesagt, astronomisch reich. Ich besitze eines der größten Vermögen von ganz Spanien. Ich glaube nicht, dass dies eine Schande ist.«

»Was besitzen Sie?«

»Geld, Aktien, Grundstücke in bester Lage in den besten Städten, Ländereien, Häuser und Familienschmuck. Aber mein Vermögen wird nicht geringer, auch wenn das Finanzamt jedes Jahr einen unglaublichen Teil schluckt. Meine Posten im Aufsichtsrat zweier großer Banken werfen genug ab, um davon zu leben.«

»Verstehe.«

»Ich hätte das Lösegeld zahlen können, Señor Méndez.«

»Ich weiß, dass Sie es versucht haben.«

»Alles, was ich habe, ist für meine Tochter. Mir bedeutet es nicht mehr viel. Außerdem gebe ich wenig aus, wissen Sie, sehr wenig. Es ist nicht teuer, wenn man die Abende damit zubringt, alte Platten von Concha Piquer zu hören. Und wenn man noch mehr verlangt hätte, ich hätte es gegeben. Ich habe meine Tochter immer in dem Glauben gelassen, Madrid hätte sich nicht verändert, es hätte sich nicht ein Blatt bewegt, und alles wäre noch genauso fröhlich wie in ihrer Kindheit. Ich hätte alles gegeben, um diesen Hauch von Glück, diese Lüge, aufrechterhalten zu können.«

»Auch das verstehe ich sehr gut.«

»Ich habe vorhin von Musik gesprochen, nicht wahr? Musik ist das Medium, über das meine Tochter mit der Welt kommuniziert. Die Musik und ein paar vertraute Geräusche wie Stimmen, Schritte, das Quietschen der Wasserhähne, Vogelgezwitscher. Unsere Welt ist eine abgeschlossene Welt. Ich habe Ihnen noch nicht gesagt, dass wir Vögel zu Hause haben, Señor Méndez, und meine Tochter kennt ihren Gemütszustand, als wären es Menschen und als könnte sie sie sehen. Wir haben auch immer einen Hund gehabt, und über die Jahre hinweg waren die Hunde ihre einzigen wahren Freunde, die mit ihr kommunizierten, indem sie mit der Schnauze ihre Hände berührten. Mercedes hatte sie auch gern. Manchmal denke ich, dass meine Tochter in dieser Kunstwelt glücklich gewesen ist, auch wenn sie nie Sex hatte. Aber Sex ist nicht alles, wenn man jemanden an seiner Seite hat. Doch sie kennt nur die Einsamkeit, nur die Einsamkeit. Die Einzigen, die sich längerfristig mit ihr einlassen, sind ihre Musiklehrer.«

Méndez trank seinen Sherry in einem Zug aus, als müsste er Kraft schöpfen.

»Sie hat eine schreckliche Prüfung hinter sich«, sagte er. »Oder besser gesagt zwei. Ein Inspektor wie ich erkennt auf hundert Meter, was vorgeht, auch wenn die Behörden ihn längst aufgegeben haben. Und es sieht so aus, als habe man auch noch versucht, Ihre Tochter zu vergewaltigen. Wir haben die Zeugenaussage der älteren Dame, der Betreuerin, die beinahe getötet worden wäre. Doch die Vorsehung hat Ihrer Tochter einen Retter geschickt, Señor Cañada, ich weiß nicht, wer er ist, auch wenn wir alle Hebel in Bewegung gesetzt haben, das herauszufinden. Bei dem Angreifer wissen wir sehr wohl, um wen es sich handelt: eine richtige Kanaille, die frei herumlief, wie alle Kanaillen.«

Und Méndez fügte noch einen seiner rituellen Sätze hinzu: »Er ist mausetot. Zur Hölle mit ihm.«

Ihm fiel auf, dass Cañadas Hände wieder krampfartig zuckten. Der Mann, der zuvor noch einen so beherzten Eindruck gemacht hatte, wurde auf einmal von den Jahren und seinen Malaisen bezwungen. Man hatte den Eindruck, als würde er jeden Moment auf den Tisch sinken.

»Mein Gott, wer kann uns nur so hassen? Wer?«, fragte er leise.

»Man hasst Sie nicht, Señor Cañada. Hass ist noch ein menschliches Gefühl. In diesem Fall aber kennen die Drahtzieher keine Gefühle.«

»Was treibt sie dann?«

»Geld.«

Méndez beugte sich leicht zu ihm und sagte vertraulich: »Es tut mir leid, dass wir über all das sprechen, Señor Cañada. Aber es ist meine Pflicht, und für Sie ist es eine Erleichterung, mit jemandem zu reden.«

»Stimmt … Und zumindest sind Sie ein guter Zuhörer.«

»Ich habe mein Leben lang zugehört, mein Freund. Und jetzt erlauben Sie mir, dass ich Ihnen einen Rat gebe, wenn jemand wie ich Ihnen überhaupt einen Rat geben kann: Sie sollten eine Weile aus Spanien verschwinden. Ich weiß nicht, ob Ihre Tochter in der Lage ist zu reisen, aber für den Moment ist es besser, wenn Sie in die große weite Welt ziehen, wenn Sie verduften. Also, ich meine, Sie sollten ausgiebig Ferien machen, weit weg von hier, Sie können sich das doch leisten.«

»Das haben wir schon beschlossen. Mehr als das. Wir stehen sozusagen kurz vor der Abreise.«

»Wohin?«

»Ägypten, fürs Erste. Dann sehen wir weiter.«

Méndez fragte wie aus der Pistole geschossen: »Wollen Sie da einen draufmachen?«

»Wohl kaum.«

»Dann weiß ich nicht, was Sie in einer solch alten Kultur verloren haben.«

»Das mit Ägypten hatten wir schon lange geplant, wissen Sie. Sogar die Tickets waren schon gekauft. Aber dann mussten wir alles stoppen, als … als das mit Mercedes passierte. Verzeihen Sie.«

Tränen liefen über die pergamentartigen Wangen, die Wangen eines Mannes, der gute und schlechte Zeiten erlebt hatte. Im ersten Moment hatte es ihm vielleicht geholfen, mit jemandem zu reden, aber jetzt wurde er von seinen Erinnerungen ertränkt. Beschämt stand er auf und stammelte: »Verzeihen Sie, Señor Méndez.«

Und er entschwand eilig, damit ihn niemand in diesem Zustand sah. Méndez blieb in seinem Sessel in der geteilten Einsamkeit der Rotunde sitzen und dachte, dass Antonio Cañada recht daran tat, für ein paar Monate zu verschwinden. Und er dachte, dass er vergessen hatte, ihn zu fragen, warum seine Tochter mit Nachnamen Alonso hieß.

Dabei hatte seine Missbefindlichkeit gerade erst begonnen, was bewies, dass manche Umgebung seiner geistigen Gesundheit abträglich war. Denn in diesem Augenblick kam ein zweiter Mann auf ihn zu.

Den hatte er noch nie gesehen.

Und es war seltsam: Er weckte in ihm die Vorstellung von Tod.

Waren es seine Augen? Méndez hatte den Eindruck, es musste an den Augen liegen, denn sonst war nichts Auffälliges an ihm. Ein typischer Durchschnittsgast, der nichts für Extras ausgab, keine großzügigen Trinkgelder springen ließ und nicht nachts heimlich Damen aus dem alten Madrid mit aufs Zimmer nahm, die schworen, sie wären erst seit einer Woche im Gewerbe. Der Unbekannte war mit Sicherheit über siebzig, Méndez schätzte ihn etwa so alt wie Antonio Cañada. Er war sehr konventionell gekleidet und hatte diesen orientierungslosen Gesichtsausdruck der Leute, die beim Verlassen des Hotels nicht wissen, ob sie zur Puerta del Sol nach rechts oder nach links müssen. Er hätte ein Spielzeugfabrikant aus Ibi, ein kleiner Bankier aus Lugo, ein Antiquitätenhändler aus Pamplona oder ein äußerst diskreter, auf die Hotels von Palma spezialisierter Verführer sein können. Das einzig Auffällige waren also seine Augen. In ihnen lag so viel Angst, so viel Traurigkeit (*so viel Tod*, dachte Méndez), dass einem bei seinem Anblick unweigerlich ein Schauer über den Rücken lief.

Diese Augen baten den alten Polizisten um Erlaubnis, sich setzen zu dürfen. Der deutete wortlos auf den Sessel, in dem vorhin noch Cañada gesessen hatte. Und als er vor ihm saß, merkte er gleich, dass er doch kein Mann aus der Mittelklasse war, wie er auf ersten Blick gewirkt hatte; er musste steinreich sein. Er trug einen goldenen Siegelring mit Brillanten, der, wenn sie echt waren, ein Vermögen wert war. Eine Rolex aus massivem Gold. Eine Krawattennadel mit einer großen Perle. Diese Details, die erst auffielen, wenn man ihn aus der Nähe sah, verwirrten Méndez. Sie verwirrten und beschämten ihn, denn es störte ihn zutiefst, wenn er es mit steinreichen Leuten zu tun hatte. Steinreiche Leute bieten einem am Ende immer einen Job als Hausmeister an.

Der Mann sagte leise: »Verzeihen Sie. Beim Betreten des Hotels habe ich gesehen, wie Sie mit Antonio Cañada sprachen.«

»Ja, und?«

»Ist ihm etwas zugestoßen?«

»Was sollte ihm denn zugestoßen sein?«

»Keine Ahnung, ich hatte den Eindruck, er sei sehr geknickt. Vielleicht haben Sie etwas Unpassendes zu ihm gesagt.«

»Und warum sollte ich das tun?«

»Weil Sie Polizist sind.«

Méndez seufzte müde.

»Sieh einer an ....«, sagte er, »und ich dachte, das sei mein großes Geheimnis.«

»Bitte denken Sie nicht, ich wollte mich in Ihre Angelegenheiten einmischen, Señor Méndez. Sie heißen doch Méndez, oder? Das hat mir der Inspektor gesagt, der die Leiche des Kerls abholen ließ, der in der Calle del Prado versucht hat, meine Tochter zu missbrauchen. Aber wie gesagt: Ich will mich nicht in Ihre Angelegenheiten einmischen, Gott bewahre. Aber Antonio ist so geknickt, so am Boden zerstört, dass wir alle etwas tun müssen. Wir müssen ihm helfen und ihn nicht noch weiter herunterziehen.«

Irritiert winkte Méndez ab. Und vulgär wie er nun mal war, hatte er, als er die zwei Worte »meine Tochter« hörte, nur eines gedacht: Mist.

Er wollte etwas sagen, doch der andere redete schon weiter: »Wie dumm von mir. Ich habe Ihnen nicht mal meinen Namen gesagt. Ich heiße Luis Manrique.«

»Luis Manrique?«

»Ja.«

Méndez' erster Gedanke war: was für ein schöner Name. Er hatte sich noch die alte literarische Kultur bewahrt – die heutzutage von der neuesten Politik wieder eingefordert wird –, die Kultur der Worte, die keine Ideen ausdrücken, aber wunderbar klingen. Sein zweiter Gedanke war, dass auch dieser Name wieder nicht zu dem der gequälten Señorita Alonso passte. Entweder war das eine absurde Geschichte, oder man nahm ihn auf den Arm, aber aus dem Alter war er eigentlich raus, ebenso wie aus dem Alter, in dem man ihm noch eine gesellschaftlich nützliche sexuelle Aktivität unterstellte.

»Na schön«, sagte er, »dann wollen wir mal ganz an den Anfang zurück, noch vor die Geschichte mit Adams Rippe. Allerdings muss ich vorausschicken, dass ich Cañada nicht auf den Schlips getreten bin, im Gegenteil. Aber kommen wir zum Wesentlichen. Und bitte geben Sie mir eine schlüssige Antwort. Er hat mir gesagt, die blinde Frau, Señorita Alonso, sei seine Tochter.«

»Ja.«

»Sie behaupten, sie sei Ihre Tochter.«

»Ja.«

»So ein Mist.«

»Was haben Sie denn, Señor Méndez?«

»Ich habe gesagt, ich will eine schlüssige Antwort.«

»Das versuche ich ja.«

»Verdammt, da sind Sie ja auf dem besten Weg. Sagen Sie mir wenigstens, warum die Señorita nicht den Namen eines von Ihnen trägt.«

»Sie trägt den Namen ihrer Mutter. Wir haben uns schon vor langer, langer Zeit darauf geeinigt und haben das nie geändert, und das werden wir auch nicht.«

»Moment, wessen Tochter ist sie denn nun? Eines ist klar: Einer ist der Vater, der andere der Gehörnte.«

»Seien Sie nicht vulgär, Señor Méndez.«

»Erklären Sie's mir.«

»Ich bin Clara Alonsos Adoptivvater und habe, wie schon gesagt, dafür gesorgt, dass sie den Namen ihrer Mutter behält.«

»Schön, Sie sind also der Stiefvater. Aber wer ist der biologische Vater?«

»Wir beide.«

Méndez bedauerte, dass er nicht noch einen Sherry zur Hand hatte. Er stieß ein vernehmliches Brummen aus und schüttelte den Kopf.

»Señor Manrique, ich bin ein feiner, gebildeter Mann, der sich gewählt ausdrückt. Darum sage ich: Schluss mit dem Blödsinn.«

Manrique legte sanft die Hand auf seinen Unterarm. Es war eine stumme Bitte. Méndez sah den Mann an, sah, dass ihn aus der Tiefe dieser Augen die Zeit anblickte, und erschauerte.

Der Zeit verharrte dort, zwischen ihnen beiden.

»Hat Antonio Ihnen gesagt, dass wir in der Calle Serrano leben, in einem Haus mit eigener Prägung, in dem man sich als Bewohner durchaus den Maler Vázquez Díaz und einen alten Vorsitzenden des höchsten Gerichtshofs vorstellen könnte? Von diesen Häusern gibt es mit jedem Tag weniger.«

»Leben Sie dort zu dritt? Zusammen?«

»Ja.«

»Kruzifix … Dann muss ich noch mal nachfragen. Wessen Tochter ist sie?«

»Das wissen wir nicht.«

»Was reden Sie da? Oder war die Mutter eine von denen, die es mit jedem treiben?«

»Bitte beleidigen Sie sie nicht.«

»Ich beleidige sie ja gar nicht. Ich will nur die Wahrheit wissen.«

»Gut. Dann werde ich Ihnen jetzt die Wahrheit sagen, Señor Méndez, denn es ist kein Geheimnis. Ich bin, genau wie Antonio, ein sehr reicher Mann. Er wird Ihnen erzählt haben, wie wir leben, oder? Bestimmt, ihn beruhigt es, wenn er reden kann. Dann muss ich Ihnen nichts mehr über mein Vermögen erzählen. Am Beginn des Bürgerkriegs waren wir beide sehr reich.«

Méndez erinnerte sich an das fortdauernde Elend, in dem die Leute in seinem Viertel lebten, und sagte nur: »Verdammt.«

»Wir waren sehr jung, wissen Sie, Méndez. 1936 waren wir Kinder. Aber wir wussten, dass man uns töten würde, wenn man uns schnappte, und deshalb mussten wir uns verstecken.«

»Mit Erfolg, wie ich sehe.«

»Glauben Sie das nicht.«

»Und warum nicht?«

»Weil man uns während der letzten Tage des Widerstands in Madrid geschnappt hat, beim Putsch Casados, den ich, obwohl ich damals Faschist war, immer für einen Verräter gehalten habe. Von Besteiro und Mera halte ich auch nichts, wissen Sie. Man paktiert nicht mit dem Feind, nur weil man seine eigene Haut retten will. Aber warum erzähle ich Ihnen das alles überhaupt? Vielleicht bin ich ungerecht, und außerdem ist das Ganze längst Geschichte. Jedenfalls waren wir unvorsichtig, und man hat uns beide erwischt.«

»In den letzten Tagen? Das nenne ich Pech.«

»Vor allem, wenn man bedenkt, dass wir in einem Blitzurteil zum Tode verurteilt wurden, weil man uns für Spione hielt. Die Exekution war bereits für den nächsten Morgen anberaumt; ganz Madrid war voller Schüsse und Toter. Ich schwöre Ihnen, manchmal sehe ich sie noch in den Straßen. Die Toten liegen dort und starren mich an. Sie halten die Stellung.«

Méndez schwieg.

Er sah den Mann mit hypnotisierendem Blick an.

Manrique fuhr fort: »Wissen Sie, wer die Sekretärin bei Gericht war?«

»Nein, woher denn?«

»Eine schöne Frau mit Namen Marta Alonso.«

»Die … die Mutter von Clara?«

»Ja.«

»Verflucht.«

»Sie war überzeugte Kommunistin. Die größte Kommunistin, die mir je begegnet ist, und dabei war alles schon verloren: Madrid, der Kampf, sie. Aber sie wollte nicht aufgeben, sie sagte, sie würde immer noch zur Waffe greifen. Und wissen Sie, was sie für uns empfand?«

»Was?«

»Barmherzigkeit.«

Jähes Schweigen, so dicht, als ob die Rotunde, das Hotel, die Zeit auf einmal leer wären. Méndez wurde von dem schrecklichen Gefühl erfasst, das er schon öfter gehabt hatte, dem Gefühl, dass die Zeit ein Scherz ist, dass sie in Wahrheit nicht existiert.

»Hat sie versucht, Sie zu retten?«, fragte er leise.

»Das konnte sie nicht.«

»Was hat sie dann getan?«

»Uns Essen gebracht, was zu trinken, aber das wollten wir nicht. Was hätte sie uns geben können? Sie hat uns ihre Gesellschaft geschenkt, ihr Wort. In diesem Moment wollten wir nur eines: das Wort von jemandem, der barmherzig ist.«

»Ist sie die ganze Nacht geblieben?«

»Ja.«

Méndez hatte wieder den Blick der alten Schlange.

Und vielleicht war das nicht schlecht. Vielleicht lag in diesem Blick ein Hauch von Ewigkeit.

»Waren Sie allein?«

»Ja. In der Nacht waren wir die Einzigen in der Todeszelle.«

»Sagen Sie mir, dass nicht wahr ist, was ich gerade denke.«

»Doch, es ist wahr, Méndez.«

»Gütiger Gott …«

»Etwas sagt mir, dass Sie nicht der Typ sind, der Gott anruft.«

»Stimmt. Das tue ich so gut wie nie. Ich könnte es Gott nicht verdenken, wenn er hin und wieder aus seiner Wolke auf mich herabspucken würde.«

Méndez sah wieder ins Leere. Es regte sich nichts im Hotel, es zuckte keine Hand, keine Augenbraue eines Politikers, kein Auge eines Handlers, keine Unterlippe einer begehrenden Frau. Alles stand auf einmal still in dem Augenblick, den sie beide aus dem Strom der Zeit geholt hatten.

»Wie hat Sie Ihnen den Vorschlag unterbreitet?«, fragte Méndez fast im Flüsterton.

»Sie hat uns gar nichts unterbreitet. Marta Alonso stand vor uns, gegen ein Fensterbrett gelehnt, und spielte mit dem Saum ihres Bauernrocks; sie zeigte uns ihre kräftigen Knie, die Knie eines Mädchens, das zu Fuß an die Front am Guadarrama gegangen war, und die feinen Hände eines Mädchens, das am selben Abend die letzte Melodie auf dem letzten Klavier von Madrid gespielt hatte. Wissen Sie, Méndez, es ist, als ob ich das alles wieder vor mir sähe, als würde ich durch das Fenster rund um Martas Körper wie einen Rahmen die Puerta de Alcalá mit ihrer in Infanteriemärsche gekleideten Geschichte sehen, die heute nur noch im Hintergrund eines Punklieds *da ist, da ist*. Die Puerta de Alcalá, die Fenster der Banco de España, das alte Madrid, voller Verzweiflung und Hunger, in dem nur die Jugend dieser Kommunistin blühte. Hören Sie mir zu, Méndez? Sie sagte kein Wort. Sie hob nur den Rock. Wir wussten beide, dass sie uns nicht mehr geben konnte. Dass es keine anderen Wahrheiten, keinen anderen Trost, keinen anderen Katechismus, keine andere Sprache geben würde. Antonio bewahrte die Fassung, aber ich fing an zu weinen. Und so nahm ich sie, Méndez, so nahm ich ihre Barmherzigkeit, denn nichts anderes gab sie mir, nichts anderes wollte sie mir geben. Es gibt eine Barmherzigkeit, Méndez, die ist noch echter als die des Herzens, die Barmherzigkeit des Unterleibs. Wir nahmen sie beide, nacheinander, und als wir uns bei ihr bedankten, sagte sie, wir wären ja noch Kinder, und küsste uns auf die Stirn. Wissen Sie, Sie Straßenbulle, nicht einmal meine Mutter hat mich je so geküsst, nicht einmal meine Mutter. In den Küssen meiner Mutter steckte immer das traute Heim und die Familie und in dem einzigen Kuss von Marta Alonso die Straße. Auf der Straße gibt es eine einfache Wahrheit, die ich damals begriff und seitdem nie vergessen habe. Dann ist Marta verschwunden.«

Luis Manrique ließ den Kopf sinken.

Sein Name klang immer noch schön.

Vielleicht war alles in seinem Leben schön gewesen, auch wenn er es nicht wusste.

»Warum hat man Sie nicht getötet?«, fragte Méndez. »Warum?«

»Der Offizier, der das Exekutionskommando befehligte, hat es irgendwie geschafft, die Hinrichtung zu verschieben. Er wollte seinen Kopf nicht noch riskieren, wenn der Feind schon vor der Tür stand. Es ging nur um einen Tag, aber der hat ausgereicht. Ein paar Stunden später sind Francos Truppen in Madrid einmarschiert, und eine Etappe in Spaniens Geschichte war beendet. Oder setzte sich fort, keine Ahnung. Manch einer sagt, bis 1975. Was bedeutet das schon, wenn die einzige historische Wahrheit in der Barmherzigkeit einer Frau liegt? Wir haben sie überall gesucht. Wir dachten, man hätte sie standrechtlich erschossen wie all die anderen.«

Méndez schloss die Augen.

»Man hat sie nicht erschossen«, murmelte er, »wenn Clara noch Zeit hatte, auf die Welt zu kommen.«

»Überall haben wir nach ihr gesucht«, fuhr Manrique fort, als hätte er ihn nicht gehört. »In den Gefängnissen, in den Straßen, in den Flüchtlingslagern, sogar in den Bordellen. Manchmal, hören Sie noch zu, Méndez?, stiegen uns die Tränen in die Augen, wenn wir an einer der Ecken des alten Madrid eine Frau sahen, die ihr ähnelte, mit dem neuen Hemd, *Ruhm-dem-Vaterland-das-im-Blau-des-Meeres-dem-Lauf-der-Sonne-folgte*. Wir sahen die Frauen in den Zellen eines Reviers oder auf dem Gefängnishof und hatten das schreckliche Bedürfnis zu beten. Denn auch das Bedürfnis zu beten kann schrecklich sein, Méndez. Am Ende haben wir sie gefunden, aber sie war bereits zum Tode verurteilt. Und wissen Sie, warum man sie noch nicht exekutiert hatte, Sie alter, aufs Unglück spezialisierter Polizist? Weil das Gesetz es verbietet, eine schwangere Frau zu töten. Im Januar 1940 brachte sie auf einem Strohsack im Gefängnis ein kleines Mädchen zur Welt, aus dem einmal Clara Alonso werden würde. Marta war halb verblutet, unterernährt, krank, innerlich zerstört, ohne jeden Lebenswillen. Sie hat nie erfahren, dass ihre Tochter blind ist.«

Méndez neigte den Kopf zur Seite.

Er betrachtete die Säulen des Salons.

Aber er sah nichts.

Er fragte: »Wann hat man sie getötet?«

»Genau nach Ablauf der gesetzlichen Frist. Vierzig Tage später.«

»Haben Sie das nicht verhindern können?«

»Gütiger Gott …«

»Ich habe das Gefühl, Sie rufen Gott auch nicht allzu oft an, mein Freund.«

»Seit damals nicht mehr. Und doch stelle ich fest, dass Gott mir von den Ecken Nachrichten sendet. Sie haben mich gefragt, ob wir nichts unternommen haben, Méndez? Ich habe ›gütiger Gott‹ gesagt. Wir sind bis zum Caudillo gekommen, wie er damals hieß. Nichts zu machen. Alle Mitglieder des Volksgerichts müssten sterben, sagte er. Als wäre es die letzte Offenbarung des Vaterlands. Wir durften ihr in der letzten Nacht nicht Gesellschaft leisten, wir durften ihr nicht das arme Wunder des Wortes zuteil werden lassen, wie sie es bei uns getan hatte. Ich weiß nicht, wie sie gestorben ist, Méndez, aber ich vermute, mit dem Gesicht zur

Erschießungsmauer, im Kopf ein paar Verse von Machado, García Lorca, Miguel Hernández oder Rafael Alberti. Das ist das Wunder der Dichter, Méndez: Sie sind die Einzigen, die uns das letzte Wort schenken können. Wissen Sie, und seit damals schickt Gott mir Nachrichten von den Ecken. Er kam unerwartet auf mich zu und flüsterte mir Verse von Hernández zu, oder er versteckte sich geschickt in einer Seitenstraße und schleuderte mir ein Gedicht von Alberti in Form eines Lieds über die Brücke von Toledo oder des berühmten ›El paso del Ebro‹ der Republikaner entgegen. Ich kehrte nach Hause zurück, und Antonio saß da, gedankenverloren, und da merkte ich, dass auch er an derselben Ecke in derselben Seitenstraße gewesen war und dass Gott auch mit ihm und mit dem Wind gespielt hatte, der die Worte überbringt. Wir haben nichts gesagt, aber wir spürten beide, dass wir in einer Zeit verankert blieben, die nie vergehen würde. Und so ist es, Méndez, so leben wir, Antonio und ich, und Gott wartet an der Ecke und beobachtet uns.«

Méndez ließ den Kopf sinken.

Die Schlange in seinen Augen war tot.

Er fragte leise: »Wo ist Marta beerdigt?«

»In einem Grab in La Almudena. Wenigstens hat sie ein schönes Grab.«

»Wie lautet die Inschrift?«

»Sie ist sehr einfach gehalten.«

»Ja, aber wie lautet sie?«

»›Sie hat geglaubt‹.«

»Weiß Clara davon?«

»Nein. Wozu, wenn sie das Grab ohnehin nicht sehen kann?«

»Wann haben Sie sie adoptiert?«

»So schnell wie möglich. Wir leben für sie, verstehen

Sie das?, wir leben für sie. Aber warum sage ich Ihnen das. Natürlich verstehen Sie es. Und weil Sie bestimmt auch zu denjenigen gehören, die Nachrichten an den Ecken bekommen haben, werden Sie gut verstehen, dass Antonio und ich nicht geheiratet haben und dass wir uns nie wegen einer Frau getrennt haben. Wer hätte dann das Mädchen behalten sollen? Wir haben uns in die Calle Serrano zurückgezogen, die Puerta de Alcalá angesehen und Clara das geschenkt, was ihre Mutter uns geschenkt hat: die Liebe und das Wort. Wir haben sie in Zeiten gekleidet, die es nicht mehr gibt, wir haben sie in alter Musik gebadet. Wir haben Verse von Aleixandre für sie geöffnet und ihr ein Madrid der Vierzigerjahre beschrieben, von dem sie nicht weiß, dass es nicht existiert. Deshalb ist das alles eine einzige Farce, eine große Lüge, und dennoch die einzige Wahrheit unseres Lebens. Hören Sie, Méndez: Clara hat Schreckliches durchgemacht, weil sie nicht wusste, dass das Böse existiert. Aber damit ist jetzt Schluss. Sie wird vor all dem geschützt sein, wenn wir weg sind. Wir werden sie bald von hier fortbringen, verstehen Sie?«

»Wohin?«, fragte Méndez, obwohl er es längst wusste.

»Fürs Erste nach Ägypten.«

22 Ein Hotel in Kairo

Méndez erkannte ihn schon am Flughafen von Kairo. Der Kerl, Pepe Quílez, war der Gorilla. Er begleitete Clara Alonso, Antonio Cañada, Luis Manrique und ein kleines Mädchen.

Méndez konnte sich im Moment nur auf den Gorilla konzentrieren. Er erinnerte sich noch sehr gut an ihn, obwohl inzwischen viele Jahre ins Land gegangen waren. Wie könnte man einen Typ wie Pepe Quílez vergessen? Hundert Kilo schwer, zwei Meter groß, die Zähne eines Kaimans und der Blick einer Hyäne. Er war wie ein kleiner Zoo. Méndez hatte ihn in den Siebzigerjahren kennengelernt, als Quílez der noblen Beschäftigung nachging, Falschspieler und Huren zu beschützen. Selbstverständlich Leute mit Klasse, also Falschspieler mit schönen Händen und Huren mit schönen Beinen. Später hatte Quílez hin und wieder für die Polizei gearbeitet, Diplomaten, ausländische Politiker, Bankiers und andere Persönlichkeiten mit einem lobenswerten Lebenswandel geschützt. Diese barmherzigen Aufgaben hatten ihn gezwungen, zwei Männer zu töten, aber Méndez konnte schwören, dass sie nichts gemerkt hatten. Sie hatten eingerollt dagelegen, mit gebrochener Wirbelsäule. Damals war Méndez das Bild mit dem Zoo eingefallen, denn Quílez hatte zu allem anderen die Kraft eines Ochsen. Kurz: Er war ein Mensch, dem man vertrauen konnte.

Wenn die beiden Freunde ihn angeheuert hatten, um Clara Alonso zu schützen, konnte sie beruhigt sein.

Méndez sah sie zusammen mit anderen Passagieren in die Flughalle strömen, wo er geduldig wartete, denn er war zwei Stunden vorher mit einem anderen Flugzeug gekommen.

Er zündete sich eine Toscano an, obwohl es jetzt nicht gern gesehen wurde, wenn man auf Flughäfen, in Botschaften und möblierten Zimmer rauchte, und Selbstmitleid überkam ihn. Was war aus dem Méndez mit festen Glaubenssätzen und unveränderlichen Tugenden geworden, der nie das Barrio Chino verließ, höchstens, um zur Beerdigung eines Freundes zu gehen? In welchen Abgrund der Verdammnis war er geraten, all seine Ersparnisse für eine teure Reise auszugeben, nachdem er einen Urlaubsantrag gestellt hatte, ohne diesmal den Urlaub – wie sonst immer –

auf dem Balkon des Reviers zu verbringen? Und vor allem, wie würde das seinem Magen und seiner Haut bekommen? Wie könnte er, der es gewohnt war, nachts zu arbeiten und um fünf Uhr nachmittags aufzustehen, die Sonne der Pharaonen ertragen? Seine einzige Rettung war, im Grab einer Pharaonin eingeschlossen zu werden, möglichst einer mit einem liederlichen Lebenswandel.

Seine Haut – das wusste Méndez – würde sich in Form von Schuppen und Staub ablösen, aber das quälte ihn nicht so sehr. Weit mehr quälte ihn der Gedanke an seinen Magen. Méndez' Magen war bereits in der Großen Katalanischen Enzyklopädie als äußerst empfindliches Exemplar aufgeführt. Er vertrug nur Tintenfisch nach galicischer Art, frittierte Babypaprika, Ochsenfleisch mit Chili, Stockfisch katalanischer Art, geschmorte Schweinebäckchen und vor allen Dingen geduldig von der Köchin eines Bischofs zubereitete weiße Bohnen mit Schweinefleisch. Méndez war, wie seine Freunde wussten, diesen und anderen frugalen Speisen sehr zugetan. Und zum Ausgleich, weil diese Gerichte ja so gehaltlos und fade waren, trank er dazu schwere Weine, einen Priorat, einen Cariñena, einen Jumilla und andere Gebräue für Lastwagenfahrer aus den aragonesischen Pyrenäen, die bei ihrem plötzlichen Tod gleich zwei Witwen hinterlassen. Sein Bestand an verschiedenen Sorten Anisschnaps, Rum, Orujo, Grappa und Zuckerrohrschnaps war immer auf dem neuesten Stand – mit diesen Dingen nahm Méndez es sehr genau.

Und ein Mann, der sich seit vielen Jahren so fürsorglich um seine Gesundheit gekümmert, der so viele Opfer gebracht hatte, sah sich plötzlich in ein Abenteuer verstrickt, das kein gutes Ende nehmen konnte. Im Flugzeug hatte man ihm kaltes Essen auf der Grundlage von Aspirin und

Polyethylen gereicht. Zu trinken gab es eine so tugendhafte Limonade, dass man hätte meinen können, sie sei aus Tränen von Jungfrauen aus Albufera hergestellt. Und das war erst der Anfang gewesen, denn Méndez wurde mit wachsendem Entsetzen bewusst, dass er sich in einem islamischen Land befand, also an einem Ort, an dem er nicht einfach einen Rum oder so etwas Harmloses wie eine Portion Schweinefüße, angemessen begleitet von zwei Flaschen Gandesawein, bestellen konnte. Das würde er nicht überleben.

Warum hatte er dann fast seine gesamten Ersparnisse in diese Reise gesteckt? Warum wollte er in Clara Alonsos Nähe sein?

Méndez wusste, dass er diese Frage nicht vernünftig beantworten konnte. Aber er wusste auch, dass die Fragen, auf die es eine vernünftige Antwort gibt, absolut uninteressant sind. Die Situation faszinierte ihn gerade deshalb, weil er sie nicht erklären konnte.

Gefiel Clara Alonso ihm? Wie sollte sie ihm gefallen, verdammt. Sie war attraktiv, unbenommen, aber sie würde in Méndez nie eine solche Leidenschaft entfachen, dass er dafür die schäbigen Löcher in der Calle Nueva verlassen würde. Weder ihretwegen noch wegen einer anderen Frau. In der letzten Zeit waren immer große Klagen seitens der Kundschaft gekommen, wenn Méndez mit seiner Männlichkeit prahlen wollte. Die enttäuschten Frauen hatten es nicht dabei belassen zu schwören, dass sie ihn nie mehr wiedersehen wollten. Einige hatten sogar damit gedroht, sich bei der katalanischen Regierung oder bei der Verbraucherschutzorganisation zu beschweren, und eine hatte während des Aktes gesagt, sie werde sich an den Ombudsmann wenden.

Während er auf seiner Toscano herumkaute, gab er sich zum x-ten Mal dieselbe schwammige Erklärung. Anlass für diese Reise waren ein Verdacht und zwiespältige Gefühle: Ángel Martín, der Clara Alonsos autistische Adoptivtochter getötet hatte, war ein Experte in altägyptischer Geschichte gewesen.

Aber was hatte das jetzt für eine Bedeutung? Ángel Martín war tot. Méndez hatte seinem Gedenken bereits die liebevollste seiner verbalen Ehrungen zuteil werden lassen können: zur Hölle mit ihm.

Und doch war er gekommen. Es war wie eine Obsession, ein Ruf. Méndez, der sich zwei Nächte hintereinander unruhig im Bett herumgewälzt hatte, war nicht imstande gewesen, ihn zu überhören. Alle Dinge hatten einen Anfang und kehrten wieder an den Anfang zurück. Am Ende würde er noch verrückt werden.

Er legte die Zigarre in einen Aschenbecher und folgte den Neuankömmlingen, nachdem diese Polizei und Zoll passiert hatten. Der Zollbeamte hatte nur kurz die Augenbraue gehoben, und die Polizeikontrolle bestand in einem Stempel im Pass durch den Angestellten des Reisebüros.

Méndez wusste nichts über Kairo. Die zwei Stunden Wartezeit hatte er in der Ankunftshalle des Flughafens verbracht. In Erwartung der tollen Sehenswürdigkeiten, die ihm die Stadt zu bieten hatte, konzentrierte sich seine Aufmerksamkeit auf die einzige Person des Grüppchens, die er noch nicht kannte: auf das kleine Mädchen.

Sie war etwa zehn Jahre alt und ging an Clara Alonsos Hand, und dieser Anblick erschien Méndez sogleich seltsam. Denn es war offenkundig, dass die Kleine die Blinde auf dem unbekannten Territorium führte. Aber ebenso offenkundig war, dass die blinde Frau sie fest umklammert hielt und sie schützte. Doch vor wem?

Bald wurde Méndez' Gefühl zur Gewissheit, und er

staunte nicht schlecht, als er das Mädchen im Profil sah. Es war ihm schon aufgefallen, dass sie ein wenig dicklich für ihr Alter war und sich steif bewegte, und jetzt stellte er fest, dass sie mongoloid war.

Méndez kannte sich aus mit dem Down-Syndrom: die Schlitzaugen, die sich zwischen den Lippen zeigende Zunge, der breite Nacken, der leicht klobige, ungrazile Körper. Doch ihm, dem alten Polizisten, entging nicht, dass das Mädchen, wenn es nicht unter dem Down-Syndrom litte, eine wahre Schönheit wäre. Es hatte langes goldblondes Haar, eine zarte Pfirsichhaut und sehr helle blaue Augen. Automatisch stellte man sich bei ihrem Anblick das Mädchen vor, das sie hätte sein können.

Méndez war baff.

Verdammt!

Was hatte all das zu bedeuten?

Er brauchte einen Drink.

Aber wo sollte er den herbekommen? Im internationalen Bereich des Flughafens hätte man ihm noch einen servieren können. Aber hier ... Zum Teufel. Also schluckte er stattdessen sein Erstaunen mit Speichel hinunter und folgte den Neuankömmlingen im Taxi. Durch das Reisebüro wusste er bereits, dass sie im Hotel Mena House absteigen würden.

Mit den Resten seines Schulenglisch wies er den Taxifahrer an: »*Me got Hotel Mena House. Immediatly. You hinter that luxurious car.*«

Der Taxifahrer verstand ihn, und Méndez fühlte sich fast schon polyglott. Wenn er so weitermachte, wenn er sich anstrengte, würde er vielleicht sogar den Aufstieg schaffen. Durch die Scheibe betrachtete er das »luxurious car«, immerhin ein Rolls Royce, den man bestimmt vom Hotel geschickt hatte, um die illustren Gäste abzuholen. Durch eine Ringstraße, die Méndez breit und nicht sehr orientalisch vorkam (er hatte erwartet, schon am Flughafen auf eine Legion Wasserpfeifen rauchender Teppichverkäufer zu treffen), fuhren sie links am Sheraton vorbei durch das Zentrum von Kairo bis zur Pyramidenstraße. Obwohl in diesem Teil der Stadt alles sehr westlich war, gefiel Méndez mehr und mehr, was er sah: eine stattliche Anzahl heruntergekommener Stände, fahrende Händler und Leute, die am Bordstein saßen, bereit für ein Gespräch bis in die frühen Morgenstunden, vorzugsweise über Frauen.

Das Mena House war, das sah man gleich beim Aussteigen, eines der besten Hotels von Kairo und eines der wenigen, die noch eine orientalische Architektur aufwiesen. Direkt in der Nähe der Pyramiden gelegen, verfügte es über einen markanten, alten Hauptteil, in dem sich die Rezeption, die Restaurants und die Luxusgemächer befanden, und über moderne Flügel mit den Standardzimmern. Méndez beobachtete auf einige Entfernung – bei dem Betrieb in der Lobby würde man ihn kaum bemerken –, dass ein Reiseleiter sich persönlich um die Neuankömmlinge kümmerte und nach der Präsidentensuite im dritten Stock verlangte. Auf Spanisch pries er die Vorzüge der Suite an: mehrere Räume, ein Arbeitszimmer, zwei Bäder, eines davon aus weißem Marmor, Blick auf die Pyramiden und ein vier Meter breites Bett im Hauptschlafzimmer. Die letzten Überreste vergangener Grandezza, dachte Méndez voller Neid, als ein Mann sich noch traute, mit drei Frauen gleichzeitig ins Bett zu gehen, und überlebte. Doch heutzutage waren die alten Tugenden in Vergessenheit geraten.

Als sie verschwunden waren, ging Méndez schüchtern auf die Rezeption zu und legte seine Reiseunterlagen vor. Man wies ihm ein Standardzimmer im linken Flügel zu.

Als er seinen einzigen Koffer abgestellt hatte, betrachtete der abgewrackte Polizist erstaunt den Luxus, die Sauberkeit, den absolut unpersönlichen Stil des Zimmers, das dafür gemacht war, keinerlei Erinnerungen zu wecken, und wieder dachte er, dass er das nicht überleben würde.

In diesem Augenblick ging die Tür auf.

Jemand musste einen nachgemachten Schlüssel benutzt haben.

Die Mündung einer 44er Magnum tauchte in dem Spalt auf.

Méndez fluchte.

Wegen des Flugs hatte er seinen Colt aus der Zeit des großen Krieges zu Hause lassen müssen. Der hätte an allen Flughäfen einen Alarm ausgelöst, dass man ihn am Ende noch im Schlafzimmer von Jordi Pujol gehört hätte. Und das war schade, dachte Méndez flüchtig, wirklich schade, denn ein Duell zwischen seinem Colt und der Magnum, beides Prachtexemplare aus der Abteilung See-Artillerie, wäre der Schlacht von Jütland würdig gewesen.

Hinter der Magnum tauchte Pepe Quílez' Gesicht auf.

Höflich bemerkte er: »Scheiße, Méndez.«

»Wo hast du den falschen Schlüssel her?«

»Ein Passepartout, das habe ich immer bei mir. Und ich kann gut damit umgehen.«

»Und der Revolver?«

»Mit dem wäre ich natürlich nicht durch die Flughafenkontrollen gekommen. Ein Bote hat ihn mir bei der Ankunft im Hotel gegeben. Das war so ausgemacht.«

»Verdammt, ich habe es nicht mal bemerkt.«

»Sie lassen nach, Méndez«, murmelte der Gorilla, nachdem er die Tür geschlossen hatte. »Sie sehen's ja: Ich hätte Sie spielend töten können. Ein paar Schüsse aus der Wumme, und von Ihnen wäre nur noch ein Häufchen Zigarrenasche übrig.«

»Klar. Ich bin schon zu lange dieser Diät aus Limonade und Plastikessen ausgesetzt«, verteidigte sich Méndez. »Das würde jeden fertigmachen.«

»Wenn sich langsam was in Plastik verwandelt, dann ja wohl Ihr Gehirn. Sie haben gedacht, ich hätte nicht gemerkt, dass Sie uns folgen, und Sie sehen's ja: In fünf Minuten habe ich sogar Ihre Zimmernummer herausgefunden. Aber wer andere benachrichtigt, ist kein Verräter. Damit ist jetzt Schluss, mein Freund. Endgültig Schluss.«

»Womit?«

»Mit den Ermittlungen. Gegen meine Mandanten besteht kein Verdacht, ganz im Gegenteil, also hat die spanische Polizei keinen Grund, sie zu verfolgen. Sie haben hier nichts zu suchen. Also: raus mit Ihnen!«

Méndez seufzte und setzte sich in einen der Sessel. Zufrieden betrachtete er die Magnum.

»Die hat bestimmt einen Zweiphasenabzug.«

»Kommen Sie mir jetzt nicht mit dummem Geschwätz. Wenn mein Revolver was hat, dann dass er ordentlich wumst.«

»Hör mal, Quílez, du und ich, wir kennen uns noch von früher. Wir haben uns bei der Arbeit getroffen, jeder an seiner Ecke, in den großen Zeiten, die der nationalen Geschichte so viel Ruhm eingebracht haben. Ich weiß nicht, warum du mich wie einen Feind behandelst. Wir haben dieselben Gauner festgesetzt, in denselben Lokalen umsonst gegessen, dieselben Huren beschützt.«

Quílez wurde weich.

Er steckte den Revolver ein.

»Das stimmt, Méndez.«

»Du musst mir glauben, wenn ich dir sage, dass ich nicht in offizieller Mission hier bin. Die letzte offizielle Mission, die man mir übertragen hat, war der Raub einer Schachtel Tampax.«

»Was tun Sie dann hier?«

»Ich bin als Tourist hier, die Ersparnisse meines Lebens sind dafür draufgegangen.«

»Sie verfolgen uns in Ihrer Freizeit? Außerdem, seit wann interessieren Sie sich für die Welt jenseits der Paralelo und der Ramblas?«

»Du irrst dich, Quílez. Ich bin ein Mann, der sich sehr für die Welt interessiert. Ich habe einmal ein Buch über die Massagesalons in Thailand gelesen.«

»Sie können mich mal, Méndez.«

»Setz dich.«

»Ich setze mich. Aus Respekt gegenüber den alten Zeiten. Aber sagen Sie mir, was Sie suchen.«

»Das Merkwürdige ist, ich suche gar nichts. Ich weiß nur, dass Clara Alonso vor einer Gefahr flieht, auch wenn man eigentlich denken sollte, dass diese Gefahr nicht mehr existiert. Und doch glaube ich, dass sie noch da ist. Und Clara Alonsos Väter – du siehst, ich verwende bewusst den Plural – denken dasselbe. Der Beweis ist, dass man dich angeheuert.«

»Ich weiß nicht, warum zum Teufel Sie von den ›Vätern‹ sprechen. Sie haben sie nur adoptiert.« Méndez wurde klar, dass der andere die Geschichte nicht kannte. Und so sagte er lediglich: »Ja.«

»Man hat mich angeheuert, weil Clara Alonso sich so sicherer fühlt. Sie hat eine Heidenangst, der anderen Kleinen könnte etwas zustoßen.«

»Über diese Kleine möchte ich mit dir reden, Quílez.«

»Ja, aber fassen Sie sich kurz.«

»Sie ist auch adoptiert, vermute ich mal.«

»Natürlich.«

»Ich wusste nichts von ihrer Existenz. Ich dachte, Clara hätte nur Mercedes, die man ermordet hat.«

»Wie man mir gesagt hat, hat sie beide fast zur gleichen Zeit adoptiert. Niemand wollte die Mädchen haben.«

Méndez schloss für ein paar Sekunden die Augen.

Der Satz hallte in seinen Synapsen nach.

Niemand wollte sie haben …

Als Clara Alonso geboren wurde, wer hätte sie damals haben wollen?

Méndez hatte die Augen nach wie vor geschlossen.

Quílez, der Leibwächter der hohen Schule, fragte: »Was haben Sie jetzt wieder, Sie Weichei?«

»Nichts.«

»Sie machen aber ganz den Eindruck.«

»Ich weiß jetzt nur, warum Clara Alonso zwei behinderte Mädchen adoptiert hat, zwei Mädchen, die niemand wollte.«

»Warum?«

»Clara Alonso begleicht eine Schuld.«

»Eine Schuld? Bei wem?«

»Beim Leben.«

»Kommen Sie mir nicht mit dummem Geschwätz, Méndez. Bis jetzt standen Sie nur in dem Ruf, dass Sie ein Problem mit den Eiern haben, aber jetzt stelle ich fest, dass Sie auch langsam eines mit dem Oberstübchen haben.«

Méndez überhörte das.

Er hatte die Augen wieder geschlossen und sagte leise: »Manchmal verfällt man auf den Gedanken, dass es wunderbare Menschen auf der Welt gibt.«

»Wechseln Sie den Job, Méndez.«

»Und was ist mein Job, Quílez? Weißt du das? Wissen das meine Chefs? Ich halte mich einfach auf der Straße auf. Und auf der Straße lernt man Leute kennen. Und man sieht Dinge.«

»Das ist kein Job.«

»Nein, ist es nicht.«

»Und so weit ist es mit Ihnen gekommen, Méndez.«

»Richtig, so weit ist es mit mir gekommen.«

»Gut, lassen Sie den Quatsch, und hören Sie mir zu. Es stimmt, Clara Alonso hat diese beiden Mädchen adoptiert, die niemand haben wollte, und widmet ihnen ihr Leben. Und ihre beiden Väter, Cañada und Manrique, denken ebenfalls, dass man auf dieser Welt nichts Besseres tun kann. Klar, es sind Männer, die über Dinge reden, die nicht mehr existieren, mit Menschen, die nicht mehr existieren. Ich bin noch nicht dahintergestiegen. Aber worauf ich eigentlich hinauswollte: Eines der Mädchen wurde ermordet, und Clara befürchtet, dem anderen könnte dasselbe widerfahren.«

Méndez riss die Augen auf.

In seinem Kopf fuhren zwei Antennen aus, rostig und vom hintersten Dach, aber Antennen.

»Willst du damit sagen, man hat sie bedroht?«

»Ich habe das Gefühl, ja, aber die Familie spricht nicht darüber.«

»Verdammt …«

»Was ist?«

»Erst entführt jemand Mercedes und verlangt eine horrende Summe für ihr Leben. Clara Alonso kann das Geld nicht übergeben, und Mercedes wird ermordet. Dann geht die Bedrohung weiter. Jetzt wird mir alles klar. Die Bedrohung geht weiter, denn man will erreichen, dass Clara das

Gefühl hat, sie sei hoffnungslos verloren, ihnen wehrlos ausgeliefert. Deshalb versucht man, eine arme blinde Frau – mehr ist sie ja schließlich nicht –, zu vergewaltigen, fertigzumachen, zu vernichten. Und vielleicht weiß sie jetzt, dass man versuchen wird, auch die andere Kleine zu töten. Deshalb ist sie geflohen.«

»Wollen Sie damit sagen, dass man auch für das Leben des zweiten Mädchens eine horrende Summe Geld verlangt hat?«

Anstatt zu antworten, fragte Méndez: »Welche Aufgabe hast du, Quílez?«

»Hi, hi …«

»Was heißt ›hi, hi‹?«

»Meine Aufgabe besteht darin, jedem, dessen Visage mir nicht passt, eine Kugel mitten in die Eier zu schießen.«

»Und was würden die ägyptischen Behörden dazu sagen?«

»Noch weniger als die spanischen. Hier kann man wohl alles Nötige kaufen.«

»Es ist also möglich, dass Clara Alonso weitere Drohungen erhalten hat …«, rekapitulierte Méndez. »Es ist möglich, dass man weiterhin eine Milliarde Peseten für das Leben des zweiten Mädchens fordert, wer weiß, vielleicht sogar mehr, denn derjenige, der diesen makabren Reigen organisiert hat, dürfte ziemlich wütend sein. Und es ist möglich, dass Clara Alonso bereit ist zu zahlen, um endlich ihre Ruhe zu haben, und das geht nicht.«

»Warum sollte das nicht gehen? Hat sie die Kohle oder nicht?«

»Eine Milliarde Peseten – die Summe ist hoch genug, dass die spanischen Behörden ein Auge darauf haben. In dieser Größenordnung unbemerkt Geld zu verschieben, ist schwierig, vor allem, wenn die Polizei vorgewarnt ist. Das ist schon mit dem Lösegeld von so manchem Entführungsopfer der ETA passiert, zum Beispiel bei Revilla. Manchmal bist du bereit zu zahlen, und am Ende entpuppt sich die Polizei, die dich eigentlich schützen sollte, als dein schlimmster Feind.«

»Deshalb hat man mich angeheuert. Ich bin das Gesetz.« Quílez machte stolz einen auf Clint Eastwood.

Méndez hörte ihn nicht. Er dachte weiter laut nach: »Das kann nicht sein.«

»Warum kann das nicht sein?«

»Ángel Martín ist tot. Alle, die mit der Geschichte zu tun hatten, sind tot –«

Plötzlich sprang er auf.

Er war leichenblass.

»Mein Gott …«, stammelte er.

Man merkte, dass er Gott nur selten anrief. Sogar sein Mund zitterte.

Quílez fragte irritiert: »Was haben Sie denn jetzt?«

»Nichts, das ergibt keinen Sinn.«

»Was ergibt keinen Sinn?«

Der alte Polizist versuchte zu lachen.

»Na ja, letzten Endes vielleicht doch. Wir sind doch in Ägypten, oder?«

»Ja, und?«

»Ach, nichts … Ich vermute mal, deshalb vernehme ich gerade die Stimme eines Toten.«

Das Schiff hieß *Nile Dream* und gehörte zu der luxuriösen Presidential Line. Es gab noch andere Schiffe mit ähnlichem Namen: *Nile Moon, Nile Beauty … Nile Scheiß*, dachte Méndez, während er das Schiff von oben betrachtete.

Er fühlte sich schlecht. Die Sonne knallte unerbittlich auf seine beginnende Glatze, sie verbrannte seine Haut und würde ihn seiner letzten Vampirtugenden berauben. Außerdem war er völlig falsch angezogen: Er trug einen schwarzen Anzug, wie man sie in Madrid trägt, bestens geeignet, um sich beim Testamentsregister für einen neuen Job zu bewerben. Und der Flug von Kairo nach Assuan war ihm schlecht bekommen. Méndez, abgehärtet durch alle Anisliköre des Barrio Chino von Barcelona, spürte die Wirkung der sauberen Luft und hätte sich beinahe erbrechen müssen.

Aber er konnte sich gerade noch beherrschen. Vorsichtig ging er die steilen Stufen hinunter und bestieg die *Nile Dream*.

Es war ein großes Schiff. Obwohl der Nil für sehr große Schiffe nicht zu befahren war, hatte es immerhin drei Decks mit Schlafkabinen. Das Restaurant befand sich im oberen Deck. Eine letzte Brücke verband die riesige, klassisch eingerichtete Bar mit einem nicht überdachten Bereich mit Swimmingpool, Liegestühlen und der Verheißung aller Sonnen, die Ägypten zu bieten hat.

Vom Duft der Spirituosen angelockt, ging Méndez sofort in die Bar hinauf. Er war einen Flug früher gestartet als Clara Alonso und ihre Familie, um unbemerkt zu bleiben. Natürlich würde man sich auf dem Schiff über den Weg laufen, aber dann wäre es zu spät, um ihn loszuwerden. Außerdem würden sie erst später auftauchen. Von Assuan, ganz im Süden von Ägypten, waren sie weiter nach Abu Simbel geflogen, wo sich, wie man Méndez berichtet hatte, das größte Wunder der Reise befand. Ein künstlicher Berg, gehalten von einer riesigen Kuppel, weit größer als die des Petersdoms in Rom, in dem wie in einer winzigen Schachtel der Tempel von Ramses II. nachgebaut worden war, den die Fluten des Nils einst verschlungen hatten. Es sei ein so fantastisches Bauwerk – hatte man ihm versichert –, dass vor ihm die gesamte Kunst des alten Ägyptens verblassen würde.

Doch Méndez hatte kein Interesse. Er wollte sich lieber das Schiff ansehen, das Terrain sondieren, die ersten Reaktionen der Passagiere bei ihrer Ankunft beobachten und auf seine Art einordnen. Außerdem musste diese Reise von Clara Alonso auf jeden Fall schrecklich bitter sein, denn was sah sie schon? Und was verstand das mongoloide Mädchen?

Und doch lag etwas Wunderbares, eine wunderbare Barmherzigkeit in dieser unmöglichen Annäherung an das Leben. »Verlieb dich in das Leben, auch wenn sich das Leben nicht in dich verliebt.« Wer hatte das gesagt? Ein Dichter? Ein von den Behörden misstrauisch beäugter Denker? Egal. Der Satz war es wert, ausgesprochen zu werden.

Méndez goss sich einen Gin-Tonic hinter die Binde, denn an Bord wurde Alkohol serviert. Sofort fühlte er sich besser. Er orderte gleich Nachschub.

»Haben Sie auch genug Vorräte?«, fragte er den Kellner, der ein paar Brocken Spanisch sprach. »Ich brauche einen Tanker voller Alkohol. Aber ich weiß nicht, ob so ein Schiff überhaupt den Nil hinauffahren kann.«

Méndez nahm einen Schluck von dem zweiten Gin. Langsam kam er in Form. Da riss ihn eine Stimme aus seinen Gedanken und der Versöhnung mit dem Leben.

»Guten Tag, Señor Méndez.«

Der alte Polizist drehte sich um, konnte aber niemanden erkennen. Er musste erst nach unten schauen.

Nicht dass derjenige, der ihn angesprochen hätte, klein gewesen wäre, aber er saß im Rollstuhl.

Mit seinem Toupet und seinem Monokel machte er einen barocken, leicht extravaganten Eindruck, auch wenn das mitten in einem alten Reich weniger auffiel.

Der alte Polizist fragte: »Woher wissen Sie, dass ich Méndez heiße?«

»Ich bin die Passagierliste durchgegangen. Und man hat mir gesagt, wir beide seien die Einzigen an Bord. Die anderen würden erst nach Abu Simbel zusteigen.«

Er reichte ihm die Hand.

»Erlauben Sie mir, dass ich mich vorstelle. Ich habe einen biblischen Namen, der außerordentlich gut in diese Gefilde passt. Ich heiße Salomón.«

»Dann waren Sie für diese Reise geradezu prädestiniert. Vermutlich waren Sie vorher im mittleren Osten. Es hat Sie zu dieser Reise gedrängt.«

»Aber ja. Ich mache sie zum zweiten Mal, denn in Ägypten entdeckt man immer wieder Neues. Aber ich war auch in Jerusalem, Amman, Damaskus und an anderen Orten, an denen die Hotelbesitzer mir sofort Rabatt gewähren wollten, als sie meinen Namen hörten.«

Méndez sah ihn argwöhnisch an.

Und Salomón erriet seine Gedanken.

»Sie fragen sich gerade, wie ich mich auf dem Schiff fortbewege, nicht wahr? Es gibt hier eine Reihe von Treppen.«

»Richtig.«

»Wenn ich mich anstrenge und mich gut am Geländer

festhalte, kann ich Treppen hinaufgehen. Aber nicht hinunter, ich würde fallen. Ich kann auch hin und wieder mal einen Schritt tun. Aber ich bin sofort kaputt.«

»Und was machen Sie mit dem Rollstuhl?«

»Sie meinen, wenn ich die Treppe hinaufgehe? Ich lasse ihn einfach unten stehen, und mein Kammerdiener bringt ihn nach oben. Aber hinunter muss ich mit dem Rollstuhl, verstehen Sie? Für meinen Kammerdiener ist das nicht so beschwerlich. Er muss den Stuhl nur gut festhalten und ihn Stufe für Stufe nach unten gleiten lassen. Nun gut … Das sind alles rein persönliche Dinge. Ich will Sie nicht mit meinem Unglück behelligen.«

»Jedenfalls scheint das Unglück Sie nicht daran zu hindern, das Leben zu genießen.«

»Das ist relativ. Hier kann ich nichts ohne meinen Diener machen. Warten Sie, ich stelle Sie einander vor.«

Er gab jemandem ein Zeichen.

Méndez sah einen Mann aus dem hinteren Bereich nach vorn treten, den er zuvor nicht bemerkt hatte. Er war bereits älter. Über fünfzig. Aber kraftstrotzend und beweglich, man sah ihm an, dass er zeitlebens Sport getrieben hatte. Sein Blick war ruhig, starr, hypnotisch. Die grauen Augen hatten etwas Unheimliches.

Salomón stellte ihn lächelnd vor: »Señor Méndez – und mein Kammerdiener, Señor Galán.«

Méndez hob eine Augenbraue.

Er mochte ja sein, wer er wollte, aber er hatte ein gutes Gedächtnis.

Leise sagte er: »Sie habe ich doch schon mal gesehen.«

Ohne mit der Wimper zu zucken, antwortete Galán: »Bestimmt im Hotel Palace in Madrid.«

»Kammerdiener steigen gewöhnlich nicht im Luxushotel ab«, sagte Méndez mit einem liebenswürdigen Lächeln.

»Es muss dort gewesen sein, denn ich erinnere mich auch an Sie. Und was Ihre Verwunderung angeht, mich in einem Luxushotel anzutreffen: Ich war dort nicht abgestiegen. Manchmal habe ich Nachrichten für Freunde von Señor Salomón überbracht, das ist alles.«

Das stimmte wohl, schloss Méndez, sonst hätte er ihn öfter sehen müssen. Verwirrt starrte er auf seinen Gin und wusste nicht, was er sagen sollte. Eigentlich interessierten die beiden, der Gelähmte und sein Leibwächter (denn dass dieser Galán auch sein Leibwächter war, lag auf der Hand), ihn nicht im Geringsten. Salomón selbst holte ihn aus der Bredouille.

»Trinken Sie nur in aller Ruhe, Señor Méndez. Wir werden noch so viele Gelegenheiten haben, uns zu unterhalten, ich will Sie jetzt nicht stören. Galán, würden Sie mich bitte aufs Zimmer bringen. Wenn Sie etwas wollen, Sie finden mich im ersten Zimmer neben dem Restaurant. Guten Tag.«

»Guten Tag.«

Aus den Augenwinkeln beobachtete Méndez, wie Galán den Rollstuhl bis zur Treppe fuhr und ihn dann mit einer Hand – die andere hatte er am Geländer – Stufe für Stufe hinuntergleiten ließ. Dieser verdammte Galán hatte ganz schön Kraft für sein Alter. Alle Achtung.

Méndez trank den zweiten Gin aus.

Da sah er sie.

Früher, als er es erwartet hatte. Sie stiegen aus dem Bus, der sie vom Flughafen gebracht hatte, verweilten eine Weile auf der Landungsbrücke, um die Vorzüge der *Nile Dream* in Augenschein zu nehmen; mit einem ersten glücklichen Lachen versammelten sie sich um den Führer, eine kleine Herde adretter, mit Vitaminen versorgter Touristen, die Schecks schon gezückt. Méndez sah die blinde Frau, die etwas weiter hinten stand, er sah Cañada, Manrique, die Kleine …

Und noch jemanden.

Im ersten Moment konnte er es nicht glauben.

Er dachte laut nach: »Verdammt … Sie sollen mich zu viert abführen, wenn das in der Gruppe nicht Gandaria ist.«

Und er führte den Gedanken zu Ende: »Sie sollen mich zu viert abführen und tun, was sie tun müssen.«

Die Kabine war geräumig und verfügte über zwei Betten, auch wenn Salomón sie allein bewohnte. Links neben der Tür befand sich ein für die Klasse des Schiffs eher bescheidenes Bad. Zur Rechten ein Einbauschrank. Die hintere Wand – und das war das eigentlich Beeindruckende – wurde von einem großen Schiebefenster eingenommen, hinter dem man das trübe blaue Wasser des Nils und das gegenüberliegende Ufer sehen konnte.

Galán schloss die Tür hinter sich, stellte den Rollstuhl ab und murmelte: »Das war keine gute Idee, mich vorzustellen, Salomón. Dieser Geier hat mich sofort erkannt.«

»Eben deshalb. So ist alles viel ungezwungener, als hätten wir nichts zu verbergen. Und auch Sie konnten sich davon überzeugen, dass es derselbe Mann war wie im Palace, Galán. Ich brauchte diese Gewissheit, damit ich keinen Fehler mache.«

»Schön, die brauchten Sie. Aber ich frage mich, was er hier zu suchen hat. Der Kerl ist Polizist.«

Salomón legte das Monokel ab. Das durch das Brillenglas vergrößerte Auge wurde winzig klein, bis es aussah wie das Auge eines Hahns.

»Ganz einfach«, sagte er. »Er hat die Aufgabe, Gandaria um jeden Preis zu schützen.«

»Und Sie glauben wirklich, dass die spanische Regierung so viel Geld ausgeben würde?«

»Die spanische Regierung gibt das Geld aus, für was sie will.«

Galán ließ die Knochen knacken und sah Salomón argwöhnisch an.

»Das verkompliziert die Sache«, sagte er. »Alles sah so einfach aus nach Madrid! Doch nichts da. Sie gehen her und sagen zu mir: ›Gandaria wird sich, nachdem das Attentat gegen ihn fehlgeschlagen ist, sicherheitshalber aus dem Staub machen. Er gönnt sich eine kleine Luxusreise nach Ägypten, weil er weiß, dort wird ihm nichts passieren. Sogar seine beiden Leibwächter hat er zu Hause gelassen. Wir müssen also nur dafür sorgen, dass wir auf demselben Schiff unterkommen, und schon liegt er im Sarg.‹ Das waren Ihre Worte, Salomón.«

»Stimmt. Das waren meine Worte.«

»Geschissen. Sie befürchten immer noch ein Attentat auf Gandaria und schützen ihn weiter. Dieser Bordellpolizist ist nicht hier, um im Nil zu baden.«

»Ich weiß.«

»Er soll Gandaria schützen.«

»Ja, zur Hölle mit ihm, ich weiß.«

Sie verstummten abrupt. Salomón machte eine heftige Bewegung im Rollstuhl, als wollte er Dampf ablassen. Die Federn quietschten finster, trotz ihrer erstklassigen Qualität.

Galán schob sich eine Zigarette in den Mund.

»Ich will den Job gut machen, Salomón«, murmelte er,

als würde er mit sich selbst reden. »Ob sie ihn schützen oder nicht, ich werde Gandaria erledigen.«

»Versuchen Sie, keine Fehler zu machen. Der Mann, der denselben Job hatte, ist gescheitert.«

»Dieser Fernando Torres war ein Anfänger. Außerdem habe ich ihn hier in einem engen Radius, auf einem kleinen Schiff.«

»Fernando Torres hatte ihn auch in einem engen Radius, in einem Hotel.«

»Das ist nicht dasselbe.«

Galán ging zur Tür und wollte sie öffnen. Doch plötzlich drehte er sich noch einmal um und fragte leise: »Warum wollen Sie, dass Gandaria stirbt? Sie haben mit seinen Geschäften nichts zu tun.«

»Nein.«

»Schuldet Gandaria Ihnen Geld?«

»Nein.«

»Versprechen Sie sich einen Gewinn von seinem Tod?«

»Nein.«

»Warum wollen Sie dann unbedingt, dass er stirbt? Warum hassen Sie ihn?«

»Ich habe meine Gründe.«

»Frauen?«

Salomón stieß ein raues Lachen aus und setzte das Monokel wieder auf. Sein Auge nahm wieder die beunruhigende Dimension eines Fischauges an.

»Blödsinn!«, sagte er. »Wegen einer Frau würde ich nie jemanden töten oder töten lassen.«

Wieder gab er dem Rollstuhl einen heftigen Stoß und rollte bis zur Tür. Er war so behände, so geschickt, er hätte bei einem Basketballturnier für Behinderte mitspielen können. Er öffnete die Tür, und Galán ließ ihn vorbei.

Salomón betrachtete den mit Teppich ausgelegten Flur, die mahagonifarbenen Türen, den dienstbeflissenen ägyptischen Kellner mit dem Tablett.

Er sah Méndez.

Und er sah Gandaria.

Gandaria stand direkt bei der Tür. Fast wäre er über ihn gestolpert.

Gandaria stammelte: »Aber …«

Salomón streckte die Arme aus, fast schon überschwänglich, als wollte er seine Liebe über den Rollstuhl hinaus verbreiten, und rief: »Was für ein Zufall! Mein Bruderherz!«

24 Das Mädchen

Méndez gab sich voll und ganz dem Schlaraffenleben auf dem Kreuzfahrtschiff hin. Zum ersten Mal, seit er denken konnte, frönte er der Betrachtung, dem Denken und vor allem dem Genuss des Lebens.

Die ersten beiden Dinge hatte er immer getan; doch in seiner Vorstellung hatte das den Genuss per se ausgeschlossen. Aber jetzt war er überzeugt, dass niemand in Gefahr war – er wurde auf dem Schiff ungefähr so dringlich gebraucht wie ein Feuerwehrmann in der Hölle –, und von diesem friedvollen Gefühl ließ er sich einlullen.

Doch so einfach war die Sache nicht. Auf dem einheimischen Markt von Assuan, zu dem ihn sein Geruchssinn geführt hatte, freundete er sich mit ein paar Händlern an, er zeigte ihnen Fotos von Marta Sánchez mit schwarzen Seidenstrümpfen, und eine Verkäuferin gab eine Bauchtanzvorführung für ihn. Méndez fing gerade an, sich für den Bauchnabel der Frau zu interessieren, also für die ägyptische Kultur, als man ihn rettete. Einen ganzen Tag lang war er zutiefst niedergeschlagen.

Assuan – hatte man ihm gesagt – war die offenste und freundlichste Stadt von Ägypten, vielleicht weil dort schon immer Handel getrieben wurde; im Land der Pharaonen war sie immer schon das Tor für die Produkte aus Schwarzafrika gewesen – Felle, Gewürze, Holz und natürlich die ein oder andere zu allem bereite Frau. Was würde ihn in anderen, kargeren, islamischeren, langweiligeren Gefilden erwarten? Dass üppige Frauen für ihn ihren Bauch wackeln ließen? War nicht eher zu befürchten, dass man ihm anstatt Frauen im gebärfähigen Alter einen unschuldigen Knaben anbot?

Doch die Ruhe der Reise besänftigte ihn. Ägypten hat eine große Persönlichkeit – sagte er sich –, denn das Land schien sich seit biblischen Zeiten nicht verändert zu haben. Es herrschten immer noch Naturelemente vor, die es seit Anbeginn der Welt gab, wie Palmen, der Esel, die Ruhe, das Licht, die bäuerliche Hand. Jesu Familie könnte dorthin zurückkehren und hätte das Gefühl, alte Freunde und alte Gläubiger wiederzutreffen, kurz das Gefühl, nie fortgewesen zu sein. So weit das Auge reichte, war nirgends die Entartung durch eine Maschine zu erkennen.

Das Mädchen hatte es ihm gesagt. Das Mädchen, das keine Ahnung von der Welt hatte, hatte seine Gedanken mit einem Wort zusammengefasst: »Frieden …?«

Sie deutete auf die Landschaft. Sie streckte ihm die Hand hin. Méndez, der gerade an alte Huren in seinem Bezirk dachte, Frauen, die in ihrem Leben nicht mehr gesehen hatten als ein Bett, ein Bidet, einen Penis, ein Dach und eine Katze, spürte, wie seine Hand allein durch den Kontakt mit der Hand des Mädchens rein gewaschen wurde.

»Frieden …?«

Es war klar, dass es sich um ein Spiel handelte. »Freunde?« Ja, klar, Freunde. Méndez, der verkommene Méndez, streckte ihr die Hand hin und lächelte. Er betrachtete die leicht schrägen Augen, das ein wenig klobige Gesicht, die seidene Haut, die Hände, die Liebe schenkten, die Stirn, hinter der nie auch nur ein böser Gedanke, nie ein böses Wort entstanden war, und stellte überrascht fest, dass sein Lächeln zu einem breiten Grinsen, zu einem Lachen wurde. Im Namen aller Heiligen … wie lange hatte Méndez nicht mehr gelacht? In den angesehenen Annalen des Barrio Chino von Barcelona – die ja bekanntlich lang und tiefschürfend sind – würde niemand behaupten, je Zeuge eines solchen Wunders geworden zu sein. Méndez lacht! Und das vor einem kleinen Mädchen!

»Freunde«, sagte Méndez. »Freunde fürs Leben.«

Der Kleinen hatte man zweifellos gutes Benehmen beigebracht. Bestimmt hatte man zu ihr gesagt: »Gutes Benehmen wird dein einziger Schutzschild im Leben sein.« Das gute Benehmen der anderen, dachte Méndez voller Bitterkeit, und sein Blick wurde zärtlich. Mögen die Straßen dich nicht verschlucken, meine Kleine. Mögen da immer Augen sein, die auf dich warten, eine Hand, die dich führt, ein Mund, der deinen Namen nennt. Mögest du immer Freunde finden, aber bessere Freunde als Méndez.

Sie hatte immer noch die Hand ausgestreckt.

»Wie heißen Sie, Señor?«

»Ich, Méndez.«

»Ich, Olga.«

Sie setzte sich auf seine Knie. Ihr war eine kindliche Hemmungslosigkeit eigen, die Natürlichkeit eines jungen Hundes, der dich an einer Ecke ansieht und auf dich zukommt, weil er glaubt, dass die ganze Welt gut ist und jeder ihn streichelt. Sie sah Méndez an und lachte. Méndez spürte ein unbezwingbares Bedürfnis, dem Mädchen einen Kuss zu geben.

Er tat es nicht.

Er wollte sie nicht beflecken.

»Gib mir einen Kuss«, sagte er.

»Warum?«

»Dort, wo du mich küsst, werde ich nie mehr einen Pickel bekommen.«

Gemeinsam betrachteten sie vom Schiff aus die herrlich grüne Landschaft zu beiden Seiten. Nur ein schmaler Streifen direkt am Fluss war fruchtbares Land, aber es musste das beste der Welt sein, dachte Méndez. Da und dort sah man die Minarette der Moscheen, die mit ihrem Weiß den blauen Himmel durchbrachen, der drückend auf ihnen lastete. Aber mitten auf dem Fluss war die Luft angenehm frisch.

»Hast du eine Schwester?«, fragte er.

»Ja. Mercedes.«

»Wo ist sie?«

»In der Schule.«

Méndez schloss die Augen.

Olga fragte leise: »Was ist mit dir?«

Verdammt, dachte Méndez. Wie tief bin ich gesunken! Bis jetzt haben nur Frauen meine Gedanken erraten, die mindestens zwanzig Jahre im Geschäft waren. Und jetzt errät sie schon ein kleines Mädchen.

»Nichts, Kleines.«

»Bist du froh?«

»Aber ja.«

Olga legte den Kopf an seine Schulter.

Méndez wusste nicht, wie ihm geschah. Am liebsten hätte er die Augen noch ein weiteres Mal geschlossen.

Da fiel ein Schatten über die beiden.

Eine dunkle Stimme fragte: »Haben Sie Kinder, Señor Méndez?«

»Nein.«

»Das könnte man aber meinen, wenn man Sie so sieht.«

Méndez blickte in Galáns ausdrucksloses Gesicht. Méndez hatte so viele tote Männer gesehen (und so viele ihrer Mörder), dass er tief in ihren Augen die feine Spur des Bluts gewahrte. Galán verbarg sie nicht einmal, er trug die Blutspur offen im Blick.

Méndez verzog den Mund.

»Ich habe Kinder in den Straßen gesehen«, murmelte er. »Es mussten nicht meine eigenen sein.«

»Und?«

»Nichts. Kinder lehren dich vieles.«

»Aha.«

Galán betrachtete die Landschaft. Es war merkwürdig, mit einem Auge erfasste er die Landschaft und mit dem anderen das Mädchen. Langsam, wie einstudiert, reichte er ihr die Hand, doch Olga nahm sie nicht. Im Gegenteil, sie wandte sich ab. Sie wollte die Hand nicht.

Offenbar hatte auch sie die Blutspur gesehen, die nicht nur in Galáns Augen lag, sondern vor seinen Augen herumtanzte.

Galán murmelte: »Sie wissen, in welchem Metier ich tätig bin, nicht wahr, Méndez?«

»Ja.«

»Was bin ich Ihrer Meinung nach?«

»Es gibt eine alte, ehrenwerte Zunft.«

»Die der Mörder?«

»Ja. Und ich sage alt, weil es sie schon immer gab. Und ich sage ehrenwert, weil es nur noch wenige echte Fachleute gibt. Man muss sie schützen.«

»Und woher wissen Sie, dass ich zu diesem Clan gehöre?«

Méndez lachte feinsinnig.

»Weil ich die Scheiße rieche, auch wenn sie parfümiert ist«, sagte er.

»Beleidigen Sie mich nicht, Méndez.«

»Das war nicht meine Absicht.«

Méndez lächelte wieder. Sein Gesicht hatte jetzt einen fast schon feinen Ausdruck, und das verhieß nichts Gutes. Während er der Kleinen über das Haar strich, fragte er: »Haben Sie Kinder, Galán?«

»Ja. Ich habe ein Kind … eine Tochter.«

»Sehen Sie sie oft?«

»Ja. Ich sehe sie oft.«

»Das dürfte schwer sein, bei Ihrem Job.«

»Stimmt. Trotzdem sehe ich sie oft.«

Méndez dachte, dass er log.

Olga hatte sich an Méndez' Schulter geschmiegt. Vielleicht war es das erste Mal, dass sich ein kleines Mädchen ihm so hingab. Wieder strich er ihr über das Haar, fast ohne sie zu berühren.

»Verheiratet?«, fragte er.

»Getrennt.«

»Irre ich mich, oder arbeiten Sie nur für Ihre Tochter?«

»Nein, Sie irren sich nicht.«

»Und ihretwillen wollen Sie nicht scheitern?«

»Genau. Ihretwillen will ich nicht scheitern.«

Méndez nickte.

»Ein komisches Gefühl, an diesem Ort zu reden.«

»Warum?«

»Weil ich gewöhnlich in heruntergekommenen Bars und dunklen Zimmern rede.«

»Sie werden es nicht glauben. Ich auch. Aber ich kann mir den Luxus nicht erlauben, die Orte auszuwählen, wissen Sie. Ich musste schon mehrfach um die Welt reisen.«

»Und Sie sind hier, um Salomón zu schützen, nicht? Das ist ein Märchen, dass Sie ihm behilflich sind. In Wahrheit schützen Sie ihn.«

»Ja.«

»Wussten Sie, dass Salomón Ismael Gandarias Bruder ist?«

»Das ist kein Verhör. Ich antworte Ihnen nur, wenn ich mag, Méndez.«

»Dann lassen Sie es.«

Galán lachte. Wieder streckte er dem Mädchen die Hand hin, und wieder bemerkte er sofort und ohne dass sie es deutlich zeigte, dass das Mädchen ihn ablehnte. Langsam zog er die Hand zurück.

»Sie haben mir keine Antwort gegeben. Ich habe Sie gefragt, ob Sie wussten, dass Salomón der Bruder von Ismael Gandaria ist.«

»Nein, woher sollte ich das wissen! Ich habe es erst hier erfahren. Ich kannte nicht einmal Salomóns Nachnamen, aus einem einfachen Grund: Männer wie ich stellen kaum Fragen. Je weniger du weißt, desto weniger hängst du mit drin.«

»In Ihrem Fall ist das absurd, Galán. Männer wie Sie wollen wissen, wen Sie schützen.«

»Sie haben recht. Aber Salomón führt nicht den Namen Gandaria, er benutzt immer den Namen seiner Mutter.«

»Aus Angst, man könnte ihn töten, wie seinen Bruder?«

»Nein. Da liegen Sie falsch, Méndez. Salomón wurde nie bedroht, weil er nie einen Fuß ins Baskenland gesetzt hat. Ismael Gandaria hat seine Interessen, seine Beziehungen und seine Geschäfte im Norden. Salómon will und kann nicht aus Madrid weg, wie ich erfahren habe. Seine Geschäfte sind ganz anderer Natur als die seines Bruders. Salomón ist wohl, soweit ich das überblicke, im Bankgeschäft. Und das ist alles. Aber für den Fall der Fälle wird er immer von einem Mann wie mir begleitet.«

»Eine letzte Frage, Galán. Jetzt, da Sie es wissen, haben Sie den Eindruck, dass die beiden Brüder sich schätzen?«

»Sehr.«

»Und woran haben Sie das festgemacht? An der überschwänglichen Begrüßung? Glauben Sie an so etwas?«

»Oh, nein. Ich gehöre nicht zu denjenigen, die jede Umarmung für echt halten. Aber als ich erfuhr, dass Salomón ebenfalls Gandaria heißt, bin ich in seine Kabine gegangen und habe ein wenig in seinen Papieren geschnüffelt, während er in der Bar war. Es ist merkwürdig, wissen Sie. Er hat ein Fotoalbum. Und auf jedem Foto ist Ismael zu sehen, und immer umarmt er ihn. Als wäre er der einzige Mensch auf der Welt, den er über alles liebt.«

»Fotos aus der Kinderzeit?«

»Nein. Erst vor ein paar Jahren aufgenommen.«

Méndez strich über das Haar des Mädchens, das sich auf seinen Knien sanft hin und her wiegte. Olga lachte. Galáns Blick ruhte weiter auf ihr, als er fragte: »Woran denken Sie, Méndez?«

»An nichts. Daran, dass das wirklich eine Vergnügungsreise ist. Es gibt nichts zu tun. Absolut nichts. Gandaria ist in keinerlei Gefahr.«

Galán sagte mit unbewegter Miene: »Nein.«

Méndez betrachtete mit großen Augen den Horizont und murmelte: »Wir erreichen Kom Ombo.«

25 Erste Enthüllung

»Die Leute denken – und vielleicht Sie auch –, je weiter man den Nil hinauffährt, desto älter seien die Denkmäler«, erklärte der Führer. »Nun, das Gegenteil ist der Fall. Ägyptens wahres Altertum sind die auf der ganzen Welt bekannten Pyramiden, Sakkara, die Nekropole der Residenzstadt Memphis oder Giseh. Der Ort, an dem Sie sich jetzt befinden, zählt zum untergehenden Ägypten unter den Ptolemäern, als die Griechen bereits die Pharaonen ersetzt hatten. Morgen in Edfu werden wir das großartige Relief bestaunen, auf dem die Krönung eines Ptolemäers abgebildet ist. Sie werden sehen, dass man ihm die Doppelkrone aufsetzt, Symbol der Vereinigung von Ober- und Niederägypten zu einem einzigen Land unter dem ersten Pharao Menes. Und Sie werden noch etwas anderes feststellen: Der König der Ptolemäer hat bei der Krönungszeremonie den linken Fuß leicht vorgeschoben, als wolle er gerade losgehen, und das bedeutet, dass er lebt. Jeder Ägyptologe weiß das. Wenn bei der Statue eines Pharaos der linke Fuß vorgeschoben ist, lebte er, als die Statue angefertigt wurde. Sind die Füße geschlossen, war er tot. Und jetzt werfen Sie einen Blick auf Gott Sobek mit dem Krokodilskopf …«

Méndez hörte aufmerksam zu. In seinem schwarzen Anzug inmitten all der weiß gekleideten Menschen hätte man ihn für den Notar halten können, der das Testament für Tutanchamun verfasste. Er hörte die Geschichte vom Nilometer, einem Schacht mit Pegelsäule, in den man über eine Treppe gelangte. Je nach Wasserstand berechneten die Steuereintreiber – eine offenbar unausrottbare Plage – wie viel Wasser den Landarbeitern für die Bewässerung zur Verfügung stand und wie viel Steuern sie folglich zu zahlen hatten. Ebenso aufmerksam hörte er sich die Geschichte der Leute an, die den Tempel aufsuchten, um den dortigen Gott bei wichtigen Entscheidungen zu befragen. Wenn ein Bauer erschien – natürlich mit einer Opfergabe –, um den Gott zu fragen, ob er eine bestimmte Frau heiraten solle oder nicht, verlangte man von ihm, unermüdlich um den Tempel herumzugehen, bis er Gottes Wort vernahm. Und das Wort, also die göttliche Antwort, kam immer. Darum kümmerte sich ein anderer, natürlich geschickt verborgener Priester. Wenn die Opfergabe Gefallen fand, sagte man dem Bauern, er solle heiraten und weit fortziehen. War die Opfergabe eher schlecht oder mittelmäßig ausgefallen, teilte man ihm mit, der Gott hege ernsthafte Zweifel, und es wäre besser, wenn er an einem anderen Tag wiederkäme, um sich eine umfassendere Antwort zu holen. Das bedeutete natürlich für jeden Besuch eine weitere Opfergabe. Und der arme Kerl kehrte immer wieder zurück, bis die Opfergabe Gottes Stellvertretern würdig erschien.

Méndez lauschte verzückt.

Die Geschichte der menschlichen Sitten, von der er immer geglaubt hatte, sie sei modern, war in Wahrheit schon sehr alt.

Dasselbe galt für die Plagen der Menschheit.

In der Beziehung Mensch – öffentliche Macht hat sich kaum etwas verbessert, dachte Méndez weiter. Und er musste sogar zugeben, dass in den alten Zeiten die Machthabenden mehr Fantasie hatten, die Leute hinters Licht zu führen, und folglich verdienstvoller waren.

Doch hinter all diesen Gedanken steckte noch etwas anderes.

Er vermochte es nicht genauer zu benennen.

Aber es existierte.

Méndez schloss die Augen.

Verdammt ….

Was war es nur?

»Die Toten wurden mit einem Schiff in die andere Welt gebracht«, erklärte der Führer weiter. »Morgen in Edfu werden Sie ein großartiges Beispiel eines solchen Schiffs ins Jenseits bestaunen können. Dieses Schiff, hoffnungsvoll und unheimlich zugleich, trug vorn und hinten ein Bild der Sonne. Manchmal aber auch, wie bei dem, das Sie morgen in Edfu sehen werden, das Bild eines Gottes.«

Die Stimme kam und ging.

Sie entfernte sich.

Sie drang nicht zu Méndez vor.

Was zum Teufel ging da vor?

Da fiel ein riesiger Schatten auf ihn.

Es war der Gorilla.

Quílez sagte: »Es geht Ihnen bestimmt fantastisch, Méndez.«

»Das weiß man nie so genau.«

»Ich verstehe nicht, warum zum Teufel Cañada, Manrique und Clara Alonso mit der Kleinen hierhergekommen sind. Das ist das Reich des Jenseits, Méndez, das Reich der armen, verachteten Toten. Es gibt hier nur Steine und Gräber. Keine Spielhöllen. Keine Kneipen. Nichts zum Vögeln. Keine Muschis. Keine Hintern. Keine Frauen. Sie wissen schon.«

Méndez sagte entschieden: »Stimmt. Es ist das Letzte.«

»Warum dann?«

»Es ist von hohem kulturellen Interesse.«

»Kommen Sie mir nicht mit diesem Blödsinn, Méndez. Seit wann interessieren Sie sich für Kultur?«

»Ich lese immer an den Bushaltestellen.«

»Na, wenn Sie so viel lesen, dann können Sie mir vielleicht sagen, was die hier suchen. Und wie's aussieht, ist die Reise schon seit ewigen Zeiten geplant.«

»Sie wollten einfach weg, Quílez.«

»Aus Angst, man könnte Olga entführen wie die andere?«

»Ich denke schon«, sagte Méndez nachdenklich. »Jeder hat das Recht, sich zu fürchten, aber ich glaube, der Kleinen wird nichts passieren. Der Mann, der ihre Schwester Mercedes entführt hat, ist tot. Und der, der die Anweisungen gegeben hat, ein Polizist, ebenfalls. Es sind keine Feinde mehr übrig, Quílez. Das Vaterland genießt in Frieden, wie es in der Hymne der Guardia Civil heißt. Außerdem, wer sollte Olga entführen? Wir befinden uns auf einem kleinen Schiff. Mitten auf dem Nil. Umgeben von Wüste. Keine Möglichkeit, sich hier klammheimlich aus dem Staub zu machen. Noch dazu wird die Kleine von einem Gorilla geschützt.«

Finster fragte Quílez: »Bin ich der Gorilla?«

»Anwesende sind ausgenommen.«

»Sie sind ein Idiot, Méndez.«

»Jetzt seien Sie doch nicht beleidigt, Quílez. Ich will damit nur sagen, dass weder Gandaria noch das Mädchen hier in Gefahr sind. Es wird nichts passieren.«

»Aber Sie haben immer noch dieses Totengesicht, Méndez.«

»Mir geht ein verdammter Gedanke nicht aus dem Kopf.«

»Welcher? Sagen Sie schon.«

»Ich weiß es nicht. Es ist nicht mal eine Idee. Am besten vergesse ich das Ganze. Das Klima hier hat meine Nerven durcheinandergebracht. Das wird es sein.«

Quílez lachte auf.

»Gut, Méndez. Hier wird nichts passieren. Auf, dann lassen Sie uns verschwinden. In der Bar auf dem Schiff bekommen wir noch was zu trinken.«

Er wandte sich um.

Da geschah es.

Bestimmt hatte Quílez noch etwas gesehen.

Doch er konnte nur flüstern: »Aber ich …«

Quílez' Körper drehte sich um sich selbst und klappte zusammen; ein Röcheln kam aus seiner Kehle.

Der Pfeil war in seinen Mund eingedrungen.

26 Die Botschaft

Méndez warf sich sofort zu Boden. Wieder hochzukommen, wäre eine andere Sache, aber das Hinwerfen klappte hervorragend. Er rollte über den Boden, seine Gelenke knackten; er hörte einen leisen Knall wie von einem Sektpfropfen, und dann pfiff der zweite Pfeil durch die Luft.

Ihm war, als geschähe alles gleichzeitig, während er noch zu Boden ging. Der Pfeil sauste an seinem Kopf vorbei, und man hörte ein »tock«. Er war gegen einen der riesigen Steine des Tempels geprallt.

Méndez drehte sich um, und wieder hatte er das Gefühl, sein Körper ächzte. Er blickte in die Richtung, aus der der Knall gekommen war, aber es war nichts zu sehen. Nicht einmal die Händler, diese biblische Plage, die alle Besucher in Ägypten heimsuchte. Der gesamte Abschnitt des Tempels war leer.

Während er sich mit Quílez unterhielt, hatte er gar nicht bemerkt, dass die Gruppe sich mit dem Führer entfernt hatte. Jetzt kam er sich vor wie der einzige Bewohner auf der Welt, als wäre Kom Ombo wieder ein vergessener Tempel, als hätten die Steine sich verteilt und der Sand wieder alles verschlungen.

Aber Méndez' Verstand arbeitete schneller als seine Muskeln. Ihm war sofort klar, dass der Pfeil aus einer Spezialpistole abgeschossen worden war, von einer der Ecken des Tempels aus. Und er hätte wetten können, dass die Pfeilspitze vergiftet war. Der Mörder oder die Mörderin wollte auf Nummer sicher gehen.

Selten hatte Méndez so tief in sich drin, so tief in seinem Blut, das Gefühl des Todes verspürt. Doch in seinem Gesicht sah man nichts davon, als er sich aufrichtete, beweglich wie schon seit Jahren nicht mehr. So schnell er konnte, rannte er zu der Ecke des Tempels, obwohl dort ein weiterer Pfeil auf ihn warten konnte.

Aber er sah nur in der Ferne die Besuchergruppe, die bekannten und die unbekannten Gestalten. Passagiere, deren Namen er nicht kannte, anonyme Gesichter, anonyme Hände, Gedanken, in die er nie würde eindringen können. Jeder von ihnen, die das Schicksal auf diesem Vergnügungsschiff zusammengeführt hatte, könnte Quílez' Mörder sein.

Und noch etwas machte sie alle verdächtig: Sie standen verstreut am Eingang des Tempels und kauften Souvenirs. Das hieß, jeder von ihnen hätte unauffällig noch einmal zurückgehen und die Pfeile abschießen können.

Méndez' Mund war schrecklich trocken.

Er brummte vor sich hin.

Denn seine Gedanken gingen weiter. Sein Verstand sagte ihm, man hatte Quílez aus dem Weg geräumt, damit die kleine Olga schutzlos war!

Er schauderte bei dem Gedanken.

Aber man hatte auch versucht, ihn zu töten. Warum? Aus Angst, er könnte etwas gesehen haben? Oder damit Gandaria ebenfalls wehrlos war?

Méndez spürte, dass seine Knie zitterten.

Denn der Gedanke von vorhin kehrte zurück. Was hatte ihn da nur überkommen, als der Führer von dem vorgeschobenen linken Fuß sprach? Was? Was? *Was?*

Da hörte er neben sich eine Stimme: »Was ist mit Ihnen, Señor Méndez?«

Méndez drehte den Kopf zur Seite.

Der Fremdenführer.

»Ich fühle mich, als ob man mich durch … durch … durch …«

»Kann ich etwas für Sie tun?«

Méndez schnalzte mit der Zunge und schluckte.

»Haben Sie die Gruppe unter Kontrolle?«

»Was meinen Sie damit?«

»Ob Sie alle im Auge haben.«

»Jetzt nicht. Sie kaufen ein. Die einen hier, die anderen da. Sehen Sie das denn nicht? Was haben Sie, Señor Méndez? Haben Sie den Krokodilgott durch den Tempel spazieren sehen?«

»Ich hab die Eier des Krokodils gesehen.«

Er deutete auf Quílez' Leiche mit dem Pfeil im Mund.

Der Führer stützte sich an der Mauer ab, als zitterten nun ihm die Knie.

»Mein Gott …«, stammelte er.

»Sind Sie katholisch?«

»Ich bin koptischer Christ.«

»Bewahren Sie Stillschweigen. Bringen Sie die Reisenden zum Schiff, und rufen Sie von dort die Polizei an. Ich gehe davon aus, an diesem verfluchten Totenort wird es ein paar lebende Polizisten geben.«

»Ja. Ein paar gibt es.«

»Keinen Aufruhr. Wenn man nach Quílez, dem Toten, fragt, sagen Sie, er hätte sich einen Knöchel verstaucht und wäre bald wieder dabei. Ich werde hier warten. Ich will mit dem Polizisten sprechen. Verstanden?«

Er hatte Glück, denn bereits eine halbe Stunde später war die Polizei vor Ort. Die bedeutende Exekutive bestand in einem Uniformierten und einem Kerl in grüner Hose und grünem T-Shirt. Sie studierten Méndez' Polizeimarke, grüßten ihn herzlich, umarmten ihn, erkundigten sich nach seiner Familie und nach der Höhe des Polizistengehalts in Spanien, und erst dann nahmen sie den Toten in Augenschein.

»So etwas habe ich noch nie gesehen«, meinte der in Blau, der sich als Nabib vorgestellt hatte. »Gewöhnlich kommen die Leute an den Nil, um sich Geschichten über Tote anzuhören, aber nicht, um zu sterben.«

»Der ist ja nicht von selbst gestorben«, brummte Méndez.

»Nein, natürlich nicht. Ich wette, die Pfeilspitze ist vergiftet. Fällt Ihnen an der Leiche etwas auf, Señor Méndez?« Nabib sprach ein korrektes Französisch, eine Sprache, die Méndez ziemlich gut verstand. »Na? Fällt Ihnen etwas auf? Der Tod ist plötzlich erfolgt, er hat nicht einmal versucht, die Hände zum Pfeil zu heben. Da gibt es zwei Möglichkeiten: Entweder der Pfeil ist ins Rückenmark eingedrungen, was ich für eher unwahrscheinlich halte, oder das Gift hat blitzartig gewirkt, als es sich mit dem Blut einer Halsschlagader vermischte. Haben Sie etwas gesehen? Denn aus dem anderen Pfeil da schließe ich, dass man auch versucht hat, Sie zu töten.«

Méndez sah ihn bewundernd an.

»Ich hätte nicht gedacht, dass die ägyptische Polizei so eine … so eine gute Beobachtungsgabe hat«, sagte er leise.

»Señor Méndez, leider tun wir seit fünftausend Jahren nichts anderes als beobachten.«

»Dann hoffe ich, dass Sie etwas sehen, das mir entgangen ist. Wie geht das jetzt mit den Formalitäten weiter?«

»Uns bleibt keine andere Wahl, als in Luxor anzurufen, das ist die nächstgelegene Stadt mit einer größeren Polizeidienststelle. Und der einzige Ort, von dem aus man problemlos nach Kairo telefonieren kann. Auch wenn der offizielle Teil ohne Ihre Anwesenheit erfolgen kann, benötigen wir Sie später als Zeugen, Señor Méndez. Auf welchem Schiff reisen Sie?«

»Auf der *Nile Dream*.«

»Der Presidential Line?«

»Ja.«

»Haben Sie dafür irgendeinen Nachweis?«

»Den Schlüssel zu meiner Kabine.«

»Gut. Die *Nile Dream* fährt weiter bis Luxor, dann treffen wir uns dort. Mit dem Auto sind wir schneller. Wenn Sie an Land gehen, haben wir schon mit unseren Kollegen gesprochen. Vielleicht kommen wir mit den anderen ja weiter. Dieses Verbrechen ergibt keinen Sinn.«

Méndez presste die Lippen zusammen.

Doch, tat es.

Man hatte Quílez nicht um seinetwillen umgebracht,

sondern weil er der Einzige war, der die kleine Olga verteidigen konnte.

Doch er sagte nichts.

Nabib bemerkte: »Ich hoffe, wir werden Sie nicht allzu lange aufhalten und Ihnen nicht den Ausflug ins Tal der Könige verhageln. Das werden Sie doch sicher sehen wollen.«

»Da sind ein paar Gläubiger von mir begraben«, sagte Méndez.

»Dann besuchen Sie sie. Wissen Sie, wo das Tal der Toten liegt?«

»Aber ja. Außerdem werde ich ja hingefahren.«

»Behalten Sie trotzdem das Folgende im Hinterkopf, Señor Méndez: Alles, was mit den Lebenden zu tun hat, liegt am östlichen Ufer, der Seite des Sonnenaufgangs. Alles, was die Toten betrifft, befindet sich am Westufer, wo die Sonne untergeht. Bei den ägyptischen Riten ist nichts zufällig, Señor Méndez. Alles folgt der Logik der Natur.«

Méndez murmelte: »Ja, das wird mir auch langsam klar.«

»Die Europäer tun nichts im Einklang mit der Logik der Natur. Sie folgen in allem der Logik der Uhren und des Profits.«

»Ich habe stets versucht, diesem schlechten Beispiel nicht zu folgen«, brummte Méndez. »Ich schaue nur selten auf die Uhr, und ich habe noch nie Gewinn aus etwas gezogen.«

»Eine weise Haltung. Was haben Sie jetzt vor? Werden Sie auf das Schiff zurückkehren?«

»Aber ja. Sobald wie möglich.«

»Haben Sie es so eilig?«

»So eilig, dass ich nicht mal Zeit habe, Atem zu schöpfen. Jede Sekunde zählt.«

»Warum?«

Méndez starrte ins Leere.

»Es heißt, im Tempel von Edfu gibt es eine Sonnenbarke«, sagte er, »eines dieser Schiffe, die die Seelen der Verstorbenen in die andere Welt bringen. Das Schiff, auf dem ich reise, ist auch eine Art Sonnenbarke. Das Schiff der Toten.«

Auf der *Nile Dream* war keinerlei Unruhe zu bemerken. Ein paar Passagiere saßen an der Bar und unterhielten sich über die Eindrücke des Tages mit jener fröhlichen Gelassenheit, die sich einstellt, wenn die Probleme – sofern vorhanden – dreitausend Kilometer weit weg sind. Andere betrachteten vom Oberdeck schweigend die Nacht. Im Mondlicht wirkte der Fluss so reglos wie ein Band aus altem Silber.

Manrique befand sich auf dem Oberdeck, aber etwas entfernt von den anderen. Er stand sofort auf, als er Méndez kommen sah.

»Was ist passiert?«, flüsterte er.

»Nichts. Ich bin bei Quílez geblieben, falls er etwas braucht.«

»Hat er sich wirklich den Knöchel verstaucht, wie der Fremdenführer sagt?«

Méndez schüttelte den Kopf.

»Nein«, sagte er sehr leise.

»Nein? Was ist dann passiert?«

»Sie und Cañada sollten die Wahrheit wissen. Bei Clara Alonso bin ich mir nicht sicher. Das müssen Sie beide entscheiden. Es gibt Menschen, die kann man nicht täuschen. Quílez wurde ermordet.«

Manrique ließ sich in den Stuhl fallen, als versagten ihm die Beine.

Er legte kurz die Hände über die Augen und fragte leise: »Was sagen Sie da …?«

»Sie haben Quílez angeheuert, damit er die Kleine beschützt, nicht wahr?«

»Ja. Das war Claras Idee, sie war halbtot vor Angst. Das kann man ja auch verstehen. Was ihr mit Mercedes widerfahren ist, prägt einen fürs Leben. Schon bevor man das Lösegeld für Mercedes forderte, hatten wir vor, ins Ausland zu verschwinden, Mercedes und Olga weit wegzubringen. Wir waren überzeugt, an Bord eines Kreuzschiffes auf dem Nil würde uns nichts passieren. Trotzdem hat Clara darauf bestanden, einen erstklassigen Leibwächter mitzunehmen.«

»Und nach der Beerdigung von Mercedes haben Sie an Ihrer Idee festgehalten, nicht wahr? Der Mörder des armen Mädchens war tot, aber die Angst hat Sie nicht losgelassen. Das finde ich nachvollziehbar, dass Sie mich recht verstehen …« Méndez, der die ganze Zeit über im Flüsterton gesprochen hatte, sah sich argwöhnisch um, um sicherzustellen, dass niemand mithörte. »Sie haben die Tickets für die Ägyptenreise behalten und sich gesagt, Olga wäre dort sicherer. Ist es so?«

Manriques Lider flatterten, als er fragte: »Wollen Sie damit andeuten, Quílez' Ermordung bedeutet, dass Olga in Gefahr ist?«

»Ja.«

»Hier, auf dem Schiff?«

»Ja.«

Manrique sackte in sich zusammen. Er war zu alt, um noch zu kämpfen. Er lehnte den Kopf gegen die Reling, als wäre ihm schwindelig, und schien gar nicht zu bemerken, dass Méndez ihm beruhigend die Hand auf die Schulter legte.

»Lassen Sie sich nicht hängen, Manrique. Wir werden gemeinsam kämpfen«, sagte er leise.

»Kämpfen … Gegen wen?«

»Ich weiß es nicht, aber ich habe eine Hilfe.«

»Was soll das sein?«

»Die Botschaft eines Toten.«

Manrique hob den Kopf.

»Auch Sie leiden langsam unter den Krankheiten des Nils.«

»Keineswegs. Der Nil hat mir die Lösung verraten, aber die Botschaft wurde mir in Barcelona übermittelt, ziemlich weit weg von hier.«

»Ja? Und von welchem Toten stammt sie? Ich hoffe, das ist kein Scherz, Méndez.«

»Natürlich ist das kein Scherz. Der Tote ist Ángel Martín, der Mercedes mit eigenen Händen ermordet hat. Und sie entführt hat, klar. Aber er hat es auf Befehl von jemandem getan.«

»Von wem?«

»Es gab ein erstes Glied in der Kette.«

»Könnten Sie weniger in Rätseln sprechen?«

»Dieses Glied war ein korrupter Polizist namens Marquina. Er sollte mit seinem Wissen und seiner Position Ángel Martíns Arbeit decken, ihm technische Hilfestellung geben, damit er problemlos die Beute in Sicherheit bringen konnte. Dank dieser Schützenhilfe konnte Martín der Falle der Polizei entkommen, wenn auch ohne Lösegeld. Ah, ich muss Ihnen nicht extra sagen, Manrique, dass der korrupte Marquina ein paar Millionen für seine ›technische Unterstützung‹ kassiert hat.«

»Nein. Das müssen Sie nicht.«

»Ich weiß nicht, was mit Ángel Mártin passiert wäre,

wenn alles glattgegangen wäre, aber ich vermute mal, sie hätten ihn trotzdem beseitigt. Martín war unterste Kategorie, ein schmutziger Mörder, ein Exgefangener mit einer Polizeiakte, also eine Gefahr. Er war ihnen nützlich für den Moment, aber danach war er ihnen nur noch lästig. Außerdem ist die Sache noch schiefgelaufen. Das Geld war futsch. Ángel Martín hatte die Nerven verloren. Da beschloss Marquina oder der Drahtzieher, ihn fallen zu lassen.«

»Wenn er ihnen im Weg war, hätten sie ihn töten können, ohne dieses ganze Theater zu veranstalten«, warf Manrique mit unerbittlicher Logik ein. »Dieser Marquina, von dem sie reden, ist schließlich Polizist. Oder ›war‹, keine Ahnung.«

»Ebendarum.«

»Ich verstehe nicht, worauf Sie hinauswollen.«

»Wir sprechen über einen gefährlichen Kerl wie Ángel Martín. Ein misstrauischer Vogel. Ein Geier. Kurz: ein Mann, der sich nicht so einfach töten lässt, den man nicht so leicht in eine Falle locken kann.«

»Ich glaube, allmählich verstehe ich, was Sie sagen wollen.«

»Wenn Marquina versucht hätte, Ángel Martín zu töten, wäre er vielleicht am Ende selbst tot gewesen. Es war besser, ihn fallen zu lassen und dafür zu sorgen, dass er verhaftet wird. Wäre Martín erst in Polizeigewahrsam oder im Gefängnis, wäre er ihnen wehrlos ausgeliefert gewesen. Ein normaler Bürger konnte ihn nicht töten, wohl aber ein Polizist. Man hätte nur einen Fluchtversuch vortäuschen müssen. Oder noch einfacher: Man kauft einen Gefangenen, damit er in irgendeiner Nacht den Job erledigt. In spanischen Gefängnissen werden jedes Jahr viele solcher ›Jobs‹ erledigt. Und sensationell billig.«

»Und wenn Ángel Martín vorher geredet hätte? Diese Gefahr bestand immerhin …«

»Ángel Martín hätte nicht mir nichts, dir nichts alles ausgeplaudert. Wenn ein Mörder etwas weiß, ist das sein einziges Pfand. Das gibt er nicht einfach so aus der Hand, im Gegenteil, er wird versuchen, einen guten Preis dafür zu erzielen. Einen Deal. Und während Martín noch darüber nachdachte, mit wem er den Deal machen sollte, war er schon tot. Ich glaube, Marquina hat sich aus seiner Sicht richtig verhalten, denn er hat all seine Vorteile ausgenutzt. Außerdem bestand so noch die Möglichkeit, dass man ihm, hätte er sich seiner Verhaftung widersetzt, die Eier weggeschossen hätte.«

»Verstehe. Aber wie hat Marquina Martín zu Fall gebracht?«

In wenigen Worten erklärte Méndez ihm die Geschichte mit den beiden Kleidern mit dem Herstelleretikett.

»Und so hatte ich die erste Spur«, endete Méndez.

»Mein Gott …«

»Und die Verfolgung endete mit Ángel Martíns Tod. Aber es geht noch weiter. Auch Marquina wurde getötet. Und es war nicht Martín. Man hat sich zweier bezahlter Leute bedient, von denen ich nicht weiß, ob wir sie je ausfindig machen werden. Aber das ist mir im Grunde auch egal, wissen Sie. Die beiden waren nur Instrumente.«

»Was für bezahlte Leute?«

»Ein Mann und eine Frau. Die Frau war ein Flittchen, oder zumindest hat sie sich als solches ausgegeben. Ihre Aufgabe war einfach. Sie musste nur in Marquinas Appartement die Beine breit machen oder zumindest so tun als ob. Dann musste sie ihn noch unter irgendeinem Vorwand hinaus auf den Balkon an der Paralelo schicken.

Dort wartete ihr Komplize mit einem Präzisionsgewehr im Auto.«

Méndez schaukelte ein wenig auf dem Stuhl hin und her und betrachtete das immer dunkler werdende Band des Flusses.

»Allein aufgrund dieser Tatsache hätte ich begreifen müssen, dass Marquina noch einen Hintermann hatte, jemanden, der alles genau berechnet und den Preis auf eine Milliarde Peseten festgelegt hatte. Und ich begriff es auch. Aber weil ich Ángel Martín unbedingt lebend schnappen und ihn zum Reden bringen wollte, trat der Gedanke in den Hintergrund. Außerdem überstürzten sich die Ereignisse. Ángel Martín wurde vor meinen Augen aufgeschlitzt, und ich musste ihm den Gnadenschuss geben, um … um einem Freund zu helfen.«

»Was heißt das?«

»Das kann Ihnen egal sein, Manrique. Straßengeschichten. Aber aus der Calle Unión, der Calle del Cid oder der Calle Nueva in Barcelona, nicht der Calle Serrano in Madrid. Sie würden mich nicht verstehen. Vergessen Sie's. Das Entscheidende ist, dass mir Martín auf seiner Flucht einen Deal angeboten hat.«

»Und Sie sind nicht darauf eingegangen?«

»Einen Scheiß werde ich. Er wollte in Freiheit bleiben. Und werde ich dem Mörder eines kleinen Mädchens die Freiheit schenken? Auf keinen Fall. Ich wollte ihn drankriegen. Martín hat sein Angebot bis zur letzten Minute aufrechterhalten, weil er glaubte, ich würde darauf eingehen. Unterdessen hat er mir einige Details verraten, um mir zu beweisen, dass er wirklich etwas wusste und die Sache nicht nur heiße Luft war.«

»Was für Details?«

»Es gibt ein Detail, das geht allen anderen voraus, mein Freund. Martín hatte sich eifrig mit der Geschichte des alten Ägyptens beschäftigt. Das war seine einzige kulturelle Passion, soweit man weiß, abgesehen von der, gutgläubigen Messknaben an die Hinterbacken zu fassen.«

»Verschonen Sie mich, Méndez. Sie brauchen Ihrem Ruf keine Ehre zu machen. Sagen Sie mir lieber, was das mit der Geschichte des alten Ägyptens auf sich hat.«

»Er hat mit diesem Wissen Spuren für mich ausgelegt. Seine Kenntnisse waren unbedeutend für einen Fachmann. Doch für mich als Laie waren sie so speziell, dass ich damals nicht verstand, was er mir sagen wollte. Und warum hat er diese Spuren für mich hinterlassen, wenn man sie überhaupt so nennen kann? Was sollte ihm das bringen? Ich habe mir die Sache mehrfach durch den Kopf gehen lassen und denke, er hatte zwei Gründe. Der erste und wichtigste war der, dass er meine Neugier anstacheln wollte, damit ich am Ende doch mit ihm rede, was für ihn schwierig war. Der zweite Grund war, er wollte mir zeigen, dass die Gefahr für uns noch nicht gebannt war. Dass Marquina tot war und er vielleicht sterben würde, aber dass der wahre Kopf noch lebte. Und ich denke, Martín kannte den Namen des Kopfes nicht, sonst hätte er ihn mir vielleicht verraten, und sei es nur aus Rache. Aber er hat mir eine Richtung gewiesen.«

»Was für eine Richtung?«

Méndez machte eine zweideutige Handbewegung mit der dekadenten Eleganz eines Schwulen im Ruhestand.

»Ich habe Ihnen zwei Gründe für Ángel Martíns Verhalten genannt, aber ich würde auch einen dritten nicht von der Hand weisen: Der Flüchtige hat in Anbetracht seines baldigen Endes versucht, das einzige Kunstwerk zu schaffen, zu dem er es in seinem Scheißleben gebracht hat. Aber Sie haben mich nach der Richtung gefragt. Nun, Ägypten. Und er hat mich darauf hingewiesen, dass unser wahrer Feind – oder die wahre Feindin – noch lebt. Wie? In der Reproduktion eines Bildes mit zwei Frauen – mollig und auf dem Höhepunkt ihrer Reife – hat er einer der Figuren einen Zeh verlängert. Es ist der berühmte ›ägyptische Zeh‹, eine Rassemerkmal, das man bei den Mumien findet. Und er hat sich als Pharaonenstatue ablichten lassen, aber mit einem vorgeschobenen linken Fuß. Wissen Sie, was das bedeutet, Manrique?«

»Ja. Wenn der Fuß erhoben war, lebte der Pharao. Waren die Füße geschlossen, war er tot. Aber was wollte Ángel Martín Ihnen damit sagen?«

»Genau das: Der Pharao lebt.«

»Mein Gott …«

»Und da ist noch ein Detail. Das sonderbarste von allen.«

»Was für eins?«

Méndez verzog ungehalten das Gesicht und wollte sich eine Zigarre anzünden. Dann besann er sich eines Besseren und deutete mit der Zigarre in der Luft auf Manrique.

»Ángel Martín wollte fliehen«, sagte er.

»Ja. Davon ist auszugehen.«

»Dafür brauchte er Hilfe. Und die größte Hilfe hatte er aus der linken Seite der Stadt zu erwarten. Das muss ich erklären, Manrique: Das Ensanche-Viertel in Barcelona wird durch die Rambla de Cataluña in zwei Hälften geteilt, die rechte und die linke. Wie gesagt, seine Kumpanen hatte er auf der linken Seite, und doch hielt er sich immer auf der rechten Seite auf. Er vertraute trotzdem darauf, dass ihm die Flucht gelänge.«

»Und was bedeutet das?«

»Denken Sie an Ägypten.«

»Ja, und?«

»Die Totenstätten befinden sich immer auf der linken Seite des Nils, im Westen. Die Seite, wo die Sonne untergeht. Auf der rechten Seite befinden sich die alten Städte. Es ist die Seite der Lebenden, wo die Sonne aufgeht.«

»Ich kann mich nur wiederholen: Und?«

»Mensch, Manrique. Ángel Martín ist nicht auf die Seite des Todes gegangen, er ist auf der Seite der Lebenden geblieben. Das bedeutet, der Mann, der ihm Anweisung gab, lebte ebenfalls. Er würde wieder angreifen.«

»Und dieser ›Kopf‹, wenn wir ihn weiter so nennen wollen, wusste, dass wir nach Ägypten reisen.«

»Ja.«

»Wissen Sie, was das bedeutet, Méndez?«

»Klar. Clara Alonso hat noch ein Mädchen in ihrer Obhut. Und sie hat die Möglichkeit, eine weitere Milliarde Peseten zu zahlen.«

»Wollen Sie damit sagen, man will dieses Kind auch … auch …«

Méndez kniff die Lider zusammen.

In seinen Augen blitzte wieder die alte Schlange auf.

Aber diesmal war es eine kampferprobte, verschlagene Schlange. Eine Luxusschlange, die einen Mastertitel erworben hatte, indem sie zwischen den Gräbern herumgekrochen war. Sie war eine Kobra.

»Ja, Manrique«, sagte er leise. »Ja.«

»Aber hier werden sie es nicht schaffen. Das ist der sicherste Ort der Welt. Deshalb sind wir nach Ägypten gekommen.«

»Nichts ist sicher. Nichts. Halten Sie die Augen auf. Ich

würde sagen, das Leben der kleinen Olga hängt am seidenen Faden.«

Er blickte auf den Fluss und fügte bitter hinzu: »Genauer gesagt, es hängt am Nil.«

Er drehte sich um.

Gleichgültige Gesichter an Deck, die sie keines Blickes würdigten: die Witwe, der ihr Mann Hörner, so groß wie die Kathedrale von Burgos, hinterlassen hatte, aber auch ein entsprechendes Vermögen, das sie Pesete für Pesete ausgab; der spanische Notar, der es gewohnt war, den Letzten Willen der Leute niederzuschreiben, und nun am Nil nach der ersten Wahrheit sucht; der Verleger im Ruhestand, der das Leben schon fast hinter sich hatte und sich jeden Abend betrank, um zu vergessen, dass dies die letzte Reise sein könnte; das Flittchen, das finanziell einen Hit, soll heißen, einen Hit im Bett gelandet hatte; der Beamte, der gerade in Ruhestand gegangen war und dem die Reise nichts bedeutete: Er sprach mit seiner Frau nur über die Qualität der Würste in Spanien; der Mann im Rollstuhl, der sich überraschend als Gandarias Bruder entpuppt hatte; der Leibwächter, der ihn begleitete und in dessen Blick Méndez eine noch giftigere Schlange entdeckt hatte als seine eigene … Sie alle waren verdächtig, alle, selbst die Kellner könnten vor dem Auslaufen aus Assuan gekauft worden sein. Nach Quílez' Tod wusste Méndez, dass er allein war und dass niemand ihm helfen konnte.

Er zündete die Zigarre an.

»Sie sind traurig, Méndez. Oder nervös, keine Ahnung.«

»Wissen Sie, Manrique, ich bin nicht in meiner gewohnten Umgebung. In meinem Viertel könnte ich in eine Kneipe gehen, mit den Leuten sprechen, darunter einige mutmaßliche Verbrecher, und zusehen, wie die Zeit vorbeizieht. Ich habe gute Gedanken, wenn ich Rauch sehe, verstehen Sie? Den verdammten Rauch in den Cafés. Aber hier, wo soll ich hin? Mit wem soll ich reden? Auf diesem verfluchten Dampfer ist alles so konventionell und luxuriös. Hier gibt es nicht einen respektablen Ort.«

Er stieß den Rauch aus. Manrique hustete.

»Mir genügt es, wenn Sie die Kleine nicht aus den Augen verlieren, Méndez«, sagte er leise. »Ich weiß, dass Sie recht haben: Man hat Quílez getötet, damit wir wehrlos sind, aber wenn Sie die Kleine nicht aus den Augen lassen, wird nichts geschehen. Wir sind am einzig sicheren Platz.«

Méndez fragte spöttisch: »Am Nil?«

27 Der Säulensaal

Sie liefen in Luxor ein.

Méndez, der am Bug auf dem Deck stand, betrachtete den Landungssteg in der Nähe des Sheraton und hatte gleich das Gefühl, dass die Stadt ihm gefallen würde. Das lag nicht so sehr an den Tempeln, die zusammen mit denen von Abu Simbel sicherlich die schönsten von ganz Ägypten waren, sondern an der dekadenten Atmosphäre des Landstreifens, den sie jetzt erreichten. Méndez, eher ein Spezialist für das Endende denn für das Beginnende, erfasste sofort, dass Luxor etwas Besonderes hatte. Es gab alte herrschaftliche Hotels, Pferdekutschen und englische Ladies, die noch immer breite, flache Hüte trugen, und Basare, in denen man für eine Unbekannte ein falsches Juwel erstehen konnte. Beamte, die schon den Suezkanal eingeweiht hatten, und Mumien blonder Männer, die noch auf *Her Gracious Majesty* anstießen. Für Méndez lag über der ganzen Stadt ein Flair von viktorianischer Förmlichkeit, von stillstehenden Uhren und von Verabredungen zum Tee, zu denen niemand erschien oder bei denen die einzige Dame ausblieb. Der Massentourismus kam einer Entweihung gleich.

Aber mit Sicherheit gab es keine Kaschemme und kein altes Café. Méndez seufzte entmutigt und starrte ins Leere.

Galán kam auf ihn zu.

»Werden Sie an Land gehen?«

»Ja. Ich denke, ich werde am Abend eine Runde drehen und mich ein wenig umschauen. Und Sie?«

»Das hängt vom Chef ab.«

»Er kann Ihnen doch ein paar Stunden freigeben. Solange er nicht in ein anderes Stockwerk will, kann er sich in seinem Rollstuhl doch recht gut bewegen.«

»Ja, er ist sehr geschickt. Und er hat mehr Kraft, als wir alle glauben.«

»Dann lassen Sie ihn in der Kabine, und machen Sie einen kleinen Bummel. Oder haben Sie Angst, Salomón könnte etwas zustoßen?«

Galán zuckte die Achseln.

»Was sollte ihm zustoßen? Das ist ein sicherer Ort. Niemand kann ohne Passierschein auf das Schiff. Und den erhalten nur die Passagiere, die an Land gehen.«

»Ganz so ist es nicht«, sagte Méndez, als ginge er seine Gedanken noch einmal durch, denn er hatte alle Sicherheitslücken der *Nile Dream* analysiert. »Bedenken Sie, dass diese Schiffe oft nebeneinander festmachen, wie Autos, die in doppelter Reihe parken. Und das bedeutet, die Passagiere des Schiffs, das auf der Flussseite liegt, müssen über das am Kai liegende aussteigen. Also kann jeder Passagier des anderen Schiffs dieses betreten. Es ist keine so geschlossene, sichere Welt, wie es den Anschein hat.«

Galán lächelte.

»Ich würde sagen, Sie wollen nicht, dass der Blinden etwas zustößt oder dem zurückgebliebenen Mädchen.«

»Es gefällt mir nicht, dass Sie sie als zurückgeblieben bezeichnen«, sagte Méndez.

»Warum nicht?«

»Was heißt denn in ihrem Fall ›zurückgeblieben‹ zu sein?«, fragte Méndez leise, den Blick immer noch ins Leere gerichtet. »Nicht wettbewerbsfähig zu sein? Und ist das so wichtig, wettbewerbsfähig zu sein? Heißt das, man ist von der Wahrheit ausgeschlossen? Und was ist die Wahrheit? Vielleicht, dass ich als verfluchter alter Mann angefangen habe, mir ein paar verfluchte Fragen zu stellen. Ich glaube nicht daran, dass es das Wichtigste ist, über den anderen zu stehen. Die, die über einem stehen, kann man leicht töten.«

»Womit?«

»Mit Gleichgültigkeit.«

Galán lächelte, aber es war ein lebloses Lächeln, das Lächeln einer Schaufensterpuppe.

»Denken Sie nicht, ich hätte nicht auch schon oft darüber nachgedacht«, sagte er. »Was bringt es, Erfolg zu haben, wenn die anderen ihn nicht beachten? Ich werde Ihren Rat befolgen. Ich werde Salomón Gandaria fragen, ob ich an Land gehen darf. Gibt es eigentlich heute Abend so eine ›Light-and-Sound‹-Show im Tempel?«

»Ich glaube schon. Aber ich werde nicht hingehen«, sagte Méndez. »Also, die beiden Gandaria-Brüder sehen sich überhaupt nicht ähnlich, oder?«

»Stimmt.«

»Und sie haben kein gemeinsames Geschäft laufen?«

»Nein. Kein einziges.«

»Würde der Tod des einen dem anderen Vorteile bringen? Ich meine, ein Erbe zum Beispiel?«

»Warum fragen Sie das, Méndez?«

»Ich weiß nicht. Das sind Dinge, die einem alten Mann so in den Sinn kommen, der schon alles durchgemacht hat bis auf Aids.«

»Nein, ich glaube nicht, dass Salomón Ismaels Tod etwas bringen würde oder umgekehrt. Die beiden hatten sehr wenig miteinander zu tun, und ich denke nicht, dass sie sich gegenseitig in ihren Testamenten berücksichtigen. Aber geben Sie nichts auf das, was ich sage. Ich weiß in diesen Dingen nicht Bescheid.«

Er hob die Hand und entfernte sich.

Méndez starrte weiter ins Leere.

Er wusste, er würde nicht allzu viel freie Zeit in Luxor haben. Die ägyptische Polizei würde das offizielle Ermittlungsverfahren zum Mord an Quílez aufnehmen. Man würde ihn, Méndez, befragen, auch wenn er bereits alles gesagt hatte. Cañada und Manrique müssten die Überführung des Leichnams veranlassen. Schließlich war Quílez so etwas wie ein Angestellter von ihnen gewesen.

Galán betrat Salomón Gandarias Kabine. Als er die Tür öffnete und schloss, blitzte das Monokel einen Moment auf.

»Luxor«, sagte Galán.

»Ja. Ich habe schon gesehen, wir legen an.«

Galán schaute zu dem großen Panoramafenster, hinter dem man die dunkle Oberfläche des Flusses erahnte.

»Es kommen noch andere Schiffe«, sagte er. »Sie werden neben uns festmachen.«

»Ja und?«

»Nichts. Nur dass die Leute von den anderen Schiffen über die *Nile Dream* an Land gehen. Das wird einen ganz schönen Tumult geben.«

»Umso besser«, murmelte Salomón. »Dann wird sich ein wunderbarer Moment finden, um Ismael aus dem Weg zu räumen.«

»Aber warum? *Warum*?«

Salomón fuhr fort, als hätte er ihn nicht gehört: »Es wäre dumm, es auf dem Schiff zu tun, das ist viel zu überschaubar. Ich habe eine andere Idee.«

»Was für eine?«

»Die ›Light-and-Sound‹-Show im Tempel von Karnak.«

»Glauben Sie, Ismael wird dorthin gehen?«

»Da bin ich mir absolut sicher. Er ist auf das Schiff gekommen, weil er glaubt, hier sei er geschützt, aber er wird nicht auf die Vergnügungen der Reise verzichten wollen. Er wird in den Tempel gehen, zusammen mit vielen anderen. Ich habe mich informiert, was dort passiert.«

»Was?«

»In den Pyramiden läuft die Show völlig anders ab«, sagte Salomón. »Normalerweise sitzen die Leute, und es ist vergleichsweise hell. Man kommt nicht nah an seinen Nachbarn heran. In Luxor nicht. Hier laufen die Leute in Massen zwischen den Säulen und Statuen herum. Man hat mir gesagt, es gäbe genug Japaner für eine neue Invasion der Philippinen. Bestimmt gibt es sogar Eskimos. Die Menge bewegt sich im Dunkeln. Man kann sich keinen besseren Ort vorstellen, um einen Mann zu erledigen.«

Galán sagte leise: »Verstehe.«

»Man muss nur dicht an ihn herankommen. Sich kurz hinter ihn stellen, und das war's. Ein Stich mit dem Stilett direkt ins Herz, er wird nicht mal schreien. Und selbst wenn er schreit, ja und? Umso besser. In der Dunkelheit wird es Panik geben. Es wird unmöglich sein, den Mann auszumachen, der zugestochen hat.«

»Ich weiß.«

»Also, an die Arbeit, Galán. Das ist Ihre Stunde.«

Galán lächelte ihm abwesend zu und ging zur Tür. Die Hand schon am Griff, drehte er sich noch einmal um.

»Die ganze Zeit habe ich auf eine gute Gelegenheit gewartet. Jetzt ist sie da«, sagte er leise.

»Also nutzen Sie sie, Galán. Sie sind ein Profi.«

Man hörte zwei Finger knacken.

Danach nichts mehr. Nicht einmal die Tür.

Galán war gegangen.

Luxor ist wie eine große Straße, dachte er. Ein Juweliergeschäft nach dem anderen, eine endlose Reihe von Tag und Nacht erleuchteten Schaufenstern, eine Prozession von Pferdekutschen, ein stets gleichgültiger Himmel, der, so dachte er weiter, das Dach der Geschichte beherbergte. Er hatte gehört, dass die Häuser im alten Luxor keine Dächer hatten. Warum auch, wenn es nie regnete? Sogar ein Mann wie er, der an nichts glaubte, begriff, dass die Ägypter die Sonne anbeteten. Er warf einen Seitenblick auf die Schaufenster und dachte an andere Städte, andere Zeiten, an die Geschäfte von Kowloon, an den großen Basar von Istanbul, an die Baracken der 7th Avenue in New York, all die hell erleuchteten Orte, durch die er wie ein Schatten gehuscht war, mit dem einzigen Ziel, einen Menschen zu töten, den er nicht einmal kannte. In diesem Fall lagen die Dinge anders. Gandaria kannte ihn sehr wohl. Na und? Umso besser, denn so konnte er kurz vor der Show am Eingang des Tempels auf ihn warten und so tun, als träfen sie sich zufällig. Es wäre alles ganz einfach, denn Gandaria hatte seine Leibwächter nicht dabei. Er würde nicht denselben Fehler begehen wie Torres, der geglaubt hatte, sie plauderten angeregt in der Bar des Palace, während sie Gandaria längst auf einem anderen Weg zu Hilfe gekommen waren. Torres hatte sich benommen wie ein verdammter Anfänger.

Das würde ihm nicht passieren.

Er blieb vor einem Schaufenster stehen.

Er wollte feststellen, ob ihm jemand folgte.

Seine scharfen Augen wanderten über die Menschenmenge, die das laue Lüftchen am Abend genoss, über die Leute in den Landauern, über die, die ebenfalls vor den Schaufenstern angehalten hatten, so wie er, und über die Angestellten in den Geschäften. Wie eine Kamera speicherte sein Hirn die Gesichter, die Mienen, die Körperhaltung. Er machte eine Momentaufnahme von der ganzen Straße, bei der ihm nichts entging. Deshalb fiel es ihm auf.

Mit diesem Gesicht hatte er nicht gerechnet. Es war wie ein weißer Fleck. Er hätte nie gedacht, dass Méndez ihm so schnell und geschickt folgen würde wie eine Schlange.

Auch Méndez war wie ein Schatten.

Er blieb bei ihm stehen.

»In dieser verfluchten Stadt gibt es nicht eine Kneipe«, sagte er.

»Was haben Sie erwartet?«

»Keine Ahnung, aber ich bin enttäuscht. Es wird mir nichts anderes übrig bleiben, als in ein Hotel zu gehen und mir dort einen zu genehmigen. Aber es muss ein altes Hotel sein, mit einem Kellner, der schon seit der Gründung da ist, und mit einem Bestand an Flaschen, der langsam, aber stetig von der Geliebten des Besitzers geleert wird. Glauben Sie, ich werde so etwas in Luxor finden?«

»Vielleicht. Luxor ist schließlich eine sehr alte Stadt.«

»Gut, dann suche ich mal weiter.«

»Einen Scheiß werden Sie, Méndez.«

»Warum sagen Sie das?«

»Und warum verfolgen Sie mich?«

Méndez hob nur eines seiner müden Lider.

»Merkt man das?«

»Verdammt, Méndez, Sie haben sich nie ungeschickter angestellt.«

»Sieh mal an. Dabei war ich ausgesprochen gut getarnt. Es hat nur noch die Sonnenbrille gefehlt.«

»Verschonen Sie mich mit Ihren Geschichten. Sie wollten, dass ich Sie sehe, Méndez. Sie wollten außerhalb des Schiffs mit mir sprechen.«

»Vielleicht.«

»Sagen Sie mir, was Sie suchen. Aber versuchen Sie nicht, mir Geld für meinen Arsch anzubieten. Er ist zu alt, und außerdem steht er nicht zum Verkauf.«

Méndez' Blick verhärtete sich.

Er wurde giftig, zielgerichtet.

»Sie sind Leibwächter«, sagte er. »Erzählen Sie mir keinen Unsinn. Sie sind ein Profi und schützen Salomón, diesen Mistkerl.«

»Na und?«

»Sie müssen mir helfen.«

»Aus welchem Grund?«

»Man hat Clara Alonso bis hierher verfolgt. Es hört sich unglaublich an, aber dem ist so. Nach Quílez' Tod war ich mir sicher, denn Quílez ist tot, ich weiß nicht, ob Sie es schon wissen. Und jetzt haben die Erpresser Geld verlangt. Entweder sie zahlt, oder die kleine Olga wird sterben.«

Galán hob ein Lid, das plötzlich genauso müde wirkte wie das von Méndez.

»Clara Alonso hat Schlimmes mitgemacht. Ihre andere Adoptivtochter wurde ermordet.«

»Ich kenne Clara Alonso«, sagte Galán knapp.

»Umso besser.«

»Wie viel hat man verlangt?«

»Beim letzten Mal eine Milliarde Peseten. Jetzt eine Milliarde und eine Million.«

»Hat irgendjemand in Spanien so viel Geld?«

»Fragen Sie mal bei den Bankern nach. Oder bei einigen Politikern«, sagte Méndez zweideutig.

»Hat Clara so viel?«

»Sagen wir mal Ja.«

»Und wie hat man die Forderung gestellt?«

»Verdammt, eines muss man Ihnen lassen, Galán. Sie machen keine Bemerkungen, Sie stellen Fragen. Daran erkennt man einen Profi. Schön, ich werde Ihnen antworten. Sie hat in ihrer Kabine eine Kassette mit Musik gefunden. Nur Musik, bis auf einen kleinen Teil. Und der enthielt die Botschaft.«

»Mit was für einer Stimme?«

»Eine Männerstimme, aber sehr verzerrt. Unmöglich zu identifizieren.«

»Was heißt da unmöglich, verdammt. Für so was gibt es technische Hilfsmittel.«

»Nicht hier, am Nil. Nicht in Luxor. In Kairo vielleicht, aber auch da habe ich meine Zweifel, und unabhängig davon, bis das Band in Kairo analysiert ist, ist die Kleine schon tot.«

Das war die Sprache, die Galán verstand. Ungerührt sagte er: »Haben Sie es schon gehört?«

»Vorhin, es wurde gerade gefunden.«

»Wo?«

»Im Bett der Kabine. Jemand hat sie dort hinterlegt.«

»In welcher Sprache?«

»Auf Spanisch. Logisch.«

»Oder auch nicht«, murmelte Galán, der Méndez' Gedanken erriet. »Sie könnten die Botschaft in einer anderen Sprache aufgenommen haben, um die Polizei auf eine falsche Fährte zu locken. Nun gut. Auf Spanisch, logisch. Aber mit welchem Akzent?«

»Ich habe keinen bemerkt, aber ich müsste sie mir ein paarmal anhören, um wirklich sicher zu sein. Aber wie gesagt, die Stimme war sehr verzerrt. Es hörte sich an wie ein Roboter. Und im Hintergrund spielt leise Musik, das verändert sie zusätzlich.«

Galán dreht abrupt den Kopf weg. Er betrachtete die Juwelen in dem aufsehenerregenden Schaufenster. Die Araber überzeugen durch die Menge, dachte er. Sie häufen die Schätze übereinander, im Gegensatz zu uns Europäern, die wir sie gern einzeln präsentieren. In uns lebt Shylock, in ihnen Ali Baba.

Wie immer, wenn ihm etwas Kummer machte, dachte Galán an etwas anderes, zum Beispiel an ein Kreuzworträtsel, damit sein Instinkt arbeitete.

»Als die Botschaft aufgetaucht ist, waren da schon die ersten Leute an Land gegangen?«

»Ja. Es waren schon die Passagiere der beiden anderen Schiffe, die neben ihr festgemacht hatten, durch die *Nile Dream* gegangen.«

»Dann kann es jeder gewesen sein. Sich die Kopie eines Kabinenschlüssels zu besorgen, ist ein Kinderspiel.«

»Ja«, flüsterte Méndez, »ja, das ist es …«

»Aber eines ist klar. Die bedrohte Frau hat so viel Geld nicht dabei.«

»Natürlich nicht.«

»Wie lautet das Ultimatum?«

»Sie stellen mir dieselben Fragen, die ich mir gestellt habe, Galán, aber ich begrüße das, denn so kann ich mir noch einmal ein Bild von der Lage machen. In der Tat, so viel Geld haben Clara und die beiden Männer nicht bei sich. Aber sie können in Kairo daran gelangen.«

»Also, wenn Sie mich fragen, ist eine so schnelle Kapitalverschiebung in dem Umfang nicht möglich, Méndez.«

»Wem sagen Sie das? Ich war nur einmal in Gibraltar und habe ein Päckchen Ducados mitgeschmuggelt. Aber ich habe Cañada natürlich dieselbe Frage gestellt, die Sie mir stellen. Und er hat mir geantwortet, er habe Aktienpakete in ausländischen Unternehmen. Er kann sie über eine Bank verkaufen, sobald wir nach Kairo kommen.«

»Das heißt, man hat ihnen eine vernünftige Frist eingeräumt.«

»Vernünftig? Wie man es nimmt. Diesmal hat das Schwein, das hinter allem steckt, es sehr eilig. Wir fahren mit dem Schiff noch nach Dendera und Kena und wieder retour, und dann fliegen wir nach Kairo. Dort wohnen wir im Marriott. Dort ist alles ziemlich etepetete, da muss man selbst den Schwanz mit Seidenpapier anfassen.«

»Es ist ein alter Palast, der gebaut wurde, um die Würdenträger unterzubringen, die den Suezkanal einweihen sollten«, sagte Galán, der sich mit Luxusherbergen so gut auskannte wie Méndez mit rustikalen Kneipen. »Ja, Méndez, dort fassen Sie ihn am besten gar nicht an. Aber wurde in der Botschaft etwas über das Marriott gesagt? Werden Sie dort eine weitere Nachricht finden?«

»Ja, aber sie haben nur vierundzwanzig Stunden, um das Geld zu beschaffen.«

»Das dürfte schwierig sein, nicht?«

»Schwierig ja, aber nicht unmöglich.«

»Wo sollen sie das Geld deponieren?«

»Das wird ihnen im Marriott gesagt.«

»Ist das alles?«

»Ja, das ist alles.«

Ein spöttisches Lächeln umspielte Galáns Mund.

»Dann hat Clara Alonso ja ein paar Trümpfe in der Hand«, meinte er. »In Kairo kann sie sich unter Polizeischutz stellen lassen oder unter den Schutz des spanischen Botschafters, sofern ein spanischer Botschafter je einen seiner Bürger geschützt hat. Sie kann sich in ihrem Zimmer im Marriott verbarrikadieren und vor ihrer Tür vier oder fünf Gorillas aus Nubien postieren. Ich weiß nicht, ob Sie bei Ihren Gesprächen in der Opiumhöhle schon gehört haben, dass die Römer in der Antike Gladiatoren für den Zirkus aus Nubien holen ließen. Sie verfügen über die Körperkraft eines Elefanten und die Bärbeißigkeit eines Prokonsuls. Man kann davon ausgehen, dass diese alten Kämpfer Ururenkel haben.«

»Ja«, sagte Méndez voller Begeisterung. »Und bei entsprechendem Training können sie den Mörder an der Tür schnappen und ihn zu viert auf die Hörner nehmen.«

»Da genügt einer.«

»Das meinte ich ja. Einer nimmt ihn auf die Hörner, und die anderen drei halten ihn fest.«

»Ich wollte damit klarstellen, dass die Kleine auf dem Schiff und selbst in Städten wie Luxor Freiwild ist, in Kairo nicht. In Kairo kann man sie schützen oder sogar irgendein Flugzeug nehmen. Und ich rede nicht von Iberia oder EgyptAir, ich meine die Dutzende von Gesellschaften, die Flüge zu den Pyramiden anbieten. Es ist ein Kinderspiel, aus der Falle zu fliehen. Ich denke, der Mörder wird diesmal sein Ziel verfehlen.«

»Stimmt, all das gibt uns ein wenig Spielraum, aber ich bin nicht sicher, ob wir tatsächlich so im Vorteil sind, wie Sie sagen, Galán. Deshalb möchte ich Sie um Ihre Hilfe bitten. Ich will sicherstellen, dass Clara Alonso und der Kleinen auf dem Schiff nichts passieren kann. Ah, und halten Sie die Augen auf, Galán. Sie sind ein geübter Beobachter.«

Galán schloss für einen Moment die Augen.

Er dachte daran, dass er noch am selben Abend ein Verbrechen begehen würde.

Und ausgerechnet ein Polizist bat ihn um Hilfe.

Das Leben hält manchmal Scherze bereit, die man nicht mal seinen Freunden erzählen würde, denn sie würden einem nicht glauben.

»Apropos beobachten«, sagte er, bemüht, seine Miene weiterhin steinern wirken zu lassen, »was ist das für eine Musik auf der Kassette?«

»Fantastische Musik. Tangos. Geschichten von Frauen, die vom Ladenbesitzer an der Ecke verführt werden, während der Freund in La Boca Bandoneon spielt.«

»Ich mag keine Tangos«, sagte Galán, »sie enden immer schlecht.«

»Weil es den Schreibern der Texte an Fantasie mangelt. Bei den alten Tangos hätte ich eine Reihe von postmodernen Vorschlägen für das Ende. Nehmen wir das eben erwähnte Beispiel: Es wäre doch ein schöner Schluss, wenn das unschuldige Täubchen dem Ladenbesitzer einen Tripper anhängen würde.«

»Ich sehe Sie schon Tangos in der Calle Nueva singen, Méndez.«

»Das wäre mein goldenes Ende.«

»Schön. Nehmen wir mal an, die Kassette wurde irgendwo gekauft. Haben Sie das überprüft?«

»Ja. Sie wurde in Spanien gekauft.«

»Wie zu erwarten. Und durch eine kleine Manipulation mit einem ganz normalen Gerät kann man einen Teil der Aufnahme löschen und die Botschaft mit der verzerrten Stimme aufnehmen. Vermutlich ist das hier auf dem Schiff oder bei einem Landgang geschehen. In Edfu. Oder in Esna. Überall dort, wo der Manipulant sich absondern konnte.«

»Klar.«

»Und das bedeutet, dass die Musik im Hintergrund auch während der Reise aufgenommen wurde. Was ist das für Musik? Stammt sie aus der Dose? Oder wurde womöglich live gespielt?«

»Darüber habe ich auch schon nachgedacht«, sagte Méndez. »Man hört eine Stimme. Ein arabisches Lied.«

»Von einem professionellen Sänger gesungen?«

»Ich würde sagen, nein. Zu viele falsche Töne. Es hört sich eher an wie eines dieser spontanen Lieder, die man bei der Arbeit trällert. Alle Häuser, die man bei der Immobilienzählung in Spanien findet, wurden dank des Arbeitseifers errichtet, der von Rotwein, solchen Liedern und den Hinterteilen der vorbeigehenden Bürgerinnen angestachelt wurde. Ich weiß nicht, ob ich mich klar ausgedrückt habe, Galán. Während unser Freund oder unsere Freundin die Botschaft aufnahm, hat jemand leise im Hintergrund gesungen.«

»Das ist eine gute Spur, Méndez.«

»Ich weiß und ich gedenke, sie weiterzuverfolgen.«

»Ich werde Ihnen dabei helfen, so gut ich kann. Und jetzt entspannen Sie sich, Méndez. Wissen Sie, dass wir uns mitten im alten Ägypten befinden? Haben Sie schon darüber nachgedacht, dass wir auf dem alten Theben stehen?«

»Wir stehen auf einem Basar«, erwiderte Méndez trocken. »Und es wundert mich nicht, schließlich befinden wir uns auf der östlichen Seite, der Seite der Lebenden, die im umfassenden Wortsinne hellwach sind. Gegenüber liegt das Tal der Könige, das Reich der Toten.«

Galán nickte kaum merklich, und das Wort »Tote« erinnerte ihn daran, dass er sich den Luxus nicht erlauben konnte, die Chance dieses Abends ungenutzt verstreichen zu lassen. Ein Gandaria, der ohne seine Leibwächter ahnungslos im Dunkeln stehen würde ... Wann würde sich je wieder so eine Gelegenheit bieten?

»Ich werde Ihnen helfen, Méndez«, sagte er. »Ich kümmere mich um die Sache, sobald ich wieder auf dem Schiff bin. Und jetzt, wenn Sie erlauben, würde ich gern zum Tempel von Karnak gehen, denn ich möchte mir die Show ansehen. Ich bin nicht nur Leibwächter, sondern auch ein Mensch mit einer ausgeprägten kulturellen Ader. Ich wundere mich selbst, wenn ich mich im Spiegel betrachte.«

Vom Hafen bis zum Tempel von Karnak musste man ein ordentliches Stück laufen. Galán vertraute auf seine immer noch agilen Beine und machte sich zu Fuß auf den Weg, vorbei an den Schaufenstern der zahllosen Basare, und er schlug die Angebote der Taxi- und Kutschfahrer aus, die ihn an sein Ziel bringen wollten. Er hatte Zeit genug, seine Position zu beziehen, bevor der Kleinbus mit Gandaria und ein paar Dutzend anderer Passagiere der *Nile Dream* eintraf. Er würde sich hinter ihn stellen und auf die Sekunde exakt zuschlagen.

Galán wusste, was ihn im Tempel von Karnak erwartete, denn er überließ nichts dem Zufall. In einer Art kollektivem Spaziergang würden sich die Leute durch die Anlage bewegen, an bestimmten Punkten haltmachen, um die erleuchteten Teile des Tempels zu betrachten und der Musik und den Erklärungen zu lauschen. Der Weg zu den erleuchteten Punkten erfolgte schweigend in der Dunkelheit. Einen Mann unter solchen Bedingungen zu erledigen, war so einfach, dass Galán sich tief in seinem Innern sogar ein wenig schämte.

Aber ein Verbrechen, wenn es gut geplant ist, dachte er, ist immer einfach. Er hatte Männer in Städten getötet, die er nie zuvor betreten hatte und niemals wieder betreten würde, er hatte sie beim Barbier, beim Schneider, in Massagesalons, in Supermärkten, Autowerkstätten und Schwulensaunas, in Bars, Wartezimmern von Ärzten und Beichtstühlen getötet. Ja. Einmal war er so hundsgemein und kriecherisch gewesen, sich als eifriger Kirchgänger auszugeben, bis er in Erfahrung gebracht hatte, dass sein Opfer häufig zur Beichte ging, und es gab fünf magische Minuten, fünf Minuten, die die Güte des Herrn ihm zugestand, in denen er und seine Pistole den Priester und seine bekannten Absolutionsformeln ersetzten. Doch Galán schämte sich dieser besonderen, den posthumen Worten geweihten Arbeit nicht, denn er hatte es für die argentinischen Montoneros im Kampf gegen die Diktatur getan und nichts dafür verlangt. Galán hatte Mafiosi, säumigen Drogenhändlern und Mitgliedern der Triple A den letzten Segen erteilt und Vergewaltigern und Mördern, die von der Justiz freigesprochen worden waren. Doch er hatte sich auch auf die Gegenseite geschlagen und – gegen Bezahlung – für die brasilianische Todesschwadron gearbeitet. Auch dieser finstere Teil seines Lebens beschämte ihn nicht, denn er ging davon aus oder redete sich ein, dass alle, die durch seine Hand gestorben waren, es verdient hatten. Aber manchmal wachte er in der Nacht auf und dachte an den Bürger Gómez, den Bürger Lenoir oder den Bürger Ahmed, über die er gar nichts wusste, mit denen er nur in den Zehntelsekunden Bekanntschaft machte, die er sie im Zielfernrohr seiner Waffe hatte. Aber das waren Anflüge von Reue eines Mannes – und das wusste er –, der es geschafft, der es weit gebracht hatte, denn nur eine lange und ruhmreiche Karriere führt dazu, dass man hin und wieder denkt, man solle mehr auf die Details achten.

Und doch war er irgendwann kurz davor gewesen, erinnerte er sich jetzt, als er an den schmutzigsten und vollsten Läden des Basars vorbeikam, alles hinzuschmeißen (die Reue eingeschlossen) für ein einfaches, gewissenhaftes Leben, mit festem Tagesablauf, einer anständigen Arbeit, Weihnachtsbaum, Geburtstagsblumen und einem Ferienappartement im August in einer zivilisierten Siedlung, in der man nur das Meeresrauschen und die Fürze des Nachbarn hört. Er war kurz davor gewesen, die Fahrpläne der Busse auswendig zu lernen, die einen auf die andere Seite von Madrid zur Arbeit bringen, die Namen der Kassierer, die einen bezahlen, und sogar die der Ehefrauen der Chefs, mit breitem Hintern, und die der Töchter, mit knackigem Studentinnenpo. Beinahe hätte Galán einen Punkt ohne Wiederkehr in seinem neuen Leben als pünktlicher Angestellter mit Ehefrau, einer kleinen Wohnung am Rand von Madrid, an der Landstraße nach Extremadura, mit einem Freund in der Eckkneipe, einem Fernseher auf Raten, einem Kumpel im Videoclub, einem Sparbuch bei der Hispano-Bank und einen erleuchteten Berater bei der Totoannahmestelle erreicht. Galán, der im Elend der Nachkriegszeit aufgewachsen war, aber eines Tages alles hatte (Suiten in Bangkok, Büros in Hongkong, Jachten in Acapulco und gepanzerte Wagen in Manhattan), ließ alles sausen für die einfache

Liebe einer einfachen Frau. Galán, der alle geheimen Ehren empfangen hatte (Umarmungen von Generälen mit Schärpen und gekreuzten Säbeln, Schecks von Bankiers mit Geheimnummern, den Ablass von Kardinälen mit direkter Verbindung zum Allerhöchsten und Tränen von Guerilla-Kämpfern, die ihm sogar für eine Nacht ihre Genossin überlassen wollten), vergaß alles für einen Mietvertrag, ein Versicherungskärtchen, eine Monatskarte für den Bus, eine Frau in seinem Bett und einen Kalender, in dem die Feiertage rot markiert waren. Galán, der alle Spielarten von Sex haben konnte (Sekretärinnen in London, Geishas in Tokio, Schülerinnen in Asunción und Messdiener in Rom), tauschte sie gegen Beine ein, die sich immer samstags für ihn öffneten. Galán wollte den Weg des Bluts hinter sich lassen, er wollte ein normaler, aufrichtiger Mann sein wie sein Vater, wie seine Freunde. Er nahm einen gewöhnlichen Job mit regelmäßigem Gehalt und die Liebe einer ehrlichen Frau an. Er hatte Nachbarn wie alle anderen: einen Maurer, einen Praktikanten, einen Bäcker, einen Beamten, einen Schwulen, einen krankgeschriebenen Büroangestellten. Er hatte sich mit Kubanern angefreundet, die nicht mehr über Politik, sondern über Mulattinnen sprachen, und mit argentinischen Exilanten, *che*.

Er hatte das einfache Leben gesucht – dachte er jetzt, während er vor den ersten Säulen Karnaks stand –, die einfache Liebe, die Einfachheit einer Frau, die ihr Fenster, ihr Viertel und ihr Bett liebt und es versteht, ihrem Mann eine gute Gefährtin zu sein. Bis sie zwei Jahre später seinen Traum platzen ließ, indem sie ausgerechnet in der Einsamkeit des Betts zu ihm sagte: »Mensch, du bist nur ein nutzloser, ungelernter Trottel, du hast keine Eier in der Hose, keinen Schwung, nichts von dem, was andere haben.

Ich weiß nicht, was du warst, bevor wir uns kennengelernt haben, aber ich weiß, wie du jetzt bist. Du bist der dreimillionste Fahrgast im Bus, der achttausendste Angestellte der Zentralbank und der zweimillionendreihundertfünfzigtausendste Wähler dieses verdammten Wahlbezirks.« Und dann war sie aus dem Bett gesprungen, damit er sie ja nicht berührte, als würde sie sich ekeln, und hatte geschrien: »Glaubst du wirklich, dass eine Frau sich mit dem immergleichen Fenster und immergleichen Bett abfindet? Sie findet sich vielleicht mit demselben verdammten Mann ab, aber dann muss sich alles andere verändern. Ich weiß nicht, was ich in dir gesehen habe, du Weichei, ja, du bist ein Weichei, aber ich habe mich gründlich geirrt. Ich habe geglaubt, du würdest mich hier aus Campo del Moro und San Antonio de la Florida rausholen, nicht gleich an die Puerta de Hierro, aber zumindest in die Calle Orense.« Und während sie ihre Sachen gepackt hatte, war die Standpauke weitergegangen. »Sieh dir Chelo an. Ihr Mann hat sich zu ich weiß nicht was in einer Wohnungsbaugesellschaft hochgearbeitet, und jetzt haben sie eine Wohnung in Hortaleza, sie fährt einen Ibiza und hat einen Nerz an Land gezogen. Oder Loreto. Seit ihr Mann Handelsvertreter ist, zahlt er keine Steuern, er führt sie in diesen Jockey-Club zum Essen aus, hat ihr ein Appartement in den Bergen gekauft, und er besorgt es ihr auch noch im Bett, denn manchmal höre ich sie schreien. Und Patri, was die für eine Kreuzfahrt über fünf, sechs oder sieben Meere gemacht hat. Und ich sitze hier, kein Tapetenwechsel seit zwei Jahren, nicht mal ein Stuhlpolster habe ich erneuert oder mir ein Kleid machen lassen, und jedes Mal muss ich in den Bus steigen, auch wenn ich nur zur Ronda de Toledo will. Und jeden Morgen denke ich, jetzt ändert sich alles, jetzt wird er befördert, jetzt schmeißt er sich ins Zeug, jetzt zeigt er mir, was in ihm steckt, denn bei unserer ersten Begegnung hattest du was Besonderes, ich weiß nicht was, aber irgendwas war's. Und dann kommst du nach Haus, du Hurensohn (ich nenne dich so, weil es mir nicht vergönnt war, deine Mutter kennenzulernen), und verdienst haargenau dasselbe wie im letzten Jahr abzüglich Steuern und verkriechst dich hinter der Zeitung, für mich fällt nicht mal was für den Friseur ab, und vögeln tust du auch nicht. Ich weiß nicht, wie ich schwanger geworden bin, du Versager, vielleicht durch die Vermittlung des heiligen Joseph oder per Brief. Aber wenn du geglaubt hast, dass ich geheiratet habe, um hier zu versauern, um aus dem Fenster zu schauen und zu sehen, wie andere wegziehen und sich ein schönes Leben machen, bist du auf dem Holzweg, mein Lieber, ich habe nicht geheiratet, um in diesem Haus zu sterben oder zur heiligen Rita zu beten, damit du dich änderst. Du kannst dir 'ne andere suchen, die was für Trottel, feste Gehälter und Fahrgäste von Bussen übrig hat. Ich bin schwanger, aber du siehst mich nie mehr wieder. Und was noch schlimmer für dich ist, du Weichei, du wirst deine Tochter nie zu Gesicht bekommen. Das wäre nur ein Klotz am Bein, der mich daran hindert, ein neues Leben anzufangen.«

Galán sah auf die Uhr.

Zeit, die Eintrittskarte zu kaufen und sich in der Nähe der eintreffenden Kleinbusse zu positionieren. Er wollte Gandaria als Erster sehen.

Sein Blick verfinsterte sich für einen Augenblick. Nein, er hatte seine Tochter nicht kennengelernt. Er wusste, dass seine Frau sie nach der Geburt ausgesetzt hatte. Nein, er hatte die einfache, ehrliche Frau nicht gefunden, und sei es auch nur, um sie zu töten. Nein, er war nie mehr die Nummer eins geworden, er hatte keine offiziellen Aufträge mehr bekommen, das waren die gut bezahlten, und er hatte aus dem Mund seiner Kunden immer wieder gehört, nach fast drei Jahren Rückzug aus dem Geschäft sei er nicht mehr auf dem Laufenden, er kenne sich in der aktuellen Welt nicht aus, und zudem sei er zu alt.

Stufe für Stufe, dachte Galán. Die Zeit war vergangen, und nichts war mehr wie früher, die Drogenclans hatten jetzt das Sagen, und mit denen wolllte er nichts zu tun haben, und es tauchten neue »Kräfte« auf, wie dieser schwachsinnige Torres, und er musste Kunden wie Salomón akzeptieren, über den er nichts wusste, außer dass das Schwein seinen eigenen Bruder töten wollte. Aber er würde Stufe für Stufe wieder nach oben klettern. Der Tod Gandarias, eines Mannes, den nicht einmal die ETA erledigen konnte, wäre seine Bürgschaft für eine Zukunft, die immer noch vielversprechend war.

Stufe für Stufe. So war es auch mit der Suche nach seiner Tochter gewesen. Er wusste, dass es ein Mädchen war, und er wusste, dass man es in einer Abfalltüte ausgesetzt hatte, aber sonst nichts. Oder fast nichts. Stufe für Stufe hatte er nach seiner Tochter gesucht, um sie zu schützen. Stufe für Stufe hatte er nach der Mutter gesucht, um sie zu töten. Wenn er die Mutter fände, würde sie im Bruchteil einer Sekunde, wie in einer Erleuchtung, erkennen, was das Besondere war, das sie bei der ersten Begegnung in seinen Augen gesehen hatte. Wie in einer Erleuchtung würde ihr klar, dass sie fast zwei Jahre lang mit einem Mann geschlafen hatte, der nicht mehr länger einer der bestbezahlten Killer der Welt sein wollte. Mehr als den Bruchteil einer Sekunde würde sie nicht brauchen. Genau die Zeit, um in den Lauf einer Achtunddreißiger zu blicken und seine einzige Frage zu hören: »Welchen Namen hast du ihr gegeben? Oder hast du nicht einmal das getan, du Schlampe?«

Galán ließ den Kopf sinken. Vor dem alten Tempel von Karnak fühlte er sich plötzlich alt und müde. Die Wallfahrt durch Reviere, Entbindungsanstalten, Kliniken zog an seinem geistigen Auge vorbei. »Ja, in einem Müllsack. Es tut mir leid, Ihnen das sagen zu müssen, aber so war es. Wie durch ein Wunder hat sie noch gelebt. Wir haben sie in ein Heim gebracht.«

Und ab da nichts. Nur das Schweigen der Ämter, die Komplizenschaft der Beamten, die Ablehnung der Richter. Nichts. Hinter den Mauern, die Straßen voll mit weiteren Müllsäcken. Das Geheimnis zielloser Nächte. Der Schatten anderer toter, misshandelter, vergessener Mädchen, deren Stimme niemand je hören würde.

Galán sah sich um.

Er taumelte. In die Gegenwart zurückzukehren, rief Schwindel hervor.

Doch das »Paket« war schon eingetroffen. Gandaria war soeben aus dem Kleinbus gestiegen. Er unterhielt sich mit Freunden. Es war, als hätte er sich extra für die Zeremonie seines Todes eingekleidet, denn er trug einen hellen Anzug und dazu eine schrillbunte italienische Krawatte, so dass er im Halbdunkel des Tempels ein leuchtendes Ziel abgab. Und er trug auch das auffallende Hörgerät, das Galán schon öfter bei ihm gesehen hatte, dessen Schutzbügel aus Metall weithin blitzte. Wenn Galán ein solches Ziel verfehlte, konnte er sich aufs Katasteramt setzen und Formulare stempeln.

Niemand wunderte sich über Galáns Anwesenheit, denn schließlich war er Teil der Gruppe. Im Säulensaal ging das Licht an, und die Herde trat ein. Eifrige Engländer mit ihren Taschenbuchreiseführern, orientierungslose Amerikaner, deren Welt gerade erst geboren war, undurchdringliche Japaner, die immer um die Welt zu reisen schienen, stille Italiener, die aus Ehrfurcht vor den alten Meistern nicht mal gestikulierten. Alle schritten langsam zu den Klängen der Musik vorwärts, während die Säulen im Glanz der Lichter erstrahlten und sich vor Hunderten von erstaunten Augen die nächtliche Magie des Tempels entfaltete.

Galán würde sich erst im riesigen Säulensaal hinter Gandaria positionieren, sobald die Lichter ausgingen. Er hatte sich die Architektur des Karnak-Tempels genau angesehen. Wenn er nach der Tat zwischen den Säulen verschwand, könnte ihm niemand folgen. Man würde ihn nicht einmal sehen. Ein einziger Augenblick nur: ein schneller zielsicherer Stich, vielleicht ein Schrei, Gandaria würde zu Boden sinken, und die Menschenmenge würde sich um ihn drängen.

Er umfasste das Messer mit der zwölf Zentimeter langen Klinge, das er in der rechten Tasche seines Jacketts trug.

Das Messer war seine Lieblingswaffe. Er hatte es oft anstelle der bequemen Achtunddreißiger oder der Beretta mit Schalldämpfer benutzt. Dieses war neu, er hatte es am ersten Tag in Kairo gekauft, und trotzdem empfand er seine Gegenwart als beruhigend, als wäre es eine alte Freundin.

Katzengleich schlich er sich an seine Beute heran.

Die anderen merkten nicht einmal, dass er sich bewegte.

Gandaria schon gar nicht.

Er stand etwa einen Schritt entfernt mit dem Rücken zu ihm.

Die Lichter erloschen.

Man sah nur den Anzug. Gandarias Totengewand. Die

behäbige Gestalt eines Mannes, der von allem mehr als genug hat. Ich werde mich vor deinem Sarg bekreuzigen, mein Freund. Es wird ein ziemlich breiter Sarg.

Einen Augenblick lang war es still.

Dann steigerte sich die Musik zu einem Crescendo.

Galán umklammerte fest das Messer.

JETZT!

Es war wie ein innerer Schrei. Den hatte er immer vernommen, wenn er tötete. *Jetzt!* Dann wurde sein Kopf leer, und er folgte nur seinem Instinkt. Die tödliche Klinge sprang heraus. Er richtete sie auf das Herz seines Opfers.

Plötzlich zwei Schreie: »*Gora ETA!*«

»*Gandaria, du Arschloch!*«

Zwei Männer stürzten sich auf ihn. Galán konnte im Halbdunkel ihre Gesichter nicht erkennen, doch es war klar, was das zu bedeuten hatte: Sie würden mit Gandaria abrechnen. Dort, im letzten Winkel der Welt, prägte ein Schrei, der in Spanien eine Blutspur hinterlassen hatte, die letzte Sekunde der Reise des baskischen Magnaten. *Gora ETA!* Drei Gedanken Galáns prallten in der Luft aufeinander und entfachten einen Funken: Der erste war: absurd. Der zweite: Algier. Der dritte: Zentralafrika. Nein, es war nicht absurd, an diesen Orten gab es ETA-Kämpfer. Im Grunde war es logisch, dass sie nach Luxor kamen.

Das war der erste Funke.

Es folgte ein zweiter.

Gandaria war zurückgesprungen.

Er war unglaublich beweglich.

Die Überraschung und die Menge waren sein einziger Schutz. Er verschanzte sich hinter Galán. Der stellte mit Entsetzen fest, dass er nachgelassen hatte. Er hatte sich überrumpeln lassen.

Er sah die beiden Waffen.

Tschechische Pistolen? Oder belgische?

Die fachmännische Frage beschäftigte ihn nicht länger, als er zwei Einschläge in seinem Körper spürte. Diese Anfänger hatten ihn getroffen, obwohl Gandaria direkt vor ihrer Nase stand. Galán krümmte sich und ließ das Messer fallen, und die Menschenmenge um ihn herum löste sich auf und verwandelte sich in einen spitzen Schrei.

Die beiden Schützen sprangen hinter die Säulen. Genau das hatte Galán auch versucht. Niemand hielt sie auf; sie waren kaum zu erkennen, und die Leute waren vor Schreck wie versteinert. Die dreitausendfünfhundert Jahre von Karnak verschluckten die beiden in einer Sekunde.

Galán drehte sich um sich selbst.

Absurderweise dachte er an den Tod von Fernando Torres.

Aber es war nicht dasselbe. Im Gegenteil. Gandaria selbst kniete neben ihm nieder, hielt seinen Kopf und sagte mit Tränen in den Augen: »Keine Sorge, Sie werden nicht sterben … Ich bringe Sie von hier fort, mein Freund.«

28 Anleitung zum Glücklichsein für Unglückliche

Méndez hielt gerade die kleine Olga in seinen Armen, als ihn die Nachricht erreichte. Die Kleine war auf seinen Knien eingeschlafen, während er vom Deck aus die Lichter der Stadt betrachtet hatte. Ein weiß gekleideter Mann, auf dessen Jackett sich alle Fettflecken sämtlicher Küchen Ägyptens versammelt zu haben schienen, blieb vor ihm stehen.

»Sie sind Inspektor Méndez von der spanischen Polizei«, sagte er.

Méndez erwiderte: »Noch hat man mich nicht entlassen.«

»Ich bin Hakim von der Polizei Luxor.«

»Sie kommen sicher wegen der Aussagen zum Tod eines Mannes in Kom Ombo.«

»Nein. Es geht um etwas anderes.«

Trotz des gebrochenen Spanischs des ägyptischen Polizisten verstand Méndez, dass etwas passiert war. Er musste seine Neugier zügeln, um die Kleine nicht aufzuwecken.

»Was sagen Sie?«

»Ein Mann von diesem Schiff ist verletzt worden.«

»Wer?«

»Die anderen Passagiere haben ihn identifiziert. Er heißt Galán.«

»Was? Wo ist das passiert?«

»Im Karnak-Tempel während der ›Light-and-Sound‹-Show. Die wichtigsten Details kenne ich bereits, auch wenn meine Kollegen noch ermitteln.« Er fuhr sich mit dem Taschentuch über die verschwitzte Stirn, denn er hatte sich beeilt. »Darf ich mich setzen?«

»Selbstverständlich. Aber bitte wecken Sie die Kleine nicht auf.«

Hakim trocknete weiter seine Stirn und bemühte wieder sein rudimentäres Spanisch. »Wie uns ein Passagier namens ...« – er musste in seinem Notizbuch nachsehen – »Gandaria gesagt hat, wurde er bereits in Spanien von einer Befreiungsorganisation bedroht, ETA, glaube ich.«

»Richtig.«

»Er dachte, er wäre hier sicher.«

»Verständlich.«

»War er aber nicht, mein lieber Méndez, war er aber nicht. Können Sie sich das erklären?«

»Die Erklärung ist ziemlich einfach. Mitglieder der ETA halten sich in Städten in Afrika auf. Von dort können sie ohne jede Kontrolle nach Luxor gelangen.«

»So muss es gewesen sein, Señor Méndez. In der Dunkelheit haben zwei Männer auf Gandaria geschossen und dabei einen seltsamen Ruf ausgestoßen. Die anwesenden Spanier haben ihn verstanden. ›Gora ETA‹, könnte das sein?«

»Gora ETA, ja.«

»Jemand soll ›Arschloch‹ gerufen haben.«

»Das wundert mich nicht. Das ist eines der ersten Worte, die man an den öffentlichen Schulen lernt.«

»Es ist alles sehr schnell gegangen, und die Leute machen unterschiedliche Aussagen, aber es war mehr oder weniger so: Gandaria hat die Angreifer auf sich zukommen sehen und ist nach hinten ausgewichen. Und Galán, der dicht hinter ihm stand, befand sich auf einmal in der Schusslinie. Er hat zwei Kugeln abbekommen.«

Für einen Augenblick verfinsterte sich Méndez' Blick.

Das Bild von anderen Attentaten geisterte durch seine Erinnerung. Von anderen Fehlschlägen, die es früher nie gegeben hätte.

»Die Zeiten ändern sich«, sagte er leise. »Früher war die ETA wenigstens eine sichere Tötungsmaschine. Sie hat ihr Ziel nie verfehlt. Aber jetzt nehmen sie irgendwelche Versager, die sich ein paar Peseten verdienen wollen. Da wundert es nicht, dass die ETA so viele Fehlschläge erlebt. Sie wollen den Besitzer einer Fabrik töten und erledigen den Parkwächter.«

»Vielleicht lag es an der Dunkelheit«, meinte Hakim,

»und an der schnellen Reaktion von Señor Gandaria. Auf den ersten Blick erscheint so ein Attentat leicht, aber ohne Licht und bei den vielen Leuten war es ganz schön schwierig.«

Méndez schluckte.

Die Kleine schmiegte sich noch mehr an ihn.

Wie ein Schutz suchendes, verirrtes Tier, das am falschen Platz gelandet ist.

Hakim sprach weiter: »Dafür war die Flucht umso leichter. Der Säulensaal von Karnak ist ein Labyrinth. Dazu das Geschrei und das Durcheinander, da versteht man, dass die beiden Attentäter von der ETA fliehen konnten.«

»Kann sie jemand beschreiben?«

»Danach habe ich schon gefragt.«

»Und?«

»Nein, keiner.«

Méndez nickte.

»Verstehe. Ist Galán schwer verletzt? Glauben Sie, dass er überleben wird?«

»Man hat ihn ins Krankenhaus gebracht. Señor Gandaria persönlich hat das übernommen. Er ist sehr … sehr … wie sagt man?«

»Am Arsch.«

»Genau. Ich denke, ich werde mein Spanisch verbessern. Sie bringen mir die richtigen Worte bei.«

»Oh«, murmelte Méndez, »das ist nicht unbedingt ein Verdienst.«

»Eine Kugel hat die Hüfte getroffen, die andere den Schenkel. Ich vermute, die Männer hatten keine Zeit, richtig zu zielen, und Señor Galán hat sich schnell bewegt. Ich denke, es hätte schlimmer für ihn kommen können, wenn er nicht ausgewichen wäre.«

»Verzeihen Sie, wenn ich Ihnen eine Routinefrage stelle, Hakim. Aber wie kommen die beiden Kerle aus Luxor raus?«

»Wenn ihre Pässe in Ordnung sind, ist das nicht schwer, mein Freund. Und ich vermute, dafür werden sie gesorgt haben. Vielleicht reisen sie gar nicht ab und tun erst mal so, als würden sie eine Kreuzfahrt auf dem Nil machen. Hier haben heute mehr als zehn Schiffe angelegt, und auf jedem gibt es spanische Passagiere. Was sollen wir tun? Sie alle zum Verhör bitten?«

Méndez war klar, das würde zu nichts führen. Mit Sicherheit hatten die Männer keinerlei baskischen Akzent. Und die Waffen hätten sie längst entsorgt. Und ihre Alibis wären so gut wie die aller anderen Spanier, die dieses Fleckchen am Nil erreicht hatten. Er zuckte die Achseln und sagte: »Bitte begleiten Sie mich zu Galán. Aber erst muss ich die Kleine ins Bett bringen.«

Als Méndez aufstand, wurde Olga durch die Bewegung wach. Sie gab ihm mechanisch einen Kuss, und Méndez gab ihr auch einen.

Extrem vorsichtig, als trüge er eine wertvolle Fracht auf seinen Händen, brachte er sie in die Kabine.

Hakim sagte: »Man merkt, dass Sie Kinder haben, Señor Méndez. Oder Enkel.«

Méndez drehte sich flüchtig um und brummte: »Einen Scheiß hab ich.«

Gandaria saß auf einer der Bänke auf dem Krankenhausflur. Méndez war so in Gedanken versunken, dass er nicht einmal merkte, dass die beiden Brüder sich doch ähnlich sahen, denn Ismael Gandaria hatte, genau wie Salomón, Fischaugen.

»Es war schrecklich«, stammelte er. »Ich weiß immer noch nicht, wie ich mit dem Leben davongekommen bin.«

»Vermutlich eine Frage des Glücks«, erwiderte Méndez.

»Ich habe die beiden Männer rechtzeitig gesehen. Und Galán klebte förmlich an mir, keine Ahnung warum, und als ich ausgewichen bin, stand er plötzlich vorn. Sonst würde ich jetzt nicht mit Ihnen reden.«

»Vermutlich waren die Attentäter auch nicht mehr die erstklassigen Leute, die die ETA früher hatte.«

»Ja, das ist nicht mehr wie in der Anfangszeit.«

»Und dann noch die Dunkelheit.«

»Klar.«

»Haben Sie sie erkannt, Gandaria?«

»Ich?«

»Ja natürlich, in der Situation konnten Sie nicht auch noch auf die Gesichter achten. Aber ein routinierter und bürokratischer Polizist wie ich muss diese Frage stellen.«

»Das hätte jeder getan.«

»Ich gehe davon aus, dass noch niemand über die Sache Bescheid weiß. Ich meine, außerhalb dieses Dunstkreises.«

»Aber was reden Sie da …« Gandaria sah ihn verständnislos an. »Man versucht, einen Mann wie mich an einem der berühmtesten Orte der Welt mitten in der Menge zu töten, und Sie glauben, das spricht sich nicht rum? In welcher Welt leben Sie, Méndez? Luxor ist eine erstklassige Kulturenklave. Vor einen halben Stunde war ein Journalist der Agentur Reuter da.«

»Und Sie haben ihm alles erzählt?«

»Warum sollte ich lügen? Außerdem hatte er schon ein halbes Dutzend Leute befragt, die mit mir im Tempel von Karnak waren. Er wusste ohnehin schon alles.«

»Klingt logisch.«

»Er wusste nur nicht, dass ich von der ETA bedroht werde, mit dem Namen können diese Leute nichts anfangen.«

»Haben Sie es ihm gesagt?«

»Was spricht dagegen?«

»Klar, es ist die Wahrheit.«

»Ich bin nicht allzu sehr ins Detail gegangen«, sagte Gandaria knapp. »Das interessiert die von Reuter nicht.«

»Vernünftig. Aber trotz allem hat ETA wieder hervorragende Schlagzeilen auf der ganzen Welt. Ich kann sie mir schon bildlich vorstellen, und dabei lese ich keine Zeitungen. Ich lese nur den *Playboy*. Trotzdem sehe ich es schon vor mir: ›ETA VERFOLGT IHR OPFER BIS ANS ENDE DER WELT‹. Die Angst vor der bewaffneten Gruppierung wird wieder anwachsen. Niemand kann das auf die leichte Schulter nehmen.«

»Ich wollte den zweifelhaften Ruf der ETA nicht stärken«, sagte Gandaria peinlich berührt. »Wirklich. Ich wollte nur die Wahrheit sagen.«

Méndez legte ihm die Hand auf die Schulter. Es war das erste Mal in seinem verdammten Leben, dass er schützend die Hand auf die Schulter eines echten Millionärs legte.

»Natürlich konnten Sie nichts anderes tun«, sagte er. »Ah, ich danke Ihnen, dass Sie sich um Galán kümmern. Sie haben sich wohl dafür eingesetzt, dass er gleich behandelt wird.«

»Er hat mir das Leben gerettet, wenn auch unfreiwillig. Und so werde ich auch für alle Krankenhauskosten aufkommen. Ich halte das für meine Pflicht.«

»Ich glaube, das sehen Sie richtig, Señor Gandaria. In solchen Situationen zeigt sich, was für ein Mensch man ist. Und Ihr Bruder Salomón? Hat der nichts gesagt?«

»Was sollte er sagen?«

Méndez zuckte die Achseln.

»Ich weiß nicht. Galán reist doch als eine Art Kammerdiener mit. Aber jeder, der schon einmal mit dem Zug gefahren ist, und sei es nur bis Calatayud, weiß, dass er sein Leibwächter ist.«

»Vielleicht weiß er noch gar nicht, was passiert ist.«

»Das würde mich wundern … Es wäre doch seltsam, wenn er nicht längst nach Galán gefragt hätte, nachdem er so lange überfällig ist. Ein komischer Typ, dieser Salomón Gandaria. Ich nehme an, Sie fühlen sich nicht auf den Schlips getreten, wenn ich Ihnen sage, dass er mir nicht gefällt.«

»Machen Sie sich keine Gedanken, solange es nicht beleidigend wird. Jeder hat ein Recht auf seine Meinung. Außerdem haben Salomón und ich uns nie sonderlich gut verstanden.«

»Warum?«

»Er repräsentiert, sagen wir, den traditionellen Teil der Familie Gandaria. Ich bin liberaler gesinnt.«

»Na gut …« Méndez klopfte ihm noch einmal ermutigend auf die Schulter. »Jetzt würde ich gern Galán besuchen, wenn sein Gesundheitszustand das erlaubt.«

»Zum Glück ja.«

Galán war bei Bewusstsein, sein Körper angespannt. Das Krankenzimmer war bescheiden und schlecht ausgestattet, wie Méndez sich ein Krankenhaus am mittleren Nil vorgestellt hatte. Eine stille Krankenschwester überprüfte die Verbände und zog sich wortlos zurück, nachdem Méndez den Raum betreten hatte.

Galán sah ihn an, ließ den Kopf sinken und sagte entschuldigend: »Sie sehen ja.«

»Ich bin froh, Sie nicht einbalsamiert vor mir zu sehen,

Galán. Aber ich versichere Ihnen, dann hätte ich Unterschriften gesammelt, dass man Ihnen die Ehre erweist, Sie zumindest im Tal der Könige zu beerdigen.«

»Zum Teufel mit Ihnen.«

»Wie ich sehe, geht es Ihnen besser, als ich dachte.«

»Was bringt Sie auf den Gedanken?«

»Der alte Spruch.«

»Und wie lautet der?«

»Ich scheiß auf deinen Vater, also bin ich.«

Schüchtern setzte er sich zu ihm ans Bett und fuhr ihn plötzlich an: »Warum standen Sie so dicht dran an ihm?«

»Alle standen dicht an dicht.«

»Vermutlich. Diese Massenevents haben ihr Gutes. Es läuft mir kalt über den Rücken, wenn ich mir die Show in Karnak für einen einzigen Besucher vorstelle. Wie waren Sie gekleidet?«

»So wie Sie mich kurz zuvor vor dem Juwelierladen gesehen haben. Eher dunkel. Warum?«

»Nichts. Und Señor Gandaria?«

»Er trug dieselben Sachen wie jetzt. Er war eben hier.«

»Hat Salomón das Schiff nicht verlassen?«

»Nein, sicher nicht. Aber warum fragen Sie mich das alles, Méndez?«

Statt einer Antwort sagte der alte Polizist: »Ich bin sicher, Sie werden durchkommen.«

»Das hat der Arzt auch gesagt. Saubere Einschuss- und Austrittslöcher, ohne Komplikationen. Aber wenn Gandaria nicht gewesen wäre, wäre ich vielleicht tot, denn ich habe viel Blut verloren. Er hat mich aus dem Tempel gebracht, ein Taxi genommen und hierher gefahren.«

Méndez sagte sanft: »Sehen Sie … Ich fühle mich ein wenig allein gelassen. Ich hatte wirklich auf Sie vertraut.«

»Wegen des Mädchens?«

»Offen gesagt, ja.«

Galán biss sich auf die Unterlippe.

»Ich fürchte, ich bin nur noch ein alter nutzloser Schlappen. Ich hab's vergeigt.«

»Was trifft Sie für eine Schuld, Galán? Es war einfach Pech.«

»Vielleicht. Aber wissen Sie, was ich denke, Méndez?«

»Lassen Sie' s. Denken ist schlecht für die Gesundheit.«

»Ich bekomme es einfach nicht aus dem Kopf. Dieses Mädchen ist mehr und mehr allein. Niemand kann sie schützen.«

»Stimmt«, räumte Méndez ein, während er mit einem beklemmenden Gefühl in der Brust feststellte, dass seine Kraft allein nicht weit reichte.

»Und der, der sie töten will, vielleicht sind es ja auch mehrere, kann überall lauern. Man glaubt, man sei am Ende der Welt, und es stimmt nicht. Die von der ETA sind auch schon da.«

»Ja, klar, Galán ... Aber Sie müssen all das vergessen. Sie müssen das vergessen. Hier wird nichts passieren, und in Kairo ist die Kleine viel besser geschützt.«

»Ehrlich gesagt, darauf vertraue ich.«

Méndez zuckte die Achseln.

»Kaum zu glauben, oder?«, sagte er leise. »Zwei Scheißkerle wie Sie und ich sorgen sich um das Leben eines kleinen Mädchens, das nicht einmal wird rechnen können. Aber wozu sollte es? Das übernehmen die kleinen Maschinchen, die schon für tausend Peseten zu haben sind. Aber keine Maschine der Welt gibt einem ein wahres Gefühl ohne jede Falschheit. Es ist merkwürdig, Galán, aber um Wesen zu erschaffen, die nicht lügen, hat die Natur sie unvollkommen machen müssen. Das ist wahnsinnig traurig. Wissen Sie, was mir Sorgen macht?«

»Was?«

»Dass Sie und ich vielleicht längst ausgedient haben. Vielleicht sind wir nicht einmal mehr Scheißkerle.«

Er verzog das Gesicht und meinte: »Man arbeitet das ganze Leben, und das kommt dabei heraus.«

»Gehen Sie, Méndez.«

»Das werde ich tun. Und ich werde auch Gandaria sagen, er soll verschwinden, der muss ja völlig kaputt sein. Und Sie ruhen sich aus, Galán, und wenn die Krankenschwester versucht, Sie flachzulegen, wehren Sie sich nach Leibeskräften.«

Er schloss die Tür und ging auf Gandaria zu, der immer noch auf der Bank im Flur lag.

Als Galán allein zurückblieb, stieß er einen schwachen Seufzer aus.

In Anwesenheit von Méndez hatte er sich vom Schmerz nicht unterkriegen lassen wollen, aber der Schmerz zwang ihn in die Knie. Seine Beine waren leblos, und er hatte das Gefühl, er würde seine Hüften nie mehr bewegen können. Außerdem musste er die Augen schließen, denn das Zimmer fing an, sich zu drehen. Das Fieber stieg.

Mit geschlossenen Augen kam verworren der Gedanke.

Er wäre nicht fähig, Gandaria zu töten. Er hatte ihn als Schutzschild benutzt, aber unfreiwillig. Und er hatte Himmel und Hölle in Bewegung gesetzt, um ihm das Leben zu retten.

Außerdem sah er sie mit geschlossenen Augen wieder vor sich.

Seine Frau.

Die kleine Wohnung in der Nähe vom Campo del Moro.

Die Sonne auf den Fliesen.

Die Sonne der toten Stunden.

Eines Tages würde jemand erklären können, dachte Galán, dass es eine Sonne der kleinen Wohnungen gibt, eine Sonne der unaufgeräumten Zimmer, der billigen Fliesen und der Tage ohne Hoffnung. Eines Tages würde jemand erklären können, dachte Galán, dass die Städte eine Sonne exklusiv für sich gepachtet haben, die alles verdirbt, die Sonne eines geliehenen Sonntags, des weißen Rechtecks, das nach dem vergeblichen Koitus kleiner wird, die Sonne der unbefriedigten, überdrüssigen Frau, der stillstehenden Uhr, des Schweigens und der Siesta. Galán hielt sich die Hände vor die Augen, denn er glaubte, diese Sonne immer noch vor sich zu haben, die Etappe seines Lebens, in der er hätte ein anderer sein können und die stattdessen in einem Abfallsack einer einsamen Straße und dem Wimmern der verlorenen Tochter geendet hatte. Er nahm die Hände von den Augen und spannte den Körper an, denn er spürte keinen Schmerz mehr. Unbewusst hatte er seine Adern mit dem besten Betäubungsmittel gefüllt, das es gibt: mit Hass.

Méndez betrachtete vom Deck aus die Landschaft und dachte: Dendera.

Unterhalb von Luxor, dem ehemaligen Theben, verläuft der Nil in einem Bogen, in dem es zwei Brücken gibt: Die eine verbindet Kena und Dendera, die andere Dabba und Nab Hammadi auf dem Weg nach Abydos, wo seit dreitausendfünfhundert Jahren das Wunderwerk des Totentempels von Sethos zu bestaunen ist. Dendera hingegen, rief Méndez sich wieder aus seiner Lektüre in Erinnerung, war weit moderner, man verband es mit Kleopatra und ihrem Sohn Cäsarion, einem Abkömmling Julius Cäsars. Vielleicht wirkte Dendera deshalb so verlockend auf Méndez, denn ihm erschien ein Tempel einer Dame mit einem bewegten Leben weit interessanter als die Kathedrale eines reumütigen Militärkaplans. Aber noch mehr inspirierte ihn Kena, in das er mit der Kutsche gefahren war, nachdem er sich in die Geschichte eingelesen hatte. Er war fasziniert von den alten Kolonialgebäuden, die früher von frommen viktorianischen Damen bewohnt waren, die sich mit dem halben Akt, und raubeinigen Obersten, die sich mit dem halben Sold begnügen mussten. Inzwischen hatten die verfallenden Gebäude die Farbe der Wüste und strahlten eine Nostalgie aus, die für Méndez wichtiger war als die der ägyptischen Göttinnen: die der europäischen Frauen, die in ihnen gefangen waren, die von ihren Fenstern aus den Tod gesehen hatten, den der Nil ihnen langsam brachte. Das Vergessen ruhte in den Straßen Kenas, in den höhlenartigen Cafés und auf den Bürgersteigen, auf denen die Ägypter in der menschlichsten aller Haltungen bis in alle Ewigkeit die Zeit betrachteten. Nicht die fötale, dachte der gottlose Méndez, sondern die fäkale. Nachts spielten in der Nähe des Hafens stille Männer mit Turban endlose Partien, während der Fluss und die Nacht ihre Ewigkeit besangen, das Schiff schlief und Méndez vielleicht zum ersten Mal über die Vergeblichkeit seines Lebens nachdachte.

Doch jetzt fuhren sie auf Dendera zu, bevor sie nach Kena zurückkehrten. Méndez betrachtete die große Schleife des Flusses, die Palmenhaine von Disna, die Minarette, die sich zwischen den Feldern erhoben, und die Rücken der Bauern, die arbeiteten wie zu Zeiten der Bibel. Ihnen haftete eine magische Würde an, dachte er, die sie mit den Verheißungen der Erde verband und nicht mit den Schrauben einer Maschine.

Er hatte die Augen halb geschlossen.

Sein Leben kam ihm kurz, leer und absolut sinnlos vor. Er hatte nicht an Gott geglaubt, nicht an die Frauen, nicht einmal an die große Wahrheit eines Stücks Land. Welches Land war denn seines? Das Land aller? Die städtischen Bürgersteige, auf die gespuckt wird, seit sie gebaut wurden? Die Ecken des alten Barcelona? Die Theken der Bars, wo dir die große kollektive Zeit auflauert, die Zeit, die nicht dir gehört, sondern der großen Stadt, die dich sterben sieht? Die billigen Restaurants, in denen dein Löffel nicht für die geschminkten Mündchen gemacht ist, sondern für hundert Münder, die nicht mehr existieren?

Méndez legte die Hand auf die Lider.

Diese Reise nach Ägypten würde er nie vergessen, die große Lektion, dass er für eine Sekunde durch ein winziges Loch die Bedeutung der Zeit erkennen konnte.

Während die rechte Hand noch auf seinen Lidern ruhte, legten sich Kinderfinger auf seine linke.

»Einen Kuss.«

Olga zog an seiner Hand. Olga lächelte ihm mit ihrem vielleicht ein wenig zu großen Mund zu. Dort war Olga mit ihrer so kleinen, so ehrlichen, so echten Wahrheit, dass sie die Verkleidung der ewigen Wahrheiten nicht brauchte.

»Einen Kuss.«

Sie zog weiter an seiner Hand. Immer wenn sie an Deck kam oder in den Speisesaal, wenn sie auf den Fluren stöberte oder in der Bar wartete, suchte ihr Blick in dem von Méndez Zuflucht, sie schmiegte sich an den alten Polizisten, weil sie spürte, er würde nicht versuchen, ihr die Wahrheiten einer feindseligen Welt aufzuzwingen, die sie überhaupt nicht kennenlernen wollte.

Méndez würde nie versuchen, ihr etwas aufzuzwingen,

auch das spürte sie, weil er nicht an sie glaubte. Oder weil die Wahrheiten, an die Méndez glaubte, schon abgenutzt waren. Sie spürte, dass Méndez nie versuchen würde, ihre Welt zu zerstören.

Er küsste sie.

»Hast du mich lieb?«, fragte sie.

Méndez zerstörte ihre Welt.

»Das ist eine sehr bedeutende Frage«, sagte er.

»Was?«

»Vielleicht die einzig bedeutende Frage überhaupt.«

Sie lachte.

»Ich verstehe dich nicht.«

»Du musst mich nicht verstehen, meine Kleine.« Méndez schloss sie in seine Arme und setzte sie auf seine Knie, den Blick immer noch auf die Linie des Flusses gerichtet. »Du musst nicht den Sinn der Worte ›Ich hab dich lieb‹ verstehen und nicht ihre tiefere Bedeutung, wenn du das Gefühl hast, du musst sie aussprechen. Was redet Méndez da wieder für einen Unsinn, nicht wahr? Selbst wenn du darüber nachdenken könntest, würdest du es nicht verstehen. Und das ist auch nicht nötig, Olga. Es gibt viele Dinge, die du nie wirst verstehen müssen, zum Glück für dich. Und viele Wahrheiten, die du, ebenfalls zum Glück für dich, nie wirst vergessen oder zerstören müssen. Du wirst nie deine Ehre, deine Loyalität oder deinen Körper für eine Beförderung oder für ein paar Peseten mehr verkaufen müssen oder damit du einen Platz weiter oben auf einer Liste stehst, die die Motten schon gefressen haben, bevor du stirbst. Du wirst nie das Böse kennenlernen. Du wirst nie wissen, wie es ist, wenn man zusieht, wie sich in einem der oberen Viertel voller Licht eine Frau für ein wenig Macht verkauft. Oder wie sich in einem niederen Viertel in der Dunkelheit eine Tochter für ein paar Münzen verkauft. Du wirst nie die Straßen kennenlernen, in denen sich drei Dinge für immer festgesetzt haben: das Elend, der Gestank und das Vergessen. Und wenn du sie kennenlernst, werden sie dir wunderschön vorkommen. Du wirst dein Leben nicht damit zubringen, Dinge zu sagen, die man von dir erwartet, sondern du wirst sagen, was du fühlst. Du wirst nie geschlossene Zimmer betreten, in denen ein Mann, bei dem man nicht weiß, wo er herkommt, sich die Mutter samt Tochter kauft, bei denen man auch nicht weiß, wo sie herkommen. Du wirst nie erfahren, dass es eine Sonne für große Fenster und eine für schäbige Löcher gibt. Du wirst nie die Flure kennenlernen, die nirgends hinführen, die Reihen geschlossener Türen, die vom Großvater tapezierten Alkoven und nicht die Abstufungen des Lichts auf der Treppe, über die man nach oben in die Hölle steigt – es hört sich merkwürdig an, aber man steigt wirklich nach oben. Und wenn das Leben dich doch dorthin führt, Olga, wirst du den ganzen Schrecken nicht erkennen, es wird dir vorkommen wie ein großes Puppenhaus kurz vor der Zerstörung. Du wirst dich nicht, wie ich, an den Bartheken festklammern, wo es glückliche Männer gibt, für die die Welt mit der Fußballliga beginnt und endet, und unglückliche Männer, die mit dem Glas ihren eigenen starren Blick austrinken. Du wirst dich nicht, wie ich, in ein dreckiges Revier setzen, in das Junkies kommen und den Boden vollkotzen, Mädchen voller Sperma, die ihre Väter beschuldigen, abgefuckte Schwuchteln, die sich nicht mal mehr setzen können, oder klauende Huren, behängt mit Bildern der Heiligen Jungfrau. Du wirst das Böse, die Heuchelei, die Lüge, das Geld und den Sex nicht kennenlernen, aus denen die Geschichte der Straßen besteht. Sie sagen, das sei dein Pech, Olga, aber ich denke, es ist dein Glück. Du wirst mit Männern wie mir nichts zu tun haben, die Welt nicht analysieren müssen. Niemals wirst du, zum Glück für dich, mit dem Scheißkerl von Méndez reden müssen.«

Er umarmte sie noch fester.

Sein Blick ruhte immer noch auf der Biegung des Flusses.

»Olga …«

»Was?«

»Du hast mich nicht verstanden, oder?«

»Nein.«

»Da hast du Glück.«

Er strich ihr übers Haar.

»Aber etwas will Méndez dir sagen, ja? Unbedingt.«

»Dann sag es.«

»Ich werde nicht zulassen, dass dir etwas geschieht. Nichts. Du und ich, wir sind allein auf dem Fluss, abhängig von irgendwas, ich sage mal, vom Nil. Aber niemand wird dir etwas tun, Olga. Dir nicht. Méndez hat noch nie ehrlich etwas geschworen, aber diesmal schon.«

Er umarmte sie wieder.

Plötzlich spürte er etwas Seltsames.

Als würde sie jemand beobachten.

Beobachten?

Méndez drehte sich um und gewahrte Clara Alonso.

Sie sagte: »Umarmen Sie die Kleine nicht, Méndez. Sie ist sehr unruhig.«

Er stammelte: »Woher wissen Sie, dass ich sie umarme?«

Ohne zu zögern, machte Clara noch einen weiteren Schritt nach vorn. Die Räumlichkeiten des Schiffs schienen ihr ebenso vertraut zu sein wie das Palace Hotel, in dem sie jeden Winkel – und selbst die Ideologien – zu kennen schien. Sie sah Méndez an – warum nur hatte man das Gefühl, dass sie einen wirklich ansah? – und sagte: »Ich wusste, dass Sie sie im Arm hielten, weil ich gehört habe, wie Sie ihren Rücken berührten.«

»Das ist ja unglaublich.«

»Wieso ist das unglaublich? Olga hat einen Rock mit Trägern an, und die laufen auf dem Rücken in einer Metallschließe zusammen. Ich habe gehört, wie Ihre Hand sich auf die Schließe legte. «

»Mir ist schleierhaft, wie Sie das hören konnten, Señorita Alonso.«

Sie lächelte. Mühelos fand sie einen Stuhl, sie streckte einfach die Hand aus, als erspürte sie ihre Umwelt. Mit einer Eleganz, die ihr fünfzig – ach, schon fünfzig, dachte Méndez – Jahre Leben in der High Society verliehen hatten, setzte sie sich und schlug die Beine übereinander.

»Ich höre es, weil ich in einer anderen Welt lebe als Sie«, sagte sie leise. »Für Sie besteht das Leben aus Licht. Für einen Hund aus Gerüchen. Für eine Hündin wie mich, mit Verlaub, besteht es aus Geräuschen. Ich höre alles, auf jede Entfernung.«

Méndez blinzelte.

Er befürchtete, sie könnte seine Gedanken »hören«.

»Warum sagen Sie so etwas?«, fragte er leise, »warum bezeichnen Sie sich als Hündin?«

Clara Alonso lächelte wieder.

Ihr Lächeln war müde, aber wunderschön.

»Weil ich ohne einen Herrn nicht überleben würde«, erwiderte sie.

»Olga braucht mehr Schutz als Sie.«

»Natürlich. Warum, glauben Sie, sind wir sonst nach Ägypten gekommen? Aber ich fürchte, die weite Reise hat nichts genutzt. Haben Sie gesehen, wie viele Leute am Nil unterwegs sind? Im Nachhinein denke ich, es war ein Fehler hierherzukommen. Die Basare, die Häfen, die Schiffe: überall Massen von unbekannten Leuten.«

»Ja, in der Tat. Das ist ein sehr kosmopolitischer und eigenartiger Ort, er könnte aus einem Roman von Ian Flemming oder besser noch von Paul Morand oder Cecil Roberts stammen. Eine zeitlose, wunderbar unmoderne Welt. Und in zeitlosen Welten ohne definierte Ecken kann alles geschehen.«

»Ich wusste gar nicht, dass Sie lesen, Méndez.«

»Allerdings, ich lese sogar sehr viel. Die Gauner, die mich schon kennen und im Grunde keine schlechten Kerle sind, bringen mir die Bücher direkt auf den Balkon vom Revier. Außerdem bin ich der Schrecken des Trödelmarkts von San Antonio. Ich nehme alles mit. Ich lebe in einem möblierten Zimmer im hinteren Teil einer Bar im Barrio Chino, und der Flur und das Lager, wo sich die Bierkisten und Limonadenflaschen stapeln, ist voll von Büchern. Die Wirtin ist es leid, dass die Bücher sich bis zur Küche türmen und manchmal ein paar Tintenfische à la Vargas Llosa dabei herauskommen. Sie ist sich noch unschlüssig, ob sie mich auf die Straße setzen oder mich zu einem samstäglichen Cunnilingus verdonnern soll. Ich denke, ich würd's tun. Wenn ich derweil weiterlesen darf, mache ich alles.«

»Ich wage zu bezweifeln, dass sie Sie in einem so feierlichen Moment lesen lässt«, sagte Clara Alonso mit einem dunklen Lächeln.

»Doch, das wird sie. Wenn sie Zicken macht, werde ich einen Probelauf verlangen. Es mangelt mir an Praxis.«

»Wie alt ist Ihre Wirtin?«

»Keine Ahnung. Um die fünfzig.«

»Und welches Alter bevorzugen Sie bei Frauen?«

»Nun ja, also … eigentlich dieses Alter, vielleicht etwas jünger. Und sie müssen Dessous von früher tragen, wie die in den Illustrationen von *La Vie Parisienne*. Und sie sollten leicht verwegen sein. Dazu bedarf es einer Reihe von ganz besonderen Voraussetzungen, zum Beispiel, dass sie, wenigstens für eine gewisse Zeit, einen Priester als Onkel hatten. Eine Frau wird nicht geboren, sie wird gemacht. Aber die Mehrzahl wird schon zerstört, bevor es so weit ist.«

Resigniert fügte er hinzu: »Es wird Sie also nicht weiter verwundern, dass ich bei diesen soziokulturellen Ansprüchen nie die passende Frau gefunden habe, außer in Büchern.«

Clara Alonso starrte auf den Fluss.

Ihr Lächeln war immer noch dunkel.

Aber wunderschön.

Sie murmelte: »Vielleicht haben Sie nicht richtig gesucht.«

»Doch. Aber ich habe das Barrio Chino von Barcelona so gut wie nie verlassen.«

»Das war ein Fehler.«

»Aber das Barrio Chino hat mich einiges gelehrt. Zum Beispiel, geduldig an der Ecke Wache zu schieben und auf der Stelle diejenigen auf die Hörner zu nehmen, die bestimmten Orten zu nahe kommen. Jeder, der sich Ihnen oder der Kleinen nähert, wird das bitter bereuen. Ich werde ein Auge auf Sie beide haben, das schwöre ich Ihnen.«

»Wissen Sie, dass die Hauptgefahr nicht hier lauert, sondern in Kairo?«

»Ja, ich weiß.«

»Und wissen Sie auch, dass ich mit Quílez' Schutz nicht rechnen kann?«

Und auch nicht mit dem von Galán, dachte Méndez, bevor er sagte: »Ja.«

»Wissen Sie, dass ich bereit bin zu zahlen?«

»Davon gehe ich aus.«

»Dann wissen Sie auch, dass ich weder die spanische Botschaft noch die ägyptische Polizei um Hilfe bitten kann. Die astronomische Summe, die wir brauchen, muss schnell und diskret beigeschafft werden, und das geht nur auf illegalem Weg. Ich bin schon einmal gescheitert, und …« – ihre Stimme zitterte – »und ich will keinerlei Risiko eingehen, so etwas noch einmal zu erleben.«

»Das ist nur allzu verständlich, Señorita Alonso.«

»Und deshalb muss ich Sie um etwas bitten.«

»Um was?«

»Ich stehe mit dem Rücken zur Wand. Ich weiß nicht, wo die Gefahr lauert, von welcher Seite man uns angreifen wird. Auf den Schutz, den ich selbst organisiert habe, kann ich nicht mehr vertrauen. Und deshalb bitte ich Sie, Méndez: Wenn es ans Zahlen geht, greifen Sie nicht ein, lassen Sie mich gewähren. Versuchen Sie nicht, sich zu beweisen, sodass das andere Mädchen dafür … dafür auch noch mit seinem Leben zahlen muss.«

Clara Alonso senkte den Kopf. Ihre Augen zeigten keine Regung, aber weil sie direkt vor ihm saß, blieb Méndez der Tränenglanz darin nicht verborgen.

»Außerdem …«, sagte sie leise, um ihn endgültig zu überzeugen, »wird diese Summe unsere Familie nicht ruinieren. Ich werde zahlen.«

»Sie zahlen an den Mörder von Mercedes.«

»Der Mörder von Mercedes ist tot.«

»Aber sein Boss lebt noch.«

Clara Alonso rang verzweifelt die Hände.

»Um Gottes willen, reden Sie nicht so.«

»Ich rede so, weil ich ihm nicht verzeihe.«

»Und ich? Was meinen Sie, was ich fühle? Aber ich bitte Sie, das zu verstehen. Ich habe lange über alles nachgedacht, und ich habe mich entschieden zu zahlen. Es ist die einzige Lösung.«

»Natürlich verstehe ich das. Und deshalb sage ich: Zahlen Sie. Ich werde Ihnen freie Hand lassen. Und noch etwas: Wenn ich jemanden töten muss, lassen Sie mir freie Hand.«

Méndez' Gesichtszüge verhärteten sich. Er hatte plötzlich das Gesicht eines alten, im Eichenfass gereiften Bastards. Niemand in seinem Viertel, nicht einmal in den billigsten Kaschemmen, hatte ihn so erlebt.

Sie lächelte traurig.

»Und wen wollen Sie töten, Méndez? Wen?«

»Ich weiß es nicht.«

Er drehte sich um, und in dem Moment sah er das Monokel. Er sah die fette, in sich ruhende Abtgestalt. Doch zum ersten Mal sah er sie mit ausgestreckten Beinen. Salomón Gandaria stand wenige Schritte entfernt auf dem oberen Deck und beobachtete sie.

Méndez murmelte kaum hörbar: »Kann der Kerl auf einmal laufen?«

Auf das Geländer gestützt, machte Salomón Gandaria ein paar linkische Schritte.

»Ich habe mich mehr angestrengt als in meinem ganzen Leben zusammen«, sagte er.

»Das Ergebnis ist frappierend. Ich wusste nicht, dass Sie gehen können, Señor Salomón Gandaria. Und Sie scheinen nicht zu wissen, dass man um ein Haar Ihren Leibwächter getötet hätte.«

»Leibwächter?«

»Oder Assistenten. Oder Wasserträger. Wie Sie wollen. Aber um ein Haar wäre Galán erschossen worden. Wussten Sie das wirklich nicht?«

»Natürlich weiß ich das«, sagte Salomón und stützte sich mit seinem ganzen Gewicht auf das Geländer, als würden seine Beine versagen. »Warum, glauben Sie, unternehme ich hier diese übermenschlichen Anstrengungen, die der Arzt mir verboten hat? Außerdem habe ich Sie gesucht, Méndez. Ich will wissen, wo mein Bruder ist.«

»Ich denke mal bei Galán.«

Salomón blinzelte zweimal.

»Bei Galán? Warum das denn?«

»Ihr Bruder Ismael fühlt sich verantwortlich für das, was geschehen ist. Das Attentat der ETA war gegen ihn gerichtet, nicht gegen Galán. Ah … Vielleicht ist Ismael gar nicht so der harte, unsensible Kerl, für den alle ihn halten. Vielleicht ist er weit menschlicher, als viele denken.«

Salomón gab ihm keine Antwort. Er ließ sich auf einen Stuhl bei der Reling fallen, als hielten seine Beine der ungewöhnlichen Anstrengung nicht mehr stand. Er stammelte: »Ja, aber … Von Luxor wird er doch mit uns allen nach Kairo fliegen, nicht?«

»Ja. Ich denke schon. Wissen Sie was, Señor Gandaria?

Bald werden wir dieses Schiff verlassen und in die sogenannte städtische Zivilisation zurückkehren. Können Sie allein Ihre Koffer packen? Soll ich Ihnen helfen?«

»Nein, danke. Ich will niemanden in meiner Kabine haben.«

»Das dachte ich mir schon.«

»Warum?«

Méndez gab ihm keine Antwort. Er drückte die Kleine wieder an sich und flüsterte: »Kairo …«

Ein Schiff der Sheraton-Reederei kam ihnen entgegen, und die Leute schossen Fotos. Méndez bemerkte nicht, dass ein Teleobjektiv direkt auf ihn gerichtet war.

Und auf die Kleine.

Das Marriott-Hotel befand sich in einem alten Palast, der zur Einweihung des Suezkanals für die ausländischen Staatsoberhäupter erbaut worden war. Es war eines der vornehmsten Hotels von Kairo, und Méndez war geblendet von den prächtigen Einkaufspassagen, von der Größe der Zimmer und der dekadenten Eleganz der Salons im alten Teil, wo man – so stellte er sich vor – bestimmt noch einen ägyptischen Bankier mit Fez und Smoking und eine ägyptische Tänzerin mit Schleier und Pfropfen im Hintern antreffen konnte. Méndez' Fantasie wuchsen Flügel, als er die Räume sah, und der Hauch von Luxus und Gefahr früherer Zeiten zog ihn gleich in den Bann. Doch das hinderte ihn nicht daran, als Erstes die Lage zu checken – das Marriott hatte mehr Ausgänge als ein Bahnhof – und um ein Zimmer zu bitten, das direkt neben dem von Clara Alonso und dem Mädchen lag.

Ihm war sofort klar, dass sie keinen schlechteren Ort hätten wählen können. Ein kleines Hotel wäre tausendmal besser gewesen als dieser Riesenkasten, in dem sich an einem Tag mehr Leute tummelten als in einem Fußballstadion. Aber gab es in der Hauptstadt am Nil überhaupt kleine Hotels oder nur diese monströsen Klötze, die das gesamte Ufer säumten? Wie sollte man diese riesige Menge an Kofferträgern, Kellnern, Kassierern, Stewardessen, Fahrern, Fremdenführern und Touristen aus aller Herren Ländern im Auge behalten?

Wenn sie schon auf dem Schiff ihrem geheimnisvollen Feind ausgeliefert waren, hatte dieser hier völlig freie Hand. Natürlich konnte man das ein oder andere tun, dachte Méndez. Man könnte bei der spanischen Botschaft um Asyl bitten, aber das würde die Dinge wahnsinnig kompliziert machen, wenn Clara Alonso doch zahlen musste. Oder aber Clara Alonso und Olga blieben die ganze Zeit auf dem Zimmer und ließen sich die Mahlzeiten dort servieren. Doch in einem Luxushotel war auch das Restaurant- und Reinigungspersonal unüberschaubar. Und dann die Fenster. Auch sie lagen in Schussweite, selbst mit einer Neun-Millimeter-Pistole könnte man bequem vom Gebäude gegenüber schießen. Diese Luxusherberge, in der es zuging wie im Taubenschlag – und in der es bestimmt heimliche Liebschaften gab –, war völlig unkontrollierbar, dachte er bestürzt.

Doch das Ambiente des Hotels faszinierte ihn. Als er sich in der Nähe der Rezeption postierte, um sich ein Bild zu machen, wer so alles kam und ging, strömten Trauben von Menschen an ihm vorbei: Geschäftsmänner, Scheichs auf der Jagd, Frischvermählte auf Hochzeitsreise, Studienreisende mit einem Faible für das alte Ägypten, die bereits ihre Einbalsamierung veranlasst hatten, abgewrackte Spione, die eigentlich nur für die albanische Regierung arbeiten konnten, Damen im dritten Lebensalter, denen nach einer letzten Liebe gelüstete, und daneben Schwuchteln kurz vor dem posthumen Akt. Eine völlig andere Fauna, als Méndez sie von seinem Balkon im Revier aus beobachten konnte, und er geriet förmlich in Ekstase.

Nach der frustrierenden Bestandsaufnahme der Verteidigungsmöglichkeiten im Hotel konzentrierte sich Méndez auf eine strategische Erkundung der Umgebung. Das Marriott lag auf einer Insel in der Nähe des Sporting Club von Gezira. Luxushotels, so weit das Auge reichte. An eine effektive Überwachung war auch hier nicht zu denken.

Trotz dieser entmutigenden Aussichten erkundete Méndez ein wenig die Altstadt südlich des Aquädukts. Müßig zu erwähnen, dass Méndez, ein Liebhaber der alten Viertel Barcelonas, umfassend über die Straßen mit ihren völlig verkommenen Häusern und den tripperverseuchten Hetären informiert war. In seiner strahlenden Jugend hatte er davon geträumt, Rätsel an solch fantasieanregenden Orten zu lösen wie in einem Schlangenrestaurant in Hongkong, einer Opiumhöhle in Singapur, einem Harem im Jemen, einer Moschee in Kairo, einem Bordell auf der Reeperbahn oder einem Pissoir in Paris. Und so hatte er sich auch mit Kairo beschäftigt, und jetzt war er vor Ort und war nicht mal in der Lage, ein einfaches Hotelzimmer zu bewachen, geschweige denn ein Rätsel zu lösen. In der Stunde der Wahrheit fielen alle seine Träume in sich zusammen. Aber die Berichte, die er in den Kneipen des Barrio Chino gehört hatte, wo das Licht, die Traurigkeit und die Einsamkeit eine universelle Dimension annahmen, hatten immer von einem Kairo gesprochen, wo sich der Müll bergeweise in den Straßen stapelte, wo Kinder herumliefen, Ziegen weideten und die Händler des Viertels ihre Geschäfte tätigten. Und das Kairo, das er jetzt vor Augen hatte, sah anders aus, immer noch schmutzig, aber man spürte bereits den Einfluss des Westens. Méndez nahm sich dennoch vor, in die Geheimnisse der alten Stadt einzudringen, die einfachen Gaststätten, die Spielhöllen, die Bordelle und die Tränen zu erkunden. Méndez, der, ohne es je gesehen zu haben, immer noch ein Schlangenrestaurant in Hongkong beschreiben könnte, würde an seinen Träumen festhalten.

Aber jetzt ging es primär um Olgas Sicherheit. Und so schlug er Cañada vor, zwei Gorillas abzustellen, die die Tür bewachten.

Eine Stunde später trafen sie ein. Sie sahen aus wie zwei Gladiatoren, die nicht nur ihren Rivalen im Kolosseum vernichteten, sondern die danach noch genügend Kraft hatten, es mit dem Kaiser aufzunehmen, mit allem Respekt versteht sich, dachte der kultivierte Méndez. Sie waren westlich und sogar durchaus elegant gekleidet, aber die Anzüge platzten aus allen Nähten. Sie sahen aus wie der Boxer Tyson im Sonntagsstaat und waren ausgesprochen diskret: Jedes Mal, wenn sie eine andere Haltung einnahmen, zeigten sie den Messergriff im Hosenbund und die Magnum im Holster. Méndez beglückwünschte Cañada zu seiner Wahl: unauffällige Männer von Format.

Solange Clara Alonso sich mit der Kleinen auf dem Zimmer befand, konnte ihnen mit den beiden Killern vor der Tür nichts zustoßen, dache Méndez, und die Vorhänge mussten natürlich geschlossen bleiben, damit niemand von gegenüber einen Schuss abfeuern konnte. Wenn das Zimmer gereinigt oder das Essen serviert wurde, würde einer der Gorillas mit dem Hotelangestellten ins Zimmer gehen, und wenn dieser auch nur eine falsche Bewegung machte, würde er gehäutet, gekocht und als Delikatesse zum Abendessen serviert werden.

Blieb noch der gefährliche Moment, wenn sie nach Spanien zurückkehrten, aber auch dafür hatte Méndez Vorkehrungen getroffen. Clara Alonso und Olga würden im wahrsten Sinne des Wortes umzingelt das Hotel verlassen, sofort in einen gepanzerten Wagen steigen und zum Flughafen fahren. Das Auto könnte man mieten. Sie würden überwacht, bis sie ihre Plätze im Flugzeug eingenommen hätten. Kein Staatschef könnte sich einen besseren Schutz wünschen, dachte Méndez.

Der Polizist war wieder mit seinem Schicksal versöhnt. Wer auch immer der geheimnisvolle Feind war, er würde nicht einen Schritt machen können. Soweit das in einem Riesenhotel in einer wahnwitzigen Stadt wie Kairo möglich war, hatte er einen sicheren Bunker geschaffen. Clara Alonso brauchte sich keine Sorgen zu machen, selbst wenn sie weitere Drohungen erhielt.

Man musste es ihr nur noch beibringen. Méndez betrat das Zimmer, setzte sich an den luxuriösen Schreibtisch, hob die kleine Olga auf seine Knie, vergewisserte sich, dass niemand ihn, den harten Kerl, in solch einer peinlichen Lage fotografieren konnte, und erklärte ihr Punkt für Punkt, was er mit Manrique und Cañada vereinbart hatte. Clara Alonso hörte ihn stillschweigend an, und ihr Gesicht war erstaunlich ruhig an diesem Abend.

»Das hört sich alles perfekt an«, sagte sie am Ende. »Ich werde mich nur so schrecklich eingesperrt fühlen.«

»Es ist ja nicht für lange. Außerdem haben wir keine andere Wahl. Ich bin alle Möglichkeiten durchgegangen, am Ende habe ich mich für die fantasieloseste entschieden, was zeigt, dass ich nie einen guten Regierungschef abgeben würde. Doch die mittelalterlichen Lösungen, also verschlossene Türen und Schläger, sind meist die effektivsten.«

»Verstehe.«

»Wenn jemand vom Servicepersonal den Raum betritt, zum Beispiel das Zimmermädchen, rühren Sie sich mit der Kleinen nicht vom Fleck. Einer der Leibwächter wird mit ins Zimmer kommen und alles überwachen, bis Sie wieder allein sind. Selbstverständlich dürfen Sie keinerlei Besuch empfangen.«

»Das ist ein wenig unangenehm. Ich habe auf der Kreuzfahrt ein paar Leute kennengelernt, und sie logieren alle hier im Marriott. Sie werden mich besuchen wollen.«

»Damit werden sie sich abfinden müssen. Sie dürfen höchstens mit ihnen telefonieren, aber niemand, absolut niemand darf diesen Raum betreten. Mit wie vielen Personen hatten Sie Kontakt? Mit sechzig? Die sind alle verdächtig, ganz abgesehen von denjenigen, mit denen Sie nicht gesprochen haben. Wie gesagt, meine Pläne entbehren jeglicher Fantasie. Gut. Umso besser. Nichts ist so sicher wie eine Tür, die stets verschlossen ist. Gibt man der Fantasie Raum, wird Ihnen am Ende noch jemand eine Bombe schicken, und wenn es mit einer Brieftaube ist.«

»Gibt es jemanden, der Ihnen besonders suspekt ist, Méndez?«

»Mir ist jeder suspekt. Der Tod kann von jemandem kommen, der uns nie begegnet ist. Aber wenn Sie schon nachfragen, werde ich Ihnen sagen, dass Salomón Gandaria mir nicht geheuer ist. Warum? Weil er ein seltsamer Vogel ist. Weil es keinen vernünftigen Grund gibt, warum er hier ist. Und weil er ein Gift in sich trägt, das spürt man gleich. Schade, dass Sie ihm nicht in die Augen sehen können. Aber ich schwöre Ihnen, er trägt Gift in sich. Und dieser Galán gefällt mir auch nicht, wissen Sie. Vordergründig ist er auf unserer Seite, aber er ist ein eiskalter, verschlossener

Profi. Und so einer nimmt jeden Auftrag an, wenn er ihm Geld bringt.«

»Sie haben etwas Wichtiges gesagt, Méndez«, sagte Clara Alonso, der kein Wort entging. »Wenn es dem Täter nur um Geld geht, bedeutet das, dass die, die Geld genug haben, ausscheiden.«

Méndez war einen Moment verwirrt. Es hatte den Anschein, als hätte er darüber noch nicht nachgedacht.

»In der Tat. Es unlogisch, dass Ismael Gandaria eine Milliarde hundert Millionen Peseten verlangt, die hat er selbst und noch weit mehr. Aber ich weiß nicht, wie es um die Geschäfte seines Bruders Salomón bestellt ist, ich vermute mal, auch er ist reich. Wie Ihre beiden Väter, Señorita Alonso.«

Ihr Hals war plötzlich angespannt.

»Warum bringen Sie meine Väter mit der Sache in Verbindung?«

»Nein, ich bringe sie nicht damit in Verbindung … Ich habe nur gesagt, sie sind sehr reich.«

»Auch das ist schon zu viel.«

»Verzeihen Sie einem alten, traditionsverhafteten Polizisten. Für mich ist jeder verdächtig, bis auf den Kassierer, und zwar aus dem einfachen Grund, wenn ich den Kassierer verhafte, bekomme ich mein Geld nicht. Aber ich muss gestehen, Ihr Argument ist gut: Ich darf bei meinen Verdächtigungen nicht alle über einen Kamm scheren. Und jetzt tue ich eines: Ich gehe noch mal auf das Schiff.«

Sie schüttelte den Kopf.

»Zurück aufs Schiff? Wozu?«, fragte sie. »Werden Sie nach Luxor fliegen?«

»Ja. Ich habe alles genau berechnet. In ein paar Stunden bin ich wieder hier, wenn ich eine gute Verbindung erwische.

Wie Sie sehen: Ich, die Stadtratte, die nie einen Fuß aus dem Barrio Chino gesetzt hat, verwandelt sich plötzlich in eine Art Horus. Das ist doch der Gott mit dem Kopf eines fliegenden Falken, oder?«

»Ich glaube ja. Aber warum wollen Sie noch mal auf das Schiff, Méndez? Haben Sie dort etwas vergessen?«

Méndez lächelte.

Es war ein billiges, armseliges Lächeln.

»Die *Nile Dream* wird bald nach Assuan auslaufen, zu einer neuen Kreuzfahrt mit neuen Passagieren. Ich will mir die Kabinen ansehen. Das konnte ich nicht, solange die aus unserer Gruppe sich noch auf dem Schiff aufhielten.«

»Und was versprechen Sie sich davon?«

Méndez sah sie eindringlich an.

Ob Clara Alonso diesen Blick wahrnahm? Ob es stimmte, dass Blinde merken, wenn sie angestarrt werden, weil sie plötzlich eine seltsame Wärme auf der Haut spüren?

»Einer der Passagiere hat etwas vergessen«, murmelte Méndez.

»Glauben Sie, dass es noch dort ist? Hat der Passagier, von dem Sie reden, den Verlust nicht vielleicht längst bemerkt?«

»Nein«, sagte Méndez.

»Warum nicht?«

»Weil es nichts Materielles ist.«

»Nein? Was ist es dann?«

»Etwas, das in der Luft lag«, sagte Méndez leise. »Und er oder sie weiß nicht, dass ich es dort gefunden habe.«

Méndez hatte den Satz noch nicht ganz ausgesprochen, da begann die Luft schon zu vibrieren. Das Telefon klingelte.

»Erwarten Sie einen Anruf?«, fragte Méndez.

»Nein. Aber es kann nur einer der Reisegefährten sein.«

»Ich bin auch ein Reisegefährte«, sagte Méndez, »wie man in den guten Zeiten des Franquismus sagte. Ich werde rangehen.«

Er nahm ab.

Da hörte er die Stimme. Es war die Stimme von dem Band. Völlig verzerrt, abstrakt, zerstückelt. Und wieder diese Musik im Hintergrund.

»Ich weiß, dass Sie versuchen zu verschwinden, aber hören Sie mir gut zu, Clara Alonso: Weder Sie noch Ihre Tochter werden Kairo lebend verlassen, wenn Sie nicht vorher die geforderte Summe zahlen. Ich wiederhole: eine Milliarde hundert Millionen Peseten in Dollar, umgerechnet zum heutigen Börsenkurs. Übergabeort: unter dem Hauptturm der Mamlukengräber in der Stadt der Toten. Uhrzeit: elf Uhr abends. Form der Übergabe: ein Koffer mit dem gesamten Geld. Bei Peseten wäre das Gewicht enorm, aber in Dollar ist das durchaus machbar, vor allem, wenn Sie große Scheine wählen. Erste Bedingung: keine Polizei und keine Tricks, sonst ist die Kleine tot. Zweite Bedingung: Wenn die Zahlung entsprechend meiner Anweisung erfolgt ist, werde ich im Hotel anrufen. Spätestens zwei Stunden nach der Übergabe. Von dem Zeitpunkt an können Sie sich als frei von jeder Bedrohung betrachten. Ich wiederhole die Information, damit Sie sich Notizen machen können. Achtung. Ich wiederhole.«

Es war klar, dass am anderen Ende ein Band abgespielt

wurde. Jetzt würden sie es zurückspulen und nochmals abspielen. Es war sinnlos, Zeit mit Worten zu verlieren.

Er legte auf.

Er sagte zu Clara Alonso, er sei sofort zurück, sie solle sich nicht von der Stelle rühren. So schnell es seine müden Beine erlaubten, eilte er in die Lobby. Er musste herauskriegen, ob der Anruf direkt aus dem Hotel erfolgt war.

Sein Englisch, das dem eines Pferdes in der Schlacht von Waterloo gleichkam, würde ihn nicht weiterbringen, aber sein Französisch, das sehr viel kultivierter war *(»Escute moi, je desire savoir, si quelque personne eté telephonant Mademoiselle Alonso, dans ce moment juste, juste«)*, öffnete ihm Tür und Tor. Die Telefonistin sagte, im Zimmer von Mademoiselle Alonso habe man gerade aufgelegt.

»Je sais. Le que je vaudrais savoir maintenant même si on téléphoné de l'hotel ou loin de l'hotel.«

»De l'extérieur, Monsieur.«

»Merci deux foix, Merci.«

Méndez bewegte sich wie ein Schlafwandler. Schade, aber er musste zugeben, das wäre auch zu einfach gewesen. Den Mistkerl zu schnappen, noch während er anruft! Als er hinuntergeeilt war, hatte er schon gewusst, dass ihm das nicht vergönnt sein würde, aber es war einen Versuch wert gewesen. Jetzt stand er wieder am Anfang, nur mit einer weiteren Drohung. Um seine Verwirrung zu verbergen, zündete er sich bedächtig eine Zigarette an.

Er sah ein paar Reisegefährten in der Schlange der Leute, die im Hotel Geld tauschen wollten, zum Beispiel die Brüder Gandaria, in trauter Zweisamkeit, als würden sie sich schon immer lieben; der eine stand gelangweilt da, und der andere saß in seinem Rollstuhl. Er sah den Notar, den Verleger, fast alle Bekannten vom Schiff. Keiner konnte telefoniert haben, denn es war offenkundig, dass sie schon länger in der Schlange standen.

Das überraschte Méndez nicht weiter. Er wusste, dass die Bedrohung sich in einem nahen Umkreis, aber außerhalb des Hotels befand. Oder vielleicht doch nicht so nah? Könnte Galán aus dem Krankenhaus in Luxor angerufen haben? Das war nicht einfach, aber zumindest möglich. Er drückte die Zigarette im Aschenbecher aus, denn der Tabak schmeckte ihm nicht. Das war ein äußerst schlechtes Zeichen, und er schwor sich, der Spur bei seiner Reise in das ehemalige Theben nachzugehen. Er kehrte in Claras Zimmer zurück.

Olga lief ihm entgegen. Sie setzte sich auf seine Knie und fragte: »Freunde?«

Méndez sagte leise: »Klar, meine Kleine. Freunde.«

Eine Sache war ihm verdammt klar: Er würde sie nicht allein lassen. Er würde sie nicht sterben lassen. Er würde nicht zulassen, dass dieser Kopf, in dem noch nie ein böser Gedanke genistet hatte, von einem anderen Kopf zerstört würde, in dem noch nie ein guter Gedanke genistet hatte. Vielleicht ahnte Clara Alonso all das, vielleicht hatte sie es schon vom ersten Moment an getan, denn sie fragte nur: »Das waren die letzten Anweisungen, nicht?«

»Ja.«

»Was wollen sie?«

»Nicht viel«, sagte Méndez. »Ein Saufgelage mit bezahlter Zeche.«

Er erklärte ihr die Einzelheiten. Nicht ein Muskel regte sich in Claras Gesicht, während sie ihm schweigend zuhörte.

Am Ende sagte sie: »Wir werden zahlen.«

»Ohne zu kämpfen?«

»Gegen wen sollen wir kämpfen, Méndez? Sie kennen

meine Entscheidung. Ich werde nicht zulassen, dass Olga etwas geschieht. Außerdem stehen meine Väter bereits seit Stunden in Verhandlungen, um das Geld zusammenzubringen. Ich habe sie noch nie so … so ängstlich gesehen wie heute. Aber sie werden es schaffen.«

Méndez streichelte der Kleinen übers Haar.

»Einverstanden«, sagte er. »Wir verfahren, wie Sie es wünschen.«

Er begab sich zur Tür. Kurz bevor er ging, wandte er sich noch einmal um und fragte: »Das Ultimatum läuft bis morgen elf Uhr abends, das habe ich schon gesagt. Darf ich Sie bitten, das Zimmer nicht zu verlassen, bis ich aus Luxor zurück bin?«

»Wollen Sie wirklich dorthin, Méndez?«

»Ja.«

»Weil jemand dort etwas in der Luft vergessen hat?«

»Ja.«

»Und wer könnte es vergessen haben?«

»Wer weiß, vielleicht Sie selbst.«

Er öffnete die Tür und stürmte hinaus. Die beiden Leibwächter sahen ihn argwöhnisch an, die Hände in der Nähe der Messer. Das war schlimmer als die Pistolen, dachte Méndez. Niemandem bekommt eine Trockenrasur gut.

Während er zu den Aufzügen ging, merkte er nicht, dass jemand ihn beobachtete.

Er merkte nicht, dass weiter hinten eine Tür aufgegangen war und dass Galán ihn im Visier hatte.

Méndez hatte Glück mit den Flügen. Im Morgengrauen war er zurück. Er fiel fast um vor Müdigkeit, aber ihm war klar, dass diese Mission notwendig war.

Die Sonne stand bereits hoch über den Minaretten von

Kairo, den Markisen im Basar von El Khalili und den Gässchen des koptischen Viertels, als man ihn weckte. Méndez der sich an die barmherzige Sitte hielt, nie vor fünf Uhr nachmittags aufzustehen, hatte in dem Moment das Gefühl, er sei gerade erst zu Bett gegangen.

Es war Antonio Cañada, mit einem Schlag alt, in sich zusammengesunken, doch der letzte Hoffnungsschimmer wollte noch nicht aus seinem Blick weichen.

»Wir werden uns aus diesem Albtraum befreien, Méndez«, sagte er leise.

Méndez, der einen gestreiften Pyjama trug, kehrte voller Scham ins Bett zurück.

»Heißt das, Sie und Manrique haben das Geld?«

»Ja. Tausend-Dollar-Scheine. Passt wunderbar in einen Koffer.«

»Gut, dann wissen Sie ja, was Sie zu tun haben. Der Hauptturm an den Mamlukengräbern in der Stadt der Toten. Heute ist Vollmond, das kann vielleicht sogar ein ganz angenehmer Spaziergang werden. Also los, worauf warten Sie?«

»Sie würden nicht gehen, nicht wahr, Méndez?«

»Warum sollte ich, verdammt.«

»Warum nicht?«

»Erstens, weil es mir nicht passt, einen schmutzigen Mörder zu bezahlen, damit er seinen Hintern mit Eau de Rochas abwischen kann. Zweitens, weil er das Kind nicht in seiner Gewalt hat. Er behauptet, wenn er das Geld kassiert, wird er es am Leben lassen, aber in Wahrheit hat er nicht die geringste Chance, es zu töten. Sie könnten in Madrid sein, bevor das Ultimatum abläuft.«

»Das heißt, er kann Olga in Kairo nicht töten, nicht wahr?«

»Genau das heißt es.«

»Aber dann wird er sie in Madrid töten.«

Méndez kratzte sich am Ohr.

»Ehrlich gesagt, darüber hatte ich noch nicht nachgedacht«, brummte er.

»Es ist besser, wir zahlen, Méndez. Wir zahlen und schaffen uns diesen Albtraum vom Hals.«

Er drehte eine Runde durch das Zimmer. Aus den terrakottafarbenen Innenhöfen flutete das Licht herein. Eine erbarmungslose Sonne entlockte dem Marmorboden metallische Reflexe.

»Clara hat mir gesagt, Sie seien nach Luxor geflogen.«

»Ja, mit dem Flugzeug geht es schnell, aber ich bin immer noch kaputt. Außerdem hat man mir, als das Flugzeug schon in der Luft war und ich zudem angeschnallt, sodass ich nicht abhauen konnte, einen Orangensaft serviert. Stellen Sie sich das mal vor.«

»Das muss schlimm gewesen sein, Méndez.«

»Ich wollte schon nach den Sterbesakramenten verlangen, aber ich weiß nicht, ob die Ägypter die erteilen dürfen.«

»Ich fürchte, nein. Und was haben Sie in Luxor gemacht?«

»Ich bin noch einmal auf die *Nile Dream* gegangen, bevor sie wieder Richtung Assuan ausläuft, und habe mir mit Erlaubnis alle Kabinen angesehen.«

»Auch meine?«

»Auch Ihre, Señor Cañada.«

»Und was haben Sie herausgefunden?«

»Phhh.«

»Was soll das heißen?«

»Jede Kabine birgt ihr Geheimnis, mein lieber Cañada. Sie bewahrt die Spuren der Lebenden und der Toten auf.«

»Sie sind ein sonderbarer Kauz, Méndez. Ich glaube nicht, dass diese Sprache Eingang in einen Polizeibericht finden kann. Aber was haben Sie herausgefunden?«

»Dass Galán nicht mehr im Krankenhaus weilt.«

Cañada sah ihn verwundert an.

»Soll das heißen, er ist bereits genesen? So schnell?«

»Nein, er ist nicht genesen. Er ist abgehauen.«

»Mein Gott, warum das?«

»Wie soll das ein Mann wissen, den man nicht schlafen lässt und den man noch dazu auf Orangensaftdiät gesetzt hat?«

»Sehen Sie, Méndez, das interessiert mich alles nicht. Ich will nur diesen Albtraum loswerden, das habe ich Ihnen schon gesagt. Ich bin gekommen, weil ich Sie um einen Rat bitten wollte: Wer soll mit dem Koffer zum Friedhof gehen. Ich? Einer der Leibwächter? Sie? Wurde in der Botschaft irgendetwas darüber gesagt?«

»Nein.«

»Was, glauben Sie, sollte man tun?«

Méndez ballte die Fäuste.

»Ich werde gehen«, sagte er unvermittelt.

»Was?«

»Ich werde gehen, aber ich werde das Geld nicht mitnehmen. Ich will einen Koffer voller Zeitungsschnipsel.«

»Méndez!«

»Was ist?«

»Was soll sein! Ich habe Ihnen gesagt, dass ich bereit bin zu zahlen!«

»Einverstanden.« Méndez zuckte die Achseln. »Wenn die Sache so ist, werde ich das Geld mitnehmen, den Anweisungen des Mörders folgen und zahlen. Aber was danach passiert, ist einzig und allein meine Sache.«

»Nichts ist Ihre Sache, Méndez. Und auch nicht die der Polizei. Noch von sonst wem. Ich will die Sache ein für alle Mal beenden, verstehen Sie? *Ein für alle Mal beenden.*«

»Gut. Dann versichere ich Ihnen, dass ich nichts tun werde. Ich werde die Anweisungen wortwörtlich befolgen.«

»Ich traue Ihnen nicht, Méndez. Ich sollte besser selbst gehen.«

»Warum? Damit sie noch nervöser werden? Sie sind persönlich betroffen, mein Freund. Überlassen Sie die Sache einem echten Profi wie mir.«

»Haben Sie Profi gesagt?«

Méndez zog es vor, ihm keine Antwort zu geben. Er schüttelte nur kurz die Schultern aus, als wollte er ein paar Staubfasern von seinem Pyjama loswerden. Dann sah er Cañada eindringlich an und fragte: »Was nun?«

»Einverstanden. Ich habe den Koffer in einem speziellen Tresor im Hotel. Ich werde ihn Ihnen heute Abend um halb elf übergeben. Soll Sie jemand begleiten?«

»Nein.«

»Man könnte Sie überfallen und berauben, Méndez. Man hat mir gesagt, das sei einer der finstersten und gefährlichsten Orte von ganz Kairo. Und wenn ich dieses Geld verliere, verliere ich alles. So viel bekomme ich nicht mehr zusammen.«

»Ich weiß, aber das ist kein Thema. Ich werde bewaffnet sein. Ich habe mir in Kairo einen fantastischen Phyton-Revolver besorgt, sechs Schuss, Weichmantelgeschosse, die blasen dem Typen das Hirn weg. Außerdem wird mich jemand begleiten.«

»Sie begleiten?«

Méndez seufzte selig und sagte leise: »Der Tod …«

Méndez hatte auf seiner Reise das Ägypten der Pharaonen und das der griechischen und römischen Invasoren kennengelernt. Es fehlte ihm noch das islamische Ägypten. Und als er sich an dem Abend auf den Weg zu Saladins Festung machte, machte er mit ihm Bekanntschaft.

Die beeindruckende Zitadelle in unmittelbarer Nachbarschaft der Sultan-Hassan-Moschee liegt in der Nähe der Salah Salem Road, die an die Stadt der Toten grenzt, ein riesiger Friedhof mit den Mamlukengräbern.

Méndez hatte unglaubliche Dinge über diesen Ort gehört.

Es war ein ganz außergewöhnlicher Ort.

Der einzige Friedhof auf der Erde, wo es mehr Lebende als Tote gab.

Der Mond stand über dem Eingang, der an den Ruinen des Aquädukts lag. Sein silbriges Licht fiel auf die mittelalterlichen Steine, den Schmutz, die am Boden schlafenden Gestalten, die streunenden Hunde, die Ratten und die erbärmlichen Stände, wo tagsüber eine Menge in Lumpen gekleideter Menschen zwischen den Toten aß, trank, betete und ihren Stuhlgang verrichtete.

Aber das war es nicht, was Méndez gehört hatte.

Das war letztlich normal. In seinem geliebten Barcelona lagen viele Jahre lang die Baracken des Montjüic-Friedhofs direkt an den Gräbern. Im Elendsviertel Casa Valero wurde mit typisch südländischer Lebensfreude nur ein paar Schritte von den Gräbern entfernt getrunken, gesungen, gepinkelt und gevögelt. Am sogenannten Neuen Friedhof gegenüber der Avenida Icaria gab es Hütten direkt an der Friedhofsmauer, und wenn die Wände der Grabnischen Risse hatten, drangen der Geruch, die Fliegen, die Würmer und der »Saft« der Toten, wie die Anwohner es nannten, bis zu ihnen vor. Méndez wusste also sehr wohl, dass in den Ländern der armen Sonne die Leute immer noch mit den Toten an einem Tisch saßen.

Ja, all das wusste er, doch die finstere Welt, die er gerade betreten hatte, war anders. Durch die dramatische Knappheit an billigem Wohnraum in Kairo leben Familien in den Mausoleen. Neben den Grabstätten haben sie Vorhänge angebracht, Herd, Betten, Tische und Wiegen aufgestellt. Neben den Grabstätten wird man geboren, liebt, arbeitet, isst und stirbt. Ein Mausoleum ist ein wahres Heim. Méndez hatte eine Geschichte gehört – es war ihm schwergefallen, sie zu glauben, aber sie stimmte. In einem der Mausoleen wurde gerade eine Hochzeit gefeiert, als die Familie, der das Mausoleum gehörte, eintraf, um einen Toten zu beerdigen. Aber es gab keine Probleme, keine Prügelei, kein Geschrei. Beide Zeremonien wurden einfach gleichzeitig abgehalten.

Das war die unglaubliche und faszinierende Welt, die Méndez im Mondschein betreten hatte. Eine riesige Fläche mit Gräbern, Minaretten, Monolithen erstreckte sich ins Unendliche, bis in die absolute Welt der Finsternis; und im Zentrum stand, als unheimlichstes Denkmal von allen, die Gedenkstätte des Imam Al-Shafi.

Diesen Ort mit eine Milliarde Peseten in Tausend-Dollar-Scheinen zu betreten, war die grandioseste Torheit, die ein Mensch begehen konnte. Aber Méndez musste im Grunde gar nicht hinein. Die Mamlukengräber befanden sich praktisch am Rand des Friedhofs. Am Hauptturm der Gedenkstätte würde er den Kerl treffen, der für ihn der schmutzigste Mörder der Welt war.

Méndez knirschte mit den Zähnen.

Er war wieder die alte Schlange. Wie eine Kobra schlich er die Wand entlang.

Dort war er nicht sonderlich in Gefahr. Ja, man könnte versuchen, ihn zu berauben, aber das war an der breiten Straße, auf der immer noch reger Verkehr herrschte, nicht so einfach. Wenn er wirklich weiter in den Friedhof vordringen müsste, wäre er verloren, das wusste er. Zwischen den Gräbern könnte eine Traube von Angreifern auftauchen, ihm die Kleider vom Leib reißen, ihn töten, vierteilen und in irgendeinem Loch auf diesem riesigen Friedhof verscharren. Und nie mehr, nicht einmal am glorreichen Tag des Jüngsten Gerichts – an dem so viele Ehepaare von ihren kleinen Geheimnissen erfuhren –, würde man je herausfinden, was aus Méndez geworden war.

Aber er hatte keine Angst. Das hatte verschiedene Gründe. Erstens war er ein Profi; Méndez war der pittoreskeste Beamte der Polizei Barcelonas, aber er hatte noch nie vor einer Gefahr gekniffen. Zweitens hatte er seinen Hass; man hat keine Angst, wenn man davon ausgeht, dass man selbst zubeißt. Und es gab noch zwei weitere Gründe. Der eine, er musste den Mörder logischerweise außerhalb des Friedhofs antreffen. Und der andere, Méndez erwartete Hilfe.

Viele hätten ihn gefragt: »Hilfe von wem?«

Méndez hätte es nie offen ausgesprochen.

Er blieb beim Turm stehen.

Dort begann die gerade Straße, die bis zum Ende des Friedhofs führte. Der Mond schien hell auf die Gräber. Das Gefühl absoluter Einsamkeit, auch wenn Méndez sich sicher war, dass hundert Augen ihn beobachteten.

Er wartete kurz. Punkt elf.

Seine Nerven waren angespannt.

Er wusste, dass dem Mörder nicht daran gelegen war,

dass er den Friedhof betrat. Wenn man Méndez das Geld raubte, würde der Mörder nichts davon sehen. Und der Mörder konnte ja auch selbst beraubt werden. Die Ratte, ob männlich oder weiblich, die Méndez suchte, war an einer schnellen, sicheren Abwicklung interessiert.

Deshalb war er überrascht, niemanden vorzufinden. Andererseits war auch das nicht abwegig. Wer auch immer die Person war, sie würde ihn erst mal eine Weile beobachten, um sich zu vergewissern, dass er allein gekommen war.

Er zählte die Minuten.

Sein Mund war trocken.

Zwei Minuten. Drei. Vier.

Der schwarze Fleck.

So schnell, als wäre eine Ratte aufgetaucht.

Es hatte den Eindruck, als hätte die Gestalt sich von der Wand abgelöst. Zumindest hätte Méndez geschworen, dass sie eine Sekunde vorher noch nicht dort war. Der katzengleiche Ägypter stellte sich vor ihn. Er trug eine schwarze Tunika, sodass er in der Dunkelheit kaum zu erkennen war. Seine Stimme hörte sich an wie ein Pfeifen.

»Eh, du …«

Schon an den beiden Worten hörte man, dass ihm die spanische Sprache nur schwer über die Lippen kam. Offensichtlich war er ein echter Ägypter. Er zeigte ihm seine Hände, und darin befanden sich keinerlei Waffen.

»Eh, du …«, wiederholte er.

»Was?«, brummte Méndez.

»Du gehst auf Friedhof.«

Damit hatte er nicht gerechnet. Das war für ihn wie für seinen Feind gleichermaßen riskant. Und deshalb fragte er: »Warum?«

»Du wirst drinnen erwartet.«

»Ja, aber warum?«

»Wenn du Koffer draußen gibst, siehst du Fluchtort, wenn du Koffer drinnen gibst, siehst du nichts.«

Das war durchaus logisch. Außerdem konnten die Person oder die Personen, die in dem unheimlichen Gemäuer auf ihn warteten, so sicher sein, dass ihm niemand folgte. Draußen weniger.

Méndez hatte auch jetzt keine Angst, obwohl das den ersten Teil seines Plans umwarf. Jetzt würde er das unsicherste Terrain der Welt betreten. Aber da war ja noch der zweite Teil. Er wartete immer noch auf Hilfe.

Der Ägypter drängte: »Geh rein.«

Er machte ihm ein Zeichen, ihm zu folgen. Doch Méndez fragte ihn: »Was hast du davon?«

»Geld.«

»Man hat dir Dollars im Voraus gegeben, nicht wahr?«

Sein Schweigen war eine beredte Zustimmung. Doch seine Zeichen, ihm zu folgen, wurden immer dringlicher. Méndez gehorchte.

Er betrat die andere Welt.

Steine im hellen Mondlicht. Stille. Ein beängstigendes Gefühl von Unwirklichkeit. Von Leere.

Aber die Leere existierte nicht, dachte Méndez. Er war sicher, dass ihn immer noch hundert Augen beobachteten. Und er war sich ebenso sicher, dass ihm im Moment keine weitere Gefahr drohte, solange er nicht weiter in den Friedhof vordrang und solange er in Begleitung eines Ägypters war.

Der deutete auf eines der Mausoleen und wies ihn an, stehen zu bleiben. Es war eng, und man konnte kaum zwei Schritte weit sehen. Der Ägypter verschwand.

Er hatte seine Mission erfüllt. Méndez blieb allein zurück.

Doch die Einsamkeit währte nur ein paar Sekunden. Von einer der Ecken des Mausoleums, wo es stockfinster war, sagte eine Stimme in perfektem Spanisch: »Stellen Sie den Koffer auf den Boden, Méndez.«

Er konnte niemanden sehen. Er wusste, wo die Stimme herkam, aber es war keine Gestalt zu erkennen. Er tat, was man von ihm verlangte.

»Schieben Sie ihn mit dem Fuß hierher. Aber langsam.«

Méndez fasste mit der Hand an das Springmesser in der Tasche seines Jacketts. Cañadas und Manriques Anweisungen waren eindeutig gewesen: kein Widerstand, keine Pistole. Sie hatten sogar den Koffer nochmals in Augenschein nehmen wollen, um sich zu vergewissern, dass Méndez ihn nicht präpariert hatte. Doch der Mann, der Mercedes' Leiche gefunden hatte, würde es nicht einfach dabei bewenden lassen. Er war ein Experte in der alten Kunst. Das Gesindel, mit dem er es sein ganzes Leben zu tun hatte, hatte ihm zumindest eines beigebracht: Er konnte tödlich gut mit dem Messer umgehen.

Méndez trug eines in der Jacke versteckt.

Er schob den Koffer mit dem Fuß vor.

Die Wut drückte ihm die Kehle zu.

Er wollte springen.

Da sah er die Hand, die nach dem Koffer griff. Eine Hand in einem schwarzen Handschuh, dahinter ein ebenfalls schwarzes Stück Ärmel. Das Mondlicht fiel auf die Finger, als sie sich um den Griff legten.

In dem Augenblick geschah es.

Es war wie ein leichter Schlag.

Ein Stöhnen.

Ein Blutstrahl schoss aus der Dunkelheit und färbte den Ärmel rot.

Die Hand in dem schwarzen Handschuh zitterte ein wenig in der Luft. Dann fiel der Mann, der die ganze Zeit in der Dunkelheit gestanden hatte, nach vorn.

Das Mondlicht fiel auf seinen Nacken und Hals. Dort schien ihn eine Art Maurensäbel getroffen zu haben. Der Kopf war fast vom Leib abgetrennt, eine Fontäne aus Blut spritzte auf.

Méndez rührte sich nicht.

Er sah den Toten an. Er sah den Koffer an. Es war alles in bester Ordnung, die Hilfe war genau in dem Moment gekommen, als er sie brauchte. Er hatte gewusst, dass sie kommen würde.

»Gut gemacht, Galán«, sagte er. »Als ich hörte, dass du aus dem Krankenhaus in Luxor geflohen warst, war mir klar, dass du handeln würdest. Ein perfekter Hieb.«

»Galán? Was für ein Galán?«, fragte eine tiefe Stimme aus der Dunkelheit.

Méndez erschrak.

Die Stimme war ihm völlig unbekannt.

Damit hatte er nicht gerechnet. Die Überraschung war so groß, dass er kurzzeitig wie gelähmt war.

Dieselbe Stimme fragte: »Erinnern Sie sich denn nicht an mich, Méndez? Sagt Ihnen meine Stimme nichts? Haben Sie schon vergessen, dass wir uns in Madrid unterhalten haben?«

Der Mann trat aus der Dunkelheit heraus. Der Mond schien ihm ins Gesicht, wie er zuvor den zerstörten Hals des Toten angestrahlt hatte. Da erinnerte sich Méndez, natürlich erinnerte er sich.

Es war Subcomisario Ceballos, der ihn zu Kommissar Besteiro geführt hatte. In dieses prächtige Büro in bester Lage in Madrid, von dem aus man die Löwen der Cortes sah. Jetzt stand Ceballos am übelsten Ort von Kairo und sah nichts als Staub, Blut und den Koffer, den der Tote als Letztes berührt hatte.

Die Überraschung, die Méndez im ersten Moment gelähmt hatte, währte nur kurz. Im Grunde war es logisch, dass die Männer, die die Operation von ganz oben leiteten, ihn nicht unbeobachtet ließen. Eigentlich existierte er, Méndez gar nicht, denn er handelte auf eigene Faust.

Er fragte leise: »Seit wann verfolgt ihr mich?«

»Seit Beginn der Reise.«

»Wer?«

»Besteiro und ich.«

»Und wie habt ihr das gemacht?«

»Ganz normal, Méndez. Wir haben als Touristen ein anderes Schiff bestiegen, das sich mit eurem an mehreren Punkten traf. Wir haben dich und die Kleine vom Deck unseres Schiffs bis zum Überdruss fotografiert.«

Méndez spannte die Muskeln an – die, die ihm noch verblieben waren. Er dachte, dass er wirklich rapide nachließ, denn er hatte überhaupt nichts von alldem mitbekommen.

»Da waren viele Leute, die überall Fotos geschossen haben«, sagte er, als wollte er sich vor sich selbst entschuldigen.

»Wir waren überrascht, dich in diesem Durcheinander zu sehen, Méndez, aber dann haben wir herausgefunden, dass du auf eigene Kosten als Tourist angereist warst. Warum? Na ja, das geht uns nichts an. Wir mussten Gandaria verfolgen, und das haben wir getan, denn wir waren der Meinung, dass diese Reise kein Zufall war. Dass er sich hier gezwungen sehen würde, die Revolutionssteuer samt Verzugszinsen an die ETA zu zahlen. Und Gandaria hat dich beauftragt, das für ihn zu übernehmen, nicht wahr? Gut, sie werden das Geld nicht bekommen. Gib mir den Koffer.«

Sofort griff er danach. Einen Augenblick lang war Méndez so verdattert, dass er kein Wort herausbrachte.

Doch dann stammelte er: »Verdammt, Ceballos, du bist auf dem Holzweg. Dieses Geld hat mit Gandaria und der ETA nichts zu tun. Es gehört zwei Männern, die du kennen solltest, denn sie gehören zu den Reichsten in Spanien: Cañada und Manrique. Und sie zahlen nicht für Gandaria, sondern damit der kleinen mongoloiden Adoptivtochter von Clara Alonso nichts geschieht.«

»Aber was redest du da?«

»Das ist die Wahrheit, Ceballos, verflucht seist du, ich sage die Wahrheit.«

»Das gilt es noch zu beweisen. Ich habe hier im Ausland keine gesetzliche Handhabe, aber immerhin bin ich in offizieller Mission hier. Wir bringen den Koffer in die Botschaft, und dort entscheiden wir, was zu tun ist.«

Méndez zögerte.

Das hatte er nicht erwartet. Das änderte alles. Was Ceballos sagte, klang vernünftig, aber es wäre der Tod der kleinen Olga. Denn der Mörder oder die Mörder hatten das Lösegeld nicht kassiert.

»Warum hast du den Mann getötet?«

»Warum nicht? Was hätte ich für eine andere Wahl gehabt. Ich werde ihn kaum warnen, damit er sich mit einer Parabellum in der Hand umdreht. Außerdem, warum sollte ich mich auf einem ägyptischen Friedhof daran halten, was die spanische Strafprozessordnung vorschreibt? Komm, verschwinden wir.«

»Und die Leiche?«

»Die lasse ich hier. Oder ist das kein guter Ort? Was gäbe es für einen besseren Ort als einen der besten Friedhöfe der Welt? Oder glaubst du, er wird sich hier nicht wohlfühlen?«

»Jetzt kann ich nicht mehr aus ihm rausquetschen, was ich rausquetschen wollte«, brummte Méndez. »Ich habe in der Tasche meines Jacketts ein prima Messer, und ich kann damit umgehen. Ich hätte es ihm in den Hintern geschoben, damit er den Mund aufmacht.«

»Was wolltest du denn aus ihm rausholen?«

»Einen Namen. Nur einen Namen. Er sollte mir meinen Verdacht bestätigen.«

»Vergiss es. Die Dinge sind, wie sie sind. Vergiss den Toten, du wirst nie mehr von ihm hören.«

»Nicht? Und was ist, wenn er morgen früh gefunden wird?«

»Er wird nicht gefunden, Méndez. Er wird nie mehr auftauchen. Glaubst du, die armen Leute, die in den Gräbern leben, wollen, dass man sie bezichtigt, einen Europäer getötet zu haben, um ihn auszurauben? Sie werden ihm alles abnehmen, was er bei sich hat, und dann lassen sie ihn verschwinden. Sie werden ihn irgendwo vergraben, wo er das nächste Jahrhundert nicht mehr auftaucht selbst wenn man diesen verfluchten Friedhof jeden Tag umgräbt.«

Méndez sah ein, dass Ceballos recht hatte. Außerdem war jetzt keine Zeit für lange Diskussionen, denn sie mussten sich beeilen. Sie konnten jede Minute selbst Opfer eines tödlichen Angriffs werden.

Es ging alles unheimlich schnell. Die beiden eilten zum Ausgang; der war nicht weit entfernt, aber sie hatten auf einmal das Gefühl, alle Schatten des riesigen Friedhofs würden sich auf sie stürzen. Das Aquädukt, das die Grenze darstellte, an der der Albtraum ein Ende hätte, erschien ihnen so unerreichbar wie das Mondlicht. Méndez hörte Ceballos schnaufen.

»Du bist nervöser als ich«, sagte er. »Oder müder.«

»Klar bin ich das. Glaubst du, es war leicht, dir zu folgen?«

»Hast du den Ägypter bezahlt?«

»Nein. Den Ägypter hat der Tote bezahlt. Ich habe eine Runde gedreht, damit ich von hinten angreifen kann.«

»Gut, aber lass uns direkt zur Botschaft gehen. Ich will mit dem Botschafter persönlich reden, verstehst du, Ceballos? Ich will die Sache *jetzt gleich* regeln.«

»Klar gehen wir in die Botschaft! Was zum Teufel sollen wir sonst machen? Uns ansehen, wie eine hundert Kilo schwere Alte für uns eine Bauchtanzvorführung gibt?«

Sie waren nur noch wenige Meter vom Ausgang entfernt. Sie würden dem Albtraum lebend entrinnen. Ceballos drängte: »Schnell! Schnell!«

Doch mit den Überraschungen war es noch nicht vorbei.

Hinter einem Grab tauchte ein Mann auf.

Ein Europäer. Man konnte im Halbdunkel eine athletische Gestalt im schwarzen Anzug erkennen, aber nicht das Gesicht, denn er trug – für Kairo sehr ungewöhnlich – einen Filzhut und hatte die Krempe über die Augen gezogen. Wie ein Puma sprang er auf sie zu.

Im Taumel spürte Méndez die Irritation des Mannes. Er hatte bestimmt mit allem Möglichen gerechnet, aber nicht damit, sie beide dort zu sehen. Der Kerl stammelte: »Aber … wo ist denn …?«

Zu einer Antwort kam es nicht. Méndez sah in seiner Hand eine Achtunddreißiger aufblitzen und wusste, er würde schießen.

Ceballos trat vor ihm in Aktion.

Er hatte die Pistole bereits in der Hand. Das merkte Méndez jetzt. Und er merkte auch, dass der unbekannte Feind immer noch verblüfft war, sie zu sehen, denn er reagierte nicht schnell genug. Zumindest bewegte sich sein rechter Arm langsam, als wollte er ganz sichergehen. Ceballos schoss als Erster.

Und er tat es wie ein Meisterschütze. Zwei raue Schüsse hallten über den Friedhof. Zwei unerbittliche Kugeln trafen das Gesicht des Mannes direkt unter der Hutkrempe.

Erstaunlicherweise flog ihm der Hut nicht vom Kopf. Der Mann drehte sich in der Luft einmal um sich selbst und fiel dann nach vorn, die Arme unter dem Bauch begraben.

Es war wie eine Halluzination. Méndez begann allmählich, sich einen Reim auf das Ganze zu machen, aber er war immer noch wie betäubt. Doch sein Instinkt sagte ihm, sie müssten so schnell wie möglich verschwinden, denn nach den Schüssen saßen sie in der Tat im Wespennest. Es bestand die Möglichkeit, dass sie auf dem Friedhof blieben – für immer.

Er drehte sich um und rief Ceballos zu: »Los, lauf!«

Doch Ceballos lief nicht weg. Wie eine Statue stand er hinter Méndez.

Das war merkwürdig.

Aber Méndez hatte keine Zeit, darüber nachzudenken.

Er drehte sich um.

»Kommst du nicht, oder was?«

Er war nicht einmal sicher, ob er die Worte ausgesprochen hatte.

Denn da geschah es wieder.

Der Knall.

Die Kugel.

Ceballos flog nach oben.

Bruchteile von Sekunden hing er in einer absurden Position in der Luft, ein Bein angehoben. Dann fiel er zu Boden.

Méndez stockte der Atem.

Blutige Rinnsale schoben sich vor, als wollten die Finger einer Hand das Gesicht des Toten bedecken.

Plötzlich war es, als befände er sich auf einem anderen Planeten, in einer anderen Dimension. Nicht nur der riesige Friedhof inmitten der Stadt war gespenstisch, sondern auch alles, was geschah. Méndez spürte, wie seine Knie zitterten, als wären mit einem Mal die Arthrose, all der versteckte Schmerz und die Feuchtigkeit seiner alten Calle Nueva wieder da.

Doch sein Instinkt funktionierte. Er sagte ihm, dass er schleunigst von dort verschwinden musste, sonst würde es ihm ergehen wie den anderen. Er nahm den Koffer und rannte auf die Ruinen des Aquädukts zu.

Mit kurzen Aussetzern funktionierte auch sein Gehirn wieder, und er versuchte, sich einen ersten Überblick über die Ereignisse zu verschaffen. Erstens: Dem Mann, der das Geld holen sollte, war der vereinbarte Ort bei den Mamlukengräbern zu heiß gewesen. Er hatte die Übergabe in das Innere des Friedhofs verlegen wollen, denn in dem Labyrinth würde Méndez nicht erkennen können, wohin er floh. Er hatte einen bezahlten Boten geschickt, der ihn führen sollte.

Zweitens: Ceballos, der Méndez gefolgt war, hatte den Mann von hinten überwältigt und ihn stillschweigend liquidiert. Gründe, warum er keinen Warnschuss abgegeben hatte? Zwei: Er befand sich illegal dort, und er konnte keinen Schusswechsel riskieren.

Méndez' Verstand lief auf Hochtouren weiter, während er verzweifelt nach einem Taxi Ausschau hielt.

Drittens: Mit dem Tod des ersten Kerls schien alles gelöst zu sein, und es war nur noch darum gegangen, heil die spanische Botschaft zu erreichen. Aber möglicherweise wurde der Kerl von einem Kumpel gedeckt, der ihn am Eingang des Friedhofs abpassen und schützen sollte, was Ceballos nicht wusste (und er ja auch nicht). Und als er nicht ihn, sondern Méndez und einen Unbekannten kommen sah, war er verwirrt aus dem Versteck gestürmt. Deshalb die verständnislose Frage: »Wo ist denn …?«

Bis hierher war für Méndez alles klar. Angesichts der Umstände fand er es sogar logisch, dass Ceballos auf den Kerl geschossen hatte, ohne ihm auch nur eine einzige Frage zu stellen, denn wer stellt schon einem bewaffneten Mann auf einem stockfinsteren Friedhof in Ägypten Fragen.

Doch ab da tat sich in Méndez' Kopf eine Lücke auf. Warum war Ceballos zurückgeblieben? Was hatte er gesehen? Oder was hatte er befürchtet? Oder gedacht? Und vor allem: Wer hatte ihn getötet?

Diese letzte Frage hätte Méndez vielleicht beantworten können.

Vielleicht.

Aber alles andere war dichter Nebel.

Er sah ein Taxi kommen und winkte verzweifelt, weil er befürchtete, eine Horde echter Mamluken wäre hinter ihm her. Wenn sie nur kämen, um ihn zu töten – also in guter Absicht –, wäre das halb so schlimm. Méndez dachte, dass noch schlimmere Dinge geschehen könnten – und das bei dem spärlichen Rest an Ehre, der ihm noch verblieben war.

Das Taxi hielt an. Méndez ließ sich kopfüber hineinfallen.

»*Where?*«, fragte der Fahrer.

»*To the Marriott, fuck.*«

33 Das Evangelium nach Méndez

Méndez hatte die Augen geschlossen, als das Taxi vor dem Hotel hielt. Eigentlich während der ganzen Fahrt.

Das brauchte er. Er konnte nichts anschauen, nicht hinsehen, als wären seine Sinne geschrumpft, als würde allein ein dunkler, geheimer Gedanke in ihm weiterleben. Als er die Augen aufschlug, blickte er sich orientierungslos um, als wüsste er nicht, wo er war.

Doch der geheime Gedanke gab ihm Kraft. Er leitete seine Schritte. Den Koffer fest umklammernd, betrat er das Hotel.

Jetzt waren seine Augen weit offen. Sein Blick war starr, hypnotisch.

Er ging an der Rezeption vorbei direkt zu den Aufzügen, die sich hinter der prunkvollen Einkaufspassage befanden. Einer der Angestellten, der des Spanischen mächtig war, sprach ihn an: »He, Señor Méndez.«

»Was gibt's?«

»Señorita Alonso hat nach Ihnen gefragt. Sie hat gesagt, Sie sollen nach Ihrer Rückkehr sofort zu ihr kommen.«

»Danke. Mache ich … später.«

»Verzeihung, aber sie hat gesagt, es sei dringend.«

»Ich verstehe ja, dass sie ungeduldig ist«, murmelte Méndez. »Und ich werde sofort hingehen. Aber erst muss ich woanders hin.«

»Gut.«

Méndez sah ihn nicht an. Sein Blick war abwesend. Er ging weiter.

Er nahm den Aufzug. Die Hand fest am Koffergriff, ging er ein Stück über den Flur. Vor einer der Türen blieb er stehen und klopfte.

»Ich bin's, Méndez. Machen Sie mir bitte auf, Señor Gandaria.«

Gandaria selbst öffnete. Er war tadellos gekleidet, als wollte er ausgehen. Überrascht musterte er Méndez von oben bis unten.

»Sie?«, sagte er schließlich.

»Es tut mir leid, wenn ich Sie störe. Darf ich eintreten?«

»Selbstverständlich, Méndez. Treten Sie ein. Ich hatte nur nicht mit Ihrem Besuch gerechnet. Was führt Sie zu mir?«

Méndez setzte sich unaufgefordert in einen der Sessel. Sein Blick war gelassen. Sein Lächeln verderbt, ein wenig manieriert. Er murmelte: »Sie fragen, was mich zu Ihnen führt? Nun, ich bringe Ihnen Ihr Geld, Señor Gandaria.«

Er deutete auf den Koffer, den er auf dem Boden abgestellt hatte. Gandaria ließ sich in den anderen Sessel ihm gegenüber fallen und sah ihn einen Moment lang verständnislos an.

»Mein Geld?«, stammelte er.

»Ja, Señor Gandaria. Eine Milliarde einhundert Millionen Peseten in Tausend-Dollar-Scheinen, die wiegen nicht viel und nehmen nicht viel Platz weg.«

»Was reden Sie da?«

»Die geforderte Summe, damit Clara Alonsos Tochter nichts geschieht, Señor Gandaria.«

Der Unternehmer musterte ihn wieder von oben bis unten. Er machte den Eindruck, als ob er kein Wort verstünde. Am Ende winkte er verächtlich ab.

»Sind Sie verrückt?«

»Das wäre ich besser, dann hätte ich wenigstens nicht dieses Ekelgefühl.«

»Und was erzeugt in Ihnen solchen Ekel, Méndez, wenn ich fragen darf?«

»Geschäfte, mein Freund, Geschäfte.«

»Das wundert mich nicht, Méndez. Sie waren immer ein Hungerleider. Und jetzt möchte ich Sie daran erinnern, dass ich Urlaub habe. Sagen Sie mir, warum zum Teufel Sie hier einfach hereinschneien. Und dann gehen Sie.«

»Wie gesagt: Ich bringe Ihnen das Geld, auf das Sie gewartet haben. Und ich will ein wenig plaudern.«

»Worüber?«

»Zum Beispiel über ein paar Geschäfte, die im Baskenland den Bach runtergehen.«

»Das geht Sie nichts an. Sie waren ja nicht einmal dort.«

»Nein, so ein Pech auch. Ich war noch nie im schönen Baskenland. Leider habe ich die Gelegenheit versäumt, in den typischen Restaurants und bei den Kochgesellschaften herumzuschnüffeln. Ich habe nie das Tambourin einer gut aussehenden Frau angefasst, die noch dazu Nicolasa heißt. Nie hat mich eine wahrhaft gute Köchin an ihren Tisch und in ihr Bett eingeladen, während ihr Mann beim Steinstoßen war. Ich habe nie die berühmten Chöre gehört. Und ich war auch nie zu streng nächtlichen Stunden in Straßen auf Sauftour, die nach Hafen und schon mal getrunkenem

Wein rochen. Viele meinen, ich hätte das Beste im Leben verpasst, und ich denke, sie haben recht.«

Gandaria verzog angewidert das Gesicht.

»Kommen Sie mir jetzt nicht auch noch mit Ihren Magenproblemen. Oder denen Ihres besten Stücks, sofern noch vorhanden. Sie sprachen von Geschäften, die bankrott gehen. Welche meinen Sie zum Beispiel?«

»Ihres, Señor Gandaria. Ihre, besser gesagt«, behauptete Méndez sanft, während er die Hände bewegte, als wollte er ihm den Segen erteilen.

»Meine Geschäfte laufen gut, Méndez. Sie haben kein Recht, sie auch nur zu erwähnen.«

»Nein, mein Freund, sie laufen nicht gut. Bis jetzt ist es Ihnen gelungen, den Anschein zu erwecken, Sie seien solvent, denn es kommen große Summen herein. Aber es fließen noch größere Summen ab. Wissen Sie, dass ich vor meiner Reise nach Ägypten viele Zeitungen studiert habe? Und nicht unbedingt die *Financial Times*, sondern die Kurzberichte von Baratech in *La Vanguardia* oder die Wirtschaftsbeilage von *El País*, von den Redakteuren wegen des anders gefärbten Papiers liebevoll *el colorín* genannt. Ich habe mir alle die sterbenslangweiligen Zeitschriften reingezogen, in denen es vornehmlich um das Geld der anderen geht. Und ich habe von Kairo aus ein paar Telefonanrufe getätigt. Ich habe mit Feliciano Baratech gesprochen. Mit Carlos Bey und tutti quanti. Alle hegen sie denselben Verdacht, auch wenn sie sich nicht trauen, es publik zu machen, denn Ruf schädigende Nachrichten muss man besonders gut recherchieren, und außerdem sind Sie eine Art Symbol, an dessen Ruf man nicht kratzen darf. Aber alle denken sie dasselbe, verdammt: Sie haben nur noch eine Fassade, von Ihren Geschäften ist nur noch die Schale übrig.«

Gandarias Lippen bebten. Er war angespannt, nicht aus Angst, sondern aus Zorn. Es hätte nicht viel gefehlt, und er hätte Méndez geohrfeigt.

Der sagte mit eisiger Stimme: »Lassen Sie mal stecken. Keine Bewegung, Gandaria.«

»Aber haben Sie geglaubt, dass …«

»Ich weiß nicht, worüber Sie sich beklagen. Ich spreche ganz wohlerzogen mit Ihnen, ruhig, sanft, fast schon schwul angehaucht. Ich weiß nicht, was Sie noch wollen.«

Gandaria brummte: »Sagen Sie mir endlich, wovon Sie reden.«

»Von Geld, mein Freund. Von Geld … Ist Ihnen das Thema nicht genehm? Ich rede darüber, dass Ihre Geschäfte unterkapitalisiert sind, nennt man das so? Und zwar so stark, dass Sie nicht mehr wettbewerbsfähig sind. Und warum sind sie unterkapitalisiert? Weil Sie enorme Summen abgezogen haben. Weil Sie enorme Summen an die ETA gezahlt haben.«

Gandaria biss sich auf die Unterlippe.

Seine Finger zitterten, und wieder war er kurz davor aufzuspringen, doch am Ende räumte er missmutig ein: »Ja. Ich habe enorme Summen an die ETA gezahlt. Und? Wollen Sie mir das Geld vielleicht zurückgeben?«

»Das könnte Ihnen so passen … Jedenfalls bin ich froh, dass Sie es zugeben, Señor Gandaria, denn einige Polizisten aus den höheren Etagen hatten schon den Verdacht, oder besser gesagt, sie wussten es, wie Kommissar Besteiro, der die Finanzen des Landes von einem Scheinposten bei der Banco de Crédito Internacional überwacht.«

»Schade. Aber im Grunde habe ich mir schon gedacht, dass sich so etwas nicht für immer verheimlichen lässt. Was blieb mir denn anderes übrig?«

»Trotzdem stellt sich mir eine Frage, Señor Gandaria.«

»Welche?«

»Ich frage mich, warum Sie unbedingt ein Symbol des Widerstands werden wollten und geschworen haben, dass Sie niemals an die ETA zahlen würden.«

»Was spricht dagegen?«

»Und was dafür, Señor Gandaria?«

»Das hat seine eigene Logik. Wenn ich den Raub hinnahm, musste ich nicht auch noch die Demütigung hinnehmen. Außerdem war das meine kleine Rache. Das hebt die Moral der anderen. Viele ausgesaugte Unternehmer haben dank meiner Worte wieder Mut gefasst.«

»Welch bewundernswertes Apostolat, Señor Gandaria.«

»Mensch, Méndez, Sie haben doch schon mit der Muttermilch einen Schlag bekommen. Wollen Sie sich über mich lustig machen?«

»Geschenkt. Was ich in meinem Leben nicht schon so alles getrunken habe. Aber ich wollte eigentlich mit Ihnen über zwei Umstände sprechen.«

»Welche?«

»Der erste: Dieses riesige Vermögen, das Sie nach Frankreich geschafft haben, von der Polizei toleriert oder übersehen, warum auch nicht?, haben Sie weder an die ETA noch an sonst wen gezahlt. Das haben Sie selbst behalten.«

»Wie?«

»Umstand Nummer zwei: Ihre Rolle als großer Widerständler war reine Berechnung. Das war Ihnen sehr nützlich. Ich denke sogar, es war die einzige Rolle, die Sie spielen konnten. Denn wenn die ETA nicht kassierte, erschien es ihr nur logisch, dass Sie behaupteten, Sie würden niemals zahlen. Alles wunderbar schlüssig. Denn hätte sie kassiert, hätte man das Gelächter vom Restaurant La Merced bis zu den Tischen des Las Pocholas, von der Küche des Hispania bis zum Grill des Hotel Boix gehört. Ich greife auf Restaurants zurück, Señor Gandaria, weil Sie mich so verstehen, denn Sie beherrschen die Geografie des Schlemmens wie die der Muschis. Verzeihen Sie meine vulgäre Ausdrucksweise, aber ich habe höchstens mal im Casa Leopoldo gegessen, und das merkt man eben. Kurz, die ETA hat Sie nicht lächerlich gemacht, weil sie dafür keinen Grund hatte. Vor den verdammten Anführern haben Sie die Wahrheit gesagt. Und die Polizei? Die Polizei wusste nichts Genaues, sie hatte keinen Beweis, und nur in den Chefetagen, wo man auf Kosten des Steuerzahlers bei Zalacaín oder El Cenador del Pardo speist, hatte man einen Verdacht. Aber die würden Sie auch nicht bloßstellen. Erstens, ich wiederhole, weil sie keinen Beweis hatten. Zweitens, weil Ihr Auftritt ihnen nützlich und löblich erschien. Ein Kerl, der die Fahne der Würde hochhält! Prima! Warum sollten Sie selbst die Fahne runterreißen?«

Es entstand ein abruptes Schweigen.

Méndez hob einen schmalen, gekrümmten Finger und deutete auf Gandaria.

Man hörte dessen pfeifenden Atem.

Méndez sagte leise: »Halten wir also fest, Sie haben das Geld an sich genommen. Was haben Sie dazu zu sagen?«

»Nur vier Worte.«

»Welche?«

»Sie sind ein Idiot!«

Méndez zeigte keine Regung.

Sein dünner, gekrümmter Finger war immer noch auf Gandaria gerichtet.

»Doch mit dem Ergebnis, dass Ihre Geschäfte unterkapitalisiert waren und in immer größere Schieflage gerieten. Ihnen konnte das natürlich egal sein. Sie machten ein fantastisches Geschäft, indem Sie die Kohle einsackten. Und mit Ihrer Aureole an Würde konnten Sie sich den Luxus erlauben, den anderen Besitzern des Geldes, also den Teilhabern und Bankiers, nicht allzu viele Erklärungen abzugeben. Irgendeine Erklärung verlangen sie natürlich. In diesem Leben muss man allen gegenüber Erklärungen abgeben, sogar einer Frau, wenn sie extra einen Body und schwarze Seidenstrümpfe angezogen hat und sich bei einem nichts tut. Nicht mal mit dem Kran. Diese Erklärungen sind meist sehr gefährlich.«

Gandarias Zähne knirschten.

Diesmal stand er wirklich auf.

Die Armmuskeln angespannt, murmelte er: »Ich werde Sie rauswerfen, Méndez. Ich rufe den Hoteldetektiv. Oder ich werfe Sie eigenhändig hinaus. Was Sie da sagen, ist widerwärtig, aber vor allem eins: lachhaft.«

»Dann lachen Sie doch.«

Mit verächtlicher Miene ging Gandaria zur Tür.

Doch Méndez' Stimme hallte durch den Raum wie ein Peitschenhieb.

»Sie sollten bleiben, Gandaria. Sie sollten sich weiter vor Lachen kugeln.«

Die Hand schon am Türgriff, hielt er inne. Sein Gesichtsausdruck wurde noch verächtlicher, als er wieder Méndez' Stimme hörte.

»Es wundert mich nicht, dass Sie einen Haufen Kohle brauchen, mein Freund. Es ist hinlänglich bekannt, dass Sie ein Faible für die weißen Tischdecken des Arzak haben, wenn Sie in Spanien sind, oder des Maxim's in Frankreich oder des Laurent in New York. Sie schätzen die guten Tropfen, Vega-Sicilia, die Marqués de Riscal und die Chateau d'Iquem. Aber das ließe sich mit einem Vermögen wie dem Ihren locker verkraften, wenn Sie nicht auch noch ein Faible für Montecristo-Zigarren hätten, die Nummer eins natürlich. Aber was kann Ihnen das schon anhaben, nicht? Und wären da nicht noch, als kleine Ergänzung, die Hintern der wenigen noch brauchbaren Vedetten, also die, die überhaupt noch einen Hintern haben. Und weil es nur noch so wenige davon gibt, sind sie astronomisch teuer, abgesehen davon, dass der größte Teil von ihnen sich dem trauten Heim, der Keuschheit und frommen Werken widmet. Was ist nur aus den großen Vedetten geworden, die ich noch kennengelernt habe, die für jeden Wochentag einen Geliebten hatten und die Sonntage den Gouverneuren und häuslichen Prälaten widmeten? Nun, Ihre Ausgaben für Jungfernhäutchen und andere Schönheitsfehler hätten die Manhattan Chase Bank finanziell ins Schlingern gebracht, sagt man das so?, und so auch Ihre Firmen. Und weil Sie zudem dem Müßiggang frönen und eine gesicherte Zukunft mit noch mehr Jungfernhäutchen und Schönheitsfehlern haben wollen, wundert es mich nicht, dass Ihnen das Geld, das Sie gebunkert haben, wenig erscheint.«

»Das stimmt nicht, Méndez. Aber wie dem auch sei, das geht ausschließlich meine Bankiers, meine Teilhaber und mich etwas an.«

»Richtig!« Méndez deutete wieder mit dem Finger auf ihn und sagte mit zuckersüßer Stimme: »Richtig, Señor Gandaria, Sie haben mich wieder auf den Boden der Tatsachen geholt. Die Bankiers und Teilhaber konnten sich viele Geldabgänge nicht erklären. Sie wollten Einblick in die Bücher. Und Ihnen wurde klar, dass Sie Geld brauchten, einen letzten Nachschlag, für zwei Dinge.«

»Welche?«

»Ich habe mich missverständlich ausgedrückt, natürlich nur für eines von beiden. Entweder wollten Sie die Finanzlöcher stopfen und das Vertrauen und die ursprüngliche Situation wiederherstellen, oder Sie brauchten Geld, um sich abzusetzen, aber gesichert, und zwar gut gesichert, wie es schon zu Francos Zeit hieß. Jedenfalls fehlte Ihnen eine letzte Finanzspritze.«

»Was wollen Sie damit sagen, Méndez?«

»Nun, wenn Sie mich schon so fragen: Ich will damit zwei Dinge sagen«, murmelte Méndez und zuckte unbeschwert die Achseln.

Mit einem argwöhnischen Blick auf Gandaria fügte er hinzu: »Damit Sie Ihre Rolle gut weiterspielen konnten und damit sie weiterhin als Opfer dastanden und jeglichen Verdacht weit von sich weisen konnten, mussten Sie beweisen, dass Sie in großer Gefahr waren. Dass die ETA Sie erledigen wollte. Dass Sie sogar Schutz brauchten.«

»Und? Viele Leute haben das heutzutage, sogar die Hausmädchen der Minister, damit sie nicht von jemandem mit Aids angesteckt werden.«

»Wie wahr, wie wahr, Señor Gandaria! Viele Leute heuern einen Leibwächter an, aber niemand seinen eigenen Mörder.«

Gandarias rechte Hand schwebte einen Moment zitternd in der Luft.

»Was sagen Sie?«

»Sie haben schon richtig gehört, Sie Mistkerl, und verzeihen Sie, dass ich meine Worte nicht mit mehr Bedacht wähle oder mich zum Beispiel mit der Weitung Ihres Schließmuskels beschäftige. Sie haben Fernando Torres angeheuert, um Sie zu töten. Sie haben ihm Geld gegeben, aber ihm noch weit mehr in Aussicht gestellt, wenn er seine

Arbeit gut machte. Selbstverständlich sind Sie nicht selbst in Erscheinung getreten, das wäre ausgesprochen dumm gewesen. Der Deal wurde am Telefon vereinbart, von einem Ihrer Leibwächter.«

Gandaria lachte auf.

»Sie sind verrückt, Méndez. Warum sollte ich Geld bezahlen, um in Todesgefahr zu geraten?«

»Sie waren nicht in Gefahr.«

»Wie?«

»Man ist nicht in Gefahr, wenn man genau weiß, wer hinter einem her ist, und wenn die Leibwächter seine Gewohnheiten kennen und ihn keine Sekunde aus den Augen lassen. Alles verlief wie geplant: Fernando Torres bekam seine Chance, doch weil die ganze Zeit alles unter Kontrolle war, hat einer der Leibwächter ihn getötet. Zudem vor Publikum und auf spektakuläre Weise, das war genau das, was Sie anstrebten.«

»Sie sind immer noch verrückt. Was hätte ich davon?«

»Sie hätten allen gezeigt, dass Sie wirklich in großer Gefahr sind. Nach dem Tod von Fernando Torres würde man seine Akte studieren, und es würde bekannt, dass er ein erstklassiger Profikiller war. Sie, Gandaria, könnten unter großem Applaus Ihre Karriere als großer Mann fortsetzen. Keiner Ihrer Teilhaber würde es wagen, Sie zu attackieren, und sei es auch nur aus Furcht vor der öffentlichen Meinung. Und auch keiner der Bankiers. Ein Symbol attackiert man nicht. Aber ich sprach von Geld, Gandaria. Vom großen Geld. Das Sie für einen der beiden Zwecke benötigten, die ich eben genannt habe. Und Sie wollten es sich auf die denkbar einfachste Tour beschaffen: indem Sie ein armes kleines Mädchen entführten.«

Wieder abruptes Schweigen. Man konnte beide keuchen hören, vor allem Méndez, durch dessen Kehle billiger Schnaps, Wein aus Militärbeständen und ein ganzes Tabakmuseum gegangen waren.

»Es sah einfach aus, aber die Sache ging schief. Ángel Martín, der das Ganze ausführen sollte, hat es vergeigt. Und Sie haben sofort reagiert und alle Fäden und Kontakte, die zu Ihnen führen konnten, gekappt, auch den zu dem Polizisten Marquina. Ich bewundere, wie sauber er exekutiert wurde, wissen Sie, durch dieses Mädchen, das ich aus rein kollegialer Neugier gerne kennenlernen würde, aber ich habe mich schon damit abgefunden, dass ich sie niemals finden werde. Denken Sie nicht, das würde mir etwas ausmachen. Für jemanden, der solch ein Ungeziefer wie Marquina tötet, kann ich keinen Hass empfinden.«

»Sie schweifen ab, Méndez. Sie wissen nicht, was Sie reden.«

Als hätte er ihn gar nicht gehört, fuhr Méndez fort: »Gut, also die Sache ging schief, und Sie waren über jeden Verdacht erhaben. Und ich frage mich jetzt, ob es der Komödie im Palace Hotel bedurft hätte, wenn alles gut gegangen wäre. Ich denke nein. Mit dem Geld hätten Sie Ihre Firmen retten oder, was wahrscheinlicher ist, in aller Ruhe bei passender Gelegenheit mit der Beute verschwinden können. Doch so waren Sie gezwungen, es noch einmal zu versuchen. Das Opfer, das hatten Sie bereits festgestellt, war außerordentlich verwundbar. Und es befand sich im Palace Hotel. Sie konnten sich wunderbar dort einquartieren und sein Vertrauen gewinnen. Sie waren weiterhin über jeden Verdacht erhaben und mehr denn je ein Symbol. Und dann haben Sie die arme blinde Frau noch mehr unter Druck gesetzt, weil Sie wussten, dass sie nachgeben würde.«

»Ach ja? Und wie habe ich sie unter Druck gesetzt?«

Méndez spuckte auf den Boden, bevor er den Namen aussprach.

»Rosendo Valle.«

»Und wer ist dieser Rosendo Valle?«

Wieder spuckte Méndez demonstrativ auf den Boden, als sei gute Erziehung für ihn ein Fremdwort.

»*War*. Sie wissen, dass er tot ist. Das stand in allen Zeitungen. Im Palace werden sie zum Kaffee gereicht.«

Gandaria zuckte die Achseln.

»Wenn es in der Rubrik ›Vermischtes‹ stand, die lese ich nie. Das überlasse ich solchem Pöbel wie Ihnen, der dort ihren Namen sucht.«

»Das halte ich für eine sehr gesunde Angewohnheit, mein lieber Gandaria, aber Sie wussten, wer der Kerl war, bevor sein Name schon nicht mehr vor Blut, sondern vor Scheiße triefend in den Schlagzeilen auftauchte. Sie selbst haben ihn – natürlich über Ihre Leibwächter – angeheuert, damit er Clara Alonso vergewaltigt, eine arme blinde Frau.«

Méndez stand auf. Sein Unterkiefer zitterte, und seine Zähne, an denen die gesamte Geschichte von Tabacalera S.A. abzulesen war, knirschten.

»Rosendo Valle war die widerlichste syphilitische Kanalratte, die je durch die Straßen von Madrid gehuscht ist. Er ist mausetot. Zur Hölle mit ihm. Er sollte Clara Alonso fertigmachen. Ihr zeigen, dass sie absolut wehrlos war. Dass sie nichts ausrichten konnte. Danach würde sie zahlen, was man von ihr verlangte. Aber auch das ging schief, Gandaria. Sieh einer an. Rosendo Valle wurde abgemurkst. Und Ihnen blieb nichts anderes übrig, als Ihren Plan weiterzuverfolgen. Schade aber auch.«

Wieder deutete sein Finger auf Gandaria.

»Natürlich mussten Sie Ihren Plan weiterverfolgen.

Deshalb sind Sie an den Nil gekommen, auf dasselbe Schiff wie das Mädchen. Ihre Leibwächter oder Ihre Spießgesellen, wie immer Sie es nennen wollen, reisten auf einem anderen Schiff, das an ein paar zentralen Punkten mit der *Nile Dream* zusammentraf. Natürlich mussten Sie erst mal Quílez aus dem Weg räumen, der die kleine Olga schützen sollte. Jetzt war sie wehrlos. Ah, ich bin froh, dass Sie nicht auch noch den Befehl erteilt haben, mich zu töten.«

»Man sollte sich nicht damit aufhalten, zu viele Würmer zu zertreten«, sagte Gandaria zweideutig. »Sie stören nicht weiter.«

Méndez lachte frostig.

»Sie glauben mir kein Wort, nicht wahr?«, fragte er in einem unvermittelt respektvollen Ton, als spräche er mit einer unerreichbaren Person, also mit einer mindestens fünfzehntausend Peseten teuren Dame.

»Wie sollte ich Ihnen glauben?«

»Warum hören Sie mir dann so freundlich zu, Señor Gandaria?«

»Aus einem einfachem Grund.«

»Und welchem?«

»Geschichten von Verrückten und Schwulen haben mich immer amüsiert.«

»Sie haben recht. Das ist eine Geschichte von Verrückten und Schwulen«, sagte Méndez mit derselben höfischen Freundlichkeit, »also zivilisiert und kultiviert. Aber ich weiß nicht, ob Sie mir eine Frage erlauben, Señor Gandaria. Ich will Ihre Gunst nicht überstrapazieren.«

»Nach all den Unverschämtheiten macht eine mehr keinen Unterschied. Es kann sogar amüsant sein.«

»Eines verstehe ich nicht, Señor Gandaria: Warum will Ihr Bruder Salomón Sie töten?«

»Was sagen Sie? Wie weit wollen Sie denn noch gehen? Sie haben die Vermutung, mein Bruder trägt sich mit dem Gedanken, mich umzubringen?«

»Er trägt sich nicht mit dem Gedanken, er tut es. Aber ich verstehe das nicht, ehrenwerter Señor Gandaria. Ich verstehe einfach nicht, warum er sie umbringen will, aber ich denke, das werde ich noch herausfinden. Was soll's, ein Detail. Aber Sie wissen genau wie ich, dass Galán kein Kammerdiener ist, sondern ein Leibwächter oder besser gesagt, ein Profikiller. Sie waren immer darauf vorbereitet, seinen Angriff abzuwehren. Bis Ihnen klar wurde, dass der Abend im Tempel von Karnak Galáns letzte Chance war. Und da beschlossen Sie, das zu Ihrem Vorteil auszunutzen.«

»Zu meinem Vorteil?«

»Sie wollten weiterhin den Bürger mit reiner Weste spielen, der überall in Gefahr war.«

»Ach ja? Was reden Sie da? Wissen Sie, wie dunkel es in Karnak war? Und wie bitte schön soll ich das angestellt haben?«

»Von der Dunkelheit rede ich gerade, mein lieber Gandaria«, sagte Méndez ruhig. »Von Dunkelheit. Sie haben nicht nur Ihre Leibwächter auf Galán angesetzt, sondern zwei neue Mittel verwendet.«

»Ach ja? Und welche?«

»Das eine war der helle Anzug, der selbst in dem schummerigen Licht noch zu erkennen war. Scheinbar war das sehr unvorsichtig, denn so konnte Galán Ihnen besser folgen. Aber in Wahrheit war das Ihre beste Verteidigung, denn so konnten Ihre Leibwächter Ihre Bewegungen perfekt verfolgen. Vergessen wir nicht, dass sie auch in der Menge waren, immer in Ihrer Nähe. Und vergessen wir auch nicht, Gott behüte, ein Wunder der Technik, das heutzutage gar nicht so wundersam ist. Ich meine das kleine Hörgerät, das Sie auf dieser Ägyptenreise zum ersten Mal tragen. Warum tragen Sie es jetzt nicht, hier auf Ihrem Zimmer, Señor Gandaria? Hören Sie wieder gut?«

»Was ich höre und was nicht, ist meine Sache.«

»Natürlich. Eigentlich hören Sie gut. Aber Sie brauchten einen Sender für die Warnungen Ihrer Leibwächter, die alles im Blick hatten, was Sie nicht sehen konnten. Und an diesem magischen Abend in Karnak war dieser Sender ein wesentlicher Teil des Plans. Als reizendes kleines Detail hatten Sie einen phosphoreszierenden Faden darum geschlungen. Alle Zeugen haben dieses schimmernde Teil erwähnt. Und was bezweckten Sie damit? Nun, dass Ihre Gorillas selbst in größter Dunkelheit immer noch wussten, wo Sie sich befanden. So konnten Sie auf Zuruf exakt in dem Moment ausweichen, wenn Galán zuschlug, und sie konnten ihn töten. Es ist ein Wunder, dass Galán noch lebt, mein Freund. Die Kugeln hätten ihn auf der Stelle erledigen sollen.«

Méndez winkte ab.

»Aber Sie glauben mir weiterhin kein Wort, nicht wahr?«

»Ich kann über all das nur lachen.«

»Sie sind absolut sicher, dass es nur Vermutungen sind und dass man Ihnen nichts beweisen kann.«

»Das sind doch nur Hirngespinste. Und selbst wenn es wahr wäre, was ändert das? Man wird nie etwas beweisen können.«

»Außer durch ein Detail. Oder auch durch zwei. Aber erlauben Sie mir, da ich ein Mann mit einem geordneten Verstand bin, der sich gut auf einer Jesuitenschule gemacht hätte, dass ich mit dem ersten beginne.«

»Im Ernst? Wollen Sie mich weiter zum Lachen bringen? Um was geht es?«

»Um etwas, das in der Luft hing.«

»Wovon reden Sie, zum Teufel?«

»Von einem Lied.«

Gandaria sah ihn an, als hätte er einen Irren vor sich.

»Es ist mir völlig neu, dass Lieder Beweise sind, Méndez«, sagte er verächtlich.

»Dieses schon.«

»Warum?«

»Sie haben die letzte Drohung gegen Clara Alonso auf einer Musikkassette aufgenommen. Sie wollten kein unnötiges Risiko eingehen, und deshalb haben Sie sehr gut Ihre Stimme verstellt und sie durch einen musikalischen Hintergrund noch weiter verfremdet. All das mussten Sie logischerweise in Ihrer Kabine auf der *Nile Dream* erledigen.«

Méndez ging zur Wand und machte wieder kehrt. Da Gandaria schwieg, fuhr er fort: »Das war nicht weiter schwierig, Sie konnten die Musik einer anderen Kassette, die parallel dazu abgespielt wurde, während Sie sprachen, als Hintergrund verwenden. Aber da war ein Detail, ein winzig kleines Detail. Jedes vernehmliche Geräusch, das in Ihr Zimmer drang, wurde mit aufgenommen.«

»Ja und?«

»Am Anfang schien es völlig unbedeutend zu sein. Es dauerte etwas, bis ich dahinterkam, dass es sich bei dem Lied, das man sehr schwach neben der Hintergrundmusik hörte, um ein arabisches Lied handelte, noch dazu ziemlich falsch gesungen. Ein Kellner? Ein Koch? Was konnte man von Ihrer Kabine aus hören, Señor Gandaria? Deshalb habe ich mir die Mühe gemacht, noch einmal nach Luxor zu fliegen, bevor die *Nile Dream* nach Assuan zurückkehrt, und ein paar Minuten in allen Kabinen des Decks zu verweilen. Nur aus Ihrer konnte man ein Lied aus der Küche hören, mein Freund. Und ich habe den Mann auf dem Band ausfindig gemacht. Er ist bereit, das zu bezeugen.«

»Das ist ja lachhaft. Das bereitet mir vielleicht ein paar Unannehmlichkeiten, aber Sie wissen genau, dass Sie damit nicht weit kommen.«

»Da ist noch ein Detail, mein Freund.«

»Und welches?«

»Ihre Leibwächter.«

»Was ist mit ihnen?«

»Die sind gestorben.«

Gandaria zuckte nicht mal mit der Wimper. Und das, obwohl sein Mienenspiel gewöhnlich sehr ausdrucksstark war. Er fragte nur verächtlich: »Wo?«

»Auf dem größten Friedhof von Kairo, wo Sie sie hingeschickt haben. In der Nähe der Mamlukengräber. Einer sollte die Beute holen, und der andere sollte ihn bis zum Ausgang des Friedhofs schützen. Vielleicht haben Sie, als Sie mich mit diesem Koffer sahen, gedacht, er enthielte keine Dollars. Doch, das tut er. Oder vielleicht haben Sie gedacht, ich wäre nicht am Übergabeort aufgetaucht. Doch, bin ich. Daraus können Sie ableiten, dass Ihre beiden Gorillas tot sind, denn andernfalls hätten sie das Geld und nicht ich. Aber denken Sie nicht, ich hätte sie erledigt, ehrenwerter Señor Gandaria. Sie würden mich überschätzen, wenn Sie das dächten. In meinem Alter kann ich nur noch jemanden töten, der Lose von der Blindenlotterie verkauft, und auch das nur nach langem Training und mit entsprechender Waffe.«

Man hörte Gandarias Kiefer knirschen.

»Wenn Sie sie nicht umgebracht haben, Méndez, wer dann?«

»Den ersten hat die Polizei getötet. Bei dem zweiten, der den Rückzug decken sollte, weiß ich nicht genau, wer ihn erledigt hat, aber ich habe einen Verdacht. Aber zwei Leichen reichen mir völlig. Wenn man beweisen kann, wer sie sind, was zum Teufel sie dort zu suchen hatten und in wessen Auftrag sie unterwegs waren, ist die Sache geritzt, Señor Gandaria.«

»Ach ja? Und wer soll die Fragen beantworten? Die beiden Toten?«

»Nein. Nicht die beiden Toten. Zwei Polizisten.«

»Wer?«

»Der, der den ersten Leibwächter getötet hat, und ich. Ich verstehe, dass ich nicht viel zähle, aber an dem Tag, an dem ich meine Aussage machen muss, werde ich extra meinen Anzug abbürsten, damit ich beim Richter einen guten Eindruck hinterlasse.«

Méndez wusste, dass er log, denn das war völlig unmöglich. Zum einen würden die Leichen der Leibwächter niemals auftauchen. Er war sich nicht einmal sicher, ob es sich überhaupt um Gandarias Leibwächter handelte, denn er hatte ihre Gesichter nicht gesehen. Und natürlich würde auch die Leiche von Subcomisario Ceballos nicht auftauchen. Der riesige Friedhof, der mehr Lebende beherbergte als Tote, würde alles schlucken. Aber er musste bluffen, er musste Gandaria zeigen, dass er über schlagende Beweise verfügte. Nur so konnte er den Mann vernichten, der alles bedacht und geplant hatte.

Er stellte fest, dass er recht hatte.

Zum ersten Mal flatterten Gandarias Lider.

Sein Körper war angespannt.

Damit hatte Méndez gerechnet.

In demselben gleichgültigen Ton, den er auch in einer

Bar in seinem Viertel angeschlagen hätte, murmelte er: »Vielleicht sind Sie bewaffnet, Gandaria, aber ich rate Ihnen, vergessen Sie's. Ein Schusswechsel hier, in einem der besten Hotels der Stadt, bringt Ihnen nichts. Und wenn es darum geht, Radau zu machen, versichere ich Ihnen, dass ich schneller bin als Sie, außerdem bin ich schlechter drauf als Sie.«

Méndez log wieder. Er hatte seinen Revolver nicht dabei, nur das Messer, aber das wusste ja Gandaria nicht. Er würde keinen Widerstand leisten, wenn er wusste, dass man ihn auf der Stelle kaltmachen konnte.

Doch da geschah es.

Damit hatte Méndez nicht gerechnet.

Er konnte es sich nicht einmal vorstellen.

Er sagte: »Ich werde Sie verhaften, Gandaria. Lehnen Sie sich mit erhobenen Händen an die Wand. Sie werden es bereuen, geboren worden zu sein, auch wenn in Spanien die Todesstrafe abgeschafft ist – verflucht sei der Tag, an dem das geschah.«

Er hatte die Worte noch nicht ausgesprochen, da ging hinter ihm eine Tür auf.

Es war die Badezimmertür.

Eine Stimme sagte: »Ich fürchte, Sie haben das Spiel verloren. Lassen Sie Gandaria in Ruhe, Méndez.«

Méndez' Hals spannte sich; er hatte das Gefühl, keine Luft mehr zu bekommen.

Ein Schauer lief ihm über den Rücken.

Denn er hatte die Stimme erkannt.

Es war die Stimme von Clara Alonso.

Es gibt eine Logik des Schreckens. Es gibt eine Logik des Unglücks. Sogar eine gewisse Logik des Absurden. Aber in dem Moment wurde Méndez klar, dass es keine Logik des Ekels gibt.

Er hatte das Gefühl, seine Beine gäben nach.

So etwas war ihm noch nie widerfahren.

Méndez taumelte.

Er hörte leises Absatzgeklapper hinter sich und wollte sich umdrehen.

Nicht einmal das konnte er.

Clara Alonso sagte sanft: »Ich habe Ihren Revolver, Méndez. Sie wissen ja, dass wir verlangt haben, dass er im Hotel bleibt. Und Sie wissen auch, dass ein Phyton nicht verzeiht.«

Méndez wusste das. Sein Hirn – oder was nach all dem Konsum billigen Fusels davon noch übrig war – würde an der Decke kleben. Aber es war nicht Angst, was er spürte. Es war etwas anderes. Er fand noch einen letzten Rest an Stimme: »Sie sind blind, Clara Alonso. Blind. Sie können auf nichts und niemanden zielen.«

Sie kam weiter auf ihn zu. In der furchtbaren Stille des Zimmers hörte sich das Absatzgeklapper an wie eine Trommel.

»Sie irren sich, Méndez«, sagte sie.

»Ich weiß, dass Sie blind sind. Ich habe mich mehr als einmal davon überzeugen können. Anfangs hatte ich den Verdacht, Sie würden mir etwas vormachen, nur eine miese Show aufführen. Aber ich habe mir die Details gemerkt. Ich weiß, Sie können mich nicht sehen. Und nicht auf mich zielen.«

»Sie irren sich schon wieder, Méndez. Sie verstehen das nicht, weil Sie nicht blind geboren wurden. Ich spüre den Atem, selbst wenn es nur ein Hauch ist. Ich kann riechen wie die Hunde. Ich höre sogar das Rascheln des Anzugstoffs, wenn jemand sich bewegt.« Sie trat noch einen Schritt weiter vor. »Ich weiß, dass Sie gerade links von mir stehen.«

Wäre da nicht die Verwirrung, der Ekel, der Schwindel, hätte Méndez spöttisch aufgelacht.

Denn er stand rechts von ihr.

Eine tolle Blinde!

Deshalb rührte er sich nicht vom Fleck und schwieg.

Sollte sie sich ruhig irren.

Da geschah es wieder.

Méndez hätte es für unglaublich gehalten.

Aber er bekam es nicht mehr mit.

Sie hatte plötzlich mit zorniger Entschlossenheit die Hand mit dem Revolver gehoben. Der schwere Phyton war wie eine Keule.

Und sie schlug zu … aber nicht nach links!

Sie schlug nach rechts!

Méndez hatte sich nicht von der Stelle gerührt.

Der Schlag traf ihn mit voller Wucht. Es war, als ob sein Schädel gespalten würde.

Im Bruchteil einer Sekunde, es war wie ein Funke, verstand er, dass die Blinde schlauer gewesen war als er. Weit schlauer. Sie hatte vom ersten Augenblick an gewusst, wo er stand, aber mit ihrem Trick dafür gesorgt, dass er sich nicht von der Stelle rührte.

Er stammelte: »Verda …!«

Oder er glaubte, er hätte es gesagt.

Dann war es aus.

Méndez plumpste wie ein leerer Sack zu Boden.

Clara Alonso drehte sich ein wenig. In der rechten Hand hielt sie immer noch den Revolver. Ihr Gesicht war eine starre, eisige Maske, ein Gesicht, das Méndez bewundert hätte, denn in ihm trat das Bild einer Schlange zutage.

Gandaria fuhr sich mit der Hand durchs Haar. Seine Augen zuckten wie bei einem nervösen Tick.

»Ich wusste nicht … ich wusste nicht, dass du im Bad warst«, murmelte er.

»Ich war erst seit ein paar Minuten dort.«

»Und wie bist du hereingekommen?«

»In dein Zimmer? Mit dem Schlüssel, wie sonst.«

»Mit welchem Schlüssel?«

»Mit dem des Zimmerkellners von diesem Stock natürlich. Es gibt in ganz Ägypten keinen Kellner, der für ein Trinkgeld von zweihundert Dollar nicht kurz wegschaut.«

Gandaria blinzelte.

»Aber du hättest mich hier antreffen können …«

»Ich wusste, dass du nicht da warst.«

»Woher?«

»Ich habe vorher angerufen.«

»Warum?«

»Um mich zu vergewissern, dass du nicht da warst und dass ich mich in deinem Zimmer verstecken konnte. Ich habe alle Reisenden aus unserer Gruppe angerufen. Und um diese Zeit waren alle im Bett, nur du nicht. An der Rezeption sagte man mir, du hattest kurz zuvor das Hotel verlassen.«

»Und was sollte das zu bedeuten haben?«

»Viel, Gandaria. Genau um diese Uhrzeit musstest du weg. Warum? Weil du jemanden kontaktieren musstest, aber vom Hotel aus ging das nicht. Man konnte dir den Koffer mit dem Geld nicht hierher bringen. Das war unmöglich.

Du musstest ihn außerhalb des Hotels übernehmen und ihn sicher unterbringen. Wo? Das ist jetzt unwichtig. Aber erst danach würdest du ins Hotel zurückkehren.«

Sie machte eine kleine Pause.

Ihr Atem ging pfeifend.

Gandarias eines Auge zuckte noch zweimal.

»Und deshalb hatte ich dich in Verdacht«, fuhr Clara mit finsterer Stimme fort. »Und weil ich keinen Beweis hatte, beschloss ich, danach zu suchen. Wo sonst, wenn nicht in deinem Zimmer? Also habe ich einen Zimmerkellner bestochen und mich hier versteckt. Er hat sich gar nicht so sehr gewundert, weißt du. Vielleicht hat er gedacht, ich wäre auf ein Abenteuer mit dir aus. Weißt du, was ich erwartet habe? Ich dachte, ich höre, wie du telefonierst, eine Nachricht bekommst. Aber dann kam Méndez, und Méndez hat alles erklärt. Ich habe genug gehört.«

»Das ist doch alles absurd, Clara. Das ergibt doch keinen Sinn. Was hättest du gemacht, wenn ich ins Bad gekommen wäre?«

»Ganz einfach.«

»Was?«

»Dich getötet.«

Gandaria erschrak.

»Aber was redest du da?«, stammelte er. »Warum hast du dann Méndez niedergeschlagen?«

»Weil die Todesstrafe in Spanien verboten ist. Und du nach fünf Jahren wieder frei kämst. Das ist der Grund, warum ich mein eigenes Gesetz habe.«

Gandaria keuchte.

Doch er wusste, dass noch nicht alles verloren war.

Im Gegenteil.

Er war klar im Vorteil.

Clara Alonso konnte ihn nicht sehen, aber er konnte sehr sie wohl sehen. Er wollte die Hand in die Innentasche des Jacketts schieben.

Da vernahm er ein Klicken.

Es war nur ein kurzer Augenblick.

Damit hatte Gandaria nicht gerechnet.

Er stieß ein kehliges Knurren aus.

Clara Alonso hatte das Licht ausgeschaltet.

Gandaria und sie waren von Dunkelheit umgeben. Und im Reich der Dunkelheit war sie die Königin!

Clara Alonso wusste, wo er sich befand!

Aber umgekehrt nicht!

Gandaria hätte schwören können, dass sie ihre Position verändert hatte.

Von einer Seite des Zimmers drang die eisige Stimme zu ihm: »Ich bedaure nur, dass ich dich nicht langsam töten kann.«

Mündungsfeuer.

Die Kugel.

Es war das Ende.

Doch Gandaria hatte sich in letzter Sekunde bewegt. Die Angst verlieh ihm eine ungeahnte Beweglichkeit. Er hörte, wie die Kugel neben seinem Kopf in der Wand einschlug.

Er sprang.

Verzweifelt.

Voller Wut.

Die Dunkelheit und die Kälte des Todes klebten an seiner Haut.

Das Mündungsfeuer hatte ihm verraten, wo Clara Alonso stand, und er würde ihr keine Gelegenheit geben, noch einmal zu schießen.

Er stürzte sich auf sie. Er griff blindlings zu und konnte ihr die Pistole entreißen, sie fiel zu Boden. Seine Zähne knirschten, während er Clara Alonso am Hals packte.

Voller Wut drückte er zu. Immer stärker.

Er bekam nichts mehr mit.

Nur dass er töten wollte.

Er merkte nicht einmal, dass hinter ihm plötzlich die Tür aufging.

Dass ein Rechteck aus Licht auf ihn fiel.

Er bemerkte auch die Gestalt im Türrahmen nicht, die sagte: »Adiós, Gandaria.«

Ein einziger Schuss.

Der Mann zielte nicht daneben.

Er hatte noch nie danebengezielt.

Die Kugel drang in Gandarias Nacken ein und blieb im Schädel stecken. Gandaria machte einen Satz nach oben und fiel dann neben Clara Alonso zu Boden.

Galán, der wegen seiner Verletzungen noch taumelte, half ihr aufzustehen, den Colt noch in der Hand.

35 Der Mann im Rollstuhl

Trotz der beiden Schüsse war noch kein Neugieriger auf dem Flur des Luxushotels aufgetaucht. Ein ungeschriebenes Gesetz des modernen Lebens ist die Gleichgültigkeit. Aber bestimmt wurde aus mehreren Zimmern gleichzeitig per Telefon der Zimmerservice des Marriott verständigt, und bald würde es von Kellnern und vielleicht auch Polizisten nur so wimmeln. Doch darüber dachte Galán nicht nach. Obwohl er sich kaum auf den Beinen halten konnte, schleppte er Clara Alonso aus dem Zimmer.

Auf einmal hörte man ein sanftes, fast schon elegantes Geräusch.

Das harmonische Zischen eines über den Boden gleitenden Rollstuhls.

Galán drehte sich um.

Es war Salomón. Er hatte die Augen halb geschlossen, man erahnte einen fernen Tränenglanz.

»Keine Sorge«, sagte er. »Ich werde die Wahrheit sagen. Dass Sie ihn getötet haben, um das Leben der blinden Frau zu retten. Es gibt keinen besseren Verteidigungsgrund. Jeder wird Sie freisprechen.«

»Das ist richtig, aber es ist nur ein Teil der Wahrheit«, murmelte Galán. »Warum reden wir nicht über den anderen Teil, jetzt, wo noch Zeit dafür ist? Warum haben Sie mich beauftragt, Ihren Bruder zu töten? *Warum*?«

Salomón öffnete kaum die Lippen, als er sagte: »Weil ich alles wusste.«

»Was heißt *alles*? Was wussten Sie?«

»Dass er bankrott war. Seine Machenschaften. Die falsche Opferrolle. Das reicht doch, oder? Aber das war mir egal. Er war mein Bruder, verstehen Sie, Galán? Er war mein Bruder. Bis zu dem Tag, an dem ich ihm sein Verhalten vorwarf und er mir zur Antwort gab, das würde sich alles ändern, mit der Not wäre es bald vorbei. Er würde mir alles zurückzahlen, was er mir schuldete, er würde mir die Scheine in Rachen und Hintern schieben. Genau das waren seine Worte: in Rachen und Hintern schieben. Da hatte ich den Verdacht, dass etwas Schlimmes dahintersteckte, dass Ismael vor nichts haltmachen würde.«

Seine Stimme war leise, sanft.

Nur Galán konnte sie hören.

Und er fragte: »Und was hatten Sie für einen Verdacht?«

»Dass er etwas Widerwärtiges tun würde, eine genaue Vorstellung hatte ich nicht. Meine erste Maßnahme war, einen Privatdetektiv anzuheuern, der ihn Tag und Nacht beschatten sollte. Er konnte mir nicht viel sagen, außer dass er sich diskret mit einem Polizisten unterhalten hatte, der wichtig sein könnte, einem Kerl namens Marquina. Das hielt ich für eine gute Nachricht. Ich war fast erleichtert, aber das währte nicht lange.«

»Bis wann?«

»Bis ich erfuhr, dass man Marquina ermordet hatte. Und dass ganz in der Nähe seiner Wohnung in der Paralelo auf einen Verbrecher namens Ángel Martín geschossen wurde, der später starb. Da musste es zwangsläufig eine Verbindung zu der Entführung und Ermordung eines behinderten Mädchens geben, denn immer tauchte derselbe Polizist auf, dieser verfluchte Méndez. Ich hatte noch keine Gewissheit, aber mein Verdacht war so beklemmend, dass ich Ismael zur Rede stellte. Im Grunde war ich sicher, dass ich mich irrte, dass er mich beschimpfen oder auslachen würde. Aber er tat nichts dergleichen.«

»Was hat er denn getan?«

»Er hat mich bedroht. Er hat mir geschworen, er würde mich töten, wenn ich jemandem meinen Verdacht mitteilte. Und da wusste ich, dass er ein widerwärtiger Mörder war. Für mich brach eine Welt zusammen. Und das war nicht das Schlimmste. Er versprach mir, das Geld würde bald kommen. Und das wiederum sagte mir, dass er es ein weiteres Mal versuchen würde.«

Galán musste sich an der Wand abstützen.

Er konnte sich nicht mehr auf den Beinen halten.

Mit brüchiger Stimme fragte er: »Warum haben Sie ihn nicht angezeigt?«

»Ach? Damit unser Name in den Schmutz gezogen wird? Und unsere Familie? Und um mich zudem der Rache eines skrupellosen Mörders auszusetzen? Nein. Es war besser, seine Taktik anzuwenden. Einen Profi dafür zu bezahlen. Da Ismael ständig behauptete, man wolle ihn töten, würde sich niemand wundern, wenn es tatsächlich geschähe. Deshalb habe ich Sie kontaktiert, Galán. Sie würden das Problem lösen, ohne dass der Ruf der Familie Schaden nähme. Und dann haben Sie mir erzählt, dass bereits ein anderer Killer, dieser Fernando Torres, den Sie kannten, hinter meinem Bruder her war.«

»Klar. Ich hielt es für meine Pflicht, Ihnen das zu sagen.«

»Ich will nicht bestreiten, dass mich das erleichtert hat. Ich dachte, ein anderer würde mir abnehmen, was ich so verabscheute, tun zu müssen. Doch da suchte mich Ismael auf, wiederholte seine Drohung und verlangte Geld. Es würde alles gut werden, sagte er, aber zurzeit habe er viele Ausgaben, weil er einen gewissen Fernando Torres angeheuert habe. Er nannte mir sogar die genaue Summe, die er ihm für seinen ›Job‹ geboten hatte, ohne mir zu sagen, um was für einen Job es sich handelte. Natürlich dachte er, ich hätte keine Ahnung. Aber durch Sie war ich ja im Bilde, was dieser Kerl für einen Beruf hat. Ich wusste, um was es ging, oder ich konnte es mir zumindest denken. Das ist nicht weiter schwierig, wenn man Ismael kennt. Ihnen habe ich natürlich nichts gesagt, vor allem nicht, dass ich der Bruder des Mannes bin, den Sie töten sollten. Wie in solchen Fällen üblich, habe ich Ihnen keinerlei Hinweise gegeben. Vielleicht habe ich Ihnen gegenüber erwähnt, wie viel ein Mann wie Torres verdient. Haben Sie wirklich gedacht, er sollte Ismael töten?«

»Ja, ich dachte sogar, Sie hätten ihn bezahlt, damit nichts schiefgeht.«

»Nein. Ich wollte nur ... Ich wollte nur ...«

Er konnte nicht weitersprechen. Er krümmte sich und blieb dann vorgebeugt sitzen, als müsste er sich übergeben. Die Beklemmung schnürte ihm den Hals zu, aber es war auch besser, dass er nichts mehr sagte, sonst hätte er vor aller Welt seine Schuld eingestanden. Auf dem Flur waren nämlich zwei Polizisten in blauer Uniform aufgetaucht. Als Nachhut marschierte ein dicker Mann auf, offensichtlich einer der Geschäftsführer.

Er sagte auf Spanisch, während sich um sie herum die ersten Türen öffneten: »Was ist hier los? Was ist passiert? Wer wagt es, die Ehre des Marriott zu beschmutzen?«

Salomón wurde schlecht. Aber er nahm alle Kraft zusammen und stammelte: »Ich habe alles gesehen ... Dieser Mann hat meinen Bruder getötet, aber er hat es getan, um das Leben einer blinden Frau zu retten, Señorita Alonso. Sie wird das bestätigen. Mein Bruder war ... in Behandlung ... Ich glaube, er war verrückt.«

»Das reicht bestimmt nicht ...«, stöhnte der Geschäftsführer. »Das muss noch jemand anderes bestätigen, das muss alles restlos geklärt werden. Ich werde nicht zulassen, dass auch nur ein Funken Verdacht bleibt, der auf das Marriott zurückfällt!«

Das Marriott schien das Einzige zu sein, das ihm im Leben etwas bedeutete. Méndez, der aus dem Zimmer getaumelt war, zeigte mit blutverschmierten Fingern seine Marke vor. Die Marke hatte dort keinen offiziellen Wert, aber das Wort »Policía« versteht man auf der ganzen Welt, selbst wenn ein Kerl wie Méndez sie vorzeigt.

Der Geschäftsführer verstand natürlich sofort. Nervös fragte er: »Was werden Sie aussagen?«

»Dasselbe wie Salomón Gandaria. Sein Bruder Ismael

hat … mich angegriffen, bevor er auf die Frau losgegangen ist. Völlig überraschend, sonst hätte er mich kaum niedergestreckt. Eine Sache, mein Freund.«

»Was?«

»Ich bin ein spanischer Polizist, auch wenn Spanien zum Wohle seines Ansehens das mit allen Mitteln zu verbergen versucht. Das sind spanische Bürger. Ich weiß, dass die ägyptische Polizei sich einschalten muss, aber es wäre besser, mir die Sache zu überlassen. Sie wissen nicht, wie viele Unannehmlichkeiten Sie sich so ersparen können.«

»Das ist in der Tat ein Punkt, den man bedenken sollte … Ich vermute mal, für den Ruf des Hotels wäre es das Beste. Auf jeden Fall müssen Sie hierbleiben, bis die Formalitäten erledigt sind, vor allem Sie, Señor, wie war doch noch Ihr Name?«

»Méndez.«

»Gut, Señor Méndez. Um Señorita Alonso wird man sich kümmern, und Señor Gandaria, so lautet doch Ihr Name, nicht wahr?, Sie ziehen sich jetzt besser auf Ihr Zimmer zurück. Sie bleiben, Sie sind Polizist. Und der Mann da auch« – er deutete auf Galán – »denn er hat geschossen.«

Für Méndez hörte sich das alles durchaus logisch an. Er gab Galán ein Zeichen, und sie gingen gemeinsam mit den beiden Polizisten wieder in das Zimmer. Einer nahm Galán die Pistole ab.

Der zündete sich eine Zigarette an, er wollte Gandarias Leiche nicht sehen. Seine Hände zitterten, vielleicht zum ersten Mal in seinem Leben.

Méndez schob den Koffer mit dem Geld vorsichtig auf die Seite und entfernte sich rasch, denn er war schon immer der Ansicht, jede Summe über eine Million Peseten sende schädliche Strahlen aus.

»Warum sind Sie aus dem Krankenhaus geflohen, Galán?«, fragte er, denn er wusste, dass die beiden ägyptischen Polizisten ihn nicht verstanden. »War Ihnen nicht bewusst, wie tollkühn das war?«

»Ich habe mein ganzes Leben lang tollkühne Dinge getan.«

»Wie der Anschlag auf Gandaria, zum Beispiel.«

»Dafür wurde ich bezahlt. Aber ich war mir nicht im Klaren über die Situation. Ich habe mehr Fehler gemacht als in meinem ganzen Leben.«

»Haben Sie nicht bemerkt, dass Ismael Gandaria extrem aufmerksam Ihnen gegenüber war, als er feststellte, dass Sie noch lebten? War Ihnen nicht klar, dass das Teil seines Plans war, sich vor allen als Unschuldslamm zu präsentieren?«

Galán ließ sich in einen Sessel sinken.

»Natürlich habe ich darüber nachgedacht«, murmelte er. »Und da begriff ich, dass etwas weit Schlimmeres geschehen würde und dass ich nach Kairo musste, wenn ich die Kleine schützen wollte.«

»Warum schützen?«, fragte Méndez mit zugeschnürter Kehle. *»Warum?«*

Galán schloss einen Moment die Augen. Es waren nicht nur die Schmerzen, es war nicht nur die Müdigkeit, dachte Méndez. Da war noch mehr. Méndez, der immer inmitten von alten Geschichten schwebte, spürte, dass dort eine andere alte Geschichte verborgen war. Und als Galán die Augen öffnete, war da eine schreckliche Leere.

»Das werden Sie nicht verstehen, Méndez«, sagte er mit erloschener Stimme.

»Warum nicht?«

»Weil Sie sich nie verändern wollten.«

»Na ja, das weiß ich nicht. Vielleicht hat die Straße das

nicht zugelassen. Eines Tages wird die Geschichte geschrieben, warum die Straße die Leute daran hindert, sich zu verändern.«

»Ich wollte mich verändern«, murmelte Galán. »Trotz der Straße und trotz allem.«

»Sie?«

»Ja.«

»Warum?«

»Vielleicht, weil ich mich vor mir selbst geekelt habe.«

»Und was haben Sie unternommen?«

»Was alle tun: Ich habe geheiratet. Sie wissen, jeder Mann glaubt, er müsse unbedingt eine Frau finden oder eine verlassen, um sein Leben zu verändern. Ich gehöre zu denen, die sie finden. Ich habe einen anständigen Nullachtfünfzehn-Job angenommen, bin in eine anständige, ruhige Wohnung gezogen. Wir haben in Madrid gewohnt, in der Nähe des Campo del Moro und der Landstraße nach Extremadura. Ich dachte auch, ich hätte eine anständige, ehrliche Frau. Nun, die hatte ich auch.«

Er fuhr sich mit der Hand über die Augen. Das Schwindelgefühl wurde immer stärker.

»Natürlich«, fuhr er wenig später mit schwacher Stimme fort, »haben auch anständige Frauen Träume. Sie träumen gewöhnlich von tatkräftigen, mächtigen, reichen Männern, auch wenn die nicht anständig sind. Ich habe zu spät bemerkt, dass Anständigkeit nicht zu den unverzichtbaren Eigenschaften gehört. Irgendwann hat sie zu mir gesagt: ›Behalt deine Monatskarte für den Bus, und scher dich zum Teufel!‹.«

»Ich habe schon immer dafür plädiert, die Leute sollen zu Fuß gehen«, murmelte Méndez. »Busse sind eine Qual.«

»Was ich nicht wusste«, fuhr Galán fort, als hätte er ihn

nicht gehört, »war, was mit meiner noch ungeborenen Tochter geschehen würde, als sie mich verlassen hat, weil ich ein elender Versager, der letzte Dreck, ein armer Schlucker war. Sie haben gesagt, eines Tages wird die Geschichte geschrieben, warum die Straße die Leute daran hindert, sich zu verändern, nicht wahr? Nun, ich sage etwas anderes, Méndez: Eines Tages wird die Geschichte der Frauen geschrieben, denen ihre Männer nie gegeben haben, wovon sie träumten. Und meine ist so eine.«

»Sie ist schon geschrieben«, warf Méndez ein. »Diese Geschichte ist schon geschrieben.«

»Wo?«

»In all den Hörnern, die man den Männern verdientermaßen aufgesetzt hat, und in den Bordellen. Aber Sie sprachen gerade von Ihrer Tochter.«

»Ja.«

»Was ist mit ihr passiert?«

Galán wandte sich ab, um ihn nicht ansehen zu müssen. Eiskalter Schweiß trat auf seine Stirn.

»Sie hat sie in einer Plastiktüte ausgesetzt.«

»So ein Miststück.«

»Es gibt schlimmere Worte, Méndez.«

»Dreckschlampe.«

»Ich habe sie überall gesucht, weil ich sie töten wollte. Und eines Tages werde ich sie finden, das schwöre ich. Eines Tages werde ich sie finden.«

»Warum macht eine Mutter das? Warum? *Warum*?«

»Sie hatte Angst.«

»Vor was?«

»Das Mädchen war mongoloid.«

Méndez sank nach vorn. Er wirkte auf einmal viel müder, viel älter und zerfressener von all den Nächten, die sich in ihm festgesetzt hatten. Mit leiser Stimme sagte er: »Mongoloid … wie Olga?«

»Ja, Méndez.«

»Gütiger Gott.«

»Verstehen Sie jetzt, Méndez?«

»Nein, ich weigere mich.«

»Olga könnte meine Tochter sein.«

Eine Grimasse, ähnlich wie ein Lächeln, huschte über Galáns Gesicht. Mit einer ungeheuren Kraftanstrengung, unter der nicht nur seine Muskeln, sondern auch seine Gedanken ächzten, stand er auf. Er taumelte zur Tür, obwohl er wusste, dass er das Zimmer nicht verlassen durfte. Als würde er jeden Moment zusammenklappen, lehnte er in der Nähe eines der beiden Polizisten den Kopf gegen die Wand.

Kaum hörbar sagte er: »Und deshalb hätte ich sie mit meinem Leben verteidigt.«

»Das … das verstehe ich.«

»Sie verstehen gar nichts, Méndez. Sie haben keine Kinder. Sie merken gar nicht, was das für eine miese Geschichte ist.«

»Galán …«

»Was?«

Méndez rang nervös die Hände.

»*Sie* merken nicht, dass es auch eine wunderschöne Geschichte ist.«

Sie schwiegen. In dem Zimmer mit den stillen Polizisten und Gandarias Leiche auf dem Teppich schien plötzlich ein schwaches Licht, ein Hauch von Unwirklichkeit zu schweben. Jetzt musste Méndez die Augen schließen. Er merkte, dass Galán, der Profikiller, weinte.

»Ich möchte Olga gerne ein paar Dinge beibringen«, sagte er stockend. »Ich möchte …«

»Sie irren sich, Galán.«

»In was?«

»Olga wird Ihnen Dinge beibringen.«

Das geräumige, luxuriöse Zimmer, das gedämpfte Licht, das Fenster mit Blick auf das nächtliche Kairo, die diskrete, anheimelnde Stille eines wohlsituierten Ortes. Galáns Miene, Galáns Tränen, die vielen Jahre, die sich plötzlich in den Augen, den Falten auf seiner Stirn, in den Mundwinkeln niedergelassen hatten. Ein Räuspern aus dem Mund eines Polizisten, ein Knacken in der Wand, Méndez' umherirrender Blick; er wusste, dass etwas in der Zeit stehen geblieben war.

Er sagte: »Olga wird Ihnen beibringen, dass es noch Unschuld gibt. Das haben Sie und ich längst vergessen, Galán, und vielleicht brauchen wir jemanden, der uns das wieder zeigt. Wir haben zugelassen, dass jedes Jahr uns in unserem Innern mit einem kleinen schwarzen Fleck zeichnet, und wir haben bereits zugesehen, wie die kleinen schwarzen Flecken sich auch im Innern unserer Kinder anhäufen. Ihnen, Galán, wird dieses Spektakel erspart bleiben, dem wir unser Leben weihen.«

Schwerfällig begab er sich zu dem Koffer, nahm ihn und ging zur Tür. Keiner der beiden ägyptischen Polizisten machte Anstalten, ihn aufzuhalten. Als Méndez den Knauf drehen wollte, hob Galán den Kopf und murmelte: »Méndez …«

»Was?«

»Wo gehen Sie hin?«

»Das einzig Gute an diesem Abend tun. Das Geld gehört Clara Alonso, und es muss ja nichts mehr damit bezahlt werden. Ich werde es ihr zurückgeben.«

Er ging hinaus. Der Flur war leer, als wäre nichts geschehen. Schweigend setzte Méndez seinen Weg fort, sein Gesicht war leicht verkrampft. Alle Türen waren geschlossen. Bis auf eine, die abrupt neben ihm aufging.

Aus der Dunkelheit sagte eine Stimme sanft: »Ich ziele auf Sie. Kommen Sie rein, Méndez.«

Méndez kannte die Stimme. Aber ja. Er hatte sie zu einer Zeit gehört, die ihm unendlich weit weg zu sein schien, versunken in der Vergangenheit, in einem Büro, von dem aus man das alte Madrid, die Löwen der Cortes sah und den Verkehrslärm des Neokapitalismus an der Plaza de Neptuno rauschen hörte.

Méndez betrat das Zimmer, den Koffer fest umklammert.

Seine Miene war starr, und seine leicht zusammengekniffenen Augen versuchten, sich an die Dunkelheit zu gewöhnen. Er musste blinzeln, fast erschrocken, als urplötzlich das Licht anging.

Da sah er ihn. Er hatte in der Tat die Waffe auf ihn gerichtet, aber es sah nicht so aus, als ob er schießen wollte. Auf seinen Lippen lag ein mildes, fast mitleidiges, ein wenig zynisches Lächeln.

»Lange nicht gesehen, Méndez«, sagte Kommissar Besteiro. »Schließen Sie die Tür.«

»Ziemlich lange, in der Tat. Seit der Begegnung in Ihrem Büro, zusammen mit Ihrem Assistenten, Subcomisario Ceballos, wo Sie zum Schein einen hohen Posten bei der Bank bekleideten.«

»Von wegen zum Schein, Méndez. Da irren Sie sich. Es war ein hoher Posten, damit ich von oben alles im Blick hatte. Nur das.«

»Natürlich, Kommissar. Natürlich. Aber Sie haben auch in den Niederungen ermittelt. Auch auf Höhe des Nils.«

»Das war notwendig, Méndez. Ich wollte mich davon überzeugen, dass dort nichts Illegales geschieht.«

»Nichts Illegales? Was denn zum Beispiel?«

Besteiro deutete nachlässig auf den Koffer.

»Zum Beispiel eine Lösegeldzahlung.«

»Das ist illegal? Ist das Ihr Ernst, Kommissar? Was hätte die Familie denn tun sollen?«

»Das habe ich nicht zu entscheiden, Méndez, das wissen Sie. Mich dürfen Sie da nicht fragen. Aber wenn eine Familie Probleme hat, hat der Staat auch welche. Der Staat hat das Problem, und das scheinen Sie nicht begriffen zu haben, dass er dafür sorgen muss, dass das Gesetz eingehalten wird.«

»Das Gesetz? Welches Gesetz?«

»Nicht genehmigte Kapitalbewegungen zu unterbinden, wenn Sie ein Beispiel hören wollen.«

»Und das ist hier der Fall?«

»Natürlich. Muss ich Ihnen das sagen? Sehen Sie, Méndez, ich will Ihnen das Leben nicht vergällen, aber Sie haben zwei schwere Verstöße begangen. Zum einen waren Sie Komplize bei einem Wirtschaftsdelikt. Allein dafür könnte ich Sie verhaften und Ihnen Ihre Dienstwaffe wegnehmen.«

»Ich habe keine Dienstwaffe.«

»Das erspart uns beiden Unannehmlichkeiten. Ich werde Sie natürlich auch nicht verhaften. Ich habe keinen Grund, so weit zu gehen, auch wenn die beiden Verstöße nicht ohne sind. Der schwerwiegendste, ich sagte es bereits, ist der, dass Sie an einer illegalen Transaktion beteiligt waren. Und wenn Sie jetzt einwenden, in unserem Land würde das in den Chefetagen jeden Tag geschehen, werde ich antworten, dass mich das nichts angeht, solange ich es nicht beweisen kann. Aber da ist noch eine zweite Sache: Sie haben uns, unseren Anstrengungen, unserer Unbeugsamkeit nicht vertraut. Ausgerechnet Sie, ein Polizist, wollten nicht glauben, dass man mit dem Gesetz in der Hand alles lösen kann.«

»Was wollten Sie denn lösen, Besteiro?«

»Das fragen Sie? Wissen Sie, was es heißt, Ihnen hierher zu folgen? Wie viel Zeit wir vergeudet haben? Vom Geld ganz schweigen. Sind Sie sich im Klaren, was dahintersteckt, Méndez?«

Méndez gab ihm keine Antwort.

Seine Augen waren zusammengekniffen, aber sein Blick war nicht einmal der der alten Schlange. Es war ein abwesender Blick.

Erst nach einer Weile, die sich ewig hinzuziehen schien, sagte er: »Ja. Und was steckt dahinter?«

Die Frage schwebte im Raum. Jetzt kniff Besteiro die Augen zusammen. Aber in ihnen blitzte sehr wohl ein schneidender Strahl wie in denen einer alten Schlange.

»Geben Sie mir den Koffer, Méndez«, befahl er.

»Warum sollte ich Ihnen den Koffer geben?«

»Er ist das Werkzeug eines Verbrechens, und als solches muss er von den Behörden beschlagnahmt werden. Kennen Sie das Gesetz, Méndez?«

»Ich kenne das Gesetz nicht, aber ich tue etwas anderes.«

»Was?«

»Ich scheiß drauf.«

»Halten Sie Ihren dreckigen Mund, Méndez. Typen wie Sie haben einfach kein Benehmen. Geben Sie mir den Koffer.«

»Was haben Sie damit vor?«

»Ihn den Behörden übergeben.«

»Sie sind die Behörde, nicht wahr?«

Méndez schob den Koffer sanft mit dem Fuß zu Besteiro. Sollte er ihn nehmen. Das Geräusch des über den Teppich gleitenden Koffers war leise, aber für sie beide war es wie ein Donnerschlag.

»Gut, Méndez. Sehr schön. Ich freue mich, dass Sie vernünftig sind.«

»Darf ich Ihnen eine Frage stellen, Besteiro?«

»Ist es eine vernünftige Frage?«

»Aber natürlich. Und klug. Und besonnen.«

»Dann stellen Sie sie.«

»Ceballos hatte den Befehl, mir bis zum Friedhof zu folgen, mir zuvorzukommen und die Erpresser zu töten, nicht wahr? Egal wie und egal unter welchem Vorwand, oder?«

Besteiro sah ihn nicht einmal an. Vollkommen gleichgültig sagte er: »Er kam nur seiner Amtspflicht nach, wenn auch im Ausland. Ich gehe davon aus, dass Sie nichts Schändliches darin sehen, dass eine Lösegeldzahlung vereitelt wurde.«

»Aber natürlich nicht, Besteiro. Nur dass Ceballos seinen Auftrag nicht ganz erfüllen konnte. Den letzten Teil des Befehls konnte er nicht mehr ausführen, der darin bestand, mich zu töten und den Koffer an sich zu nehmen. Nichts leichter als das in diesem letzten Winkel der Welt, in dem selbst Leichen spurlos verschwinden. So ein Pech aber auch. Ceballos konnte seinen Auftrag nicht zu Ende bringen, weil mir jemand das Leben gerettet hat. Tja, da macht sich einer die Mühe, einem Kerl wie mir das Leben zu retten. Sachen gibt's.«

Jetzt sah Besteiro ihn an.

Die Adern auf seiner Stirn pochten.

Sein Gesicht war knallrot.

Du hast wahrscheinlich einen Blutdruck von zweihundert, du Scheißkerl, dachte Méndez.

Doch er sagte kein Wort.

Besteiro erwiderte schleppend: »Ich weiß genau, wer Sie gerettet hat, Méndez. Wenn der Kerl nach Spanien zurückkehrt, werden wir uns um ihn kümmern.«

»Er wird nicht zurückkehren, Besteiro. Galán ist noch lange nicht am Ende, auch wenn er selbst manchmal vom Gegenteil überzeugt ist. Wenn die Sache mit der ägyptischen Polizei geklärt ist, wird er an Tausend Orten Arbeit finden. Er muss nicht zurück.«

»Nicht einmal, um diese Kleine zu besuchen, die er so verteidigt hat?«

»Ich werde mich darum kümmern, dass er sie sehen kann.«

»Sie, Méndez?«

»Tja, sogar ein Kerl wie ich kann sich dem Einfluss der Dinge nicht entziehen, die einem am Nil so in den Sinn kommen.«

Mit leerem Blick sah er zu, wie Besteiro den Koffergriff noch fester umklammerte. Wie er die Kiefer zusammenpresste und auf die Tür zustrebte.

Bevor er die Hand an den Knauf legen konnte, sagte Méndez: »Viele Menschen haben Himmel und Hölle in Bewegung gesetzt, um an diesen Koffer zu kommen, aber der einzige Nutznießer sind Sie, Besteiro.«

»Ich?«

»Was haben Sie denn mit alldem Geld vor?«

Besteiros Kiefer knackten, so fest hatte er sie aufeinandergepresst, bevor er fragte: »Wollen Sie mich anzeigen, Méndez? Wollen Sie behaupten, Sie hätten mir das Geld gegeben? Wer sollte Ihnen glauben?«

»Mit Sicherheit niemand.«

»Dann seien Sie vernünftig, Méndez. Leben Sie, wie man leben soll.«

»Angenommen, ich bin nicht vernünftig und ich lebe nicht, wie man leben soll. Nehmen wir das einmal an. Was würde dann geschehen?«

»Zwei Dinge«, erwiderte Besteiro ungerührt. »Das eine sagte ich schon: Niemand würde Ihnen glauben. Und das Zweite sage ich Ihnen jetzt: Jemand könnte Sie töten, Méndez. Ein betrunkener Autofahrer. Ein Gauner auf Freigang. Ein gut platzierter Raubmörder in einem Hauseingang. Keine Ahnung. Irgendjemand.«

Méndez zuckte nicht mal mit der Wimper.

»Angenommen, mein Leben ist mir egal. Ebenso die betrunkenen Autofahrer, die Gauner auf Freigang und die Raubmörder, die in Hauseingängen rauchen. Nur mal so angenommen.«

»Dann können Sie noch etwas anderes annehmen.«

»Was?«

»Jemand könnte die Kleine töten.«

Der Schlag hatte gesessen. Man sah es Méndez an. Er schien einen Moment zu taumeln, nur einen Moment, während er die Augen schloss. Trotzdem sah er Besteiro grinsen, ein breites, tiefes Grinsen, in dem die beiden Goldzähne wie eine offizielle Wahrheit blitzten.

»Kein Grund zur Aufregung«, sagte Besteiro. »Ein Deal ist ein Deal.«

»Ja.«

»Nur die Ruhe, Méndez.«

Er öffnete die Tür und ging. Samt dem Geld verschwand er in dem langen Flur. Méndez rührte sich nicht vom Fleck.

Sein Kopf war auf die Brust gesunken, seine Augen waren geschlossen. Nachdem die Stille zuvor alles verschluckt hatte, hörte er jetzt die Tausend Geräusche des Hotels: Türen, die sich schlossen, Schritte von den Aufzügen, Autos, die vor dem großen Portal aus dem neunzehnten Jahrhundert hielten. Er glaubte sogar, die Zimmerkellner flüstern zu hören. Er hörte auch etwas tief in seinem Kopf, eine gedämpfte Melodie, in deren Noten die Sinnlosigkeit seines Lebens eingefangen war.

Am Ende setzte er eine entschlossene Miene auf, aber es war eher eine Grimasse. Er verließ das Zimmer. Trotz all der Geräusche, die er vernommen hatte, war der Flur menschenleer. Er wollte zum Zimmer von Clara Alonso und Olga. Er musste sie sehen. Beide. Aber vor allem musste er Olga sehen.

Am Aufzug traf er einen der ägyptischen Polizisten. Der warf ihm einen gleichgültigen Blick zu, einen Blick, in dem sich bereits das Vergessen breitmachte.

»Wo gehen Sie hin, Señor Méndez?«, fragte er.

»Lernen.«

»Was?« Offensichtlich konnte er ein wenig Spanisch. »Lernen? Sie? Mit all Ihrer Erfahrung? Man hat mir erzählt, Sie wären Ihr Leben lang auf der Straße unterwegs gewesen. Sie würden alle Ecken kennen. Sie wüssten alles.«

Kaum hörbar erwiderte Méndez: »Manche Dinge kann einen nur der Blick eines kleinen Mädchens lehren.«

Ein hochaktueller Thriller

Risto Isomäki
GOTTES KLEINER FINGER
Thriller
Aus dem Finnischen
von Angela Plöger
448 Seiten
ISBN 978-3-404-16637-4

Ein gigantisches Sonnenwindkraftwerk in der Sahara soll Energie in noch nie dagewesenem Ausmaß produzieren. Doch die Atomlobby und arabische Ölproduzenten versuchen das Projekt mit allen Mitteln zu verhindern - und drohen mit einem Terroranschlag. CIA-Agent Lauri Nurmi, der für die Sicherheit des Kraftwerks zuständig ist, bekommt die Skrupellosigkeit seiner Gegner am eigenen Leib zu spüren. Bei einem Schusswechsel wird er verletzt, und den feindlichen Einheiten gelingt es, die Hightech-Anlage anzugreifen ...

»Risto Isomäki versteht es, bewiesene Fakten mit fiktiven Zukunftsvisionen auf extrem spannende Weise zu verbinden.«
DEUTSCH-FINNISCHE RUNDSCHAU

Bastei Lübbe Taschenbuch